诺贝尔文学奖作家作品

阿尔谢尼耶夫的一生

THE LIFE OF ARSENIEV

〔俄〕 伊凡·亚历克塞维奇·蒲宁　著

张松林　译

北京出版集团
北京出版社

图书在版编目（CIP）数据

阿尔谢尼耶夫的一生 / （俄罗斯）伊凡·亚历克塞维奇·蒲宁著；张松林译. — 北京：北京出版社，2020.10（2025.7重印）

（诺贝尔文学奖作家作品）

ISBN 978-7-200-14469-7

Ⅰ . ①阿… Ⅱ . ①伊… ②张… Ⅲ . ①长篇小说—俄罗斯—现代 Ⅳ . ① I512.45

中国版本图书馆 CIP 数据核字（2018）第 245748 号

诺贝尔文学奖作家作品

阿尔谢尼耶夫的一生

A’ ERXIENIYEFU DE YISHENG

［俄罗斯］伊凡·亚历克塞维奇·蒲宁　著

张松林　译

*

北 京 出 版 集 团

北 京 出 版 社　出版

（北京北三环中路 6 号）

邮政编码：100120

网　址：www.bph.com.cn

北 京 出 版 集 团 总 发 行

新 华 书 店 经 销

三河市天润建兴印务有限公司印刷

*

140 毫米 × 202 毫米　32 开本　11 印张　255 千字

2020 年 10 月第 1 版　2025 年 7 月第 3 次印刷

ISBN 978-7-200-14469-7

定价：59.80 元

如有印装质量问题，由本社负责调换

质量监督电话：010-58572393

责任编辑电话：010-58572757

作家小传

伊凡·亚历克塞维奇·蒲宁（Ива́н Алексе́евич Бу́нин，1870 —
1953），出生于俄罗斯的沃罗涅日市，他的家庭原本富裕，只可惜
家道中落。为了生计，蒲宁年轻的时候曾做过很多工作，先后在图
书馆担任管理员、在政府部门担任统计员、在报社做杂活等。

蒲宁自幼就对文学创作充满了兴趣和热爱，并将普希金、莱蒙
托夫等俄国诗人视为偶像。17 岁那年，蒲宁在大哥的帮助下开始写
诗并尝试发表，从此一发而不可收。从蒲宁早期创作的诗歌作品中，
比如 1887 年创作的《献在曼德逊的墓前》，可以明显地感受到他对
在故乡度过的童年生活的强烈热爱。之后，在 1891 年，蒲宁发表了《在
露天下》，这是他的第一部诗集。1901 年，蒲宁发表诗集《落叶》。
1903 年，蒲宁成功翻译出版了美国诗人朗费罗的长诗《海华沙之歌》。
同年，10 月 19 日，蒲宁荣获了由俄国科学院授予的普希金奖。

在 19 世纪末期，蒲宁的文学创作发生了转变——他将屠格涅夫、
列夫·托尔斯泰等作家视为偶像，开始尝试创作小说，在塑造人物

与描写社会的过程中，他成功运用了俄罗斯传统的现实主义创作方法。从那个时候开始，一直到十月革命爆发前，蒲宁写出了一系列优秀的中短篇小说，比如 1895 年的《荒野》、1900 年的《安东诺夫卡苹果》、1912 年的《最后一次幽会》、1915 年创作的《旧金山来的绅士》等。其中，1910 年的中篇小说《乡村》，使得蒲宁的写作视野获得了极大的拓展。在这部作品中，蒲宁以当时的俄国农村生活为背景，通过对农民的悲惨遭遇的刻画，深刻揭示了俄国社会的实际状况。

1909 年，蒲宁凭借自己所取得的文学创作成绩，成功当选为俄国科学院院士。1920 年离开俄国，远赴巴黎，开始了一段侨居生活。后来，虽然蒲宁曾在 1939 年和 1940 年先后向身在苏联的相关作家写信，表达了自己想要回到祖国的强烈愿望，但由于当时苏德两国爆发了战争，他回国的愿望没能实现。在侨居期间，蒲宁坚持写作，创作出了一系列优秀的作品，比如在 1924—1925 年创作的《米佳的爱情》、1927—1933 年创作的《阿尔谢尼耶夫的一生》等。1943 年，蒲宁的短篇小说集《暗径》出版。在垂暮之年，蒲宁针对苏联文学的发展状况，于 1950 年创作了《回忆与描写》，在其中表达了自己的种种看法。蒲宁还曾在 1937 年撰写了评论文章《托尔斯泰的解放》和《啊，屠格涅夫》，后者的残稿在 1955 年得以出版。

1953 年 11 月 8 日，蒲宁在巴黎因病去世。

授奖词

瑞典学院常任秘书　帕尔·哈尔斯特伦

　　直至今日，伊凡·蒲宁所经历的文学创作过程，依然是十分清晰明了的，其中没有半点复杂的成分。蒲宁在一个败落的农村地主家庭出生，在他出生时，俄国的文化环境出现了一定的变化，主要表现就是：俄国文学将从民间吸收而来的文化传统作为发展的主导因素，并在欧洲文坛上取得了一定的成就和荣耀，甚至最终引发了一场声势浩大的政治运动，而蒲宁正是在这样的文化环境下长大的。在蒲宁生活的时代，由于农奴的反抗损害了地主的颜面，因此后者感到非常愤怒，他们联合起来镇压农奴的反抗。很多年后，人们为这些地主起了一个戏谑的称号——睿智的地主老爷们。没过多久，在这场由地主自身引发的动乱中，许多人丧失了财产甚至是生命，按照常理来说，他们的行为会因此获得更加崇高的"称赞"。

　　对于蒲宁在青年时期的经历，除了他的家人，没有人了解。根据家人回忆，比起陷入为国家、为人民充满担忧的状态，蒲宁更愿意沉醉在无法实现的幻想之中，并且只有投身诗歌的世界里，他才可以从中体会到自身与过去的联系。有一点是毫无疑问的，那就是蒲宁还在学校读书时，就对托尔斯泰体恤穷人的做法感到无比认同，为了让自己可以像其他人那样，靠自己的能力生存下去，蒲宁特意跑去学习制作板桶——就在一个非常热爱辩论的教友家里（制作板桶虽然看上去并不复杂，然而做好的前提是你务必要掌握其中的诀窍，所以比起这门技术，蒲宁完全可以找些更容易的技术来学习）。

在一位友人的帮助和指导下，蒲宁开始戒荤吃素，以此来对人们口中的"肤浅的利益"做出反抗，同时让自己拥有更高深的精神世界。当蒲宁朝着托尔斯泰的获胜之路走去时，他可以清楚地感受到自身的成功或是失败。这一路上虽然遇到了许多摆放着食物的摊位，蒲宁却下定决心绝对不会为眼前的各种各样的食物而沦陷，只不过，当他从一个卖酱肉的摊位前经过时，他却再也无法控制自己了，于是他疯狂地吃了起来。吃饱以后，对于自己未能遵守约定一事，蒲宁进行了如下的辩解："事实上，我心里清楚地知道，我并不受这些酱肉的控制，它们也不能对我产生丝毫的约束，相反，是我本人想要让它们表示臣服。至于吃或者不吃这些酱肉，我可以自由地进行选择。"结束这段辩解以后，蒲宁感到非常不好意思，他也没有脸面再和他的搭档们一起前行了。

面对蒲宁对宗教所表现出的几近疯狂的热爱，托尔斯泰看上去并没有多在乎，甚至这样表述道："你渴望过上穷苦的日子吗？虽然这样的想法没有什么问题，但是，无论是在怎样的环境下，个体都可以拥有非常称心的生活，因此没有必要活得那么一板一眼。"接着，面对蒲宁选择进入创作诗歌的队伍，托尔斯泰再次表述道："噢，倘若你真的非常喜欢创作诗歌，那就无所畏惧地坚持下去，只不过，有一点你需要时刻牢记，那就是千万别将一生的精力全都放在写诗这件事上。"然而，对于托尔斯泰的劝说，蒲宁根本就不重视，并且在那之后，他始终通过写诗来维持生计。

蒲宁通过效仿古典诗歌的艺术风格，创作出了一系列以往日田园生活为描写对象的诗歌——通常，这些诗歌主要是对发生在田园里的幸福又伤感的生活进行刻画，并且很快受到了人们的关注。此外，蒲宁也在同一时期进行了散文诗创作，手法十分精准、真实且独特，通过饱含文采的文字，表达了对大自然的深切歌颂。于是，在文学创作这条道路上，蒲宁自始至终都坚持着写实主义的创作风格，而那些和他同时期的作家们，则开始沉迷于各种各样的文学创作流派，比如象征主义、新自然主义、原始主义、未来主义等，它们同属于当时"潮流"的文学创作风格。蒲宁所生活的那个时代，局势动荡、社会混乱，然而即使这样，他也始终坚持着自己独一无二的创作风格。

在蒲宁40岁那年，也就是1910年，伴随他的小说《乡村》的问世，他一下子名声大振起来。这部作品在读者中引发了热烈的讨论，甚至掀起了一场声势浩大的热潮。在《乡村》一书中，面对俄罗斯人信仰的实质——来自乡下的贫苦百姓，借着斯拉夫文化的自负之情，开始对自己的国家展开不切实际的想象，梦想着未来的某一天，自己的国家可以成为整个世界的统治者，蒲宁对这种幻想进行了深刻的揭示和强烈的批判；至于这群农民的品性，蒲宁则在书中进行了真实而又符合实际的描写。最终，《乡村》成为整个俄国文学史上伤感且最残酷的小说之一，在俄国同类的小说还有很多。

对于农民是如何一步步败落下去的，身为作家的蒲宁并没有从历史的角度给出原因，相反，他仅仅是对书中两位主角祖父的死进行了简单的描写——他们遭受了庄园主爱犬的追击，最终被残忍地害死了。实际上，蒲宁描写的这个情节包含了某种先天的精神压迫，因此显得非常富有深意，让人感触颇深。面对这种精神压迫，蒲宁不仅没有丝毫的害怕，反而直截了当地将它揭露出来，从而向人们证实他那严谨的批判精神是真实存在的。在那个时候，随着第一次革命运动①的展开，不仅各个地方都被武装力量占据了，而且更为凶残的武力很快出现了。

针对这部作品而出现的各类翻译作品，之所以全都冠以小说的名称，正是因为找不到比这更贴切的名称了。实际上，和小说的艺术风格做比较的话，这部作品依然有很多不同之处。农民所表现出的武装行为组成了这部作品，甚至作者本人在任何一个细节上，都倾注了一定的深意。作者对并不是很重要的地方的点评，是相当丰富的，然而，对于细节之处的点评，反倒减少了很多。面对这样的点评，如果是来自国外的读者，肯定是不能理解的。这段时间，由于发生在作品中的事情始终存在并上演着，这部作品再次掀起一股热潮，无论是俄国人，还是从其他国家移居到俄国的人，全都将这部作品看作真实统一而又经久不衰的艺术楷模，认为它是古典主义的经典之作。

在部分短篇作品中，蒲宁依然坚持对农村生活进行刻画，除此之外，他偶尔还会全神贯注地以宗教为主题进行创作，如此一来，对于那些疯狂地沉迷于宗教的农民来说，这类创作对他们起到了很好的救赎作用。然而，除了对国家的深切喜爱外，对于托尔斯泰所

----

①1905年，彼得堡的工人组织"彼得堡工厂工人大会"决定组织一次和平请愿活动，于是上百家工厂的工人相继罢工。这次活动被称为"彼得堡工人武装起义"。——译者注

提倡的那些毫无实际意义的人道思想，蒲宁不愿再相信，并且在他看来，那样的举动仅仅是对国家以及自我的欺骗罢了。当看穿社会中的肮脏与邪恶后，对于乡村美好景象的刻画，蒲宁不再使用卓越的艺术手法，这样做似乎是为了他自身的安全，不过幸运的是，他本人依然可以自在地生活下去，没有任何束缚。

能够和《乡村》相提并论的作品，毫无疑问就是蒲宁于1911—1912年创作的中篇小说《干旱的溪谷》，虽然这部作品同样是以庄园生活为刻画对象的，但它却呈现出了完全不同的精神世界。《干旱的溪谷》从一个年迈的仆人——蒲宁曾与这位仆人住过同一间屋子——的回忆出发，着重描写了农奴制处于鼎盛阶段的发展情况，因此它刻画的并不是实际的生活。在这部作品中，身为作者的蒲宁显得非常消极。书中刻画的人物，一个个全都死气沉沉的，由于他们不能掌控各自的命运，只能肆意抱怨，看上去就像个"蛮不讲理的妇人"一样。实际上，在《乡村》这部作品中，他偷偷表达出来的与农民自身相关的许多资料，我们是完全能够感受到的。只不过，照目前的情况来看，蒲宁的这些刻画依然是饱含诗意的，并且富有各不相同的感觉。这一点主要体现在两个方面：一方面，是对过去的事情进行了再一次的解构和协调，也就是对死亡进行了弥补；另一方面，对于这个将他的青春葬送掉的混乱不堪的世界，那位老仆人似乎依然对它抱有一定的期待，这可以从他满含期许的眼神中看出。只不过，蒲宁所创作出的诗意境界，完全来自他自身丰富的想象力，这才使得他的作品充满了生机与张力，整体的结构也非常紧密、细致。可以说，《干旱的溪谷》称得上是一部卓越的文学作品，具备非常高的艺术审美价值。

在第一次世界大战爆发前夕，蒲宁曾利用那几年的时间，去地中海沿岸的国家以及远东地区旅游。在这个过程中，他创作出了一批具有异国风情的中篇小说，其灵感完全源于他在旅途中的所见所闻。对于物质的渴望，西方人始终充满了野心，并且非常残忍，而东方人却总是一副精神萎靡、昏昏沉沉的样子，因此在旅途的大部分时间里，蒲宁总是经受着这种东西方之间文化的巨大差距。只不过，在面对印度尊崇的淡泊的出世观念时，蒲宁的内心偶尔还是会感到异常激动。第一次世界大战爆发后，蒲宁在1915年创作了《旧金山来的绅士》，其中饱含了他对整个世界的悲剧性的体悟，最终，这部小说成为他最负盛名的作品。

就像其他小说似的，为了让作品所包含的中心思想能够顺利表达出来，蒲宁在这部作品中，不仅竭力控制自己的情感，而且还对情节和人物进行了一定的简单化处理。蒲宁之所以会这样处理，好像是因为他有某些难以言明的原因，或许是由于这些角色非常容易惹恼作家本人，因此他才会刻意远离他们。在这部作品中，蒲宁刻画出来的那位美国富翁，不仅想要永久地索取钱财，而且还产生了再次树立权威的雄心壮志。只不过，他的这一系列行为看上去既可悲又搞笑，最终会让他的人生走向毁灭，就如同肥皂泡一般。似乎有这样一位法官存在，他对这位美国富翁进行了批判和审问。在对这个不幸的家伙的"样貌"进行刻画时，蒲宁向读者展现了一幅具有独特意义的画卷：这位富翁所要面对的对手正是大自然，它是真实而又肃穆的，没有丝毫的神秘之处——与人类的虚妄心进行的一场角力。伴随着蒲宁创作语言和节奏的变化，读者能够更加深刻地体会到这种神秘感背后的深意。虽然《旧金山来的绅士》很快就被看作是文学殿堂的经典之作，并在读者中广泛流传，但这并不是它唯一的价值。我们可以将它看作是为渐渐衰落的世界而敲响的钟声，也可以将它看作是悲剧作品中用来认定罪行的凭据，还可以将它看作是人类文化发展的变异体——因为它，整个世界才会拥有相同的遭遇。

虽然对蒲宁来说，祖国是至高无上的，然而当战争结束后，他却被祖国永久地驱逐出去了。在遭受残酷的压迫和伤害时，他必须做到一言不发。然而，当祖国彻底离他远去后，他内心的爱意却隐隐约约地复苏了。有时候，他会感到愧疚，认为自己有愧于祖国，有愧于人民。偶尔，对于他眼中的特别的"对手"，也就是农民所犯下的罪行与过错，他会以十分深刻的缘由，进行悲伤而又犀利的描写。只不过，偶尔他又会充满期待，期待自己可以在一切让人厌恶的事物背后，发现些许难以泯灭的人性，这种期待饱含了旺盛的生命力，因为他是通过自然的力量来表述的，而并非是通过精神层面的压迫。《上帝之树》是一篇自我解剖式的文章，蒲宁在文中讲道："作为上帝培育的一棵树，我意识到原来当风朝哪个方向吹时，我就会随之摇向哪个方向。"对于过去，蒲宁正是通过这样的形式进行道别，并一直走到了今天。

在蒲宁看来，俄国所拥有的辽阔的自然，为他提供了源源不断的创作灵感，并且在此之后，他也是从这样的大自然中，再次获得了创作的乐趣和渴望。在1924—1925年他创作的《米佳的爱情》这部作品中，对于年轻一代的感情生活，蒲宁对其中复杂多样的心理世界进行了细致入微的分析与描写，比如情感的体验以及内心的真实状态等。这部作品再次回到了传统文学的视角，并从多个角度对死亡进行了指责，虽然这样，它却依然在俄国掀起了一阵热潮。紧接着，蒲宁创作的《阿尔谢尼耶夫的一生》得以出版面世。由于这部作品几乎可以看作是一部自传，因此与之前相比，蒲宁能够更加深刻地对俄国人的日常生活进行细腻的描写。在这部作品中，蒲宁所拥有的独特技能——对俄国物产丰富的农村景象的完美刻画，简直体现得淋漓尽致。

对于伊凡·蒲宁在俄国文学史上所占据的重要位置，人们心中早就有了一个答案，并且全都赞同他所产生的长远影响。自 19 世纪起出现的一切优良传统，蒲宁全都加以继承，并且不断地让它发展壮大；而他所坚持的细致而真实的写实主义风格，则更是绝无仅有的。作为一位极富抒情意蕴的作者，蒲宁的创作风格十分朴实，写作语言也十分简朴，根本没有丝毫华而不实的地方，正是因为这样，他的作品才会更加真挚、更加迷人，就算是翻译出来的版本，读起来也依然顺畅，就像是品尝了一杯醇香的美酒一般。蒲宁所拥有的独特而神秘的天赋，不仅让他在文学创作上展示了突出的才能，而且还让人们对其作品产生了深刻而绝美的记忆。

蒲宁先生，由于时间有限，我只对您作品中的精彩之处进行了大概的介绍，如果有不完善的地方，还请您谅解。下面，有请您上台，接受瑞典学院授予您的荣誉，奖品将由本国国王代为颁发，此外，还请接受我们向您表达的诚挚祝福。

获奖致辞

伊凡·亚历克塞维奇·蒲宁

　　就在 11 月 9 日这天，身在法国普罗旺斯镇的我，突然接到了一通电话，在电话里我得知瑞典学院将这个奖项授予了我，当时，我正在乡下的一间陈旧不堪的小屋里住着。就如同别人身上发生了这件事一般，如果我将这天视为我人生中最振奋人心的一天，那的确是不能够的。曾经有一位著名的哲学家说，和扰乱人心的悲伤相比，就算是最让人兴奋的快乐，也显得微不足道。今夜的宴席，虽然我并不愿意回想起那些让我永生难忘的悲伤，但我依然想要表明一点，那就是在过去的这 15 年中，我所体会到的悲伤——当然这些悲伤绝对不是我个人所有的——远远超出了我所感受到的快乐。只不过，我在这个不起眼的科技"小家伙"——这是一通连接了斯德哥尔摩与格拉斯的长途电话——身上所感受到的如此逼真的快乐，是我在整个文学创作过程中从未体验过的，这一点我需要向大家坦白。这个奖项最初是由贵国的阿尔弗雷德·诺贝尔创立的——他是一个卓越的人，对一名作家及其作品来说，能够获得这个荣誉，真是极大的荣耀。就像大部分的作家以及心怀抱负的人一样，在如此卓越而又公平的评委会的严格评定下，能够荣获这个奖项，我深感光荣，同时也对各位评奖委员表示诚挚的谢意。只不过，倘若在11月9日那天，我仅仅想到了我自身，那么我必定是一个无耻之人，这一点是需要指明的。在11月9日那天，我收到了数以万计的祝福和电报，我几乎就要被吞没了。只有到了夜深人静的时候，我才能静下心来，一个人思考瑞典学院做出的抉择——这其中究竟包含了怎样的深意？将这个奖项授予一个被流放的人，这还是诺贝尔奖设立以来的头一次。然而实际上，我不正是这个被流放的人吗？虽然我被流放了，却依然享受着法国给予我的热情关照，这样一来，我始终感觉自己亏欠了法国的恩情，似乎永远难以偿还了。不过，面对像我这样无拘无束的人，各位评奖委员依然能做出选择我以及我的作品的决定，这在本质上就是一个非常睿智的选择！在当今的世界，能够拥有这样一个完全独立存在的组织，是十分重要的。虽然坐在餐桌周围的人分别代表了不同的宗教、信仰以及观念，但毋庸置疑的是，此刻我们却仅仅因为一条真理而紧密团结起来，那就是：思想与内心的自由——这是文明诞生以来的馈赠。这样的自由，就如同一种信仰、一种规章制度一般，对作家而言是极为必要的。瑞典学院的各位成员，你们这一次的选择再次向人们证明：对自由的狂热追求，是瑞典整个民族所具备的一种诚挚的信念。

临近末尾，我打算对这次演讲进行一个简单的总结：我对贵国皇室、疆土、人民以及文学的敬爱之情由来已久，并非是今天才出现的。由于瑞典学院是在贵国一位出色的军人①领导下创立的，因此贵国成了整个世界上最闪耀的国家之一，贵国的子民也都对文学充满了热爱，并且发展成一种优良的传统。敬爱的国王，因为有了您的允许，像我这个异邦之人、这个狂放不羁的作家，才能获得瑞典学院颁发的奖项。请接受我诚挚的敬意与谢意。

①古斯塔夫三世，于1771年登上瑞典王位，十分关注艺术与文化的发展，成立了瑞典学院和瑞典王家歌剧院。——译者注

目 录

第一部

1

回忆是人的本性，但是随着年华逝去，有些回忆会逐渐淡漠，最终从脑海中彻底消失。这难免会徒增人的遗憾，在我看来，如果用文字将自己的回忆记录下来，就会让回忆永不磨灭，这是十分美好的。

半个世纪之前，我在俄罗斯南部出生了。在我父亲的乡间庄园里，我度过了美好的童年时光。

年幼的时候，尚不知道忧郁为何物，对生和死的概念更是一无所知。我时常会想，如果没有人告诉我出生的具体时间，那我就不知道自己此时有多大年纪，更不会推算出自己会在何时死去。我总是会发出如此感慨："要是我生活在一个荒无人烟的岛上，那我简直是走了大运！"然而，也许这就是人注定要经历的一番磨难吧，早在我很小的时候，我就隐隐约约地知道，几十年后，我就会离开这个世界。不过我觉得，经历这一番磨难也是很有必要的，要是没有这一番磨难，我们又怎么会像现在这样热爱生活呢？

我出生在阿尔谢尼耶夫家族。这个家族曾经很辉煌，如今却没落了。不过，对于这个没落的家族的历史，我所知不多，也没有探究的欲望。我只需要知道我现在正过着幸福快乐的生活，就足够了，我们生存的意义不是就在于此吗？

2

此时我的记忆中只残留了一些碎片，比如，初秋的斜阳照进房子，给房间内所有的东西都镀了一层金色，让人觉得无比温暖。我至今都难以忘怀，如果从朝南的窗口往外看，可以清楚地看到对面的山坡，还有阳光打在山坡上的样子。这一切都在我的记忆中刻下了深深的烙印。至于其他的东西，我居然一点儿印象都没有了。

我至今都难以忘怀我那充满悲情的童年。当时我觉得这个世界非常贫瘠，就难免为其哀伤。我当时充满了幻想，觉得这个对我来说很陌生的世界十分美好，所以我总是激励自己去认识它。然而，每次我的认识都以失败告终，最终在碰了无数次壁之后才发现：
"这个世界实在是太过贫瘠，显而易见，这是一个不幸的时代。"
每当此时，我的哀伤就会加深一层。

我父亲的乡间庄园位于密林深处，那里除了大自然的声音，几乎听不到任何别的声音。也正是因此，我才会有大把的时间异想天开，我想，这才是造成我童年充满悲情的罪魁祸首。在这片人迹罕至的田野上，冬日里银装素裹，落日带走了云霞，天空中只剩下了空荡神秘的黑夜。夏日里，这里充满了花草的清香，牛羊声回荡在草木深处，让这里充满了一份静谧的美丽。我很想知道，密林里如此幽静，那些在这里穿行的小云雀和土拨鼠会知道什么叫忧愁吗？不会，它们根本就不知道什么是白云苍狗，沧桑变化。而那时的我却已经知道了这一切，而且是被迫接受。我听到，从森林的另一边传来了一个声音，它不停地召唤我，吸引我去探索未知的世界。我觉得，这种召唤让我十分苦恼，因为我也说不清是为什么，我对那边的一切都充满了迷恋，且深深陶醉其中。

我父亲的领地名叫卡缅卡农庄，这个农庄主要的产业在顿河左岸。可以说，父亲对那里十分痴迷，每次到那里去，他都会住上多日。这个农庄不大，奴仆也不多，但是也不能说完全没有人烟。可是在我的记忆中，这些人都去了哪里？为什么我能回忆起的只有孤独呢？我感觉，最后我是一个人孤独地活在这个世界上。当时，我喜欢躺在微凉的草地上，看着无边无际的蓝天白云发呆。我会假设，这朵白云就是父亲亲切而温暖的怀抱，父亲就在我身边，我能感受到他的气息。柔软的白云不断地变化着形状，变成了父亲的轮廓和我的笑脸，飞向遥远的天边。嗨，这幅画面简直太温暖了。和父亲一起坐上这飞舞的彩云，随着它们翱翔在这无边无际的天空中，与上帝和天使比肩，如梦似幻，这一刻，时间仿佛静止了。哎，这个梦真是美不胜收！可是，此时我其实就躺在庄园里微凉的草地上，四周也只有我和西下的夕阳。我站在穗粒累累的田野里，听着麦秆深处传来的鹌鹑的叫声，以及一只可怜的小金虫为了自救发出的嗡嗡声，静静地等着黑暗降临这个世界，吞噬掉世间的一切。出于好奇，我救下了那只小金虫，一边观察它，一边胡思乱想：这个小东西为了活命，不断地发出嗡嗡声，那到底是什么让它充满了活下去的希望和勇气？劫后余生的感觉又是怎样的？可是，我想来想去也想不到答案。我救下了这个小东西，看着它在我的手指间乱蹦，似乎想要撑开它那又小又薄的羽翼，赶紧逃命去。最终，它展开了自己那个淡黄色的鞘翅，奋力飞离了我的手，在空中飞舞着。它还不断地发出嗡嗡声，似乎在向我致谢。我也不知道，我到底该不该放它走，唯留孤独陪伴着我。这种嗡嗡声萦绕在我的周围，我忍不住想用心里的孤寂把它驱散开。之后，我的周围就只剩下了离别的悲伤以及越发深刻的孤独。

我在家里的时候，也是形单影只。虽然太阳曾经陪伴着我，带给我温暖，可是到了傍晚，我也只能看着夕阳缓缓下坠，看着它的余晖从门窗透进来，洒落在地板上。这时候，它留给我的特有的悲伤就会充斥在我的心田。无边的夜色渐渐地爬上天空，笼罩着这片大地。我一个人孤独地躺在卧室的小床上，像是突然想起了什么，就抬头仰望着天空，看着外面点点繁星和那黝黑的夜空。我会忍不住想要跟上它的脚步，也会想它在哪里，是什么在呼唤我，我的同伴在哪里，我在寻找什么。

我睁开眼睛，环视我的小屋，发现我还是形单影只。

3

我的脑海中还残存着童年的记忆：在辽阔茂密的树林中，有一条坎坷不平的羊肠小道，周围生长着繁盛的草木，一些孩童穿行其中，以及在里面发生的一切……

记忆中，我最靠近幸福和温馨的一次，是在父母的陪伴下，去一个城市的自然保护区旅行。在那里，我才知道梦境和现实之间居然有这么大的差距，也就是这一次，我对于恐惧有了切身体验。当时，父母正忙着为这次出行做准备，他们把四轮马车从车棚里推出来之后，我也坐不住了，就想帮忙做点儿什么，好提前做好准备早一点儿出发，这样就会大大降低临时取消行程的可能性。就在我对漫长的等待感到心急如焚的时候，马车终于安顿好了，我和父母启程了。这条路好像十分漫长，我们经过了无数的田野和山谷，走过了无数的乡间小路和十字路口。有一天黄昏，我们走到一个人迹罕至的峡谷，却害怕地发现，峡谷的灌木丛里居然有一个"强盗"在穿行，他的腰间别着一把明晃晃的斧头。直到后来我才知道，他不过是一个农夫而已，但是我至今都认为，他是我见过的农夫当中最可怕的一个。至于我和父母是什么时候到达目的地的，我根本就不知道。我只记得，清早从睡梦中醒来的时候，耳边充斥着各种声响。我觉得，米哈伊尔·阿尔罕格尔钟楼的钟声最为悦耳。我能看到，在数不清的高楼大厦之间，太阳、玻璃和路边商店招牌的光芒都是如此耀眼，让我头晕目眩。我觉得，在这个奇怪的世界上，最奇怪的当之无愧为眼前这座高耸的钟楼。这座钟楼高耸在所有事物之上，俯视着一切。它给我的心灵带来了巨大的冲击，令我心生敬畏。虽然我后来也见过罗马的圣彼得教堂，还有希奥普斯的金字塔，但我一直都觉得，它们比起这座钟楼要逊色许多。

在这次出行的过程中，我见到的最神奇的东西就是黑鞋油，可以说，是它给我带来了最快乐的回忆。尽管在我以后的人生中，我也见识过很多新奇的东西，但是没有什么比它给我留下的印象更加深刻了。当时，我拿着黑鞋油穿行于城市的集市上，觉得无比的快乐和幸福，这种感觉我至今都难以忘怀。这个盒子是用什么做成的？看起来有点儿像普通的树皮。我忍不住赞叹道：那些工匠真是太神奇了，居然可以变废为宝，把看起来平淡无奇的树皮变成一个圆盒子。我挤了一点儿鞋油出来，它看起来是黑色的，但是发出的味道却沁人心脾。之后，我还得到了两件让我高兴的礼物： 一双做工精致、靴筒上带有红圈花纹的山羊皮皮靴，和一根挂着哨子的皮鞭。我至今还能记得当时马夫说的那句话："这双靴子来的时机刚刚好！" 每当我用手摸着这两件礼物，我心里最柔软的地方就会忍不住颤动一下，感到一种难以言说的幸福感。回到家之后，我觉得我的小床变成了最能带给我温暖的地方，因为我把新皮靴放在床前，把小皮鞭压在枕头下面。天空中的星星在不停地闪烁，似乎在隔着窗子对我说：看吧，世界上的一切都是这么美好，以后可千万不要再觉得沮丧了。

这次远行带给我的感觉就是，我终于深刻地体会到了人世间的美好。这种美好给我留下了难以磨灭的记忆，也在我此后的人生中扮演着重要的角色。我还记得，我和父母是在黄昏的时候离开这座城市的。途中，我们经过了一条宽阔却十分冷清的街道。这条街道那么长，似乎永远都无法走到它的尽头。刚刚到达城市的边缘的时候，我就发现了一所不同于我以往见过的房子的建筑，它看起来非常奇怪。它十分高大，所有的墙面都涂着沉闷的黄色。在这些墙的围绕下，房子似乎被严密地包裹了起来。这里仅有一个出口，但是大门紧闭，上面甚至还有锁链。我看来看去，就只看到了一些被铁栅栏围起来的大窗户。突然，我看到窗口站着一个人，他穿着灰色呢子短上衣，戴着一顶无檐帽，脸色蜡黄，皮肤浮肿，正和我一样看夕阳。我能感觉到，他周身弥漫着一种失望和希望夹杂的情绪，我很难用语言描述出来。自从我来到这个世界，我还从来没有见过这样的表情。我感觉，他既对人生感到绝望，又对未来充满希望。后来，我的父母告诉我，这些人是一些罪恶累累的人，是人类之中的特殊群体，里面有杀人犯，也有流放犯和盗贼。只是我当时年纪太小，见闻太少，虽然我的父母极力向我解释，我还是有些无法理解。突然，之前和那个别着明晃晃的斧头的"盗贼"偶遇的情形又涌现在我的心头。我还记得，我当时十分害怕那个农夫，面对着眼前这些犯人，我的心里也出现了一种恐惧。我看着这些隔着铁栅栏凝望夕阳的犯人，心中产生了极大的好奇心，忍不住想要一探究竟。之后，我们朝着夕阳的方向一路向西，穿过一个广场之后，我的眼前又出现了熟悉的景色：广阔的田野，农村特有的淳朴自由的气息。直到此时我才知道，原来我的内心深处对家乡充满了深深的眷恋。

4

这次旅行结束之后，我又回到了庄园，过上了昔日的生活。我感觉，虽然一切都和以往一样还是那么乏味，却又增加了几分真实感。我的生活还和以前一样，但是偶尔也会出现一些小插曲，有的给我留下了深刻的记忆，有的却很快就被我淡忘了。

旅行归来之后，我开始尝试去享受自然，并尽力让自己爱上它。我发现，父亲的庄园里也有很多可爱和美丽等着我去发掘。这是一段愉快的发现之旅：有生以来，我第一次关注自己身边的人，并对他们产生了不同的感情。

自从我降临人世，我的世界就非常狭小，里面只有我父亲的庄园、家族和一些比较亲近的人。原本父亲给我的印象只是一个非常亲切的人，但是从现在开始，我对他有了清晰的认识。他身材高大，活力四射。虽然他有点儿任性，时不时还会发些脾气，但他又是一个爱憎分明的人。于是，我开始对父亲产生了兴趣，并试着去了解他：原来他向来都不怎么做事，甩手掌柜一个，日子过得很是幸福。在那个年代，俄罗斯人，尤其是乡村贵族，不做事的人十分罕见。父亲有自己信奉的格言：身体最重要。每天在吃午饭之前，父亲会有一种莫名的兴奋感，吃饭的时候更是酣畅淋漓。吃完午饭，他会有一段短暂的午休时间。午休结束之后，他就会坐在窗边，在旁边的矮几上放上散发出清香的苏打水，一边眺望窗外，一边时不时端起苏打水喝几口，发出"咕咕"的吞咽声。他做事随性，也没有长性。有时候，他看到在屋里蹦蹦跳跳的我，就会一把抓住我，把我放在他的膝盖上，给我一个紧紧的拥抱和像雨点一样的亲吻。下一秒，他又会突然把我放回地上。慢慢地，随着我对他研究的加深，我对他的感情已经从好感变成了喜欢。我对他的强壮和直率，以及那一点儿任性，都迷恋不已。他过去的经历很丰富，但是最让我着迷的，就是他曾经当过兵，还参加过塞瓦斯托波尔战役，并因此成为一名神枪手。他能文能武，不但可以射中抛到空中的20戈比①硬币，还会自己一边弹奏一些优美的老歌，一边大声歌唱，那样子十分陶醉。

此外，我还注意到了我的保姆。她略显丰满，体态端庄，虽然她看起来十分威严，对我们却十分亲切。此时，她已经不再是女仆，而成了我家的一员，跟我们如同亲人一般。前一秒她还在和我的母亲大声争吵，下一秒她们俩却又抱在一起哭成一团。我并不是独子，还有两个哥哥和两个妹妹。两个哥哥的年纪比我大很多，从我记事起，他们就已经开始独立生活了，只有遇到节假日，他们才会回家跟我们团聚。我的其中一个妹妹叫娜佳，她有着蓝色的大眼睛，脸上总是挂着笑容。当她还是个睡在摇篮里的婴儿的时候，

---

①俄罗斯等国的辅助货币，100戈比=1卢布。

我就开始跟她分享好玩的玩具，也会把自己遇到的悲伤和快乐的事情都告诉她。另一个妹妹叫奥丽娅，她和父亲的性格很像，脾气暴躁，多愁善感，但是她本质上还是一个善良的姑娘。她有一双黑色的水汪汪的眼睛，每次她都能看到我的内心深处，因此我就把自己内心的小秘密都向她倾诉，有什么事都不会瞒着她。至于母亲，她是我生命中一个特殊的存在，是我生命中不可缺少的一部分。打从我开始意识到自己的存在，我就意识到了她的存在，并开始了解她。

可以说，母亲与我记忆最深刻的爱情也有关，从我小时候开始，我就爱着她。她把我带到这个世界上，给了我最深刻、最无私的爱，有时候，我都会被她的这种爱震惊。她总是担心我会抛下她一个人，并为此惊恐不已。有时候，她想到这些，就会不自觉地流下眼泪。一开始，我听到她说起那些悲情的幻想，会觉得十分担忧，后来，我就被她的这种恐惧所感染，觉得自己快要窒息了。

现在，母亲一个人长眠于遥远的故土。随着时光的流逝，人们会慢慢忘记她，然后她变成墓地里众多墓碑中的一个，直到最后人们把她彻底遗忘。直到现在我都不敢相信，那个把我带到这个世界上，抚养我长大的人，最后只留下了一块墓碑让我去凭吊。先人走过的路，比我们的道路更加高尚；先人的思想，比我们的思想更加崇高。

5

童年时期的孤独生活已经渐渐远离了我。在我的记忆中有这样一个秋夜，那晚我睡在父亲的书房里，突然从梦中醒来之后，我才发现淡淡的月光在窗口并没有遇到任何阻拦，直接倾泻进了房间。月亮就像一个碧玉盘，高高地挂在天上，俯视着这个世界。它在这个空荡荡的庄园里洒下淡淡的月光，使得自己的身影变得绵远悠长。孤独而又迷离的月光，营造出一种孤寂悲凉的气氛。跟随着月光的脚步，就好像进入了一个美好的幻境，虽然我知道这一切都很不真实，但我也愿意跟着它欢笑和悲伤，深陷其中无法自拔。现在我已经知道，并不是我一个人孤单地生活在这个世界上，我的生命中还有别人，比如我的父母、保姆、哥哥们和妹妹们。他们是我生命中的重要组成部分，为我的生命增加了无数色彩。每当想到他们，我就想要脱离这种幻境，我会大声叫喊和哭泣，将父亲从睡梦中吵醒，吸引他来到我身边。

原本我以为，世界上只有夏天。但是我后来才发现，原来是有四季更替，还有春天、秋天和冬天。在这三个季节里，我们外出的机会会大大减少。我记得尤为清晰的，就是金灿灿的阳光倾泻在空荡荡的庄园，让原本单调的庄园充满了生机，色彩也变得艳丽起来。而其他季节留给我的印象，除了那个让我沉醉的秋夜，还有一些是我无法理解的。我还记得，一个冬天的夜晚，天空中飘起了鹅毛大雪，寒风怒号，就像在对人们发出召唤，引诱人们去欣赏它曼妙的舞姿。它的呼号声非常奇怪，能同时带给人恐惧和新奇两种感觉。之所以会有恐惧的感觉，是因为那个"对付四十个殉教徒"的传说；而之所以会有新奇的感觉，是因为那时我正处于温暖的室内，看着狂风肆意地凌虐它遇到的每一个障碍物，感觉一个天上一个地下。这种感觉实在是太舒服了，我感觉自己的灵魂都膨胀起来了。还有一次，我们家里发生了一件怪事。有一年冬天，我们从睡梦中醒来，发现窗外的光线十分奇怪，似乎是被什么庞然大物给遮住了，有一种被压迫的感觉。后来我们才知道，纷纷扬扬的大雪下了一夜，我们的屋子被盖住了。好在大家齐心协力，努力挖了整整一天，才挖出了一条通往外边的通道。在我的记忆中，似乎只有夏天比较明媚，其他时间都是昏暗的。我还记得，在一个昏暗的4月天，呼号的北风不但带来了远方的寒流，还给我们的庄园带来了一位客人，这可是头一遭。这位客人有着一双罗圈儿腿，微微低头，一只手扶着礼帽，一只手放在胸前的礼服上——显而易见，他在向我们行一个标准的绅士礼。此时，他就站在瑟瑟寒风中，一言不发。每当寒风吹过，就好像有把钝刀在不停地切割他裸露在外面的肌肤，那种痛感十分强烈。我已经说过，在我的童年时期，最先跟我分享快乐的就是奥丽娅，再就是住在维谢尔基村的几户农民的孩子。坐落于普罗瓦尔深处的维谢尔基村距离我父亲的庄园1俄里①，非常破败，人口也不多。可以说，我给这几个孩子带来了很多乐趣，我是他们的头目，也是他们的灵魂人物。

现在回想起来，童年的欢乐实在是太单纯了，一盒黑鞋油，一根挂着哨子的皮鞭，就能让我高兴很长时间。（实际上，每个人对快乐的定义都是不同的。你认为快乐的事情，别人并不见得会这么认为，甚至会心生怜悯。）那我出生的地方，生活的环境，人生的经历，到底是怎样的呢？其实我也说不上来。我在一个没有山山水水，没有草莽密林的地方降生，并在那里成长起来。那里只有在山谷深处会有几处灌木丛，偶尔也能遇上几片树木较多的小树林，因此它们得到了几个还算过得去的名字：扎卡兹和杜布罗夫卡。除了这些之外，你能够在片片白云下面看到的，就是一望无际的辽阔的田野，看起来蔚为壮观。父亲的这个庄园不在南方，这里算不上物阜民丰、人丁兴旺的地方。这里没有漫山遍野的草丛，没有三五

①俄制长度单位，1俄里≈1066.8米。

成群的牛羊，也没有什么野生动植物，一眼望去，只能看到一片田野。视线所及之处，都是凹凸不平的山沟、斜坡、碎石和沙砾。由于这里是牧场耕地的缘故，偶尔也能看到其中散布着一些灌木丛和小树林。这里的村民身穿藤蔓和稻草，生活俭朴，从来没有走出村子，见识过外面的世界。他们也从不去想象外面的世界会是怎样的，也没有兴趣去了解，更不会憧憬自己未来的生活。他们生活在这个偏僻荒凉的角落，早已被上帝遗忘了。他们就在这里生活着，一天又一天，一年又一年。我的生命就始于这里，我在这里降生，在这里成长，从这里开启了我对这个世界的认知。虽然这个地方非常荒凉，环境也并不美好，但是在我的心目中，它是最美丽的。炎炎夏日，烈日炙烤着大地，迎面袭来的风就像一片热浪，夹杂着燥热和凉爽。遥望天际，天上的朵朵白云就像一层层薄纱，在清风的吹拂下翩翩起舞。它们就像在天空中追逐呐喊，互相嬉戏，引起人无尽的遐想，又好像是在为烈日摇旗呐喊。此时的空气都是热的，里面混杂了稻谷和各种颜色的野花的香气，沁人心脾。此时往远处看去，还能看到父亲那些年代已久的粮仓，它们正被经历了风吹日晒、颜色已经褪去的秸秆覆盖着。从远处看去，这些秸秆倒更像石头。经过烈日的炙烤，用原木堆成的墙壁此时也已经失去了原来的色彩，变成了深灰色。在炽热的阳光的炙烤下，它们就像一片烈火一样。在火辣辣的阳光下，斜坡上的麦浪翩翩起舞，煞是好看。有时候，它会变成一匹驰骋的骏马，有时候，它又会变成一只威风凛凛的老虎。总之，它会变幻成各种形状，让人目不暇接。很快，一朵朵白云也跑来凑热闹，挡住了太阳。阳光好不容易才穿透白云，照射了下来，把麦浪照得像油画一样层次分明，从中间向四周渲染。

随后，我们来到了父亲的庭院，这里绿草葱葱，很讨人喜欢。

在这里，我们发现了一个洗衣槽，它已经有些年头了，但是下面的空间很大，丝毫不会妨碍我们对它的喜爱。有了它，我们就可以玩捉迷藏了。我们经常会跑到洗衣槽下面，把鞋子一脱，光着白嫩的脚丫在软软的草地上奔跑。（其实这些绿草根本就藏不住什么东西，只会衬得我们的脚丫更加白嫩。）在太阳的炙烤下，草面已经滚烫了，可是接近泥土的地方却由于绿草的遮挡而十分清凉，踩在上面，真是觉得舒服极了。再闻着青草散发出的清香，感觉整个人都放松了下来。洗衣槽的下面长着很多天仙子，有一次，我和奥丽娅因为贪吃，一口气吃了太多的天仙子，以致食物中毒，昏死了过去。大人们束手无策，只好用现挤的牛奶往我们的肚子里灌，想要碰碰运气。没想到歪打正着，我们俩又活过来了。等我恢复了意识，才感觉到自己的脑袋在嗡嗡作响。当时我有一种错觉，感觉自己可以随意操纵自己的身体和灵魂，飞向任何一个我想要去的地方。在粮仓的下面，我们还发现了很多颜色接近于黑金丝绒的大蜂巢，它们有多大呢？大概有篮球那么大。一开始，我们是根据在粮仓下面听到的嗡嗡声，判断出这里有蜂巢的。后来，我们又根据它们遭受袭击时发出的那种恐怖的嗡嗡声，才判断出了它们的准确位置。我们几个总是在这里找那里翻翻，想要找一些乐子。在菜园里、干草棚、打谷场上，还有被野草和庄稼环绕的仆人房周围，我们都能找到很多美味的草根和草茎，运气好的时候，我们还能摘到一些果子。

6

在仆人房和牲口棚的墙角周围，长满了各种各样的植物，比如粗壮的牛蒡，高高的荨麻（其中也有"野芝麻"和蜇麻），深红色的、花冠像刺一样的巨型葱，还有一些淡绿色的野葱——鸦葱。它们有的色彩艳丽，有的气味芬芳，真是能给人带来无穷的乐趣。我们还结识了一个牧童，他十分有趣，我们的生活也因为他而变得更加丰富多彩。他穿着一身补丁加补丁的麻布衬衫和短裤，而裸露在这两件衣服之外的部位，不管是手脚还是脸庞，都被太阳晒得黑黑的。有些地方因为受到阳光的暴晒而缺水，裂开了口子，还会掉皮。我们经常会看到他在嚼发酸的黑麦面包皮，或者吃粗壮的牛蒡、掉到地上的树皮，还有会使嘴角溃烂的羊草。于是，他的嘴角经常会开裂或者流脓。他的另外一个爱好就是，像转动算盘珠子一样，转动他那双乌黑的大眼睛，这双眼睛里还会透出狡黠的光芒。我们的生活中充满各种禁忌，而自从有了他，我们就体会到了打破禁忌的乐趣。在他的怂恿下，我们会试着去吃他吃过的那些野草和野菜，这种充满冒险的行为让我们沉醉其中不能自拔。有时候，他还会给我们讲起他的往事，我们就会沉迷在他讲的故事里。我还记得，他要长鞭很有一套，虎虎生风，鞭子在他手里好像有了生命似的。每次看到他挥舞鞭子，我们心里就痒痒的，想要自己也尝试一番，但是每次都以用长鞭打到自己的耳朵告终。那种疼痛真是痛彻心扉，让我至今都难以忘怀。而他看着我们的样子，在旁边笑得腰都直不起来。

虽然这里有很多吃的，但是要说最美味的，还是牲口棚和马房周围园子里的菜。我们学着牧童的样子，吃发酸的黑麦面包皮，有时候也会吃牲口棚和马房旁边的野葱，它们是嫩绿色的，头顶还有灰色的花蕊，好看极了。这里还有红红的胡萝卜和青脆的白萝卜，带着细小绒毛、身上长满小疙瘩、头戴小黄花的黄瓜。大部分菜园子都被绿色覆盖，高处和低处都长满了绿色的植物。这些菜瓜都十分调皮，总是喜欢藏在藤蔓深处，似乎是有意要跟我们捉迷藏。比如，要是我们想要摘到小黄瓜，就必须钻到藤蔓里，弄出一阵响声，才能拿到它们。在清香的藤蔓里寻找瓜果，实在是一件非常惬意的事情。那么，我们为什么要到菜园子里找吃的呢？是因为吃不饱吗？其实，我到现在都没有找到这个问题的答案。我只能说明一点，平日里我们吃的大多都是本土的圣餐，都是在向上帝虔诚的祷告之后，由上帝赐予我们的。我记得有一天，热辣辣的太阳照在大地上，所有的草地和洗衣槽都被烤得烫手，待在院子里似乎都要喘不过气来。很快，一团乌云就不知道从哪儿冒了出来，遮蔽了天空。天色顿时阴暗下来，天地间一片昏暗。远方的乌云好像已经落在了地上，景象十分吓人。我们吓坏了，急急忙忙地跑回家，把门窗和窗幔关严，找出复活节的蜡烛，点燃之后放到身穿旧法衣的神像面前供奉起来。此时，一家人都聚集在神像面前，不停地画着十字祈祷，为眼前的美景感谢上帝，并祈求他尽力创造和改变这个世界。突然，一道刺眼的银光如同一把利剑一样划破长空，把整个天空分成了两半。漆黑的天空也被划开了，到处都是明晃晃的。然后，从天边传来了震耳欲聋的雷声，似乎连大地都在震颤。雷声夹杂着风声，在我们耳边呼呼作响，我们能看到天地间的一切都在狂舞。很快，倾盆大雨夹杂着冰雹落在了地面上，发出啪啪的响声，还溅起了一阵阵烟雾，好看极了。雨过天晴之后，我们又打开门窗，走出家门，在院子里驻足。狂风骤雨过后，空气里面夹杂着泥土的气息，十分清新。我们每个人都贪婪地大口呼吸着，心情别提多畅快了。和我们的顽皮相比，父亲可就沉稳多了，他静静地坐在书房里，透过窗户看着外面的景色。此时，如同一块黑布一样遮挡着太阳的乌云还没有消散。突然，父亲把目光转向了我，吩咐我立刻去菜园，拔一只大萝卜回来。在我的记忆中，父亲还从来没有向我下过这样的命令。于是我飞快地跑向菜园，在路上，我看到了平日里常见的那些花花草草，经过暴雨的洗礼，此刻它们似乎都换上了新装，精神十足。现在，它们都在尽情吸吮着大自然赐予它们的甘霖。来到菜园之后，我找了一只大萝卜，毫不犹豫地把它拔了出来。它看起来十分水灵，我一时没忍住，朝着它的根部使劲咬了一口，要知道此时它还沾着很多泥呢！

日子一天一天过去，我们也变得越来越无法无天了。虽然我们对这里已经十分熟悉，但是我们又发掘出了一些新的东西，比如牲口棚、马房、马车棚、打谷场，都让我们兴致勃勃。我们眼中的世界在不断扩大，我们在不断地发现新的东西。但是，比起住这里的人们的生活，我们更关注的其实是动植物的生活。我们经常喜欢去一些人迹罕至的地方，开始我们的探险。我们觉得，午后的时光是最快乐的。我们已经探索了花园的每个角落，每一次在花园的探险都会带给我们惊喜。不必说绿油油的菜地，单是那些像满天繁星一样艳丽的各色花朵、长在花园两边的树林，就给我们带来了无限的乐趣。我们可以在树梢上寻找鸟巢，它们藏匿在枝杈之中，柔软又暖和，我们经常可以听到里面传来小鸟的啁啾。如果运气好，我们还会在其中发现五颜六色的小鸟。它们的表情十分从容，让我们深刻地体会到大自然的神奇。午饭后，我们会吃掉牛奶糖，可是它和我们在花园里发现的马林果相比，味道和香气要逊色多了。我们就是在牲口棚、马房、马车棚、粮仓、普罗瓦尔①……里，发现这些好玩的东西的。

①普罗瓦尔，俄语，意思是"陷坑"。——译者注

7

在我看来，这里的每一个地方都充满了美好。

虽然牲口棚里空空如也，但是并不妨碍我们偷偷溜进去。牲口棚的大门很重，我们在进去之前，需要用尽全身的力气去推门。即便如此，我们也只能推开很窄的一道缝，而且门在转动的时候还会发出非常刺耳的嘎吱声，听起来难受极了。这里面有一种非常浓烈的猪自身和猪屎的气味，还夹杂着熟悉的青草香味，总之这种气味非常复杂。

马儿被拴在马房里，被迫过着独居生活。它们不外出工作的时候，就会被拴在柱子上，此时的它们高抬着头颅相互对望。它们总是会想方设法发出声响，比如用很大的力气咀嚼麦秆和枯草。我的心中一直有一个疑问，身躯庞大的马是怎么睡觉的呢？它们是不是站着睡的？后来我从马夫那里得知，原来它们是躺着睡的。这个答案出乎我的预料，我觉得它们睡觉的场景非常难以想象，它们的身躯那么庞大，躺下的过程一定非常不灵活。对于马儿到底是怎么躺下的，我从来都没有亲眼看到过。我想，它们肯定是等到大家都休息以后，才会笨拙地挪动自己的身躯，躺到地上休息。平日里，马儿有大部分时间都是在马房里笔直地站着，要是觉得肚子饿了，就会低下头去寻找枯草和麦秆，用牙齿把它们磨碎，咽到肚子里，经过消化之后，就变成了马奶。我觉得，它们强健的身躯和双腿，以及浓密的鬃毛，都是它们的特征。它们的臀部十分光滑，每次看到它们，我就难以抑制想要凑上前去摸一摸的冲动，我想，那手感一定棒极了。虽然马尾巴非常硬，但是上面还长了一些绵软的尾毛。有时候我实在没有事情可做，就会跑到马房里，和马儿对视。我发现，它们的眼珠是淡紫色的，有时候眼神十分温顺，有时候却非常犀利。看着它们冷漠的样子，我就会忍不住回想起从马夫那里听来的那个可怕的故事：一年之中有一天，马儿可以随意而为（他们说这是"佛罗尔和拉佛尔日"），将自己的不满全部发泄出来，甚至可以报仇。但是除了这天之外，它们必须勤勤恳恳地完成自己的使命、拉车、运货、犁地。要是没有任务，它们就要被拴在柱子上。看起来，这份生来就带有的使命有时候是非常可笑的。在马房里，到处充斥着马屎味，跟牲口棚里的气味有着很大的不同。这种臭味，和马自身的、马鞍的、烂草和麦秆发出的味道互相混合，互相中和。

马车棚里放着不同类型的马车：有一些简易马车，可供短途使用；有一辆设备齐全的四轮马车，可供长途使用；还有一辆篷子雪橇，它可有些年头了，我的祖父就曾经用过。有了这些东西，我们想去哪里旅行都可以。而且如果仔细观察，还能观察到以往的旅行留下的痕迹。在四轮马车的后面，隐藏着一个构造有趣的暗箱，它可以盛放旅行所需的任何东西。那个历史悠久的雪橇是我的爷爷留下来的，它的笨重和神秘尽人皆知，直到现在，我都没有见到过和它类似的雪橇。马车棚里还有一些燕子，它们每天在棚里飞快地穿梭，或者从棚里冲到外面，在天空中翱翔；或者飞回马车棚，在马车棚的大门或者棚顶的梁柱上驻足，叽叽喳喳地聊天。在马车棚的每一个角落，都可以见到燕子造好的家。它们的家是用泥土堆成的，外形美观，坚固耐用。有时候，看着这些小巧美丽的燕子窝，我会不由自主地发出感慨："要是有一天我离开了这个世界，那这些燕子、森林、蓝天，还有我熟悉的一切，我就再也看不见了，这简直太可怕了。"所以，每当我看到这些燕子，我就会由衷地觉得自己非常幸运。这些燕子在空中飞舞，如同一个个美女，温柔地呢喃着。它们有着粉红色的腹部和尖长的头部，善于飞行，动作像闪电一样迅速，连同头顶和翅膀在内的所有羽毛都是深蓝色，十分吸引眼球。我认为，它们代表着欢快、轻盈和纯真。马车棚是开放式管理的，我们可以自由进出，愿意待多久都可以。每当听到燕子们欢快的叫声，我总是渴望自己能抓到其中一只，带着它坐上简易马车或者四轮马车，或者驾驶着那个篷子雪橇，想去哪里就去哪里。这样的念头让我十分沉迷，无法自拔。人类出于本能，总是会对那些危险的、神秘的、辽远的东西产生极度的向往。向往是一个非常神奇的东西，它是一种无言的信仰，它可以让人时刻精力充沛，甘愿为之献身。我们从万能的天父那里获得的，除了这条生命和脚下这片土地，还有很多别的东西。我小时候就曾经听过一个故事，这个故事十分神秘，至今让我念念不忘。在一个人迹罕至的地方，有一个不知名的国家，人们需要经过长途跋涉才能到达那里。那里地广人稀，但是有一个拥有过人智慧的瓦西莉莎。她是一个美貌和勇气并存的女子，给他们无私的支持，与他们同进退……

我们对于烘干棚的感觉，是既害怕又渴望的。它看起来就像一个头顶麦秆和枯草的大怪物，里面漆黑而又空旷，让人觉得害怕。如果走进去站在门后，还能听到风吹过这里发出的呜咽。如果仔细观察，就能在烘干棚的角落里发现一个神椟，它看来也有些年头了，上面全是灰尘。我对于神椟的了解只有一个来源，就是小时候听到的大人们那些捕风捉影的闲聊：每天晚上，都会有鬼魂和幽灵在这里面或附近出没，让人毛骨悚然。直到现在，都没有人敢在夜里来到这里。我还记得在距离我们的房子较远的地方，有一个名叫普拉瓦尔的偏僻之所。从我居住的房子走过去，需要经过烘干棚、一个坍塌的烘干室以及一片田野。它位于一个偏僻的峡谷里，被悬崖峭壁包围着，面积很小。这是一个"陷坑"，深达几千米，悬崖横在底部。陷坑里长满了杂草，一眼都望不到底。峡谷上也长满了杂草，我在其中看到了一种外观奇特的深红色小花，生得一簇一簇的。我从别人那里得知，这种花的名字十分奇怪，叫作"圣母"。它的花茎是少见的褐色，捏一下会觉得手上黏糊糊的。静心聆听一下，就能听到草丛里传出来的鸬鸟的叫声。那叫声如怨如慕，如泣如诉，似乎在吟唱一种哀伤的幸福。有时候，我会忍不住生出这样的念头：如果能在这片远离世俗的荒坡上结识一个人，并与她相知相守，该是一件多么幸福的事情啊！

8

随着我年龄逐渐增大，我越来越关注庄园，去过的地方也越来越多。我记得，我去过维谢尔基、罗日杰斯特沃、诺沃谢尔基，以及我位于巴图林诺的外婆家。于是，我的童年变得丰富多彩起来。

每天早上，父亲都会第一个从睡梦中醒来。太阳刚刚爬上树梢，小鸟刚刚开始鸣叫，他就起床了。在他看来，每个人都应该和他同时起床。他醒来之后，就会大声咳嗽和吆喝，让人把茶具给他拿过去。如果我醒来的时候看到天气十分晴朗，心情就会十分愉悦。我根本来不及看看身边的人，就一溜烟地跑向果园，好早一点儿发现我心爱的红樱桃。此时樱桃树上果实累累，挂满了像红扑扑的脸蛋一样的红樱桃。这些红樱桃晶莹剔透，皮薄多汁，似乎一不小心就会把皮碰破。啊！多么诱人的红樱桃，不管是路过的人还是鸟儿，都会垂涎欲滴。我小心地摘下一颗，轻轻地咬上一口，口腔中马上就弥漫着酸酸甜甜的滋味。此刻，牲口棚里也是一片生机勃发的景象。各种声音交织在一起：开门声，鸟叫声，人们的打招呼声，似乎在演奏一首热闹的曲子。仆人们一边大叫，一边挥舞手中的鞭子，赶着猪、牛和浑身雪白一蹦一跳前进的大绵羊，催促它们去吃饲料。无数匹马聚集在一起，发出震耳的马蹄声，它们在仆人们的驱赶下，整齐地来到河边喝水，那场面实在是蔚为壮观。力量的健美和马群的和谐相互交织，场面非常奇特。与此同时，仆人们也在厨房里忙碌着。火炉里先是冒出蓝色的火苗，等到烧旺之后，就冒出了橙黄色的大火。这时就轮到厨娘上场了。厨房里散发出的香味实在是太诱人了，连小狗都抵制不住这种诱惑，蹦蹦跳跳地跑过来，不是趴在窗户上往里偷看，就是跑到厨房门口盯着厨娘，偶尔叫一两声，就迅速跑开了。这是它和厨娘撒娇。父亲吃过早茶之后，如果兴致还不错，就会带着我一起坐上简易马车，去庄稼地里巡视。一进入庄稼地，我感觉就像回到了原始生活：有的农夫脱掉马靴，甚至连斗笠都不戴，只顾着埋头犁田。他们必须全神贯注，不但要配合马的步伐，时刻观察，耐心等待，还要时刻小心。一个不小心，他们就会被马带进刚刚犁过的坑里，由于泥土太过松软，他们会急速下陷。因此，他们需要时刻保持平衡，保证自己不摔倒。此外，他们还需要忍受一样东西，就是木犁发出的声响。被犁过的泥巴并不老实，瞅准机会就会翻过犁刀，蹦到砧木上。田野里还有很多姑娘在工作，她们打扮得十分艳丽，完全凭自己的心意做事，也许前一刻还在拔马铃薯，后一刻就开始拔玉米了。俗话说：三个女人一台戏，现在这里有这么多姑娘，自然不难想象有多么热闹了。这里变成了笑闹声和欢呼声的海洋，偶尔还会夹杂着歌声，每个人都觉得非常快乐。在一望无际的燕麦田里，景象就完全不一样了。这里有很多农民挥舞着镰刀,不停地劳作着,火辣辣的太阳把他们的皮肤晒得黝黑。他们割燕麦的时候,会发出霍霍声,那种声音别提多动听了!天气实在是太热了,农夫们汗流浃背,有的解开衣服,有的把皮带绑到了头上。至于那些农妇就矜持多了,她们只是把衣襟别进了裤腰带里。她们跟在农夫们身后,等农夫们把燕麦收割完了,她们就挥舞着锄头,把麦地翻一遍。工作累了,他们就会坐在地上,伸直双腿,休息一会儿。等到割下来的麦子都晒干了,他们还要把它们捆成一捆一捆的,垛成垛。为了把麦子捆起来,他们需要用到膝盖或者身体,于是,麦茬就会扎得他们痒痒的。不过,这项工作也不是一无是处,因为这时候他们需要弯下腰,近距离地接触麦秆,自然就能闻到被烈日暴晒后的麦秆散发出的香味。割麦子的镰刀上面,还挂着一把小铲子,它经过了砂石的摩擦和水的冲洗。在农夫们挥舞镰刀的时候,这把小铲子也会随之灵活地动来动去。在这些农夫中,有一个人非常喜欢聊天,经常给我们讲他曾经经历过的事情。他绘声绘色地告诉我们,他曾经是怎么在别人的镰刀下挽救了一个鹌鹑窝。他还告诉我们,在鹌鹑差一点儿从他身边逃走的时候,他是怎么抓住它的,以及他是怎么勇敢地把一条大蛇砍成了几段。农妇们告诉我,相比白天,她们更愿意在夜间来捆麦子。因为在白天的时候,太阳会把麦穗晒得十分干燥,一不小心就会让麦穗脱离麦秆,落在地上,这样的浪费让人心痛。我想象着她们沐浴在月色和星光下劳作的场景,感觉此时劳作不但不辛苦,还平添了一丝诗情画意。

在我的记忆中,这样的清晨非常少,我的脑海中只有一些零星的记忆,我也没有想过要把它们完整地叙述出来。我的脑海中关于中午的回忆就是:中午时分,厨房里的饭菜已经做好了,香气不断地弥漫着。此时，父亲和农夫们就会陆陆续续地回到家里，刚一进院门，他们就能闻到饭菜的香气，变得精神抖擞。农夫中有一个领头人，他长着红色的、浓密的、弯弯曲曲的胡子。由于太阳的暴晒，他被晒得黑乎乎的。他很有派头，总是以马代步，但是经过半天的劳作，他的马儿已经汗流浃背了。有的人觉得自己的马儿经过了劳作，十分辛苦，就会先让它到池塘里洗个澡，再赶着它回家。马儿从水里上来之后，浑身都沾满了水珠，在太阳的照耀下闪闪发光。有的农夫负责割草，中间也会不小心夹杂上一些野花，此时，他们把杂草装满马车，高兴地赶着回家。至于割草的镰刀，就被他们随手放在了青草中。在阳光的照射下，放于某个角落的镰刀就会发出光芒。在这生机勃勃、喧闹不已的景象里，经常会出现我的哥哥尼古拉和来自诺沃谢尔基的姑娘萨什卡的身影。在这样的中午，他们也会坐在装满杂草的马车上，相互依偎着回家。仆人们隐晦地提到了他们俩的事情，但是我从来没有向任何人提起过。看着他们并排坐在马车上，我感觉眼前的画面是如此美好，我作为一个旁观者，都能感到由衷的幸福，不忍心打破这来之不易的宁静。萨什卡的个子高高的，长着一张当下最受欢迎的瓜子脸。她的手里拿着一把大水壶，眼皮低垂着，将眼里流淌的温柔的光遮住。但是从她的脸上不难看出，她青春洋溢，充满幸福感。哥哥握着缰绳，她就和哥哥背靠背坐着，她洁白的脚丫悠闲地在马车外晃来晃去。尼古拉哥哥戴着一顶白色的休闲帽，穿着一件敞开的麻纱领衬衫，浑身上下都很整洁，也充满了青春气息。他目光灼灼地看着萨什卡，我能看出里面隐藏的深情和幸福。每次他和萨什卡说话，嘴角都会带着一抹温柔的笑容。

9

　　我还记得，在热闹的节日里，我们就会全家出动，前往罗日杰斯特沃做弥撒。

　　我们会乘坐一辆由三匹马拉着的四轮马车出发。我记得很清楚，马车夫总会穿一件黄色的丝绸衬衣和一件棉布马甲，端端正正地坐在驾驶座位上。从我父母的装扮不难发现，他们出发前一定进行了精心的装扮。父亲打扮得像个城里人，戴着一顶有红圈花纹的贵族帽，帽檐下面，是一颗剪着规矩发型的油头。平日里父亲总是留着一撇小胡子，现在却刮得干干净净。母亲穿着一件色彩艳丽的仿古褶皱的连衣裙，面料柔软。我的头上也抹了油，梳得十分规矩，穿着一件丝绸衬衣。和别的小朋友一样，我现在既盼望过节，又觉得十分紧张。

　　当我们在田间小路上行走的时候，马车带起了很多尘土。这些尘土和夏季的闷热交织在一起，让人无法睁开眼睛。小路上还有很多车子，上面坐着农夫和农妇。我们的马车夫加快速度，骄傲地超过他们。我坐在马车里向外望，发现这些农夫和农妇也穿着新衣服，沉浸在节日的喜悦中。从一个特别高的陡坡冲下来之后，我们就进入了一个村子，我还沉浸在刚才快速俯冲的欢乐之中，并看到了村子里这些我以前从未见过的景物。我心中有难以抑制的兴奋，很长时间都无法平静下来。我忍不住感慨：这个世界上有太多神奇的东西。我至今还可以回忆起当时的很多场景：村里的每一户人家都有一个明亮宽大的院子；打谷场上有很多橡树，那些橡树看起来足有上百年的历史，还有很多养蜂场。村民们都高大强壮，热情好客，家财丰厚，不必为了生计而发愁，家家都算是当时的小地主。

村里还有一条深不见底的小溪，它从山涧里流出来，消失在远方，既看不到它的源头，也看不到它的终点。山涧里层峦叠嶂，树木林立。在树梢上，还停着很多白嘴鸦，黑压压一片甚是壮观。教堂里人头攒动，来自四面八方的人们聚集在一起。祭台上有一个红色的十字架，被阳光照射得光彩夺目。烛光和阳光相互辉映，让教堂看起来更加气派。圣诗般的咏唱赢得了大家像潮水一样的喝彩，整个教堂都沉浸在欢乐的海洋中。在这个欢乐祥和的节日里，我们全家都站在台上，虔诚地为这些信徒祷告着，一种自豪之情油然而生。做完弥撒之后，我们在神父的安排下，轮流亲吻那个充满金属味道的铜质十字架。之后，神父还恭敬地向我们鞠躬致意。从教堂里出来之后，我们来到了一个名叫达尼拉的怪老头家，准备休息一会儿再往回走。达尼拉有一头白色的鬈发，土黄色的脖子就像一个炸裂的瓶塞。他十分热情，拿出家里所有的茶、饼和蜂蜜，让我们尽情享用。钵子里的蜂蜜堆得满满的，似乎下一刻就会流淌出来。这个怪老头的手黑乎乎的，他居然用这双黑手抓起一块琥珀色的蜂蜜放进我的嘴里，至今回想起来，我都觉得尴尬不已。

当时，父亲在克里米亚战争①中花费了一大笔钱，仅剩的那笔钱又被他在和唐波夫赌博的时候输掉了，因此我们家走上了下坡路。由于父亲的花钱不眨眼，所以得了一个"败家子"的外号。当时父亲念叨得最多的一句话就是："完了，我们家要被拍卖了，怎么办！以后我保证再也不会乱花钱……"我当时就已经察觉，父亲已经失去了顿河左岸的所有资产。那段日子，就是我家的一个转折点。当时家里充满了宁静的幸福，让我十分陶醉。我至今还记得当

---

①克里米亚战争，发生在1853—1856年，作战双方分别是俄国和奥斯曼帝国、英、法、撒丁四国联军。——译者注

时的中午是如何度过的：仆人们鱼贯而入，把一道道美味丰盛的菜肴端到桌子上。香气在房间里弥漫着，吸引了附近的很多猎狗。窗外是蓝天白云，绿草繁花，门外是苍蝇和翩翩起舞的蝴蝶……午休时间，整个庄园都十分静谧，似乎一起进入了梦乡。傍晚时分，哥哥们就会带着我一起散步。他们总是喜欢进行一些热情洋溢的演讲，而听众只有我一个，所以每次他们都喜欢带上我。我还记得在一个夜晚，月亮明晃晃地挂在空中，整个天空就像一块蓝丝绒，而星星发出的耀眼光芒，如同镶嵌在蓝丝绒上的宝石，这幅画卷真是美不胜收。哥哥们跟我说，那遥远的天际就是一个未知的世界，以人类现在的水平是无法探知的。每个人死后，都会去那里，那里代表着幸福和神秘。在我看来，用世界上所有美好的词来形容它都不为过。在月光皎洁的夜晚，父亲都会去放在院子里的大车上睡觉。车上堆满了干草，再铺上一张垫子，就是一张很好的床，而天空就是被子。皎洁的月光洒在地上，洒在父亲身上，洒在窗台上。在这样的月光下，父亲很快进入了美好的梦乡。月华如水，在这个宁静而又充满乡村气息的夜晚，有田野、树木和花草伴着父亲入眠，我想他一定睡得十分香甜。而这样的幸福，在我心中久久挥之不去。

　　人们常说：祸兮福之所倚，福兮祸之所伏。这样的幸福太过美好，所以很快就被不好的事情打破了。一天傍晚，一群牧童骑着马飞快地跑进了我家的院子，原本宁静的院子瞬间就变得尘土飞扬。他们十分激动，你一言我一语地说话，可是根本听不清他们在说什么。我们听了半天，才弄明白他们说的是什么。原来，原本谢尼卡正骑着马好好地走在路上，却不知道什么原因就和马一起掉进了普罗瓦尔的最深处，要知道，那里可是遍布着很多芦苇丛和烂泥塘。弄明白他们的话之后，家里的仆人、我的父亲和两个哥哥……所有能出动的人都跑出去了，并保证会想办法把他平安带回来。这时候，整个庄园陷入了可怕的宁静，就像"暴风雨来临前的宁静"。想到这里，恐惧感就更加强烈了。留守在家的人都在焦急地等待着，默默地祈求上帝：希望他平安无事。最后一抹晚霞也消失了，可是我们还是没有等来任何消息。现在，大家除了等待，根本没有心思做别的事情，只觉得度日如年。最后，我们终于等到有人回来了，可是他们只带回了"人和马都死了"的消息。听到这个消息，我多么希望此时还没有人回来报信，我们还在等待。这个消息如同炸雷一般，炸得我头昏脑涨，我感觉身边吵吵闹闹的，忍不住想要大喊："吵死了！"后来我才听清楚，原来这些吵吵闹闹的声音都是在帮谢尼卡安排后事：报警和守丧。我长这么大，还是第一次接触"死亡"，难道"死亡"的真正含义已经在不知不觉中镌刻在我的心中了？

10

对于死亡这件事，每个人所表现出来的态度完全不一样。一旦涉及死亡，有些人就会感到极其害怕，并且始终在死亡的影响下生活，然而，真正令他们感到害怕的，其实仅仅是他们自身对将来的不确定。在我的记忆中，阿瓦库姆神父①对于自己的童年记忆，曾有过这样一段：有一天晚上，当他眼睁睁地看着隔壁人家的牲畜去世后，心中就泛起一阵可怕的恐惧感，情急之下他急忙起身跪倒在圣母马利亚的雕像前，并开始虔诚地祈祷，希望上帝可以保佑他的灵魂。他之所以会这样做，是因为当时的他认为自己似乎马上就要去

①俄国分裂派教徒的领导人，最后被沙皇处以火刑。——译者注

世了。对于他提到的这一点，其实我也有过相同的经历，至少我本人是这样认为的。

从很小的时候开始，只要是和魔鬼、妖怪、去世的人有关的故事，我都会兴致盎然，甚至每当长辈们谈论起那些早已去世多年的先辈时，我都会待在一旁认真聆听，生怕错过些什么。听长辈们讲，那些去世的人虽然是在地狱里生活，但他们却依然过着和生前一样的生活。由于我生来就对黑色的东西感到恐惧，比如黑黑的夜晚、黑黑的房间，甚至会对妖魔鬼怪、亡灵以及去世的人感到惧怕，每次听长辈们讲这些内容时，我就会从心里生出一种恐怖至极的感觉。在我看来，生活在那样一个黑漆漆的地方，根本就是一件令人毛骨悚然的事。

至于我是何时开始信奉上帝的，其实我本人也说不清楚，或许是在我第一次意识到死亡的存在后开始的。死亡竟然能和上帝相提并论，这完全出乎我的意料。对于上帝究竟是什么，我最开始所具备的概念就是——他是高高在上的，是永远也不会走向死亡的，这一点我是从那些摆放在母亲卧室里的物件中感受到的——一盏明亮的圣体灯以及一尊黝黑的饰有银质镀金衣服的圣人雕像。对上帝来说，我们这些凡夫俗子所经历的短暂的一生，只不过是一眨眼之间的事。当然，正是从那时开始，我对灵魂有了最初的认识。相比起生命的短暂易逝，人类的灵魂是永远也不会泯灭的，它始终存活在每个个体的心灵之中。然而，对每个人来说，无论发生了些什么，他们都是要面对死亡的，当然这只是时间早晚的问题罢了。原来不管是谁，都无法摆脱死亡的结局，这个事实让我感到万分震惊。当然，让我对这个事实印象最深的一件事，就是大斋节前夜①——我

①宽恕日，这是大斋节到来的前一晚。——译者注

们全家人在那天晚上全都变得谦卑、礼貌起来，彼此鞠躬致敬，以此来恳求饶恕与恩赦。之所以会这样，是因为在那天晚上，我们全家人都深切地体会到了死亡降临的气息，并且害怕过了今夜我们都会从这个世界上消失。当然，每年的大斋节前夜，我都会产生这样的感觉。在那个晚上，我的心情十分低落，只能平躺在床上静候命运的裁决。对于"基督的再次来临"这件事，我觉得它是极其恐怖的。当然，还有比这更恐怖的事情，那就是那些早已去世的人再次活过来。次日清晨，当我从睡梦中醒来后，才发现为期六个礼拜的大斋节早就开始了，一切的公共活动都被暂停了。结束了大斋节，紧接着到来的就是受难周，正是在这个时候，身为救世主的基督遭遇了苦难……

虽然人们在受难周期间有许多重要的事情需要处理，但他们依然会按照规矩来控制饮食或者完全停止进食，当然在这样做的时候，他们的内心是惆怅的。父亲就是这样，他虽然极力控制着自己的饮食[①]，但脸上的神情却是惆怅的。在罗日杰斯特沃村的教堂祭坛里，摆放着一具基督棺木的模型，到了星期五那天，人们会用一块绣着基督遗体肖像的方巾，将这副棺木严严实实地覆盖起来。虽然当时的我并没有亲眼看到过那块方巾，但是当保姆向我形容它时，我竟被吓得浑身哆嗦起来。为迎接这个属于基督的神圣时刻的到来，我们家会把整个屋子从头到尾打扫一遍，这样一来，等到了节日到来前的那个星期六下午，屋子的各个角落全都是干干净净的，几乎一尘不染。紧接着，在星期六那晚，这个伟大的节日终于来临，整个世界也随之出现了令人惊叹的大转变——伟大的基督复

---

①按照东正教的要求，在受难周期间，一天只有一顿饭能吃饱，其他时间都要半饿肚子，甚至是完全停止进食。——译者注

活了。虽然长辈们并没有叫醒我们，但我们很早就醒过来了。对于这样一个伟大的转变，我们深切地感受到了它所带来的美好，并就此认为整个世界将会走向辉煌。只不过，就算是在这样的时刻，那种令人惆怅的感觉却依然存在，并始终围绕在我们身边。黄昏的时候，天空的一隅铺满了玫红色的晚霞，在这片属于春天的寂静的原野上，随处能听见人们传送喜讯的呼喊声。"基督战胜了死亡，他活过来了！基督战胜了死亡，他活过来了！"大多数人都在这样重复呼喊着，并且用不了多久，就会产生一个"信奉基督的人"。这些信奉者大多都是年纪轻轻的农民，有男有女，一般来说，男人们会在腰间绑上一条洁白的腰带，手里握着一个大十字架，然后举过没有戴帽的头顶；至于女人们，则会统一穿上洁白的连衣裙，而后用干净的毛巾裹住圣像，并虔诚地捧在手中。他们一个个看上去兴致盎然，好像早已预知自己将实现愿望似的，就这样一边唱着赞美诗，一边朝我家的院子里走来。当他们来到台阶前，就会停止歌唱，而后用他们那温热而又柔嫩的嘴唇亲吻我们，就如同亲吻他们各自的亲人一般。在那之后，他们会捧着十字架和圣像走进屋子，动作十分小心谨慎。在客厅那里刚好燃烧着一盏圣体灯，它所发出的光芒，在春日黄昏照射进来的晚霞的映衬下，显得十分绚丽夺目。就在这盏圣体灯正下方的桌子上，铺着一块十分好看的桌布，这些信奉者会将手里的圣像供奉在上边，而后将十字架插入旁边早已备好的燕麦里。啊，所有的这一切，如果仅从表面来看的话，将会是何等的美妙！然而，在我看来，像这样的排场总是会带给人莫名惆怅的感觉，甚至其中还隐含着些许的惧怕。伴随着春日黄昏所透露出的些许发青的色调，再加上屋内那盏光芒柔和的圣体灯，眼前的这一切看上去非常的平静安详。然而，正是这样的仪式，反倒让人不由得想到了死亡。有好几次，我都发现母亲独自待在客厅里，她脸上的神情看上去是悲伤绝望的，一个劲儿地跪在那里，向那盏圣体灯、那个十字架以及那尊圣像进行虔诚的祷告。究竟发生了什么，会让母亲看上去如此悲恸欲绝呢？纵观母亲的一生，她始终是这样忧伤孤寂的，就算是大家觉得她不会有任何伤心事的时候，她也总是愁眉苦脸的，根本就露不出一丝微笑。每天夜里她都会进行好几个钟头的祷告，却依然充满了忧愁。即使是在最令人心情畅快的夏天，母亲也会用整整一个下午的时间，独自坐在窗前发呆。她的双眼透过窗户看向外面，看向原野，然后默默地泪如雨下。这一次，又是因为什么呢？原来，在她的内心充满了无尽的爱意，这种爱的施与对象不仅包括她的孩子，而且还包括世间万物，她将我们看作是自己心中的一颗明珠，然而随着时间的推移，这颗明珠最终蒙上了尘土，不再晶莹透亮。其实，存在于这个世界的所有事物，最终都会消失不见，并且永远也无法复原。就如同人世间有各种各样的情愫，它们可能是相聚与离别，也可能是开心与难过，还可能是其他无法用语言表达清楚的或是没能说出口的情感，当然，这之中就包括死亡……

实际上，早在谢尼卡去世以前，我就和死亡有过或多或少的接触，甚至还曾在某种程度上和它擦肩而过，这样说来，让我真正明白死亡是怎么回事的人，并不是谢尼卡。但是，不可否认的是，正是通过谢尼卡，我头一次真正感受到了人的死亡，并且深刻地体会到无论是谁，终有一天会被死亡包围。就在那一天，我头一次认识到，原来死亡可以让所有的一切都失去光辉，就如同太阳的光芒被乌云遮挡了一般。到那个时候，我们极力渴求的一切，都将会失去自身的价值，甚至会就此消失不见，而我们也不再对它们享有任何的权利。眼前的这一切，看上去是如此的不真实，令人感到悲恸欲绝。记忆中那个让人印象深刻的傍晚，死亡跨过普罗瓦尔打谷场的一捆捆干草，朝这里走了过来。在那之后，仿佛有一种极其诡秘的东西存在于那里，它也许是令人憎恶的，但却充满了魅力，并在很长一段时间里吸引着我过去。当然，无论我的眼睛看到了什么东西，我总是会由它想到谢尼卡，这样一来，我的脑袋里就会浮现出一些始终没能找到答案的疑问。比如，谢尼卡摔死以后的他又在干些什么工作呢？他的长相如何了？他又为何会在那一天去世？难道这其中包含了什么不为人知的深意吗？

11

春夏秋冬，四季轮回，时间就这样一天天、一年年不知不觉地过去了，根本无迹可寻。只不过，随着时间的推移，我对自身的认识也变得愈加深刻了，这一点我记得非常清楚。

印象中有一天，我因为没事做，于是偷偷钻进了母亲的房间。在她房间的一个拐角，我看到了一面椭圆形的镜子，镜框是核桃木质地的，被严严实实地嵌套在那面有窗户的墙壁上。猛然间，透过这面镜子，我看到了自己的脸庞，它是那样的陌生，简直让我大吃一惊，尽管之前我也曾在镜子里看过自己，但那仅仅是出行前的例行检查，目的是确认自己穿着够不够端庄，如今，这是我头一次如此细致地审视自己，只见镜子里的这个孩子，身形高挑纤瘦，上身穿着一件暗咖色的衬衫，衣领看上去并不是很对称，下身穿着一条黑马裤，脚上蹬着一双山羊皮质地的旧皮鞋。他的两只眼睛看上去十分纯洁，里面包含着一种吃惊而又好奇的神情，整体上给人一种成熟稳重的感觉。通过这次照镜子，我才意识到原来自己身上竟然出现了这么多细微的改变，这让我感到吃惊不已。此刻，我对自己的认识是崭新的，同时也是前所未有的。其实，很早以前，这些改变就已经在我身上出现了，只不过是我本人没有察觉而已。如今，当我对这些改变有所察觉时，却发现自己早已发生了翻天覆地的改变。那么，这些改变最初产生于什么地方呢？它们又是在什么年龄段出现的呢？更进一步，这些改变究竟出现多长时间了，恐怕连我本人也说不清楚了。如果认真回想一下的话，这些改变大概是在我7岁的时候出现的，至于具体的时间，或许就是在那年的秋季，这一点可以从镜子里的这个孩子的肤色做出推断——在度过了一个炎热的夏季以后，他的皮肤渐渐地由黑变浅了，如今，这个出现在镜子里的孩子拥有我最喜欢的肤色，他脸上的神情是如此的丰富，就连一举一动也显得如此成熟……尽管我会因为出现在他身上的种种改变而感到诧异和慌张，但正是由于有了这些改变，他才能变得如此光彩夺目，让我对他产生一种发自肺腑的仰慕之情，并深深地被他吸引住。镜子里的自己早已变身为一个长相俊俏的帅小伙，不仅拥有高挑的身材，就连脸上的神情也是变化多端的——它们表达了各不相同的情感体验，然而，正是因为这样，我突然被一种奇怪的情绪包围了，这种情绪就是"忧虑"。也是从那一刻起，我清楚地认识到，如今的我，早已不是之前那个呆头呆脑的小孩子了。甚至就在模糊之中，我体会到这将是自己人生的一个转折点。对于将来的生活，我感到不知所措，或许现在的我要比将来的我过得好呢。

没想到的是，我真的猜中了将来的生活，难不成我拥有提前预知未来的超能力？反正，就是从那个时候开始，我的生活突然变得复杂起来，之前所拥有的种种快乐全都慢慢地离我而去。对我来说，这样的改变所带来的影响是巨大的，但我却没有任何的办法去反抗，只能慢慢地和它进行磨合，并最终接纳。当然，我对新鲜事物的看法，也是在那个时候发生转变的，甚至我的知识、思维以及情感，也从中收获了许多新颖的内容。就在此时，因为某种机缘巧合，我的生活里突然出现了一个人，此人在自己的家族中极负名望。自从相遇以后，我和他就成了朋友，并一起学习和成长……也是在这段时间里，我生了一次重病，这可是我自出生以来头一次病得这么厉害，更为糟糕的是，在这期间，我的两位亲人——分别是外祖母和娜佳——离开了我，我是如此近距离地感受到了死亡的气息，并且眼睁睁地看着她们被死神带走。

12

冬去春来的时候，气温还不是很稳定，时常忽冷忽热的。某一天，一个穿着长礼服的人来到了我家，他的名字叫巴斯卡科夫。这个人刚出现的时候，所有的人都被吓到了，甚至以为自己"遇见了妖怪"。他的个头并不是很高，身材显得十分瘦弱，长着一双罗圈儿腿，有些发育不全的感觉，他黝黑的脸上长着一个鹰钩鼻，看上去非常适合。在我的记忆中，那天的天气阴沉沉的，就如同是要与他的来历相配一般。在我看来，要说谁是这个世界上最不幸的人，那绝对非他莫属了。只不过，如果从实际上来看的话，他并不能算是一个不幸的人，仅仅是运气差了些。说起运气，他实在是太倒霉了，加上他的个人意志非常薄弱，因此他才彻底变成了一个倒霉鬼，只是他本人却一点儿也不在意这些，反倒因此感到开心得意。对于这一点，一直到我成年以后才弄明白，原来他之所以会成为这样一个极具代表性的，甚至让人感到异常恐惧的俄罗斯人，正是因为他性格中与生俱来的那些特质。实际上，上帝对他是厚爱的，他拥有十分显赫的家庭背景，才能出众，具备很好的觉悟。如果仅仅凭借上帝所赐予的这些得天独厚的条件，他完全可以过上不错的生活，不至于像现在这样悲惨。然而，由于他的个性中隐含了某种疯狂的基因——这是俄罗斯人生来就有的，因此当他还没有从政法大学毕业，就已经和自己的父亲翻脸了。在那之后，他就从家里搬了出来，据说在临行前他还在家里大骂了一通，而后就开始独自一人四处闯荡了。后来，当他的父亲去世以后，为了抢夺父亲留下的财产，他和自己的兄弟们也闹翻了，甚至还当场撕毁了父亲的遗书，并说出了如下的狠话："我在此通知所有人，从此刻起，对于归我所有的那一部分遗产，我将放弃对它们的继承权，并且从今以后，对于家里所发生的大小事宜，我都不会再插手了，无论今后你们遇到了什么事，都和我没有一丝一毫的关系。"结束这通宣言后，他就一路咒骂着摔门离开了，并且再也没有回去过。自从离开家以后，他就开始了四处流浪、随遇而安的生活。在同一个地方，他所停留的时间永远都不会超过数月，之所以会这样，是因为他有一颗向往"自由"的心。至于这一回到我家，他同样很快就离开了，并没有在我家停留很久，甚至这期间他还与我父亲产生了矛盾，差点儿打了起来，也是在这之后，他就离开了。不过，在那之后，过了很长一段时间，具体有多久我也记不清了，总之，他再一次出现在了我们面前，再一次来到我家。与以往不同的是，当他在我家住了一段时间后，竟向我们坦白道："我打算在这里长住，并把这里当作自己的家了。"这使得我对他的态度有了不少改变。更令人意外的是，这一回他果真在我家住了下来，并整整住了三年，一直到我去中学读书为止。在这三年里，我和他慢慢地成了好朋友，而他终于开口向我坦白道：长久以来，人们对他都不抱有好感，觉得他的性格非常不好，同时认为他对人、对社会的态度太过冷漠和不屑，但是，只有我家，尤其是我，能够如此真诚和热情地接纳他。在与他日渐熟识的过程中，我发现自己对生活中大小事宜的态度有了很大的改变，甚至我的情感体验也发生了改变。就这样，我完全被他吸引住了，渐渐地，他占据了我生活的很大一部分空间，我对他的依赖感也与日俱增，他简直成了我的人生楷模和引路人。

相较于其他人，我拥有十分敏锐的神经感觉，这是与生俱来的特质。其实，像我所具有的这种敏锐的神经感觉，在我的爸爸妈妈、祖父、曾祖父身上都能找到，当然了，还有其他一些人，他们身上同样拥有这样的特质，甚至这之中就包括了那些非同凡响的人——他们曾为俄国文明社会的建设做出十分卓越的努力。只不过，我身上所具备的这种敏锐的神经感觉，完完全全地被巴斯卡科夫给激发出来了。说实话，如果论真本事的话，其实他根本没有资格成为我的人生楷模和引路人，这是因为没过多久，他就向我提出了一个要求——完整地阅读并抄写俄译版本的《堂吉诃德》。和我家摆放的那为数不多的几本书一样，这本书被灰尘彻底地覆盖了，当我们将它翻出来以后，它才算彻底结束了它悲惨的命运。那段时间，我和他一起经历了许多许多的事情，实在是太多了，最终，随着时间的推移，我们都慢慢丧失了一开始所抱有的新奇感。对于我的妈妈，他一直表现出十分敬重的态度，并且始终坚持用法语来和她进行交流，同时，只要是妈妈提出的建议和要求，他都不会拒绝，甚至会拼尽全力做到最好。还记得，妈妈曾要他教我法语，虽然一开始的时候，他确实表现得干劲十足，但可惜的是，没过多久他就放弃了，这是他的天性使然。当然，他对我确实非常不错，还曾在我即将步入中学的时候，大费周章地买来许多对考试有用的书籍，并要求我熟记里面的知识。坦白讲，我对他有很深的了解，甚至我还在他的个性的影响下，发生了或多或少的改变。虽然他是一个个性丰富的人，但大部分时间里，他都喜欢一个人陶醉在自己的世界里，因此别人看到的他，是孤独的、傲慢的、羞涩的和寡言少语的。每一天，我都能看到他拖着两条细罗圈儿腿，飞快地在房间和院子里来回穿梭，根本停不下来。有时候，他还会一边露出恐怖的笑容，一边严厉地咒骂几句；而有时候，兴致来了，他又会非常热情地和大家走到一起，看上去十分开朗、十分亲切；只不过，有时候他又会变得十分高调，故意卖弄起自己的小聪明；有时候，只要他开始大肆吹嘘某个令人感到惊奇的事情，那么就没有任何的办法来让他住口。然而，一旦当他遇到不开心的事情，那么无论是谁，都别想从他那里获得热情而持久的回应，甚至这个时候向他发问的话，极有可能会被他大骂一通。每当这个时候，就只有我一个人才能让他高兴起来，并且只要他一看到我，就会立刻向我飞奔过来，而后搂着我的肩膀去原野或是花园里的某个僻静的地方，并在那里坐上一阵儿。在这期间，他会十分生动地给我讲一些有意思的故事，甚至有时候还会为我诵读文章。他所表现出的这种情绪上的瞬间变化，让我以往的情感和意识体验产生了翻天覆地的改变。

　　他生来就拥有非常丰富的神情和肢体动作，加上他的嗓音十分悦耳，因此从他口中说出的故事，听上去极其精彩和生动，简直有一种身临其境的感觉，并且即使是普通的朗读，也能让人听出不同寻常的精彩之处。他总是习惯把书摆在距离眼睛非常远的位置，并常常喜欢眯起左眼阅读。与他相处的时候，那些隐藏在我情感中的最隐晦的东西，往往能经由他而被成功激发出来，并持续地和我固有的情感与意识进行抗争。在我看来，他所讲的任何故事，简直就是他本人的真实经历，并且在讲述的时候，他会做到一字不落，根本就不会因为我的年龄而对某些内容做出或多或少的修改。从他的声音里，我感受到了他心中所包含的悲伤和无奈，而他所经历的一切，刚好揭示出了这个世界的无情和冷酷。对于这一切，他并没有以一种非常谦虚恭敬的态度来进行讲述，反而是以一种十分强硬的态度朗读着，就像是一个英雄似的。对于人们非常感兴趣的喜剧内容，他以一个十分巧妙的角度和方式进行了讲述，至于悲剧性的内容，他则选择了一语带过。我一面仔细聆听着他的讲述，一面为他的悲惨遭遇感到愤慨。就这样，我对他充满了同情，这可是平时难以看到的一面，至于那些让他遭受苦难的人，我对他们感到十分愤怒，甚至于最后竟忍不住想要破口大骂。当然，对于那些让他感到快乐的事情，我也发自肺腑地替他感到开心，甚至完全沦陷了，根本就走不出来。他的视力很差，眼睛泛白的地方时常充斥着红血丝，看上去红通通的，就如同两只被煮熟的虾球一般，至于他的瞳孔，则呈现暗褐色，显得非常炯炯有神，再加上他的面部表情非常丰富，因此常常会让人感到害怕。和普通人不一样的是，他走起路来一点儿也不平稳，总是又走又跑的，并且每当这个时候，他脑袋上的白发和身上的长礼服——这件礼服破破旧旧的，并且很久没有换洗了——都会跟着飘扬起来。他常常会昂着脑袋，一脸傲慢地解释道，自己并不想给其他人带来麻烦和压力。其实，他身上有意思的地方还有很多很多，简直快要数不过来了。我感觉，他好像一直都在吸马合烟。到了夏天的时候，他认为谷仓那里不仅非常宽敞，而且十分凉快，简直就是一个用来避暑的绝佳之处，因此他常常会住在那里；等到了冬天的时候，他又觉得那些早就不再使用的仆人房十分温暖，因此又会搬去那里居住。他在饮食上没有太多的要求，因此在这个世界上，除了伏特加和醋拌芥末，再也没有别的食物能让他萌生饥饿感了。对他来说，任何吃喝方面的独特的讲究，实际上都是毫无根据的。当他表达出这样的观点时，大家都觉得非常诧异，甚至完全想象不出这么长时间以来，他到底是如何生存的。

通过他的讲述，我知道了他的许多生活经历，比如在面对恶霸的时候，他是怎样勇敢地与他们进行直接的对抗，又比如当他在莫斯科读书的时候，发生了哪些好玩的事情；再比如他曾经历过多少个四处流浪的日夜，甚至还曾去过一个人迹罕至的森林……跟他在一起的时候，我们共同阅读过许多书籍，比如《堂吉诃德》《环球旅行者》《土地与人》《鲁滨孙漂流记》等等。他十分喜欢创作水粉画，因此有朝一日成为一个远近闻名的大画家，就成了他这一生所追求的梦想。其实，他的这个喜好，也对我的人生产生了非常深远的影响。然而，让人想不通的一点是，在那之后的日子里，只要我一看见颜料盒，就会情不自禁地全身颤抖起来，同时我的情绪也会变得起伏不定。从日升到日落，我可以一直站在画布前画画，亲眼见证那片蔚蓝色的天空，慢慢地转变为令人新奇的淡紫色。天气炎热的日子里，太阳发出的光芒十分耀眼，它们穿过树梢投射到地面，偶尔会给人一种变化多端的感觉，一会儿变亮，一会儿变暗；偶尔又会将整个世界装点得五光十色，就如同碎玉所折射出的斑斓的光彩一般。这个时候抬头看看头顶的那片蓝天，它严严实实地将这片森林包裹起来，并将它那五彩斑斓的光芒装点着这片森林。从那个时候开始，我对大地和天空有了最初的印象，并且这种印象对我之后的记忆都产生了十分重要的引领作用。正是这个从生活中总结出来的真理，同样成了我这一生中最具价值的真理。至于那片从树梢间隐约可见的淡紫色的天空，在我看来，它将会伴随我的一生而存在下去，对此我坚信不疑。

13

在父亲的书房的墙壁上，悬挂着一把用来捕猎的刀，虽然它的款式很旧，但却显得十分霸气。偶尔，父亲会当着我的面取下它，然后慢慢地抽出刀，并用上衣缓缓地擦拭几下，而我就这样眼睁睁地看着这把闪闪发亮的猎刀。印象中有一回，由于实在无法抑制内心的好奇，于是我小心翼翼地伸出手，试探着触摸了一下猎刀。当时的感觉，是我这一生都无法忘却的，那把猎刀的材质十分细致、顺滑，刀口异常锋利，摸上去有种冰冷的感觉，似乎快要侵入心脏一般……这把猎刀所呈现出的一切，都让我为之迷醉，甚至完全沦陷在触摸它的欣喜之中，根本没有办法走出来。那个时候，我简直想将它永久地据为己有，并摆在某个触手可及的地方，这样一来，只要我想和它来个亲密接触——比如亲吻它，我就能随时做到。事实上，除了这把猎刀，父亲当时还有一个剃须刀，同样是钢制的，并且刀口非常锋利，只不过，它始终被藏在某个隐蔽的角落，因此我自始至终都没有找到它。一直到今天，只要是钢制的物品，我都会对其产生某种说不清道不明的情愫，并且时至今日，我依然无法解释清楚，自己为何会拥有这样独特的喜好。但是，我就是喜欢这些钢制物品，只要它们出现在我眼前，我的情绪就会随之起伏不定。在我的孩童时期，无论是什么东西，我都对它们抱有十分关心、十分喜爱的态度。唯独只有一次，当我看到一只翅膀受伤的白嘴鸦时，由于太过激动了，竟一不小心结束了它的生命。记得那一天，无论是家里还是院子里，全都空无一人，这实在是让人费解。忽然间，一只身形庞大的黑鸟猛地出现在我眼前，并急匆匆地朝谷仓的位置奔跑，只不过，它的动作看上去十分古怪，身体一个劲儿地往一边倾斜着。就在那个时候，我的脑海里突然闪现了悬挂在父亲书房里的那把猎刀。于是，我几乎连思考的时间都没有，就急忙跑进书房取下猎刀，接着，为了节省时间，我竟然直接从书房的窗户上跳了出去。当我跑到那只白嘴鸦身边时，它屏息不动地站在那里。时至今日，我依然清晰地记得它当时的眼神，里面透露出两种相互矛盾的心理状态，一方面它打算和敌人一决高下，另一方面它又对眼前的这个庞大的敌人充满了畏惧。就这样，它将整个身体扑倒在地上，拼命地张大了自己的尖嘴巴，而后发出沙哑的叫声，仿佛是在向我示威一般，一点儿也不想认输……事实上，那是我长这么大以来头一次亲手杀生，同时，这一次的经历对我的人生产生了极其深远的影响。自从发生了这件事以后，有很长一段时间，我的心情都十分沮丧，就像是丢了什么东西似的，根本无法集中精神。正是因为这样，我曾在私下里向上帝以及存在于这个世界的所有神仙进行忏悔，希望他们可以宽恕我所犯下的罪行，宽恕我竟如此凶残地杀死了一只白嘴鸦，同时也祈求我的内心可以得到解脱。然而，那只断翅的白嘴鸦在最后一刻所表现出的垂死挣扎的模样，却始终萦绕在我的脑海中，让我根本无法遗忘。甚至我依然清晰地记得，当我把那把猎刀刺向它的时候，它竟然没有躲闪，而是如同一个勇士一般，直冲冲地撞向我手里的猎刀。于是，红彤彤的血液猛地一下喷洒出来，并浸染了我的手，也是在那一刻，一种令人窒息的快感传遍我的全身，这是我从来没有体验过的感觉！

　　和巴斯卡科夫相处的日子里，我们一起干过许多不为人知的坏事。因为听人说房顶保存着祖父以及曾祖父用过的马刀，于是我们就这样反复攀爬了好几次房顶。虽然攀爬的过程中出现了各种各样的阻碍——比如去往房顶的路上有一个必须经过的陡梯，又比如要像猫一般弯着身体摸黑前行，再比如要爬过那些堆积已久的障碍物，但是，我和巴斯卡科夫都感受到了某种令人向往的神秘感，因此我们最终克服了这些阻碍。去往房顶的通道一点儿风都没有，因此那里的温度非常高，再加上这里的空气没有实现对流，因此到处都弥散着一股让人感到恶心的臭味——里面混杂了烟味、火炉味以及过期的油烟味，在这样一种环境下，人会不由自主地产生一种沉闷感。在能看得到天空的地方，充满了阳光，以及令人神清气爽的空气。将这样两种环境放在一起比较，马上就会凸显出这里的沉闷。由于空气里充满了恶臭味，人只要吸一口气，就会感觉到晕眩。然而这时，在外边，有一阵从原野上吹过来的风，正肆意地从房顶上刮过，并发出巨大的呼呼声。这阵风从烟囱里钻了进来，接着又穿过天窗上边的缝隙，于是，呼呼的风声演变为令人毛骨悚然的响声，就如同鬼片里有妖怪出场时的音乐一般，同时出现的，还有一阵接一阵的阴冷的寒风。我们沿着这条通道不停地向上攀爬，渐渐地，四周的空间开始变得宽敞起来，甚至还有几束调皮的光芒，它们是透过天窗的缝隙照进来的。然而，正是因为有了这几束光芒，我们才可以在烟道和烟囱里自由地来回爬行，当我们停在房顶的那根横梁上以后，打算试着寻找一番，看看能不能找到祖父和曾祖父曾用过的马刀，于是我们开始仔细地审视起四周来，尤其是仔细检查横梁下边和桁梁，倘若我真的可以找到那把神秘的马刀，那将会是一件何其幸运的事情，而我简直是中了头彩！只是在脑袋里想一想这件事，就会让人感到无比快乐。至于找到马刀后究竟能用它来干些什么，我本人其实根本就不知道。我对马刀所抱有的与生俱来的好奇心，以及那份热衷于冒险的爱好，究竟是从什么地方产生的呢？然而，让人感到遗憾的是，尽管我们来来回回爬了好几次，但却始终没有找到马刀，唯一能看到的，只有布满房顶的尘土而已。不过，倘若你认认真真地观察一下这些尘土，就会惊奇地发现，有些尘土的颜色是灰色的，而有些尘土的颜色又是紫色的，看上去十分神秘……后来，随着时间的推移，我慢慢地认识到，原来人们对存在于这个世界上的一切事物所抱有的好奇感，其实是生来就有的，并且根本就没有办法做出改变。

就这样，我们把横梁上的每个角落都找遍了，但却根本就没有看到马刀的踪影，最终，由于爬上爬下实在是太累了，我逐渐觉着有些疲累。至于那个和我一起找马刀的人，他可是这个家里边唯一懂我的人，对于我所表现出的好奇心与冒险精神，他总是选择支持。一个不争的事实已经摆在我们眼前了，那把神秘的马刀根本就不存在，无奈之下，我们只好慢慢地接受了这个结果。由于我实在是太累了，于是就将整个身体趴在横梁上休息；至于他，则将身体斜靠在桁梁上，手里握着一支烟，两只眼睛直愣愣地盯着前边看，仿佛是在思考什么对我有所隐瞒的事情，又仿佛是在发呆一般，与此同时，他的嘴巴始终小声嘀咕着什么，我根本就没法听清楚。其实，由于他总是给我一种捉摸不透的感觉，这么久以来，我还从来没有彻彻底底地观察过他，同时，对于他为何会讨厌稳定的生活，为何会放弃原本属于自己的稳定，而如此热衷于四处流浪，我都一无所知。休息了一阵后，我慢慢爬到天窗附近，想要站起来远眺天空。当我真的站起来以后，在光芒的照射下，我才意识到原来顶层的位置是如此的宽敞明亮，并且此时从外面刮过的风听上去温柔了不少，至少不再令人毛骨悚然了。只不过，虽然这里的空间十分敞亮，但由于我们的个头并没有变化，因此对我们而言，这里依然显得十分低矮，让人感觉闷沉沉的，放眼望去，庄园并没有改变，依然与我们记忆中的状态一模一样。当我在天窗边站立的时候，我尝试着忘记自己本身，而去想象在这个时间点，庄园里正在呈现怎样的场景。脑海中想象出的一个接一个的场景，就这样在我眼前展现出来，又从我的眼前一晃而过。放眼向远方眺望，整个世界被阳光照耀得闪闪发亮。伴随金灿灿的阳光，周围的花草树木全都肆意地生长着，就连那些还没有完全绽放的树叶，也都无拘无束地向外延展开来。树梢间传来鸟儿们的叫声，叽叽喳喳，听上去十分热闹。沿着树梢向上望去，满眼都是翠绿的色彩，阳光透过枝丫间的缝隙投射下来，看上去就如同钻石一般闪亮。眼前的这幅美丽的景象，让看到的人都会忍不住发出感叹，倘若不能让自己的内心冷静下来的话，是很难看到如此美丽的景象的。这个时候，再认真地往前看一看，就能看到刚才发出叫声的麻雀们，此刻正欢快地在树梢间来回跳动。原野就这样与花园连在一起，整整齐齐地向远方延伸过去，一眼望不到边。在我看来，这座名为巴图林诺的森林充满了神秘感，在它里边包含了无数人们并不了解的神秘故事，它所呈现出的令人向往的蓝色仿佛是在召唤我们去探险一般。就是在眼前的这座庄园里，外祖母整整生活了80年的时间，而这里也承载了她的一切故事。在阳光的照射下，庄园里的彩色玻璃折射出闪闪发亮的光芒，成功地吸引了我的注意力，让我忍不住想要去探究一番。在牧场的后方，坐落着诺沃谢尔基，在它里面长满了树木，同时还有农民精心栽种的蔬菜、存放谷物的粮仓，以及数量众多的草屋，它们就如同天上的星星、棋盘上的棋子一般，分散在各个地方。道路两旁分布着无数干草棚，在路面上来回走动的是穷苦农民所饲养的牲畜，同时还有出现在各个角落的小孩子们。这些孩子中，有很多年龄很小的小孩子，他们的小肚子圆鼓鼓的，就像是婴儿的肚子一般，让人的心头泛起一股暖流。除此之外，路上还会出现一些性格泼辣的农妇，以及不修边幅的脏兮兮的农夫，然而，当我亲眼看到那些年轻的少女后，我才突然明白，为什么尼古拉哥哥能够忘却那些令人作呕的东西，反而一个劲儿地往这个地方跑，要知道，他给出的理由是因为自己要来看望萨什卡。眼前的这些年轻的少女拥有洁白的皮肤，比雪花显得更白一些，嘴巴看上去红红的，里面分布着两排又白又整齐的牙齿，她们身上穿着雪白的衬衫，看上去十分娇小动人，一双双又细又长的腿，让人为之迷醉，在这种状况下，即使内心有再多的苦闷，也全都烟消云散了。当我望着她们身上那细嫩顺滑的皮肤时，我的内心突然泛起一阵悸动，简直难以用语言来表达。在那个时候，我迫切地想要对她们干点儿什么，但究竟该干些什么呢，我自己也想不清楚，更令人费解的是，我为何会表现得如此莽撞呢？对于这个问题，我本人也解释不清楚。

在那些日子里，我把绝大多数的精力都放在了祖父和曾祖父用过的马刀上，听说它们就被藏在房顶那里，这始终是我心头的一个结，此外，我剩余的精力则完全放在了那个名叫萨什卡的女孩身上。她的出现是令人措手不及的，就在某一天，她突然只身一人出现在我家，并从此进入了我的生活。她总是弯着身子，看上去像是恨不得蜷缩在一起似的，不管是跟妈妈交谈的时候，还是放在平常，她都喜欢将脑袋垂下来，当她站在庄园的台阶上时，又会表现出一副心惊胆战的模样。然而，她所表现出的这种楚楚可怜的模样，反倒让我对她产生了一种既同情又无奈的情感。只不过，当我第一眼看到她的时候，却完全没有这种心痛的感觉，相反，那时候的我感到非常幸福。就这样，我被这两种相互矛盾的情感折磨了很长时间，简直让我感到痛苦不已，但是，在过了很长时间以后，我才明白，原来那两种相互矛盾的情感，实际上就是爱情刚刚萌动时的感觉。

14

由于《堂吉诃德》这本书里描述了一个充满神秘感的年代——主要是欧洲中世纪，也就是骑士时代的故事，于是我开始试着阅读它，并深深地被书中的文字和图片给吸引住了，甚至我还陷入了无尽的美好想象与情感之中。慢慢地，我的睡梦里出现了那个时代的无数景物——一座座城堡，布满坑洼的城墙，高耸的巨塔、吊桥……记得有一回，我竟然在梦中看到了浴血奋战的战士，他们身上穿着铠甲，头上戴着头盔，手里握着一把把弯刀和弓箭，勇敢地在战场上打打杀杀，这样的画面开始在我眼前一个接一个地闪现。就在这时，我的眼前突然出现了一场盛大的仪式，是为骑士接受殊荣而举行的。我清楚地看到，接受殊荣的人是一个不修边幅的年轻人。在接受殊荣期间，就如同是在进行某种神圣的仪式，这个年轻人的肩膀突然被人凶狠地砍了一刀，而正是从这一刻开始，他的一生所要经历的一切就全都被定好了。看到这里，我感到一阵害怕，浑身开始不由自主地颤抖起来。记得我曾在一本书中，应该是阿·康·托尔斯泰的作品，看到过如下的表述："在这个叫作瓦尔特堡的地方，有太多令人欣喜的东西了，它们都是从12世纪遗留下来的物品，这简直太令人兴奋了。在这个属于骑士的世界里，我的心开始为之猛烈跳动，这就和你身处亚洲，内心感到激情澎湃是一样的。也是在这个时候，我才清醒地意识到，原来自己也是在这个世界里生活的人。"其实，对当时的我来说，每当我在那些属于19世纪的欧洲城堡中游荡时，我都会深深地陶醉在那些令人目不暇接的"博物馆"里，自由徜徉其中，同时，我曾经迫切地渴望自己可以在那个有骑士出现的年代里生活。当我还很小的时候，我的脑海里、心里就已经深深烙下了这些城堡的样子。如今，当我将它们和眼前的这些城堡做比较时，会惊讶地发现它们之间几乎没有任何的区别，这实在是太不可思议了，我为自己的生活阅历感到欣喜和惊叹。要知道，在那个时候，虽然我身边总是有那个脏兮兮的流浪汉，以及他在吸烟时发出的响声和讲故事的声音，但我依然可以在各种各样的图画中，想象自己正在古老的城堡里游荡，想象自己曾在这里生活过、居住过，想象自己身上具备与生俱来的对于天主教的挚爱，有时候，我甚至会觉得自己根本就是一个极具代表性的维谢尔基人。在我眼前浮现的那些哥特式风格的教堂，完完全全地占据了我的内心，甚至于那些之后看到的城堡（无论是卫城、巴尔别克、特维、别斯通、索菲亚①，还是位于俄国的年代久远的古教堂），全都无法和它们相提并论。在我成年后不久，我头一次走进

---

①这里提到的卫城，指的是坐落于雅典的卫城，里边有很多公共建筑和神殿，具有非常重要的意义。巴尔别克是古黎巴嫩时期的一个城市，里面建有非常有名的寺庙。特维有两种含义：一是指"百门特维"，曾是古埃及中、新两个王国的首都所在地；二是指"七门特维"，也就是古希腊时期奥西亚的重要城池之一。别斯通是意大利西南部的一座古代城市，同时也是古希腊息巴立斯的殖民地，里面建有许多金碧辉煌的建筑，一直以来被人们称为"淫乱之城"。索菲亚是如今保加利亚的首都所在地，里面建有许多闻名世界的大教堂。——译者注

了一座天主教堂，尽管它只不过是一个维捷布斯克天主教堂，但是对我来说，它却具有十分强大的魅力，尤其是它的内部构造，深深地吸引了我。正是从那个时候起，教堂成为我心中最神圣和最不可替代的地方，这个世界上再也没有什么东西可以与它相提并论了。从教堂里传出了阵阵清脆悦耳的钟声，伴随着齿轮与指针转动时发出的响声，整点的报时声以及远方天空里偶尔响起的天使的笑声与歌唱声，种种的声音混合在一起，共同组成了一首让人感到新奇的合奏曲。

当我读完《堂吉诃德》这本书，并畅游完书中所描绘的中世纪时期的骑士城堡后，留在我脑海里的东西只有大海、三桅军舰、鲁滨孙、海洋世界以及热带地区，其实，它们对我而言，刚好构成了我梦寐以求的那个完美世界。值得一提的是，在《鲁滨孙漂流记》和《环球旅行者》里边，作者附了许多图画，以及一张巨大的世界地图，由于年限已久，这张地图已经微微泛黄了，不过它上面却有许多标识，大多数都是标记在广袤无垠的大海上的，其余的则全都位于波利尼西亚的岛屿上。面对地图上的这些岛屿以及大海所散发出来的独特魅力，我根本就没有力量进行反抗，当然，我实际上也不打算去做反抗。在大海上孤单行驶的一只小船；那些零零散散分布在椰树林里的草房，看上去十分简陋，并被大叶棕榈给完完全全地遮挡了起来；在这些草房里住的人，都是一些光着膀子的土著人，他们手里紧紧握着弯刀和弓箭，飞快地从椰树林里穿过，而后开始在大叶棕榈间飞奔。呈现在我眼前的这一个又一个的场景，莫名地让我产生一种似曾相识的感觉，就好像不久前我曾在这里生活过一样，仿佛就是昨天，我曾慵懒地停留在那里，享受着无比惬意的午后生活。翻阅书中的那一幅幅图画，慢慢地，我仿佛跟着故事的走向，开始体验其中丰富多变的梦境，体验其中发自肺腑的真情实感。记得作家皮耶尔·罗狄①曾讲过这么一段话："殖民化这个词语，在我的记忆里，似乎包含了我在孩童时期所抱有的一切疑问，并且每次我只要一看到这几个字眼，就会产生一种令人费解的感觉，同时内心会变得非常激动，久久不能平息，这是从来都不曾有过的体验。在安图恩涅蒂年轻的时候，他总是热衷于去各个地方游玩，并且还会带回来很多具有纪念意义的物品，比如被赋予浪漫意义的鹦鹉、被关在笼子里的五颜六色的鸟儿、色彩斑斓的贝壳和昆虫等，而这之中的大部分都产自殖民地。他向自己的妈妈赠送了无数条用彩色谷粒制成的项链，每一条的造型都相当古怪，只不过，他的妈妈却从来没有戴过这些项链，而是将它们全部放在首饰盒里，小心翼翼地保管着。我只要一去他家做客，总是喜欢去各个角落瞎逛，正因如此，我才不经意在他家的那间谷仓里看到了许多新奇的东西：墙壁上悬挂着一张张兽皮，地上摆满了各式各样的袋子，以及一些造型怪异的箱子；并且就在这些袋子和箱子上面，画着一些路线图，看样子是安的列斯群岛上的部分地区，由于这些路线图被保留得很好，因此看上去十分清晰……"这些出现在书籍里的好玩的故事，是否有可能出现在卡缅卡呢？

由于《土地与人》这本书里的插画都是彩色的，相比起来，我更喜欢阅读这本书。时至今日，我依然对这本书里的两幅图记忆犹新，它们同样是彩色的，并且色彩看上去十分鲜艳。在我的记忆里，其中一幅图主要表达的就是古埃及的金字塔建筑，在它周围零零散散地生长着一些刺葵，同时还有骆驼从这里经过。至于另外一幅图，我对它的记忆同样非常深刻，其中最让我难以忘记的就是图

①法国著名作家，代表作品是《冰岛渔夫》。——译者注

画里的椰子树和长颈鹿，印象中那棵椰子树十分高大，并且笔直，而那只长颈鹿的个头也很高，浑身上下全都是斑点。直到今天，我依然记得那只长颈鹿长着一个又细又长的脖子，如果从远处望过去，它的细长脖子真的如同一个斜坡似的；另外，长颈鹿还有一个与生俱来的优点，那就是它的脑袋可以伸到很远的地方去，只是这样有一个弊端，那就是无论看什么东西，它的眼睛都是斜视的，不过在整个动物世界里，长颈鹿的眼神算是比较和善的了；偶尔，这只长颈鹿还会伸出自己的舌头——同样是又细又长，吃掉那棵椰子树上如同羽毛一般的叶子；就在这只长颈鹿身边，停着一只顽皮的狮子，它的颈部长满了长长的鬣毛，偶尔，为了和长颈鹿玩耍，它会做出异常丰富的动作，比如从空中一跃而过，或者腾空而起，又或者整个缩成一团……两幅图画让我记忆深刻，其中的任何一个东西，无论是非常显眼的，还是极其细微的——比如椰子树树叶的色彩，总之里面的所有事物的色彩都是异常鲜艳的，再加上画面的背景是一片碧蓝的天空，看上去干干净净的，几乎一尘不染，如此洁净简直让人的心灵感到震撼。其实，像如此的蓝天其实早已不再是一种色彩，反而代表了一种包容、爽朗的精神。与天空相对应的，是地上的亮黄色的泥土，并且在它的映衬下，那片碧蓝的天空看上去愈加斑斓了。就在这阳光灿烂的一天，就在太阳炙热的烧灼之下，我步履不停地跨过一座座山、一条条河，最终成功看到了这样美妙的景色，并将自己的身心完全融入其中。同时，这也是我出生以来，头一次看到能将蓝色展示得如此之美的地方，它看上去蓝得如此直白、如此专一、如此令人心神向往！我完完全全地陶醉在这样的美景之中，并且就在那段时间里，它们也早已成为我无比依赖的精神源泉。即使过了很多年，当我看到唐波夫的天空和原野后，那两幅我曾在《土地与人》一书中看到的图画，就这样顺其自然地出现在了我的脑海里。甚至于当我真的去到那些位于热带的地方以后，比如埃及，比如利比亚，面对展现在我眼前的景象，我感到一阵惊讶，因为它们竟然和我看过的那两幅图没有任何差别。

15

在我的记忆里，在《鲁斯兰和柳德米拉》一书的序言中，普希金曾写下这样一段文字，当我看到它的时候，我几乎完全为之陶醉：

"在海港旁边，矗立着一棵绿橡树，它上面悬挂着一条链子，发出闪闪发亮的金色光芒……"

其实，对少数人来说，每当他们看到一些能够直击心灵的诗歌后，他们的内心就会跟着情不自禁地颤动起来。实际上，即使这些诗歌所描述的仅仅是一些不足挂齿的琐事，但却依然能引起大家的共鸣，之所以会这样，是因为这是一种自然而然的反应。然而对绝大多数人来说，像这样的诗歌在他们眼里，都只不过是毫无意义的自寻烦恼罢了，根本就是在耗费精力和时间。然而即使这样，当我看到这令人心动的文字后，我依然会为之沉醉，并且会永久地将它们铭刻在我的心里，让它们成为我这一生必不可少的养料。或许，对大多数人来说，这首诗歌里所包含的不为人知的故事和乐趣，根本就无法理解，不管是什么时间什么地方，对于这样一个发生在海滩边的神秘故事，或许根本就不会有人试着去对它进行或多或少的思考。在这片海滩上，除了那只"见多识广"的被捆在绿橡树上的猫，还有许多奇特的东西，比如妖怪、树妖、美人鱼以及其他稀奇的生物，同时还包括那些被它们踩出来的布满泥土的小路，当然，这些小路有可能是通往某个偏僻的小村庄的。在绝大多数人看来，以上的这些东西的存在都是虚假的，不得不说的是，这一点正是整个问题的核心所在，正是由于这些东西本身就是现实中不可能出现的，它们只不过是通过作者的想象而虚构出来的，如此一来，那些令人们感到费解的地方就全都能说得过去了。这些虚构的东西的存在，就好比是让一个酒鬼和一个智者住在一起，并且此人一定要有非同寻常的影响力，能够对周边的人产生影响，并且还要控制那只"见多识广"的猫，让它一整天都围着那条链子做圆周运动，不停地转来转去。仅仅是这样的魔法，就足以令人叹服了，再加上那些无人问津的小路，以及小路上出现的来自珍奇生物的脚印，同样足以让人为之沉醉。这首诗歌在一开始，并没有运用华而不实的词语，而是直接进行了非常写实的描写，并且整篇诗歌的用词相当准确，从而使得它所呈现出的画面变得更加生动，比如那棵矗立在海滩边的绿橡树，上面悬挂的那一条金光闪闪的链子……之后呈现的内容都充满了魔法，让人感到变化多端、深不可测，这就如同是一座位于北国的海滨城市，伴随清晨稀薄的雾气，它的一切全都变得模糊起来，再加上彩霞的装点，看上去就好比是一片原始森林，这样眼前看到的一切景象都变得高深莫测起来。

茂密的丛林和峡谷，它们是在什么地方产生的。那个地方的森林和山谷，正沉醉于美丽的梦境之中，

翻滚的海浪映衬着早晨的太阳，那个地方的海浪则装点着清晨的霞光，

海浪翻滚着侵入沙滩，一直侵入到空无一人的地方，

那三十个骑士，个个看上去气宇轩昂，

他们就这样一个又一个地破海而出，

在他们身后，紧紧跟随着一群来自海底的侍从。

在我的脑海里，印象最深的两部作品，分别是《旧式地主》和《可怕的复仇》，它们的作者都是果戈理。从我的孩童时代开始，这两本书就始终萦绕在我的脑海里，一直到今天都未消散。在这两本书里，我依然记得果戈理写下的一些句子，比如"生活本来就应该是这个样子的""门发出的响声，连在一起成为一曲悦耳的音乐，简直引人入胜""夏天那充满魅力的雨水，以迅雷不及掩耳之势的速度浇灌着世间万物，它们在花园里的各个角落打闹着，让大家感到神清气爽""此外，在这片茂密的丛林以及花园里，常常会看到一些无家可归的猫咪在这里跳上跳下""那些年代久远的古树的四周，被榛树严严实实地遮挡起来，透露出一种深不可测的气息，它们从榛树丛中露出的尖角，就如同鸽子的那双长了毛的尖脚一般，看上去十分有趣"。就这样，这两本书中所描绘的情节，慢慢成为我这一生必不可少的精神食粮。尤其值得一提的是，在《可怕的复仇》这本书里，它所描绘的故事情节，简直让我为之沉醉，并且根本挣脱不出来。

那位名叫高罗贝茨的哥萨克大尉趁着自己儿子结婚的机会，在基辅市的中心地区举办了婚宴。婚宴声势非常浩大，几乎所有的亲戚朋友全都盛装出席，以此表示对新人的祝福。整个婚宴现场充满了欢笑声，到处都弥漫着幸福快乐的氛围。

为了祝贺两位新人，住在第聂伯河对岸的丹尼洛·布鲁尔巴，特意带着妻子和儿子——他的妻子年纪很小，名字叫卡捷琳娜，至于他的儿子，才刚满一岁，此刻正在妈妈的怀抱里躺着——赶过来，他可是大尉的好兄弟。由于丹尼洛妻子的脸上露出了纯洁的笑容，再加上她本身的肤色就十分白皙，特别是那两条弯眉，无须化妆就已经非常好看动人了，当她出现的时候，任何一个在场的客人全都被她给吸引了。她穿着一双马靴，后跟的位置镶嵌了银色的装饰。通常情况下，只要是出席这类宴席，她的父亲总是会陪在她身边，然而这一回，却看不到她父亲的身影，不知道是出了什么问题。对于这个疑问，在场的绝大多数客人似乎都很好奇，这一点可以从他们的眼神和脸上的表情里看出……

继续往下读，这本书里写下了如下的文字：

在明月的映衬下，四周的星星显得十分稀疏，此刻，在月光的照耀下，这片安静的大地呈现出银灰色的模样。此时，如果抬头向上看，就能发现那轮躲在山脚下的月亮，正露出一个羞涩的笑容；第聂伯河的两岸，全都被这淡淡的月光照耀着，看上去非常富有诗意，就如同使用昂贵的大马士革轻纱罩住了一般。伴随明月的缓缓移动，松柏的倒影也跟着一块动起来，并慢慢地朝茂密的丛林深处移了过去。在第聂伯河里，有一艘船正在缓缓前行，船头的位置有两个仆人正在努力地划桨，他们脑袋上分别戴着一顶哥萨克帽。由于需要用劲划动船桨，他们头上的帽子被打偏了，刚好斜扣在脑袋上，只能隐约看出是黑色的。同时，由于他们划桨的力气很大，船两边的河水也被一同翻搅了起来，在月色的照耀下，这些四处飞溅的水花就如同钻石一般，闪闪发亮，吸引眼球。

就在这时，卡捷琳娜正和丹尼洛窃窃私语着，他们的儿子正在她的怀里熟睡，偶尔，她还会用手绢轻轻擦拭他熟睡的脸庞。卡捷琳娜手里握着的那条手绢，如果认真看的话，会发现上面用红线绣出了十分精美的图案，刚好就是我始终挚爱的树叶和野果，于是这成功吸引了我的注意力。过了一会儿，卡捷琳娜停止了谈话，开始俯视第聂伯河，此刻，这条河正处于深沉的睡梦之中。第聂伯河就这样安安静静地平躺在地上，没有一丝的波澜，当然，如果此时从远方吹来一阵微风，那么河面上就会出现一丝细微的波浪，只是很快就消失不见了。在月色的照耀下，第聂伯河的河面上泛起一阵明净的波光，看上去就如同浑身毛发都竖立起来发威的狼。

实际上，时至今日我还没有想清楚，当我在卡缅卡生活的时候，如果论年龄的话，那个时候的我还只是一个小孩子，但是对于书中所描绘的一切事物和景象，我为什么能如此真实地感知到，并且完完全全地深陷其中，甚至于会有一种似曾相识的感觉。这实在是太不可思议了！最重要的是，正是从那时起，我有了对错之分的概念，也具备了明确需求的意识，清楚地知道什么才是对我有用的，这一点，是从我对美好事物的追求中获得的。同时，在这个追求的过程中，我学会对某些并不美好的事物加以过滤，让它们远离我的生活；而那些美好的事物，我则会抱以最大热情去欣赏和追求它们。甚至于我会永久地将这些美好的事物铭记于心，并且，在面对这些美好的事物时，我所拥有的评判力和欣赏力是毫无问题的，这一点我非常确信。

书里边还有这样一段描述：

听人们说，丹尼洛的祖屋是一间草屋，因此当船上的人们看到山头露出的这间草屋的房顶后，就急忙走了下来。在这间草屋后边，布满了连绵不断的山，而在这些山后边，又是一片望不到边际的原野，在那里走了很长时间的路，却依然看不到一个人影，更别说是找到一个哥萨克人了。

诸如此类的表述，会深深地印刻在我的脑海之中。

丹尼洛的这间祖屋，正好坐落在两座大山之间的峡谷里，沿着这条峡谷，就可以去往第聂伯河。就和哥萨克当地居民的房子一样，丹尼洛的这间祖屋并不高大，并且只有一间厢房，走进房屋内部，能够看到顶梁上用橡木支出了许多架子，这是专门用来摆放平时不用的锅碗的。在这些物品之中，还摆放着各式各样的酒杯——有长有短，有镶金的、有嵌银的，它们要么是别人馈赠的礼品，要么是战利品，在架子靠下边一点儿的位置上，悬挂着一些珍贵的毛瑟枪、剑、火绳枪以及长矛，还有很多其他的东西。架子末端靠墙角的位置，摆放着几张凳子，是用橡树制成的，看上去非常顺滑。在凳子前边有一张暖炕，一个摇篮刚好被悬挂在它们中间，拴在摇篮上的绳子一直向上延伸到屋顶的扣环上。摇篮里躺着一个粉嫩的小宝宝，他正一个劲儿地玩耍，不过，随着时间的推移，他终于有些疲倦了，于是就这样缓缓地睡着了。这间厢房留给丹尼洛和他妻子卡捷琳娜的地方，只有一张凳子，于是他们只能坐在那里休息，由于地板上铺着十分紧实的三合土，显得相当顺滑，上面横七竖八地躺着许多仆人，至于那张暖炕，则已经被熟睡的女仆给霸占了。

实际上，让我印象最为深刻的是这本书的结尾部分：

很多年以前，应该是在潘老爷生活的那个年代里，出现过两个王公，名字分别是伊万和彼得罗，他们是哥萨克人，就住在谢米格拉茨基。

就这样，《可怕的复仇》这部作品所讲述的故事，深深地印刻在了我的心里，同时也将我心灵最底层、最宏伟的感情给召唤出来了。这不仅是一种神秘莫测的能量，同时也是目前必不可少的正能量，更为重要的是，它完美地诠释了一个道理，那就是正义永远必胜。一旦这种感情被召唤出来，就会立刻和我的血液融为一体，并且长久地存在下去，永不消退。

16

就这样，我的少年时期终于到来了。然而，眼前的这个异彩纷呈的世界，并不是我真实生活着的世界，它是我脑海中想象出来的，是我通过现实的世界改造出来的。

实际上，我所生活的现实世界，是相当穷苦和普通的。

也许此刻，我理应对自己的生活环境作一番描述了，对欧洲人而言，那可是凌驾于他们想象力之上的一望无垠的原野。既看不到山，也看不到水，既没有开始，也没有结尾。根本就分不清到什么地方为止，我们的庄园算是走到了尽头，同时也根本就分不清这片原野从什么地方开始，就这样与我们的庄园合二为一了。放眼望去，四周映入眼帘的几乎都是宽广的原野。原野一直向远方延伸过去，茫茫一片，根本就没有尽头。

提到那些从外国进口而来的商品，我就更没和它们打过交道了。在当时，我唯一知道的，就是罗日杰斯特沃村有一间小卖部，主要售卖的就是那些从国外进口过来的商品。我对进口商品的认识，仅仅停留在桂皮上，这是在复活节期间用来做食物的调味料，我还曾买过一种食物，就是在罗日杰斯特沃村的那间小卖部里买的，它的样子呈角状，吃起来实在是太甜了，简直让人有点儿腻得慌。此外，我对进口商品的概念就是那些标记在酒瓶上的商标了，其中，核列斯白葡萄酒和马德拉葡萄酒的酒瓶外边裹着一层细网，我常常会扯着它玩耍。现在，由于我的父亲喜欢上了喝酒，因此像这样的酒瓶日益频繁地出现在我们的生活里。需要说明的一点是，正是在罗日杰斯特沃村，我才真正体验到了教堂所表露出的威严气势：教堂顶部有一个又高又大的拱顶，那上面矗立着一尊雕像，是长着白头发的万军之王，他看上去是如此的肃穆宏伟。他的双脚站在如同波浪一般浮动的云朵上，身上穿着的圣衣随着微风轻轻飘扬起来。只要他伸展双臂，整个世界都将被他踩在脚下。不仅圣像身上的衣服是黄金做成的，就连圣像壁也是镏金的。在复活节到来以前，教堂里点燃了一列列整齐排列的蜡烛，它们一个接一个紧密地摆放在一起，闪亮的烛火共同构成了更加明净的火焰。在它们的装点下，原本就金碧辉煌的教堂看上去变得更为耀眼了。虽然教堂执事和教友们的歌唱声非常响亮，但遗憾的是，它们听上去并不够统一和谐。此外，我还看到神父和辅祭身上穿着的圣衣，以及那无比神圣的经文——虽然我根本就看不懂。在场的人们开始祭拜圣像，从他们手里拿着的香炉里喷出一阵阵浓烟，里面弥散着非常浓郁的香味……对我而言，尤其是对我这双和庄稼、野草打惯交道的手而言，眼前的这一切是如此的遥不可及。在这之前，能够映入我眼帘的事物，仅仅是那被涂抹了焦油的大车，仅仅是那缺个烟囱的农房，以及穿在身上的粗麻布衬衣和蹬在脚上的树皮鞋，而能够进入我耳朵的声音，也仅仅是云雀的啼鸣声、小鸡和母鸡的叫声罢了。如今能够猛地一下看到这一切，我的内心实在是太激动了，同时，我的内心也获得了莫大的救赎。

除了以上的这些内容，还有一点是欧洲人难以想通的，那就是我是怎样在极其贫寒的生活条件下成长起来的。需要注意的一点是，这种贫寒的生活条件，是一种贵族式的贫寒。对生活在俄罗斯的农民来说，虽然他们拥有欧洲农民无法想象的财富，但却过着非常清贫的生活，至于为什么会出现这样的情况，那是因为在俄罗斯人身上，有一种与生俱来的自虐倾向。也许，在欧洲人看来，俄罗斯人都是好吃懒做的、难以理解的，但实际上，对于我们所经历的这种毫无规律、极其混乱的生活，我们的心里却是相当乐意的。相反的，在我们看来，既然隔壁的欧洲人已经到了水深火热的地步，我们怎能强行霸占他们的领土呢？对工于心计、过分计较的商人来说，当他们肆意花光自己的财产后，为何会对自己下毒誓，并乞求来生成为一个农民，甚至于是一个乞讨者呢？总而言之，在如此短暂的时间里，俄罗斯为何会走向灭亡呢？

在我所有的亲朋好友中，只有妈妈能够透彻地理解这些疑问。她流下来的泪水、她的伤心难过、她的祷告、她的斋戒以及她的远离俗世。由于她坚信这个世界上根本就不会有极乐世界存在，因此无论在何时何地，她的内心都被一种强劲的紧张感包围，而且她一心一意地就此坚信，存在于这个世间的暂时的苦痛，仅仅是为日后永久的幸福做铺垫。说到这里，那其余的人——比如我的邻居、我的亲友、巴斯卡科夫以及我那如飞鸟般高高在上的父亲，面对自身以及自己的财产，又抱有怎样的态度呢？整个阿尔谢尼耶夫家族所拥有的往日的辉煌，以及那寥寥无几的遗产继承人，他们又是如何看待这一切的呢？首先是我的哥哥尼古拉，由于他一直无所事事，并且沉迷于乡村生活，因此很早就辍学回家了；其次是我的另外一位哥哥格奥尔基，他喜欢看书，并彻底地被拉甫罗夫和车尔尼雪夫斯基的作品给迷住了。最后，就是我，借用我哥哥尼古拉的话，当我成年以后，我的主要任务首先是找到一个工作，然后娶个老婆，接着再生孩子，并用节省下来的钱去购买房屋。当我听到哥哥对我进行的这番人生规划后，我似乎就亲眼看到了我日后所要经历的生活。这实在是让人难以理解，以致我竟情不自禁地放声痛哭起来……

17

印象中，在我即将离开卡缅卡的时候，我却突然得病了。一直以来，我都感到非常困惑，为何人们会热衷于将我得的疾病称为不治之症，其实，我觉得那只不过证明我的灵魂暂时离开了这里，去上帝存在的地方游玩了。如果用脑袋仔细想一想的话，这将会是一件何其美妙的事情啊，为什么会被他们描述成如此恐怖的样子呢？既然说到这里，那么当时的我，究竟得了什么病呢？其实，就是在某一天，我的身体突然感到一阵无力，紧接着我的五感（视、味、听、嗅、触）也出现了一定的变化。具体的症状就是：猛然间，我对食物失去了兴致，并且变得懒洋洋的，一点儿也不想动弹，至于我的亲人们，我对他们也不再像之前那样热情，总之，仿佛就在一眨眼之间，我丧失了一切情绪和感觉。在那以后，我开始夜以继日地睡觉，倘若不是我的鼻孔里还有一丝微弱的气息的话，那我简直就是一个死人了。此外，能够证明我在那段时间里还有生命的事，就是有的时候，我会突然被自己的噩梦给吓醒。我在梦中看到的，是存在于这个世间的所有野蛮粗俗的场景，它们常常是毫无章法、荒诞怪异的，对此，唯有当人处于发烧的状态时，才能将它们彻底消灭。事实上，当人处于发烧的状态时，就会非常容易联想起在踏入地狱时所遭受的折磨。在我生病期间，偶尔我会恢复意识，变得清醒一点儿，每到这个时候，我才意识到原来当自己处于神志不清的状态时，别说是那些在我眼前一晃而过的身影、面容、树木以及动物了，就连自己的母亲，竟然也被我想象成想要杀死我的可怕的恶魔，而我本人居住的卧室，则同样被我想象成一间位于地狱之中的谷仓。每每这个时候，我都感到无比恐惧，然而，就在我感觉自己即将要被地狱带走的瞬间，我竟然再次被救了回来，再次回到了这个温馨、纯朴的现实世界里。于是，我开始无所顾忌地吃黑麦面包，这是我最喜欢的食物（同时也是农村人用来表达真诚祝福的礼品），在我看来，这种食物所传递出的味道才是现实世界中最可口的味道。此时此刻，我的内心感到十分激动，甚至于在很长一段时间里都无法平静下来，而我的五感在顷刻间就被周围这温暖、舒适、欢快的氛围给包围了。当时的我，对自己身上的种种情绪都充满了无限感激，但实际上，我最想做的一件事，其实就是站起来，而后放声高呼起来。

当我重获健康以后，刚好是圣诞节，于是那些远在他乡的人特意赶了回来，一方面是为了恭贺我康复，另一方面是大家聚在一起共同过节。甚至就连格奥尔基哥哥也赶回来了，要知道，他可是已经有很多年没回家了，当妈妈看到他的时候，心里别提有多开心了，总之，在这个圣诞节，每个人的情绪都非常高昂。在那段时间里，几乎每天都会有很多亲朋好友来家里做客，从清晨一直到晚上，家里充满了欢声笑语。然而，或许是我们表现得过于开心了，最终，就连上帝也忌妒了。于是，就在那时，娜佳病倒了，并且病得十分突然，之前连一点儿征兆都没有。明明就在前天，她还闪动着两只灵气逼人的蓝眼睛，一边甩着两条结实的腿，一边无所畏惧地在房间里跳上跳下，用她的欢笑声填满整个房间。只见她一会儿表现得非常幽默，一会儿又表现得十分敏捷，在场的人们全都被她给逗乐了。然而，没想到的是，就在这一刻，她却突然病倒了，脸色变得十分苍白，并且始终发着高烧，神志也变得非常不清醒，她就这样笔直地躺在自己的儿童床上，看上去没有一丁点儿的精神。我们始终想不明白，上帝为什么会让如此残忍的病痛降临到娜佳身上，她还只是个孩子啊，并且是我们所有人快乐的源泉所在啊！就这样，节日的热闹氛围猛地降到了冰点，渐渐地，圣诞节总算是结束了，大家也都开始重回属于自己的生活轨道，就连哥哥也离开了。然而，令人心痛的是，我们的天使娜佳却依然躺在床上，根本没有恢复意识。没有了娜佳如同银铃一般的笑声，整个房间都变得恐怖起来，当风刮过的时候，窗口的窗帘紧跟着一起飘舞，那盏蜡烛的烛火一会儿明亮起来，一会儿又暗沉下去，这场景实在是让人感到毛骨悚然。娜佳病倒了，这个突如其来的噩耗抢走了一家人的幸福和快乐，然而，更让人心痛不已的是，就在某天晚上，伴随保姆的一声惨叫，这个噩耗被彻底地扩大了。在一个夜深人静的夜晚，保姆突然打开客厅的房门，着急忙慌地冲了进来，嘴里同时大喊着些什么。当我们仔细地听了一阵后，才明白她究竟在说些什么，这是一个让我们感到无比抗拒的消息——娜佳，从这个世界上离开了。就在那个极为宁静的夜晚，大家听到这个噩耗之后，都受到了莫大的冲击。这是我头一次觉得这个与世隔绝的庄园竟是如此的恐怖，简直让人心惊胆战！对于"死亡"这个字眼，它让一家人产生了巨大的恐惧感，因此我们对它表现出了决绝的态度。就好比是一群被困在热锅上的蚂蚁似的，当大家得知这个噩耗以后，几乎每个人都变得惊慌失措起来。慢慢地，我们不再狂乱，而是被一种"缄默"的氛围给包围起来，就在我们面前的客厅里，一个落入人间的天使正一动不动地平躺在桌上，借着那盏昏暗的神灯的光线，可以看到她那张惨白惨白的脸庞上面已没有任何的表情，她那鲜活的灵魂，就此被浓密的睫毛给封锁住了。就在那一刻，一种前所未有的绝望感突然在我的身体里蔓延开来，并最终霸占了我的整个身体，也是在那一刻，我的世界崩塌了。

随着春天的到来，百花接二连三地绽放了，然而，正是在这样一个美好的季节里，外祖母突然去世了。时至今日，我还清楚地记得，在那个阳光灿烂的5月，妈妈独自一人停在窗户前边，她的脸色看上去十分苍白，瘦骨嶙峋的身上穿着一件黑衣服，此时的她正深陷在痛苦不已的情绪中，根本没法儿走出来。突然，耳畔响起一阵马蹄飞奔的声音，这是从位于远处的粮仓那里传来的，没过多久，一个我并不认识的农民突然出现了，只见他一脸兴奋地朝妈妈喊了一声，具体喊了什么我也没听清楚。总之，当妈妈听到他的那句话后，整个人一下子就有精神了，她脸上的表情也跟着丰富起来。由于实在是太兴奋了，她竟忍不住用手拍起窗户来。看到这里，我那颗悬着的心总算是落下了，与此同时，家里边原本闷沉沉的氛围也被一下子冲散了，大家一个个全都舒了一口气，不用再小心翼翼地生活了（这是由于母亲前段时间心情不好，无论干什么，大家都非常慎重，生怕打扰到她），此时此刻，我才深切地体会到，原来这就是生活啊！就这样，大家纷纷忙碌起来，妈妈和父亲也开开心心地回房去了，准备精心打扮一番，马夫同样开始为出行做准备，正认真地安着马鞍。值得一提的是，尽管长辈们表现得非常兴奋，但令人欣喜的是，他们并不打算带上我们这群小孩子，这实在是太值得高兴的事了。

18

　　说到娜佳的去世，这可是我来到这个世界后，头一次和死亡如此近距离地接触，虽然我才刚刚体验到活着的乐趣，但是她的去世却让我感到毛骨悚然，以致失去了活着的动力。因为她的去世，我猛然间明白一个道理，原来不管是谁，最终都是要面对死亡的，这是一个必然的不可改变的结局。当然，需要面对死亡的，不仅是我们人类，只要是在这个世界上生活着的物种，最终都会走向死亡，甚至于我们所经历的每一分钟里，都可能会有某个生命正在经受如娜佳所遭受的苦难。直到今天，我依然清晰地记得，娜佳被安葬以前，她的嘴唇变成了暗紫色，现在只要一想起这个画面，我就会感到一阵恐惧。我迫切地想要跟上帝请愿，希望他可以对我施恩，让我逃离苦痛，同时修复并庇佑我那颗遭受了惊吓的心灵。就这样，没过多久，我所有的注意力都集中在了一件事上，那就是不停地向上帝进行祷告，希望他可以可怜可怜我，并替我开出一条希望之路，好让我从此逃离死亡的威胁。不仅是我本人，就连我的妈妈也夜以继日地为我祈福，甚至于我家的保姆也给了我一个大致相同的建议：

　　"孩子，听好了，在向上帝祷告的时候，你务必要做到内心虔诚。要知道，那些上帝的侍从们，也就是圣徒们，他们发出的祈祷是何其的多。此时此刻，你应该替娜佳感到开心才对，而不是痛哭流涕，要知道，如今的娜佳，已经去了天堂，并和那些天使们一起生活了……"

于是，我逐渐走进了一个全新的世界，并开始疯狂地阅读书籍，主要是圣徒与苦行修士们所写的自传。这些书并没有多厚，用若干个戈比就可以买到一本。通常情况下，我都是让那个名叫巴维尔的皮匠帮我买回来的——因为他时常会去城里进货。巴维尔住的那间小木屋里弥散着各种各样的味道，有皮革味、酸酸的糨糊味以及发霉的味道。从那个时候开始，这种发霉的味道竟然变成了一种催化剂，能够激发我的阅读兴致，让我几近疯狂地挚爱着阅读。就这样，这些印满了大号铅字的小本子填满了我所经历的那个冬天，并且每次当我回想起来的时候，当时那个对阅读几近疯狂、热爱至极的我就会突然浮现在眼前。当我在脑海里幻想起那些如同先行者一般的基督徒们，幻想起他们在当时所经受的苦难时，我的内心十分激动：对于那些被扔在竞技场里，残忍地被野兽咬碎的少女，以及那些被父母残忍地砍掉脑袋的迷人的公主，我对她们充满了艳羡之情；我还仰慕那个名叫马利亚的少女，尽管当时的她仅能用自己的长发来遮挡隐私部位，但她却依然向上帝发出虔诚的哀求，希望他可以饶恕人世间的所有罪行；我还羡慕那个一到晚上就可以听见野兽从地狱发出怒吼声的基辅洞窟，无数修士曾义无反顾地把自己埋在那里，目的是不断地感受苦痛，并不停地向上帝进行祷告……诸如此类的人和物，就这样夜以继日地在我的脑海里来回浮现，而我也彻底放弃了原有的生活，开始渴望自己可以经受如此的苦难，并完完全全地沦陷下去。在我的心里有一个十分迫切的渴望，那就是有朝一日，我也可以变成一个这样的圣徒——一个遭受了无尽苦难的人。为了更接近自己的这个渴望，我偷偷跑进一间空无一人的房间，而后换上了苦行修士的装扮。我身上只穿了一件粗毛衣，腰间绑着无数根短绳，就这样，我开始跪在地上进行祷告，一跪就是好几个钟头，至于饮食，每天吃的都一样——白水加黑面包……

我所表现出的这种几近疯狂的热爱，整整持续了一个冬天，然而，春天到来以后，这种热爱竟然慢慢地变淡了，并且是自然而然的。渐渐地，天气变得晴朗起来，双层窗户上洒满了温暖的阳光，沉睡已久的苍蝇终于苏醒了，开始来回爬动。虽然此时的我正在弯腰跪拜，但早已没有了之前那种莫名激动的心情，甚至不由自主地看了几眼正在爬上爬下的苍蝇。随着4月的到来，家人们选择了阳光灿烂的一天，开始拆卸那些为了过冬而安装上去的窗扇，房间里突然响起一阵噼里乒啷的声音，瞬间充满了活力。结束拆卸工作以后，大家开始收拾掉落一地的垃圾，并把夏天使用的窗扇全都打开，转眼间，就像是马上要展现新生活似的，旺盛的活力一下子填满了整个房间。就这样，清爽柔和的空气、微微湿润的泥土气，以及很早就飞回来的白嘴鸦的响亮叫声，几乎填满了每个房间。每天只要一到傍晚，属于春天的淡蓝色云朵就会纷纷跑到位于西方的天边，而后与晚霞交相辉映，久久不愿散去。到了夜里，躲在池塘里的青蛙们也会呱呱呱地唱起歌来，听上去就如同摇篮曲一般，伴你进入梦乡。慢慢地，春夜的色彩变得越加暗沉，就在半夜时分，一场及时雨猛然飘落……就这样，我被大地妈妈一把揽入怀中，对于她所表现出的固执和款款温情，我根本没有办法抵抗……

19

在我的印象里，应该是在8月阳光灿烂的一天，我，也就是阿尔谢尼耶夫·阿列克谢，终于成了一名中学生，开始读一年级，而我考上的学校则是一所男子中学。时至今日，我依然清晰地记得我在开学那天戴的帽子，它是浅蓝色的，上面别着一枚徽章，看上去亮闪闪的。至于这枚徽章的颜色，刚好是我最喜欢的银色，只不过，一直和我如影随形的阿辽沙当时并不在场，因此这一点让我感到十分可惜。

一直到了夏天，我才真真切切地体会到，虽然上一次我大病了一场，并被折腾得够呛，但庆幸的是，这场大病并没有在我身上留下任何的后遗症。知道了这一点，我的内心十分激动，简直有一种如释重负的感觉，正是从那时起，我喜欢上了炎热的夏天，因为天空始终是晴朗而明媚的。同时，就在这个夏天，虽然娜佳的去世对家里的任何一个人来说，都是重重的一击，但是由于她早已变成了我们脑海里最迷人和快乐的记忆，大家的心情都轻松了许多，家里的气氛也跟着欢乐起来。在大家的记忆里，娜佳永远都是一副小天使的模样，如今，她只不过是比我们提早去跟上帝报到了。就连妈妈以及那个曾照顾过娜佳的保姆，也会时常在彼此的谈话中提到娜佳。事实上，最令人难熬的时期早已远去了。如今，当她们提起娜佳的调皮可爱时，偶尔还会情不自禁地笑起来，当然，偶尔她们也会因为太过想念而流泪，但是如果和最初的那段时间相比较的话，现在的情况早已有了非常大的改变了。至于外祖母的去世，由于不管是对她本人而言，还是对我们一家人而言，这个结局都是一个再好不过的解脱，我们甚至是我的妈妈，完全能微笑着去回忆这件事。外祖母去世以后，我们的生活出现了两个转变，第一个就是我们成功继承了巴图林诺，这一转变使得我们一家的生活水平有了改善。实际上，早在继承巴图林诺之前，我们一家曾在同一年秋天，找了个天朗气清的日子搬家来到那里，或许是由于生活环境发生了改变，我们一家人对那里充满了无尽的期许，甚至于我们的心情也跟着变得激动起来。在这段时间里，由于往日的游民生活是我们曾切身经历过的，根本就不可能完全遗忘，因此大家还是会时常想起。

在和妈妈交谈的过程中，她向我表述起她与父亲一起搬去巴图林诺时所感受到的那种欣喜若狂的情绪。伴随妈妈所表现出的兴奋，一幅活灵活现的图画就这样在我眼前展开了：那是5月的时候，在一个阳光灿烂的慵懒的午后，庄园周围有许多破旧的房子，是专门用来存储东西的储藏室。就在这座庄园里，有一栋造型陈旧的房屋，能够看出它已经有些年头了，房子两旁都设有台阶，旁边矗立着若干圆柱，是用来装饰的。那些安在厅里的玻璃几乎只有两种颜色——宝蓝和大红。一张铺满了枯草的床——其实是把两张小木桌拼在一起而成的——被摆放在门旁靠近墙角的位置，上面正平躺着一位老妇人，如果站在远处望过去，真的会以为她是一个雕像，而并非是一个人。她的两只手叠放在肚子上，脸色看起来十分苍白；她的头上戴着一顶白色的睡帽，上面的纹饰看上去就像是牙齿一般。在这位老妇人的床边，有一个修女装扮的老妇人站在那里，她浑身上下收拾得非常干净利落，又长又密的睫毛几乎要把两只眼睛给遮挡住了，她的嘴里似乎在说些什么，一直念念叨叨的。然而，认真聆听一番的话，就会发现她的嗓门很大，而且语调非常凶狠，听上去就好像是在说脏话一般，并且自始至终，她都在用一种非常古怪的腔调反复絮叨，实在是太恐怖了。当我认真听了半天后，才终于听清楚她到底在说些什么——原来她是在念诵用于超度灵魂的经文。在父亲看来，像她这样古怪的腔调，其实可以称为"路西法"。这是我头一次听到这个字眼，从那以后，它就时常浮现在我的脑海里，这对我来说实在是一件恐怖至极的事，它的神秘感既让人感到痴迷，又让人感到无助……当这样的情景出现在自己眼前时，会不由自主地产生一种苦闷至极的感觉。当然，这种痛苦的感觉仅仅是苦闷，并且随着时间的推移，它慢慢地被一种解脱后的欢乐给消退了。为什么会这样呢？这是因为我们继承了外祖母位于巴图林诺的那间房子，只要一想到这里，就会感到非常幸福，从此以后，这间房子将会完完全全地归我们所有，并只要一到假期，我们就可以去那里度假。坦白讲，虽然我已经是初二的学生了，但是这还是头一次外出游玩呢！此外，我们还从外祖母那里继承了无数匹马儿，父亲甚至还特意从中挑选了一匹母马送给我，因为它的脾性相对温柔一点儿。我和这匹母马相处得非常融洽，无论是在何时何地，只要我一吹口哨，它就会立刻听从我的命令。

然而，就在那个我即将进入中学的夏天，我的内心却突然感到无比慌张和无助，之所以会出现这样的状况，是因为我马上就要离开家人，离开妈妈、奥丽娅以及巴斯卡科夫，独自一人在一个完全不熟悉的城市里生活，那些即将出现在我身边的人，都是从未谋面的人。当然，在这所男子中学里，除了学生们，还有一些身穿制服的老师们，他们非常冷酷，几乎丝毫不会顾及你的情分和颜面。在离家前的那段日子里，只要一和妈妈、巴斯卡科夫碰面，我们彼此的内心都会情不自禁地悲伤起来，而那个时候我唯一能做的，就是进行自我安慰，告诉自己我还能在家里待上很长一阵。事实上，对我们来说，越是从未见过的事物，就越具有一种独特的吸引力。试想一下，那是一所位于城市里的中学，自己很快就会变身为一名中学生，穿上学校统一发放的校服，并且我还能结识许多新同学，甚至其中的一两个人最终会和我成为好朋友。一想起这些，我内心对于新环境的忐忑之情就会被瞬间冲散，甚至于我竟情不自禁地充满期待，开始无比期盼这种新生活的到来。偶尔，为了吸引我的注意力，哥哥格奥尔基还会为我勾勒出新生活的大致样貌。坦白讲，在我看来，哥哥就是我心目中最完美的帅哥，他的样貌十分清秀，尽管脸蛋看上去非常清瘦，但他的额头却十分饱满，尤其是两只眼睛炯炯有神，加上他的气色看上去非常健康，散发着由内而外的健康红，总之，他在我眼中的形象永远是完美的。要知道，当我要进入中学读书的时候，哥哥早已被帝国莫斯科大学录取，并且积攒了一定的名气。哥哥曾就读的中学，刚好就是我即将要去的这所男子中学，还记得他在这里读书的时候，曾获得过一枚金奖牌，他始终将它戴在脖子上，直到今天都没有取下来。

　　随着炙热的8月的到来，我的入学测试也如约而至了。院子里渐渐响起了车轮转动的响声，那是来接我入学的马车。就在这时，妈妈、保姆以及巴斯卡科夫突然失去了笑容，他们的脸一下子变得阴沉起来，这是因为他们终于真实地体会到，我马上就要和他们道别了。这种沉重的氛围竟使得小家伙奥丽娅悲伤起来，甚至情不自禁地哭了起来。面对这种分别的场景，虽然父亲和哥哥也感到十分难过，但由于他们是大男人，只好故作镇定，于是，父亲向大家命令道："过来吧，在分别之前，所有人都过来坐下[①]，然后彼此说说话吧。"就这样，在父亲的命令下，大家呆呆地坐了下来。就在所有人全都入座以后，父亲率先开始祷告："主啊，祈求您施恩，保佑平安顺利……"在父亲的带领下，大家也都跟着一起祈祷了。

[①]俄罗斯的传统习俗，在与亲人分别以前，在场的所有人都需要静坐一会儿。——译者注

然而，由于我感觉自己已经快虚脱了，在场的人之中，只有我没有反应过来，就这样呆愣愣地看着他们，直到发现他们快要结束祈祷时，我才赶忙虔诚地做了个结尾。妈妈是最早崩溃的，她的眼睛里含着热泪，一边紧紧地抱着我，一边虔诚地祈祷着。就在这时，我才逐渐恢复到平日里的意识状态，当时我在内心进行的真正祷告，其实是"主啊，祈求您施恩，让我就此落榜吧"。

　　然而，上帝最终没有让我的祷告成真，我成功考上了。事实上，在还没有被这所学校录取以前，为了实现这个目标，我曾耗费了整整3年的时间，进行了各种各样的艰苦学习和训练。他们对我提出了各种各样的要求，比如要我持续不断地背诵乘法口诀表，要能算出35×55的结果，还要完整地掌握阿马里基特人①的特点，并且要达到即使倒着也能背出来的境界，还要练就一手漂亮的字，比如"雪是洁白的，没有任何味道的"。至于背诵，对我来说则是一件再普通不过的事情了，比如背诵"太阳慢慢地出现在东边的天空，它的光芒洒满了大地，呈现一整片的火红色……"我的背诵任务并不会就此结束，"在那间铺着枯草的牲畜棚里，渐渐有牲畜醒过来了"，背到这里的时候，总算是听到了喊停的声音。发出这个声音的人，拥有红色的头发以及一个大蒜鼻，并且他的鼻子上架着一副镶有金边的眼镜。这个人，就是指导我学习的老师。他之所以会喊停，或许是因为他终于明白了"醒过来"这几个字眼的真正意义，于是才不忍心继续向我施压了。紧接着，他会相当狂妄地说一句："嗯，很好很好……果然是我的学生，领悟力非常棒……"

　　然而事实上，早在很久以前，哥哥就曾告诉我一个道理，那就是"天底下没有办不到的事情，只要有决心就可以办到"。在我看

────────────

①这是一个拥有悠久历史的部落，属于贝图恩族。——译者注

来，哥哥的这个道理非常正确，这是因为比起我自己的预期，所有的事情都发展得太过顺畅了，并且所有的困难也都被一一解决了，甚至完全超出了我的预期。

对我而言，城市充满了无尽的魅力，我深深地被它吸引住了，之所以会这样讲，是因为自从上一次和爸爸妈妈外出旅游后，我就再也没有出去游玩过了。如今，在我看来，那些曾让我心驰神往的城市，全都发生了改变，我甚至觉得再也找不到任何理由来让自己对它们充满兴致了。即使当我们从米哈伊尔·阿尔罕格尔经过，看到在那四周建起的酒店时，我都没有产生丝毫的兴致，因为在我看来，它们实在是太不起眼了。在一个满是石头的院子里，坐落着我所就读的中学，四周矗立着高高的围墙，这栋教学楼看上去足足有三层楼高，要知道，从小到大我还真没看到过如此高的楼房，当我走进去后，发现里边被打扫得相当干净。此外，我还发现了一件十分好玩的事情，那就是每当我在教学楼里边说一句话，身后都会传来一声回音。往前走的过程中，我还碰到了一些老师，他们一个个都没有太大的变化，和印象中长得一样，每个人身上都穿着燕尾服，上面镶嵌着金色的纽扣。这些老师的个头都很高，而且身体非常壮实，脑袋上的头发颜色各不相同，有红色的，也有黑色的。甚至就连最后碰到的校长，虽然他的模样看上去就像是一只鬣狗，但我根本就不会感到害怕，更别说是饶有兴致了。

参加完入学测试以后，父亲很快就接到了学校发来的通知，说我成功考上了，同时，他们还告诉我们，学校会在9月1日那天正式开学。要知道，在我参加测试的时候，父亲始终待在休息室里，惴惴不安地等待测试结果，正是因为这样，在得知我成功考取了这所学校的那一刻，原本压在我和父亲身上的重担算是彻底消失了。

几乎所有的事情都正朝着不错的方向前进。距离开学还有三个礼拜的时间，这对我而言，简直就是天大的幸运。要知道，之前为了被这所学校录取，我付出了多少努力，甚至就连一分钟都不敢浪费，然而现在，我不仅被成功录取了，而且还获得了完全由我支配、完全自由的空闲时间，整整有三个礼拜呢！其实，这三个礼拜的时间，对我来说就如同没有期限、永不截止，我感到无比的快乐和幸福。

就这样，我和父亲两个人一身畅快地离开了学校，"我们得抓紧时间找间裁缝铺，然后再去好好吃一顿"。

虽然父亲最后找到的那个裁缝看上去个头很小，但是他所表现出的专业手法以及提问，竟让我对他产生了一种敬佩之情。只不过，他总是乐于在每句话结尾时，故意拖长最后一个字的发音，因此当他讲话的时候，你总会觉得他像是有什么难言之隐似的。他似乎是在寻找什么东西，转身拐进了一间专门用来制作帽子的房间，当他打开房门的那一刻，我发现这间屋子十分狭小，里面被各种各样的东西塞得满满当当的，同时地上堆满了帽子，尘土就这样堆积在房里的各个东西上边，当阳光照射进来的时候，会让人产生快要窒息的感觉。虽然这个裁缝成功钻进了那间小房间，并费劲地找了很长时间，但是最终，他依然没有找到自己需要的那个东西。就在这时，他所有的耐性被耗光了，于是就变换了一种语言——这是我从来都没有听过的，然后冲着旁边的另外一个房间大喊了几声。很快，一个身材肥胖的女人从那间房里走了出来，她的嘴里也在不停地念念叨叨。直到最后，我才了解到，原来这两个人是犹太人，并且还是非常罕见的那一类犹太人。这个裁缝是一个不修边幅的老大爷，后脑勺戴着一顶哔叽帽，身上穿着一件黑礼服，他的毛发——

不论是脑袋上的，还是胸部、腋窝，甚至于是胡子的位置——非常旺盛，看上去又黑又密。只不过，这位老大爷似乎是有什么烦心事，只见他闷闷不乐的，浑身散发出忧伤哀愁的气息，看上去无精打采的。他翻来翻去找了好半天，终于为我找到了一顶适宜的帽子，帽子的颜色是宝蓝色的，上面配有两个银色的树枝状的饰品，当阳光照射到它们上边时，会发出十分耀眼的光芒。就这样，我情不自禁地被这顶帽子给迷住了，于是我打算将它带回家，并希望我的家人们能对它抱以同样的热情和喜爱。当我的家人们看到这顶帽子的那一刻，竟然也像我一样，毫无缘由地被它给吸引了，这就如同父亲说的那句话："纵观我的这一生，阿马里基特人对我产生了无与伦比的影响。"

只是，他口中的那些阿马里基特人，到底对他产生了怎样的影响呢？

20

到了8月底，就在假期的某一天，父亲突然带着我去打猎，同行的还有他的那只名叫查尔玛的猎狗，我们带上了打猎会用到的所有装备（如长靴、猎枪、弹药以及猎袋等），沿着去往池塘的道路出发了。途中我们还经过了那片一望无垠的平原，只不过，上面除了孤零零的麦秆，再也没有其他植物了。

记忆中，那天的气温非常高，父亲的脑袋上扣着一顶白帽子，身上穿的依然是他常穿的那件花衬衫；至于我，由于我实在是太喜欢了，因此身上依然穿着校服，根本就不愿意脱下换掉。一直以来，父亲在我心中的形象永远是高大威猛的，因此和他在一起的时候，我可以感受到十足的安全感。这次打猎也是一样的，父亲凭借两条强壮的腿，始终走在我前边，并且让我躲在他的庇护之下。一路上，我所能听到的只有吱吱作响的声音——这是父亲前进时候踩到麦秆发出的响声，而我所能看到的，只是从他嘴里吐出的烟雾，且随着我们的不断前进，烟雾最终被风一一吹散。遵循打猎的老规矩，我始终跟随在父亲的右后方，一点儿也不敢落下。其实，我所在的这个位置，就是打猎时副手所在的位置，能够一直站在父亲身后充当他的副手，我感到非常开心。偶尔，为了转换氛围，父亲会吹个响亮的口哨，这个时候，最早响应的是那只叫作查尔玛的猎狗，只见它一边晃动着圆滚滚的身体，一边摇晃着自己的短尾巴，就这样在我们眼前跳过来跳过去。当然，在它替我们探路的同时，它还在认认真真地搜索猎物所在的位置。四周一望无垠的夏日原野上，几乎各个角落都透露出一种欣欣向荣的景象，并且显得比以前更加宽敞明亮了。红彤彤的太阳肆意地炙烤着大地，由于实在是太热了，甚至偶尔连一丝夏风的踪影都找不到，四周全都变得安静下来，耳朵所能听到的声音只有三种：一是手表指针发出的转动声，二是某种东西被太阳炙烤后发出的吱吱作响的声音，三是从位于远处的一间打铁铺里传出的响声。当然，倘若你够幸运的话，时不时还能感受到一阵又一阵的微风，那是从遥远的空中吹来的。偶尔，这阵微风会慢慢地变得强劲起来，最终甚至能卷起路面上的干泥，而后又朝我们吹了过来，就这样，在和我们嬉闹一番以后，这些干泥会随风飘远，一直向天空飘去。偶尔，这阵风还会向我们展示出丰富多变的造型，其中，我最常看到的就是旋涡状。每当这种造型出现的时候，我总是会不由自主地产生一种它要把全部的事物一同卷进去的错觉。遇到这种情况的时候，我们会将全部的希望都放在查尔玛身上，之所以这样，是因为查尔玛始终记得自己的使命，并且会一直为我们带路，不断向前走去。可以说，在查尔玛的指引下，我们这一路上几乎没有什么古怪的遭遇。渐渐地，我们的脚步加快了，而我们与出发地的距离就这样逐渐被拉大了。偶尔，查尔玛会猛地一下停下来，而后完全进入高度戒备的状态，此时的它会将身体的重心移到靠前的位置，右脚也会随之时时向上抬起，仿佛是在向某种肉眼所看不到的东西示威。就在这时，父亲会猛地朝查尔玛大喊一声："快上，抓住它！"而查尔玛也好像是在等父亲的这一声令下似的，飞快地朝那个我们依然没有看见的东西扑了过去。很快，就在查尔玛的身体下边，突然出现一只又肥又大的鹌鹑，只见鹌鹑正在拼命地用力挣扎着，似乎是想从查尔玛的包围中逃走，而后向远方飞去。然而，就从它被查尔玛发现的那一刻起，它的结局早已注定，根本无法改变。当它从查尔玛身下挣脱出来后，刚往上飞没多久，就被父亲的枪给击中了，最终，它就这样直直地掉了下来。这时，轮到我出场了，我赶忙跑过去，将这只鹌鹑的尸体扔进猎袋里。

接下来，我们经过了一处辽阔的麦田，又从一片土豆地里穿行而过，最终在一个泥塘前边停下了脚步。阳光洒在泥塘的水面上，发出亮闪闪的光芒，看上去十分晃眼。眼前的这个泥塘刚好位于庄园右侧的一个山谷里，这样的地理位置显得十分独特。泥塘两侧环绕着光秃秃的山坡——上面的植被早已被野生动物给毁坏了，唯一能看到的是一群白嘴鸦，它们好像是在思考着些什么，两只眼睛一直盯着远方的天空看，显得十分孤单落寞。父亲目不转睛地看着眼前的这群白嘴鸦，像是在深沉地思索些什么，而后他终于开口对我说："只要一到秋天，为了参加它们眼中的盛大的集会，这些白嘴鸦会带着一家老小往南飞。"听了父亲的这句话，我突然被一种分别时才有的不舍之情给包围了，根本就说不清楚这是怎么一回事。其实，这种不舍之情是非常复杂的，我所怀念的不仅是那片属于夏日的灿烂的天空，还包括这片我生活了很久的、早已熟悉到不能再熟悉的环境。要知道，我一直生活在这个庄园里，并且自始至终从未离开过，甚至可以这样说，除了这里，我的人生中还没有其他从未谋面的环境出现过。我对这个偏僻宁静的庄园充满了感情，并且始终将它存放在我最美好的记忆之中。就如同鲜嫩的花朵一般，我那早已逝去的孩童时代，同样存活在我心里，呈现出绚丽夺目的画面。

之后，在父亲的带领下，我们继续往左前方前进。这里有一片一望无垠的原野，隶属于我们的庄园。中间的位置有一处田埂，我们沿着这里继续往前走，不停地朝目的地扎卡兹前进。中途的时候，一匹红色的小马突然出现在我们眼前，它正拉着耙犁翻耕一片黑泥地，由于我之前也收到过一匹这样的马，因此它成功吸引了我的注意力。

当我认认真真地观察了一番后，才发现这匹小马竟然和我的那匹小马长得非常相似，它的身体看上去瘦瘦小小的，卷曲的鬃毛显得非常柔软顺滑。慢慢地，我越加肯定眼前的这匹小马就是我的那匹小马，突然间，我感到异常的生气和急躁，他们竟然没有过问我，就这样擅自把它拉出来干活，这简直就是对我的藐视。就在这时，空气中突然吹来一阵热风，将围在我身边的那些闷热和烦躁通通吹散了。现在已是夏末秋初的时节了，虽然太阳不再像夏天那样炙热，但它的能量依然是充足的，并且依然猛烈地灼烧着土地。比起第一次见面时的样子，如今我的这匹小马看上去长高了不少，只不过，它的身形却依然是小马的样子，对此我感到十分不解，这匹小马为什么会这样呢。就这样，我开始注视起眼前的这匹小马，它勤勤恳恳地拉着耙犁，来来回回地翻耕着土地，那些被耙犁翻起的泥土疙瘩很快又会被耙犁给甩碎。在这匹小马的身后，紧跟着一个十五六岁的小伙子，他的脚上蹬着一双树皮鞋，一边谨慎地拉着缰绳，一边往前走着，只不过，他的肢体动作看上去似乎有些不协调。看着眼前的这幅景象，我的心头突然泛起一股难以抑制的伤感之情，根本说不清为什么。

作为一处原始森林，扎卡兹的面积十分广阔，只是它的主人却是一个有些疯癫的人。这个人对当今的社会感到十分厌烦，他就似孤独侠一般每天只沉浸在自己的小世界里，也就是他的那处位于罗日杰斯特沃的庄园里。庄园的四周聚满了他所喂养的牧羊犬，是专门用来保护他的。自始至终，他都不懂得如何与他人和谐相处，要么是与当地的土著民闹翻了，要么是与新搬来的农民有矛盾了，反正他几乎一直处于官司缠身的状态。虽然他总是能提出许多意见，但是他却总是一意孤行，根本就没法和其他人站成统一战线，尤其是在涉及工钱的时候，他往往会和农民大吵一架。正是因为这样，所以即使他表示愿意支付工钱，也无法找到农民来帮他收割庄稼，最终，他的那片庄稼要么是直接烂掉，变成来年的养料，要么就是被厚厚的大雪给完全盖住。可以说，他和邻人们的关系简直糟透了，甚至直到现在，这种糟糕的关系依然没有得到改善。我们一路上所经过的那些破败的田地，全都是他的。我们继续顺着这些田地往前走去，一直走到尽头，就到了扎卡兹。中途的时候，查尔玛再次抓住了几只鹌鹑，我也赶忙跟在它身后帮忙捡起这些猎物。就这样，我们不停地走啊走，走啊走，途中还路过了一片黍田，在阳光下发出闪闪发亮的光芒，显得十分耀眼。那些不同颜色的穗粒在阳光的照射下，一个个看上去没有精神，正低着脑袋站在田地里，有些穗粒早已熟透了，当它们长时间地被太阳炙烤后，就会时不时发出噼里啪啦的响声，传遍了整片原野。由于天气实在是太热了，父亲最终受不了了，于是一边解开衣服纽扣，一边脸涨得通红地大喊道："真是快要被热死了，快要被渴死了，大家的步子都迈大一点，我们赶紧去扎卡兹找些水喝啊。"最终，费了好大的劲儿，我们才在黍田和森林之间发现了一处水源，大家纷纷跳进去，打闹了一阵儿。休息好以后，我们终于进入了这个充满神秘感的森林王国——美丽的扎卡兹森林。整片森林都被温暖的阳光给覆盖住了，泛黄的叶片上闪烁着灿烂的光芒，看上去十分温暖。此时抬起脑袋往上看，就会发现太阳发出的光芒正如同一颗颗钻石一般，透过树与树之间的缝隙照射下来，闪烁着耀眼的色彩。

这个时候，大部分鸟儿都已经离开了，唯一能看到的是一些鸫鸟，它们不停地在空中来回盘旋着，看上去十分自在欢乐，时不时还会发出愉悦的啼叫声。眼下已然进入了8月，随着大多数树叶的凋落，森林里一下子变得开阔了许多，沿着树枝枝头看过去，我们的视线可以去到很远的地方。我们在森林里不断前行，途中经过了老桦树林和其他一些相对开阔的树林。在这些树林里，几乎每个角落都生长着几株挺拔的橡树，由于季节的改变，树枝上的叶子早已发黄，并开始凋落，不再像夏天那样翠绿浓密了。我们继续往前走着，途中经过了一片非常顺滑的长满了枯草的土地，而后来到了一条林荫大道，阳光透过树缝照射下来，在地面上形成各不相同的亮影。这里的空气弥漫着一种芬芳的气味，似乎是从早已干枯的草木中散发出来的。放眼望去，不远处的那片开阔的草地上，正不断向上挥发着太阳所给予的多余热量。穿过这片草地，正前方生长着一小片树丛，在阳光的照耀下，它们不停地抖动着身体，同时发出亮闪闪的光芒。在这片树丛里，有一条十分崎岖的小路，刚好通往池塘。就在我们刚刚踏上那条小路时，树丛里猛地传来"刺啦"声，紧接着，一只山鹬突然从树丛里飞了出来，印象中它似乎是围着我们的脚环绕了一圈，而后卖力地逃走了，一直朝远方的天空飞去，仅留给我们一个金红色的背影。由于这只山鹬出现得实在是太突然了，父亲被它吓得有些愣住了，过了好半天才缓过来。等父亲意识到究竟发生了什么的时候，他所能看到的仅仅是那个越来越小的身影，一切都为时太晚了。即使这样，父亲依然没有打算放弃，于是他举起枪，朝着天空开了一枪，想要试试最后的运气。父亲打出的这一枪最终消失在天空里，毫无所获。对于刚刚发生的这件事，父亲感到非常纳闷，他想不通这只山鹬为何会在此时此地出现，并且还是以如此突然的方式出场。对于刚刚毫无所获的那一枪，父亲表现得非常在意，只见他怒气冲冲地走到池塘边，然后站到一棵没入水中的树干上，先将猎枪放在了一旁，而后开始不断地用手舀水喝。或许是这里的水能够让人的内心变得平静下来，只见父亲一个劲儿地往嘴里灌水，过了好久才停下来，紧接着，他又开始一边大口喘着气，一边用自己的衣袖擦嘴，等结束了这一切，他突然在这条小路上躺了下来，而后抽起烟来了。眼前的这片池塘刚好坐落在一个无人问津的地方，里边的水看上去清澈，完全可以看到池底的样子，这实在是难得一见的池塘，能够在这样偏僻的树林间成形，池里的水一定是世间鲜有的，甚至称得上是从天而降的美酒。就像是一面明亮的镜子一般，池塘里的水显得清澈透亮，池塘边的树木倒映在水里的影子，表现出一副婀娜多姿的样子。此时，突然吹来一阵轻柔的微风，当它从树梢间掠过时，传来一阵沙沙沙的响声。在这阵沙沙作响的声音里，父亲将一只手垫到脑袋下边，而后慢慢地小睡起来。一开始，查尔玛停在池塘边喝水，但是到了最后，不知道发生了什么，它竟然猛地一下扎进水里，而后开始怡然自得地游泳，也是在那个时候，我才第一次真正领略了狗爬式的游泳姿势。只见查尔玛将头部伸到水面以上，两只耳朵高高地向上竖起，自由自在地游来游去。就在这时，我猛地发现查尔玛的耳边变了样，看上去就如同牛蒡一样，只见它开始奋力地往回游，就像是发现了什么紧急情况似的。事实上，直到后来，我才明白，原来狗会在深水区产生恐惧感，这是它们生来就有的一种心理障碍。最终，和其他狗一样，查尔玛迅速地回到了岸上，而后开始卖力地摇晃起身体来，似乎是要将身上的水滴甩干似的。当身上的水被甩得差不多了的时候，查尔玛使劲地吐出自己的大大舌头，而后紧紧依偎在父亲身边，开始认真地观察起周围的动静来。偶尔，当它看向我的时候，会不时地露出质疑的神情，一直到它看清我的脸以后，才会解除这种警戒状态。当时的我打算好好享受受这难得的空闲时间，于是就在一片低矮的树丛里散起步来，甚至我还顺着来时的方向，朝那些位于田地里的树丛走过去。

21

走出这片森林后，当我站在树丛外眺望远方的原野时，发现阳光将一整片原野照得金灿灿的。还没等我走到那里去，内心就感到一阵闷热，唯有在微风的吹拂下，才能感到些许的凉意，那个时候，就会产生这样一种感觉，那就是当这个世界被火热的阳光填满时，原来是如此的温暖和美妙。仰头穿过枝叶看向头顶的那片天空，会发现有一朵白云正飘浮在那里，在微风的吹拂下，这朵白云开始展现出各种各样的造型，偶尔变成了一个圆圈，偶尔又变成了羊群，总之看上去非常奇特，更奇妙的是，当有阳光照射时，这朵白云还能展现出各不相同的色彩。面对如此美妙的情境，我突然感到十分兴奋，竟也像父亲那样躺了下来，温暖的阳光透过树缝照射下来，完全将我包裹起来。这片和煦的阳光就如同一位阅历丰富的老人，它将我包围在中心位置，然后在我的周围缓缓散起步来。我所在的位置刚好位于两棵白桦树的一侧，树梢看上去有些泛灰，就如同穿着灰色连衣裙的双胞胎一般，上面还装饰了许多好看的花朵。阳光从树梢的缝隙之间照射下来，在我的身上和地上印出一个个斑驳的影子。躺在如此舒适的环境中，我竟不由得将手垫在脑袋下边。此时，四周的景色，都一一进入了我的眼睛。那片位于远方的原野，在阳光的照耀下闪着金黄色的光芒，那朵在空中随风飘浮的云朵，那股由微风送来的闷热的气流，以及那些在微风吹拂下轻轻飘舞的树叶。倘若认真倾听的话，就能听见树枝为它们弹奏的乐曲，一会儿响亮，一会儿低沉，一会儿明朗开阔，一会儿又变得隐晦起来。在微风的吹拂下，那些投射在树丛间的斑驳的光影开始来回浮动。就这样，树叶纷纷飞到空中，开始欢快地舞动起来，树枝也垂下了脑袋，地上稀稀落落的光影逐渐消散，天上最终露出了整片空旷、干净的天空。

　　我之所以会在这里躺下来，并不只是为了享受休闲的时光，更主要是为了能让自己静下心来，认认真真地思考一会儿。至于我思考的内容，无非就是当我进入中学以后，会碰上怎样的人和事，以及会见到什么样的老师。坦白讲，在我心里，老师一直是一个相当古怪的团体。事实上，老师就好比是一把双刃剑，他们一方面在向我们传授知识以及做人的道理，但另一方面，他们又会将原本属于我们的青春给彻底扼杀掉。最终，我们会被他们天天强调的爱国主义之类的思想吞噬掉。进入学校就意味着，我们不得不离开自己的故乡，不得不和自己的家人、朋友分别，而后与我们早已熟悉的一切分别……去一个完全不熟悉的地方学习知识。一直以来，只要是我不熟悉的环境，那我必然会感到非常的恐惧。每到这个时候，我就会更加猛烈地怀念我在卡缅卡所经历的一切，继而又会想起我的那匹在田地里干活的小马。只要一想起这些，我就会觉得这个世界上的一切事物都是真实可信的。只不过，当那匹小马被送到我手里后，我自然就是它的主人了，这时，倘若要让它出去耕地，那必须得先和我说一声才行。但是，没有任何一个人曾向我打过招呼，他们就这样开始让我的小马干活了，简直搞得就好像他们才是它的主人一般，这一点真的让我感到不舒服，有种被人藐视的感觉。虽然这匹马长得非常快，但它实际上还只是一匹小马，这就好比它长着一副大人的身体，但心里还是个小孩子，对于这个世界，它几乎是懵懂无知的。它对这个世界的认识程度，是人们教给它的，正是因为这样，所以它才会对任何人都报以信赖，并且以非常友善的态度去看待周围的一切事物。就像人们常说的，眼睛是心灵的窗户。这匹小马的眼睛看上去是闪亮的，当然，在它怀念自己的妈妈时，眼睛里会流露出忧伤难过的神情，除此以外，它的眼睛几乎像白纸一般纯洁，无时无刻不透露出愉悦畅快的神情，也正是因为这样，所以无论是谁，都可以在它的眼神里添上各不相同的色彩。要知道，当家人把这匹小马作为礼物送给我时，我真的以为从今以后，自己就是它唯一的主人，并且只有我才可以命令它，我甚至还因此激动了好一阵儿。当时我还曾对我和它的未来做过无数的幻想，幻想从今以后我们会成为关系最密切的朋友，当然，这种朋友关系并不需要在日后才成立。要知道，从我得到这匹小马的那一刻开始，它就完全能一心一意地依赖我。然而，渐渐地，由于我对它置之不理，对于我是它的主人这件事，其他人也都慢慢淡忘了。没错，其实这件事根本就不是别人的错，罪魁祸首是我，是我把它丢到了一旁，不再对它上心了。这么看来，时间果真是一个恐怖至极的东西，未来的某一天，就和遗忘了这匹小马一样，难道巴斯卡科夫和奥丽娅也会从我的记忆里消失吗？随着时间的发展，那些曾在我生命里出现过的事物，它们最终都会慢慢地被我遗忘吗？此刻，能够和我最敬爱的父亲一起打猎，我感到无比的幸福和快乐，但是倘若有一天，我将他遗忘了，天哪，我简直不敢想象。还有卡缅卡，这个见证了我的诞生、我的成长的故乡，它所包含的花草树木、砖瓦城墙，都是我熟悉到不能再熟悉的东西，我深深地沦陷在它们所散发的魅力之中。然而，时间总是飞快地往前走着，如今虽然好像没有两年的时间，但实际上早已过去了两年之久，那些我曾与之朝夕相处的一切，它们还停留在原处吗？如今，我的那匹小马已经3岁了，现在的它是否依然像过去那样，对这个世界满怀期待和热爱呢？如今的它是否依然能像过去一样，在草地上肆无忌惮地奔跑着？然而，真实的情况是，这匹小马早已被人拴住脖子，开始在田地里摇摇晃晃地干活。看着眼前的这匹马，对于我日后会经历怎样的生活状态，我早已有大致的感觉了。

当我和阿马里基特人进行正面接触时，我时常会感到惧怕，至于为何会这样，我根本就说不清楚，但是，如果细想一下的话，这些人又能对我造成多大的影响呢？遗憾的是，如果想要参加入学测试，就不得不和这些人进行正面接触，由于我不能这样中途放弃，于是只好选择硬着头皮和他们接触了。当我睁开双眼的时候，突然看到那朵白云从白桦树的树梢间露了出来，由于它所能依靠的只有风，在微风的吹拂下，它开始肆意飞扬，展现出不同的造型，并最终向远方的天空飘去。这阵微风在树林里自由自在地刮着，它卷走了空气中弥散的慵懒的氛围，而后一直往各个角落吹去，根本不知道最终会去向哪里，也根本不知道何时才会停下来。此时，我再次闭上眼睛，开始幻想我所经历的这一切，都只不过是我的一场梦而已。然而，这实在是一个无法解释的梦，在我的梦境里，我马上就要搬过去并且住下来的地方，就是我考上的那所中学所在的城市。然而，无论是这个我马上就要到达，并且可能会让我感受到无尽快乐的城市，还是这个我出生、成长的家乡——卡缅卡，甚至就连我本人、我的梦想、我的情感以及我的一切，全都只是一场梦而已。在这个梦里，根本就不会有分别的悲伤和担忧，唯一有的，仅仅是那些让人感到幸福、快乐和温馨的事物。

　　在我的身后，突然远远地响起一声枪响——"砰"，这就好比是在催促我，让我主动结束自己的主观意识的幻想。然而，正是因为这声枪响，我原本平淡的生活被破坏了，同时被破坏的，还有树丛间的和平和寂静。随着这声枪响不断地向周围传播，树丛里的所有动物几乎在同一时间都受到了惊吓。突然间，鸫鸟的叫声以及其他动物发出的各种叫声传了过来，并且一阵接一阵的。此时，我听到了猎狗查尔玛的"汪汪"声，能够听得出，它简直激动坏了。在我看来，这一定是父亲为了喊我回去而发出的信号，于是，顾不得多想，我赶忙起身朝父亲那里飞奔过去。当我来到他身边后，发现四周躺着许多快要死去的鸫鸟。这些鸫鸟的身体周围弥散着一股血腥的味道，隐约中还有一股股野生鸟类以及弹药的气味。看到这幅场景，我赶忙将这些奄奄一息的鹬鸟捡起来，装进猎袋里。

第二部

1

开学的日子终于到来了，在和家人们以及故乡卡缅卡分别的时候，我强忍着悲伤，并在心里坚信自己日后还会回来的，然而没想到的是，我这次离开后，就再也没回过家了。在父亲的陪同下，我们朝学校出发了，只不过，这一次我们选择了一条之前从没走过的道路，叫作契尔纳夫斯克大道。虽然随着时间的推移，这条大道渐渐被人们遗忘了，但是，不可否认的一点是，这是我长这么大以来，头一次看到的如此宽阔平坦、风景优美的道路，同时，我也头一次感受到了那早已被人们遗忘的属于俄国的古色古香的韵味。在当时，许多年份久远的道路都被新建的道路给取代了，我们选择的契尔纳夫斯克大道也包括在内。由于它已经很久没通车了，之前扎出的车道早已被花草占领，道路两旁分别是一片低矮的花草丛，上面孤零零地生长着若干棵老白柳。在我的印象里，其中有一棵白柳曾被雷电击中过，因此它的树干看上去黑漆漆的，就如同被大火灼伤过一般。在这棵树的树干上，可以看见许多大小不一的洞窟，有一只乌鸦停在上面。当父亲发现那只大乌鸦后，曾讲过这样一句话：通常，乌鸦可以活很多年，大概有几百年吧，从这只乌鸦的体形来看，或许早在鞑靼人称霸的年代，它就已经诞生了。父亲的这句话听起来实在是太玄乎了，因此这也是一件我不愿回想的事情。虽然这样，但一听到父亲的这番话，我的好奇心就会随之被激发，甚至于我还会在脑海里自行幻想他说过的东西，只不过，至于我究竟在幻想些什么东西，即使是我本人，也没法给出一个准确的答案。难不成在那个时候，我就已经察觉到俄罗斯在我人生中所占据的举足轻重的地位？俄罗斯不仅是我的祖国母亲，而且还与我的人生发生了紧密的联系，不论是我往日的记忆，还是马上就要展开的新生活，它都与我息息相关。更重要的是，在不久的将来，我必定会在这片土地上开始我的工作，同时，由于我的工作不仅关乎我的灵魂，而且还关乎我的生活质量，这样看来，俄罗斯和我之间就有了不可分割的密切联系。

在去往学校的路上，父亲向我提起了许多真实的历史故事，其中就包括马迈[①]。听父亲说，很多很多年以前，马迈就曾在这附近生活过。事实上，马迈是一个十分喜欢战争的人，当他打算前往莫斯科时，就决定在每一个经过的地方留下专属于他的痕迹，于是，只要是他路过的城市，都会被他用武力蛮横地摧毁掉。随着时间的推移，我们最终来到了斯坦诺夫站，这是马迈当年被逮捕的地方，只不过，当时的政府并没有让他如此简单地死去，而是选择了一种极为残忍的死法，他们将他牢牢地绑在马背上，而后让马飞快地往前奔驰，就这样，马迈最终悲惨地死去了。在马迈出现以前，斯坦诺

---

① 金帐汗国可汗，曾于1380年逃难至克里米亚，后在卡法被杀害。——译者注

夫站是一个盗匪猖獗的村庄，其中有一个名叫米季卡的人，他是这个村子里远近闻名的盗匪。要知道，当时的他简直就是这个村子的象征，大家只要一提起这个村庄，就会自然而然地谈起他。

正当父亲讲到这里时，一列从来没见过的火车突然出现，它蛮横地从斯坦诺夫站与我们马车之间的大路上疾驰而过，一直朝着左前方开去。就在这时，由于太阳马上就要落山了，视线里所能看到的，仅仅是条被晚霞染红的街道，以及那个看上去小巧却非常迅猛的火车头，从远处看过去的话，它就如同一列冲劲十足的玩具火车，不停地跟在我们后边奔跑。然而，几乎是一眨眼之间，这列玩具火车就冲到了我们前边，并且很快与我们拉开距离，一直往城里边开过去了。随着微风的吹拂，那一股股从火车头里喷涌出来的浓烟开始自由地飞舞起来，它们的造型多变，有时看上去像是火车的尾巴，有时看上去又像是一个正在跳舞的美女。火车车厢的颜色各不相同，有黄的、有绿的，还有蓝的……即将落山的太阳将自己的光芒洒向火车窗，再加上火车车轮发出的极富节奏感的"哐当、哐当"声，一曲美妙至极的乐曲就这样开始了。啊，当眼前的这些美妙的事物搭配在一起，竟会呈现出如此完美与逼真的画面！正是因为看到了这幅画面，我对这列火车的好奇心一下子被放大了，坦白讲，我还想坐在里边感受感受呢！只不过，比起这列火车，我更感兴趣的反倒是那片隐约可见的柳树丛，它刚好就位于斯坦诺夫站的铁路旁。看着这片柳树丛，我的脑海里突然产生了许多千奇百怪的幻想，我幻想着在很久很久以前，这片柳树丛中曾发生过怎样的故事，同时，我的脑袋里突然开始闪现鞑靼人、马迈、米季卡以及其他逃往远方的盗匪们。就是在这个时候，我突然明白，原来我曾以为的故乡卡缅卡，以及我曾待过的那个县市，全都可以上升到国家这个层面，原来我所依赖的这片土地，其实就是我的祖国，就是俄罗斯。在这个正午，俄罗斯猛地闯进了我的身体和生命中，并自此住了下来。尽管在我的印象里，俄罗斯是狂野和蛮横的，但是，对于它曾经历或是正在经历的一切，我都感到万分惊恐。

2

在我看来，俄罗斯对我产生的影响是巨大的，不容忽视的，这不仅因为它是我的祖国，更是因为我在这块土地上诞生，并且度过了我一生中最为青涩的时期。

同样的，斯坦诺夫站也成了我生命里不可或缺的一分子。在那之后，我曾多次来到这里，更曾无数次从这里经过，最终，我接受了这样一个事实，那就是这里的盗匪早已被消灭干净了。此外，我对这个地方还有着比较个人的看法。我觉得这里之所以会被人们叫作强盗窝，其中肯定是有原因的。在斯坦诺夫站四周，可以看到一条幽静深邃的小路，沿着它就可以到达斯坦诺夫里扬上部了，我坐着马车，很快就来到了这里。只不过，由于这条小路刚好位于一个"上部"的夹缝之间，对那些匆匆路过的商人旅客来说，都显得十分神秘，简直就如同一个未知的谜一样。当然，一年之中，无论是谁，只要是从这里路过，都会感到十分恐惧。其实，我曾大概听说过与这个地方相关的传言，甚至于当时只要一经过这里，我就会真切地感到恐惧，这是纯粹的俄罗斯人才会有的恐惧。在很久以前，契尔纳夫斯克是个非常有名的地方。偶尔，生活在这里的居民会暗中约好日子，然后尽可能早地在山沟、峡谷等地藏起来。到了深夜，伴随从远处传来的车轮声和驼铃声，这些人会一心一意地进入完全的戒备状态，一边仔细辨别着这些响声，一边为从这里经过的马车站岗，只不过，这样的举动在斯坦诺夫里扬上部那里显得更加活跃和频繁了。倘若人在天黑以后来到这里，必然会情不自禁地陷入超级敏感和高度戒备的状态，并且脑海里会突然闪现两种念头：是赶快从这里经过呢，还是保持默不作声的状态，认真地观察周围的情况，以便最快地保护自己呢？相比之下，这两种处理方式中，究竟哪一种才是更稳妥一点的呢？大多数情况下，会出现一些令人诧异的事情，比如当你在这条路上前进时，会猛地冒出一个人来，就此截断你的去路。由于这个人的打扮实在是太恐怖了——他手里握着一把斧头，腰上紧紧地绑着一条带子，脑袋上的帽檐几乎将整个人都遮了起来，唯独能看到两只东张西望的眼睛不停地在眼眶里转来转去。很多时候，人们会被他的这副模样给吓住。与此同时，这个人还会阴阳怪气地说一句："此路是我开，此树是我栽，要想由此过，留下买路财。"这句嚣张的话会猛地冒出来，有时是在鸦雀无声的夏夜，有时是在白雪飘落的冬天，有时是在冷风渐起的秋天。就是在这样一条空无一人的道路上，周围全都静悄悄的，模糊之中仅能听到马车的车轮声。然而，在如此安静的夜晚，也许只有那时而响亮时而低沉的声音才最让人害怕吧？

在入城以前，我们先要经过一条宽阔的马路，这是斯坦诺夫站的最后一段路。同时，由于那个通向城市的通道上摆着一根横杆，在进入城市之前，不论是谁都必须静下心来等待，等待横杆被那个名叫尼古拉的士兵移开，然后所有被堵在外边的人才能顺利进城。至于这个叫尼古拉的士兵，长久以来，他都驻扎在这个地方，守卫着城市的首道防线。就在旁边不远处，有一个岗亭——外墙上装饰着黑白相间的花纹，那就是尼古拉生活的地方。每当尼古拉操控起那个同样画着黑白相间的花纹的横杆，让它慢慢向上抬起时，就会传来一阵铁链碰撞的"啷哧"声。但凡是要进城的人，都必须上交两个戈比，之后就能沿着那条宽敞的大路前进了，途中会经过别格拉亚—斯洛波达。不久后，我们来到了一处沼泽地，它看上去一望无垠，并且有一个非常难听的名字。由于这片沼泽地十分肮脏，当我们从这里经过的时候，都变得谨慎起来，简直可以说是动用了全部的精力。接着，马车走过了一条马路，路两旁围绕着城堡和古寺庙。由于这座城市拥有十分久远的历史，因此生活在这里的人们全都为此感到自豪。事实上，这里的人们确实应该感到自豪，因为这座城市真的可以算是俄国历史较悠久的城市之一。这座城市刚好坐落在一片广袤无垠的黑土地上——被人们称为波德斯捷比耶，只不过，这里时常会出现一些动荡。很久以前，这个边界地带经历了很长时间的萧条期，然而就在苏兹达尔与弗拉基米尔公国统治时期，这里得算得上是交通要道，因此受到了过往商旅的青睐。从历史资料来看，罗斯的天边自始至终都覆盖着乌云，随之而来的地质灾难根本就没办法用语言表达清楚。伴随这些乌云的现身，诸如泥石流、沙尘暴等灾害也会相继发生，而最先遭受灾难袭击的城市，当属罗斯。从莫斯科往外看去，能够看到熊熊燃烧的火苗，以及燃烧过后的空气污染，正是因为这样，所以莫斯科自然而然地成了首个知道灾难即将来临的城市，同时也是首个进入防卫状态的城市。通过这些资料不难看出，罗斯所遭受的破坏实际上早已非常严重了。这座城市在不同帝王统治下所经历的不同时期，都分别遭受了不同程度的战火毁坏。甚至于有些帝王为了攻占这座城市，首先会将这里彻底摧毁，而后等成功攻占以后，再进行城市重建，就这样，这座城市在经历了一次又一次的战火毁坏后，最终存活了下来。除了遭受战火的攻击，这座城市偶尔还需面对自然灾害的攻击，比如洪灾、火灾、瘟疫、地震、饥荒等常见的灾害，虽然部分文物古迹会因这些灾害而被毁坏，但这座城市所拥有的历史感和风俗却始终没有丢失，而是早已和它融为一体。尤其是在老住户的努力下，这些风俗被较好地留存和传承下来了。这一点，可以从那些住在远郊的原住民（集中在契尔纳亚、斯洛波达、扎列奇耶和阿尔加马察）身上看出，他们一直都有举办拳击和武术比赛的传统，并且乐于在河岸两侧的悬崖边建房造屋。之前，我听到过这样一个传闻，说是有个鞑靼公爵曾在这里倒过大霉——连人带马一起从悬崖上滑落，最终坠入河中。在还未真正进入这座城市以前，虽然只能看到它的大致样貌，但此时已闻到了无数种气味。随着与这座城市之间距离的缩短，矗立在里面的那些教堂也变得越加清晰起来。由于这些教堂都是在洼地上建造起来的，因此此时的空气里可以嗅到从洼地传出的沼气味，模糊之中还夹杂着沼泽地的气味。随着距离城市中心越来越近，空气中多了一些皮革味，以及被阳光晒热的铁屋发出的气味，甚至还有一些从集市那里发出的味道。这座城市的集市全都集中在广场上，从很早开始，那些来自郊区的农民就已经抢好位置、支好帐篷，而后经营起各自的小摊、出售各自的商品。只不过，由于出现在集市上的商品实在是太多了，会让过往的人或者买东西的人感到头晕眼花，根本分不清哪个才是正品，哪个才是假货，哪个才是这座城市的代表性物品。

3

在这所男子中学读书的四年时间里，我始终在一个贫穷的市民家里寄宿，户主名叫罗斯托夫采夫。他之所以会同意让我们这些学生住在他家里，是因为他家的生活条件很差，非常需要我们交给他的住宿费和伙食费来维持生计，而我在这四年期间，也从来没有搬到别处去。相比之下，那些小康家庭则完全不需要通过这种方法来补贴家用，这是因为他们能应付生活中的各项开支。

　　其实，对我而言，像这样的寄宿生活是我从来没有过的经历，同时，我对接下来的未知生活充满了担忧。下面先来讲讲我入住这个家庭第一夜所发生的故事吧。那是我第一次和爸爸妈妈分开居住。由于这个家庭十分穷苦，家里的环境和条件都非常糟糕，整座房子仅有两间十分狭小的屋子。从今以后，我必须要在这样狭小的房间里，和这些下等人一起生活，我一想到这些就十分难受。要知道，一直以来我都是将自己视为少爷的。一旦住到这个家里，他们就能时不时指派我去干这干那，一想到这些场景，我就会感到恐惧和抗拒。此外，在罗斯托夫采夫家里，还有另外一个寄宿生。他和我就读同一所学校，并且是在同一个班级，年龄看上去和我差不多，只不过，他却有个极为特别的背景——虽然他的父亲是住在巴图林诺的地主，但他是个私生子。他的名字是格列波奇卡，几乎整个脑袋都长满了头发。就在我们刚住进来的那个晚上，从头到尾我们都没有任何交流。只见他一直躲在房间的角落里，如同一只小野兽一般将两只亮闪闪的眼睛睁得大大的。四周只要稍有一点儿动静，他都会立马变得警觉起来。或许对于这种并不熟悉的生活环境，他拥有与生俱来的抵触心理，只不过，从始至终他都没有开口，因而在我看来，他的一举一动之中隐含着某种奇怪的意味。对于那些不易相处的人，我从来都不感兴趣，加上他的种种表现都表明他正是这类人，因此自始至终，我都没有主动和他打过招呼。至于他，则始终紧锁着眉头盯着我看，难道他是在提防我，怕我会对他造成什么威胁吗？对于这个问题，我根本就不知道该怎么解释才对。然而，我还没离开卡缅卡时，就已经听说今后的四年时间里，我将会和他同住一个房间。也正是在那个时候，我家的仆人突然从不知名的地方打探到了他的身世背景。就在我和他搬进去的那天，到了傍晚的时候，天空突然下起了淅沥沥的雨，简直就如同是在和我们第一次碰面时的窘态遥相呼应似的。我来到窗户旁边，向远方眺望，一条长长的麻石路突然出现在我眼前。路上空无一人，看上去十分凄凉，或许是下雨的缘故吧。当视线再往前移一点，出现了一面围墙，围墙上方刚好探出半截老树的枝丫，上面正落着一只乌鸦，就在这时，这只乌鸦突然叫了几声，于是，这个雨夜就多了几分凄凉的色彩。再往远处看一些，能够看到一间布满尘土的铁皮屋，它的旁边屹立着一栋希腊式风格的钟楼，看上去十分高大，顶部一直朝着天空延伸过去，在这个阴雨连绵的日子里，钟楼里的齿轮所发出的转动声，听上去就如同凄惨的哀嚎一般，令人感到毛骨悚然。倘若现在依然身处卡缅卡，那么只要是碰上这样的阴雨天，父亲就会绞尽脑汁来弄出各种各样的响声，要么让仆人点亮灯，要么让仆人送来茶点，要么让仆人准备食物，甚至于他还会念念叨叨："这种天气实在是太阴冷、太恐怖了，我最讨厌这种天气了。"最终，因为父亲想出的各种办法，家里的各个地方都变得热闹起来，从而也就不那么吓人了。然而，在罗斯托夫采夫家里，不论是什么事情，全都有它固定的时间点，比如没有到吃饭时间的话，就不允许点亮灯，再比如在这种阴雨连绵的日子里，天比之前黑得更早了，直到外边全都变黑后，户主才从城里返回家中，这时，房间里的灯才会被点亮。说到户主，他的个头很高，身材看上去十分协调，皮肤的颜色如同小麦一般，整张脸也显得棱角分明，至于脸上的胡须，则早已有些发白了。虽然他是个沉默寡言的人，但是只要是他说出口的话，就必须办到，这样看来，他身上的一大特点就是对自己严格要求了。在他嘴里，经常念叨着如下的这段话："为了让子孙后代过上好日子、少受苦，我们的先辈从自身的辛苦实践中，总结得出了这些生活成果，因此它们都是最宝贵的财富。"这个户主干的是买卖粮食和牲口的生意，因此他常常会为了工作而四处游走。然而，即使他外出了，这个家里的肃穆、儒雅的气氛也并不会因此而变淡，不管是他的那位和蔼可亲的夫人，还是两个女儿以及已经16岁的儿子，他们的一举一动像是早已预定好了，不论做什么事情，都会井然有序，并且从来不会大声吵闹。正是在这个令人感到烦躁不安的黄昏，为了等候户主回家吃晚餐，他的夫人和女儿们正一言不发地缝补东西。不一会儿，门外传来响声，是户主回来了，于是他的夫人和女儿们赶忙眉开眼笑地走了过去。之后，他的夫人一边往厨房走去，一边小声地喊了一句："玛尼娅，克秀莎，现在把菜端上桌吧。"

　　户主进屋以后，就在门厅那里脱掉了身上的长款呢子大衣和帽子，此时，他的身上穿着一件灰夹克，看上去挺别致的。在这件夹克里边是一件绣花衬衫，领子是不规则的形状，下面是一双长马靴。户主身上的所有穿搭放在一起的话，简直就是俄罗斯人最有代表性的穿法。户主走进屋子以后，先十分亲切地和自己的妻儿聊天，并询问这段时间家里的大概情况，结束交流以后，他才去洗澡。当他洗完澡出来以后，就把那条湿漉漉的毛巾对准一个铜壶使劲地甩两下，看上去是准备弄干它。就在这时，那个名叫克秀莎的小女儿突然闭着双眼出现，把手里拿的干毛巾交给户主。户主接过这条毛巾后，匆匆擦干了手上的水分，就突然和克秀莎开起玩笑来。只见他猛地将毛巾盖在了克秀莎的脑袋上，而克秀莎也开心地和他嬉戏玩耍起来。就这样嬉戏一会儿以后，户主来到了那尊摆在房间里的神像前，开始虔诚地祷告，一边鞠躬、比画十字，一边念诵着什么。

至于入住罗斯托夫采夫家的第一顿晚饭，由于它是我长这么大以来第一次看到的这样的饭菜，造型十分古怪，我这一生会永远记着它的。上桌的第一道菜是稀饭，而后上桌的是一个圆木盆，里面装着黑漆漆的牛肚。就在这道菜端上桌的那一刻，空气中突然袭来一阵难闻的味道，这个时候再别提它的样子了，看上去黑漆漆的一团，被放在那个圆木盆里，根本就看不出是什么东西。然而，让我感到诧异的事情还在后边，只见那个户主突然掰开了眼前的牛肚，而后将它切碎，接着他就用手抓起这些细牛肚，伴着沾了盐的西瓜吃了起来。就在我们快要结束晚餐时，真正的主食——牛奶燕麦粥——才被端上桌来。更值得一提的是，由于我从头到尾只吃了西瓜和粥，户主仔细地瞅了我一阵，而后极其严厉地说道："既然住进了我家，就必须适应我们这里的生活方式。我们都是普普通通的平民百姓，家里没有高档的菜品，平日里吃的也都是一些家常便饭罢了……"

就在户主说这段话的时候，我从他的语气中听出了一种自豪感，听上去非常具备感染力和吸引力。自从来到这座城市以后，这是我头一次体会到自豪感，当然，在这座城市的各个地方都存在这样一种自豪感。

4

从那以后，我常常能从罗斯托夫采夫的话中听出一种难以言表的自豪感，那么到底是因为什么他会表现出如此的自豪感呢？事实上，对于俄罗斯人这个身份，罗斯托夫采夫全家都表现出了极高的自豪感和无上的光荣感。在他们眼中，人这一生最值得追求的东西莫过于独立和自由，因此拥有简朴、独立生活的人，才算得上是真正的俄罗斯人，当然，倘若能在过上俭朴生活的同时，拥有精神、灵魂方面的自由和独立，那么这样的生活才称得上是真正的奢华。其实，就在当时，俄罗斯的实力传播到了世界的各个地方，无论去到哪里，都能体验到属于俄罗斯的那种向往自由的精神，当然，这确实是俄罗斯最应引以为豪的精神财富。可以说，这简直就是一个属于俄罗斯的时代，而它也成为世界上最具代表性的词语——象征着富有、强大和坦诚。后来，随着我对这座城市的深入了解，我才慢慢意识到，原来这种自豪感不仅表现在罗斯托夫采夫身上，还表现在生活在这里的大部分人身上。也是在那个时候，我才清醒地意识到，原来这样一种自豪感不仅存在于我生活的这座城市，还早已成为所有俄罗斯人在当时所具有的强烈情感。

由于我在俄罗斯出生，非常清楚这种充满神秘感的信仰所产生的影响，甚至我本人就是在这种信仰的影响下慢慢成长起来的。当我还是个孩子的时候，目光比较短浅，仅仅能考虑到眼前发生的事情，但是后来，随着年龄的不断增长，我对事物的看法和态度有了很大的转变，然而，任何一个时代都有它各自的特色存在，因此倘若再给我一次机会，我依然愿意重复之前的选择和精力。自从住进这座城市以后，罗斯托夫采夫在当时曾告诉过我的那些话，比如

"就算是我们的皇帝本人，也就是亚历山德罗维奇①，他脚上的那双皮靴都已经穿了很多年了，并且上面涂了油，更别说是我们这些平民百姓了……"其实，这样的话我曾在不同人的嘴里听到过，虽然他们的表述方式有所不同，但最终产生的效果却极为相似。如今，倘若仔细想一想的话，他们的这些话其实并不代表谦虚，而是很好地表现出了当时的俄罗斯人生来就有的那种自豪感。实际上，很多人都有俄罗斯人身上所具备的这种自豪感。无论何时何地，都能从他们身上发现这样的自豪感。当教堂里的钟声响起时，偶尔能看到一个骑马的人突然停下来，他身上穿着呢子大衣，正面朝向教堂的方向，而后摘下脑袋上的帽子，一边虔诚地比画十字，一边弯腰进行祷告，整个脑袋几乎快要挨到地上了……有这样举动的人，不仅是普通人，还有赌徒，虽然他们时常将自己的家弄得四分五裂，但是他们却选择用这样一种方式来乞求上帝饶恕自己的罪孽，正是因为这样，你往往会被他们的举动所迷惑。

有一天，罗斯托夫采夫突然起了兴致，于是就对着窗台那里说道：

"早些时候，倘若在做生意的时候欠了钱，用粉笔记在墙上就行了，根本就没有如今的这种期票。倘若第一次还款期限过了，那么收账人就会向赊账人提醒一下；倘若又错过了第二次还款的期限，那么收账人就会向对方发出'还款期限快到了'的警告；倘若到了第三次还款的时间，对方还是没有还款，那么这个时候，收账人就会把墙上的记号抹掉。到那个时候，就再也不会有人和你做买卖了。这是因为根据当时的规定，倘若墙上的记号全部消失的话，这个人的信用就会大大降低。"

①俄国皇帝，在位时间为1881—1894年。——译者注

眼前的这个窗台上，就有罗斯托夫采夫之前做的记号。

坦白讲，大多数情况下，对于他内心的真实想法，我们并不是很了解。倘若按照他所拥有的财富来评级的话，那么，他完全算得上是一个"有钱的农民"了。然而，在他自己看来，他并不觉得自己是个富农，反而总是乐于将自己视为一个"做买卖的人"。比起当时的那些富农，甚至包括当地的居民，罗斯托夫采夫的思想显得高超多了。有时候，他会和住在他家里的这些学生交流，只不过，他的语气中却隐含着些许嘲讽："你们学校的老师，现在还会带着你们潜心学习诗歌吗？"

"当然会了！"

"既然这样，那你们现在都学了哪些诗歌呢？"

在罗斯托夫采夫情绪的渲染下，偶尔我们也会向他展示一下：

"当夜幕降临，月亮迈着含蓄的步伐开始追逐浩瀚无际的天空，它向世间洒下迷人的愁思，月光照耀在窗台上，而后穿过玻璃花，向屋里送来一缕缕璀璨的光芒。"

"'月亮迈着含蓄的步伐开始追逐浩瀚无际的天空……'这句话我反复读了几遍，感觉略微有些说不清楚啊。"

坦白讲，其实平常我们念诵的时候并没有思考那么多，如今听了他的建议，反而觉得还真有这个问题存在了——就在"追逐"这个词语后边，缺了一个逗号，被他这么一说，我们全都无话可说了。随后，他又追问道：

"除了刚刚那些诗歌，还学了别的吗？"

"当然学了啊：'远方有鸟儿欢快的歌唱声传来，它的家就建在一棵笔直的橡树树梢上，尽管风雨的袭击使得部分树梢被折断了，但这里却依然是它的家，并且就是在这里，它拥有了属于自己的稳定和平和。'"

"嗯，这一回听着很好，诗歌的韵律也非常恰当，现在时间不早了，那就让我们一起来背诵平时在深夜里祷告时用到的诗歌吧，'浩瀚无际的天空……'"

就这样，在他的引领下，我们再次情不自禁地跟着他朗诵起来了。

"在这个万籁俱寂的深夜，所有身负罪孽的人啊，一起来虔诚地祷告吧，祈求上帝饶恕我们的罪孽吧！让我们成为满是正能量的人吧。"

在我们朗诵出这些内容的时候，他微微闭起眼睛，一个劲儿地摇晃着脑袋，整个人完全陶醉在这样的氛围里。在那之后，我们又朗诵了："就在这片浩瀚的天空之下，一整片看不到尽头的草原，突然在我的眼前向远方延伸过去……"这是诗人尼基丁[①]写的诗歌。这首诗歌重点描绘了俄罗斯的地域宽广与物种丰富，并用十分强烈的情感表达了诗人对祖国的深切爱恋——他赤诚地爱恋着这块土地以及在这里诞生的所有事物。

"嗯，这才称得上是货真价实的诗歌啊！"接着，他终于睁开了双眼，看上去想要让自己恢复平静，他突然起身，而后一边往外走去，一边扭过头来朝我们说："这才称得上是货真价实的诗歌，你们就应该多朗诵这样的作品才行。最重要的，就是你们一定要记得写出这首诗歌的人，曾是这个地方的居民，也就是说他曾和我们一样，在这里生活过，所以说，他可是我们的老乡啊！"

就这样，随着时间的推移，我终于对这座城市有了大致的认识和了解，只不过，但凡是生活在这里的生意人，无论他们的生意

①全名为伊万·萨维奇·尼基丁，俄国著名诗人。——译者注

做得大或是小，都没有一个人能像罗斯托夫采夫全家那样朴实、真诚。虽然这些生意人特别能说会道，口吐莲花，但是，他们在本质上就是一群盗匪，并且他们绞尽脑汁想要做到的，仅仅是从其他人那里获得利益而已。可以说，他们生来就拥有了演戏的天赋，简直就是个天生的大骗子。他们不仅会在做生意的过程中干些缺斤少两的勾当，而且还经常谎话连篇，甚至还会昧着良心向天发誓。在不为人知的地方，他们之间常常会发生争斗，甚至为了个人的利益，不惜伤害同行，总之，他们干尽了世间所有肮脏的事情。甚至有时候，对于那些无依无靠的老人、身体残疾的人以及天真的小孩们，他们都不会轻易放过，只要一逮着机会，他们就会想尽办法来侮辱这些弱小无辜的人，并以此为乐；只要一发现地位比他们低微的人，他们就会表现出十足的轻视和不屑，无论对方做什么，他们都会针锋相对、处处为难，而正是在这个过程中，他们获得了个人的快乐与满足。

5

对于考入男子中学这件事，我完全无法对它的正确或是错误做出判断。当我在这座城市里睡了一觉后，我觉得自己的世界崩塌了，因为我遇到了很多不可思议的事情，它们都是我从来都没有经历过的。然而，我依然认为这些经历对我而言，都是命中注定的，我只能坦然去接受。倘若不考虑我的个人感受的话，那么我在这所男子中学的时光可以说是十分平淡的，根本没有什么出彩的地方。就在入学的那天，我和室友格列波奇卡头一次手挽着手走进学校，记得那天天气晴朗，而我们也因为这一点高兴了很久。那一天，我们都换上了崭新的衣服，我身上穿的那件衣服，正是父亲为我准备的。由于父亲是按照我的个人喜好和生活习惯来制作这件衣服的，在我眼中，它要比其他同学的衣服漂亮多了。我的校服是宝蓝色的，上面搭配着银扣子，整体让人感觉非常与众不同，并且这件衣服非常合身，简直好看极了。我脚上穿着一双灰色的呢子袜和一双马靴，靴子上边因为擦了鞋油的缘故，显得锃光瓦亮的。前不久我刚理了发，然后戴上了一顶蓝帽子，看上去十分鲜艳。我身上背着的那个皮质书包同样是崭新的，当阳光照到上面后，虽然会发出一股皮子味，但只要一想到这里面装着崭新的书本和文具……我就感到分外的开心。随着我进入这所学校的时间越来越长，我逐渐地被这里的热闹氛围给迷住了，这里就如同是在过节一般，几乎每一天都热闹非凡。操场上的石头被打扫得干干净净，在阳光的照耀下，窗台上的玻璃以及门把手发出耀眼的光芒。同时，只要一到夏天，学校就会来一次大粉刷——几乎教学楼的走廊、教室、教学楼大厅以及楼梯，全都被粉刷过了，这时如果待在教学楼里，不仅能听见自己的回音，而且还会听到同学们的打闹声。由于刚刚才度过了一个暑假，同学们看上去都非常兴奋。于是，即使已经放学了，还是会有同学跑到教学楼里玩耍。此外，在正式开课以前，这所学校还有一个规定，那就是所有的学生需要依照年龄顺序排队，然后在一名退役军人的带领下进行虔诚的祈祷。由于这名军人非常认真和严格，因此偶尔能听到他训练我们的口令"前两排听令，齐步——走"。由于大家都是新入学的学生，每次都会出现抢占座位的情况，甚至部分同学还因此而产生了不愉快，当然，这样的争斗最终都会在老师出现的那一刻画上句号。老师第一次在我们面前露面时，身上穿着一件燕尾服，腋下夹着一个手提袋，眼睛上架着一副眼镜，是金丝边框的。由于教室里实在是太混乱了，他刚一走进教室就被眼前的状况给惊呆了。只见他瞪大了双眼，嘴巴两边的胡子也都向上翘了起来，看上去就如同遭受了莫大的惊吓一般……然而随着时间的推移，他渐渐适应了这种场景，甚至倘若某一天没有这样的场面出现，他还会感到不自在呢！就这样，从那以后，这样的场景一天天、一年年地上演着，整整陪我度过了四年的时光……

至于我的学习成绩，可以说它和我的个人兴趣有关，也就是说倘若是我喜欢的学科，那我就会取得较好的成绩；如果是我一般喜欢的学科，那我的成绩就会相应地变得普通起来；而如果刚好是我厌烦的学科，那我的成绩就会变得一团糟。在知识接受方面，我几乎对任何知识都充满了兴趣，并且能在短时间内接受它们，只不过，这并不包括动词的过去式。事实上，当我们日后进入社会以后，就会发现我们当时在学校里接触的学科中有大多数都是毫无用处的，甚至有些全都是公式，不仅十分无聊，而且边学边忘。在这所学校里，教学质量较好的老师屈指可数，其他老师全都是些平庸之才。那些我们能说得出名字的老师，自然而然地成了学生们调侃和欺负的对象，并且被大家视为怪老师。在所有老师中，仅有一两个老师是极为独特的，甚至可以冠以"奇葩"的称号，而他们之中也有一位显得非常与众不同，不禁让我们对他产生了浓厚的兴趣。通过对他的一番细致观察，我们最终总结出了他的几个特点：他是个性格孤僻的人，经常沉默寡言，从不和其他人交流；最重要的就是，他非常爱干净，眼睛里一点儿也容不得垃圾，甚至认为人的呼吸是一件极其可怕的事情；每当外出的时候，他总是会戴上一副手套，走在马路的最中间，等到了教室，如果迫不得已需要摘下手套，那么，他必定会立刻拿出手帕，然后用它来握那些需要用手触碰的东西——比如门、椅子等等。他的个头看上去并不是很高，身体也非常的纤瘦，在他的脑袋上，长着一头栗色的鬈发，由于头发一股脑儿地全部梳向后脑勺，因此他的那个亮闪闪的额头就完全露在外边了，阳光一照，看上去十分漂亮。他的脸很小，并且显得十分苍白，至于他的两只眼睛，则始终平和而又忧愁地望着远方，露出一副黯淡的神情。

在这所男子中学里，我还经历了哪些有意思的故事呢？其实，在这四年的时间里，我完成了自身的转变，成功由一个天真烂漫的孩子，成长为一个独立自主的青少年。实际上，对于这些转变的出现，我根本就没有察觉到，因为它们都是在潜移默化中完成的，而当我最终有所意识时，却发现自己早已发生了改变。说实话，在学校读书的这段时间里，我的生活始终是无聊而乏味的。每天的任务不是在教学楼里听老师讲课，就是待在那里提前预习功课。只不过，我时常会在脑海里构想日后的幸福生活，甚至每时每刻都在心里期许假期和节日的到来，为什么它们还不来临呢，我究竟还要等待多长时间呢？唉，时间啊，求你赶快往前走吧，这是我发自肺腑的祈祷啊！

6

9月的一个晚上，我独自在外面悠闲地散步。事实上，比起格列波奇卡，学校里的这些老师对我算是很好了，因为他们从来不敢要求我安安分分地坐在座位上学习，也从来不敢体罚我。相反的是，对于格列波奇卡，他们就敢这样做，并且常常会极其严厉地惩罚他，最终，在老师们如此残酷的对待下，格列波奇卡的脾气变得越加急躁和易怒起来，同时也变得更为懒散和固执了。一年需要经历春夏秋冬四个季节的更替，但我却对这样的更替感到极为反感和无奈，因为在这四个季节里，我唯独对夏天抱有好感，并且我的那些稀奇古怪的梦想，唯有在夏天才能得以实现，甚至于我认为夏天才是真正属于我们的季节。人生在世，每个人都有各自的爱好和追求，每个人也都在为各自的生活而忙碌着，比如说有些人非常乐于逛街，有些人乐于在赶集的间隙做点小本买卖，有些人则对店面生意方面的事情表现出了浓厚的兴趣，并不断努力加入其中……随着时间的推移，大多数学生都已经适应了大人们的生活状态，甚至于他们中的大部分看上去，根本就不像是一个初出茅庐的学生，在他们身上也找不到丝毫的叛逆和偏执。这座城市人口众多，几乎各个地方都能看到人头攒动的场面，正是因为这样，这里所隐含的财富也是无法预计的。甚至可以说，这座城市非常富有，它不仅拥有十分繁荣的商业，而且还与许多城市，比如莫斯科、伏尔加格勒、里加、列维尔等有着商业往来。就这样，这座城市日益变得富有了，商贩的叫卖声遍布城市各个角落。从早到晚，这座城市的粮食收购站一直忙着，人们总是络绎不绝地去到那里，在集市和广场四周，摆满了各类蔬菜和水果。偶尔还能碰上收工回家的农民，他们的货物全都卖完了，正急匆匆地在人海中穿行，他们的脸上满是欣喜与满足的神情，他们一边往前走着，一边和身边的同行交谈着。有时，倘若生意不错的话，他们会在结束所有工作后，一边往各自的车走过去，一边约上几个好朋友去喝酒，嘴里啃着手里拿着的那些锅巴。对于大多数中间商来说，如果能从农民那里买到产品，然后再以高价转卖，就可以成功赚到差价，正是因为这样，随处都可以看到那些中间商正绞尽脑汁地想要说服这些农民。尽管这些中间商被太阳给晒黑了，并且显得十分劳累，但他们的叫卖声却听上去非常响亮，充满了底气。如果要对他们一天的生活进行总结，那就是这样的：天刚蒙蒙亮的时候，这些中间商就会守在进城的各个路口上，拦着那些往城里送货的农民，甚至有的时候，为了获得某个农民的货物，他们彼此间还会发生龃龉。倘若他们获得了充足的粮食和货物，就会立刻跑去集市以及粮食店……等过上一阵儿，他们得到的那些货物就已经全被卖出去了，这时他们就会停下来休息一会儿，或者是到茶馆里喝喝茶……此时，夕阳用自己温柔的光芒照耀着大地，而那条如同直线一般笔直的街道——它成功地将这座城市与城外的建筑物连在一起，在夕阳的照耀下，露出了红晕，那些刚刚结束跑马竞赛的人们（这也是这座城市的亮点之一），正在这条街上来回穿梭，朝着各自的家走去。在这些人里边，有许多身份和地位颇高的人，比如富贵人家的太太和小姐，以及一些纨绔子弟，同时还有一些富人家的录事、司书、管家和伙计。偶尔还会有一些两轮马车从这些人身旁经过，那里边坐着的是一些财大气粗的土豪，他们的娇妻就坐在一旁。这些人富有，总是肆无忌惮地在大街上赶着自己的马车，左摇右摆地前进着。就在这时，坐落在远方的教堂里突然传出一声声敲钟的声音，那些负责驾驶马车的车夫听到后，就会赶忙用力控制住四轮马车，以确保坐在车里的夫人可以平安到达目的地。通常，这些夫人的年龄都已经很大了，她们安安静静地坐在车里，手里捧着一盏蜡烛。她们之中有的人身材看上去非常丰腴，浑身上下穿金戴银，非常富贵华丽，就像是一尊大佛似的，而也有一些人看上去瘦骨嶙峋的，实在是让人无法直视。

教堂会举行弥撒活动，当假期到来时，我们全班同学一致决定让教官带领大家去那里参加活动。出发之前，我们所有人都聚在教学楼前的院子里，教官这时非常认真地检查了每个人的穿着，尤其是身上的扣子。虽然是假期，但我们的老师们却依然保持工作时的状态——身上穿着燕尾服，上面挂满了各自所获得的勋章，脑袋上戴着一顶帽子，可以说，他们一点儿也没有松懈。就这样，我们排着一条长长的队伍，朝教堂的方向出发了，看上去就像是一条蜿蜒的长龙。一路上，但凡是从我们身边经过的人们，总是会忍不住回头多看我们几眼，或许在他们看来，我们可能来自某个官方组织或是军事部门，正在这里进行检阅仪式呢！当然，除了我们学校，还有许多来自其他学校的学生以及单位，从四面八方赶过来，披挂着制服、勋章、帽子以及肩章，同样正朝着教堂前进。渐渐地，我们离教堂越来越近了，那座高大宏伟的教堂逐渐展现在每个人眼前，并且钟声听上去也更加响亮和清晰了，此时，一种肃穆庄严的氛围突然席卷而来。当我们来到教堂前厅后，不远处突然传来一声"脱帽致敬"，紧接着，我们原本整齐的队伍渐渐散开了，大家纷纷跑到四处去，和认识的人拥抱、亲吻、打招呼。在那之后，我们走到了教堂的门口，此时，在我们的脑袋上、教堂的房顶上，传出一阵阵沉闷而嘹亮的钟声，这就是教堂欢迎我们的独特方式。在教堂钟声的陪伴下，我们终于慢慢走进了这座教堂的大厅，它是如此庄严、如此肃穆。就在这个大厅里，聚满了上帝的信奉者，四周的墙壁上画满了神圣庄严的神像，每个神像前边都摆放着那些信奉者供奉的烛火与纸钱，在人群之中，有许多身穿制服的神父正来回穿梭，维持着不同的祷告仪式。由于用来祷告的台阶全都铺上了红色的呢子布，从远处望过去的话，会觉得那里的一切都是如此的庄严和好看。只不过，对像我这般大的孩子们而言，这里的所有程序看上去都过于庄严肃穆了。我们进到大厅里以后，几乎没有一刻是停下来的，要么是在不同的祷告仪式上来回切换，要么就是跟着人群朗诵经文，或是点燃香火进行祷告。教堂里的台阶上，有一个唱诗班正站在那里表演，他们身上穿着统一的制服，看上去非常讲究，他们的歌声时而慷慨激昂，时而轻柔婉转。有时候，你可以听到男低音发出的能够震彻天空的嗓音，有时候又能听到女中音发出的悠扬动听的歌声。在他们的歌唱声中，我们畅游了美轮美奂的美妙境界。从某种意义上来说，今天是个值得庆祝的日子，我特意穿上了一件短款的夹克，腰间搭配了一根银腰带，而在我身边停留或是经过的，则是从各个地方赶来的人们。由于今天的天气本来就非常炎热，再加上此刻人头攒动，更让人有了一种透不过气的感觉。现场的人实在是太多了，有的时候，会有一些神色凶狠的警察出现在我面前，他们身上穿着制服，看上去非常健硕和彪悍。当我仰起脑袋看他们时，就会有一种自己被这些巨人踩在脚下的感觉，这不禁让我直冒冷汗，甚至还有些昏昏沉沉的感觉。

　　一般来说，只要是到了这样的日子，这座城市整个晚上都会灯火通明。相比之下，这座城市的天空始终是浩瀚无穷的，根本辨不清前进的方向。远处坐落在街道两旁的路灯那里，时时传来一股股臭味。我在这座城市里生活了很长时间，期间令我记忆犹新的画面，就是夜晚中那些闪闪发亮的霓虹灯，以及一些会闪光的文字。它们同样在不断向黑夜贡献自己的光芒，看上去就如同夜空里的一盏盏明星，亮闪闪的。在当时，这座城市时常会举办一些游园活动。记得有一回，罗斯托夫采夫的儿子，也就是小罗斯托夫采夫，当时他是中学六年级的学生，偷偷背着自己的父亲，亲自带领我和格列波奇卡去参加游园会。在那个时候，至少有上万人聚在那里等待参加，以致通往游园会的唯一一条路被彻底堵死了。看到如此壮观的场面，我简直快要被吓晕了。周围的人实在是太多了，我们根本没有办法自己决定该怎么走，只能那样被周围的人推过来推过去，然后慢慢地往前移动着。偶尔会吹来一阵微风，只不过，里面却混合着汗味和某种便宜香水的味道……在这种时候，无论是什么气味，都可以顺利地钻进你的鼻子。整场游园会，无论是从开始的地方到结束的位置，还是从僻远的角落到那个如同贝壳一般的露天会场，几乎每个地方都挂满了彩色的霓虹灯，时不时还能听到从会场那里传出的华尔兹舞曲。在这支负责演奏的乐队里，偶尔能看到一些军人，比如负责演奏铜锣的那个人以及掌控整场演出的导演都是。正是因为这样，所以他们的表演乐器以及演奏效果，一般都是怒吼或者轰鸣式的。就在这时，在这条拥挤不堪的街道上，小罗斯托夫采夫竟然猛地停了下来，仔细一看，才发现他和迎面走来的一个年轻女子撞在一起了。这个年轻女子身边站着一个女孩，长得非常漂亮。此时小罗斯托夫采夫所表现出来的状态，是我们之前从未看到过的，他的脸和脖子突然变得通红，而后猛地向对面这个女子行礼致歉，看上去就如同一个绅士，他还故意使劲地跺了下脚，发出了非常响亮的声音。对面的这个女子一边露出温柔的笑容，一边十分淑女地看着小罗斯托夫采夫，此时，在她头上的那顶仕女帽的映衬下，她的脸蛋看上去亮闪闪的，就好像是在发光一样。在那个贝壳状的露天剧场前边，刚好有一个大广场，里边有一个巨大的花坛，此时，花坛中的那束喷泉正不断往上喷涌水花，尽情地浇灌着四周的花朵。时至今日，我依然清楚地记得被水溅到后的凉爽感，同时也还记得那些花朵发出的芬芳气味。很多年以后，我才知道，原来当时看到的那些植物就是烟草。正因如此，多年以后，只要我一闻到烟草的气味，就会立马回忆起我在城里看到的那个女子。这也是我为何会对烟草有着如此深刻的记忆，因为它早已和我的爱情融为一体了。直到现在，我依然会时不时回忆起那个夏日，那阵清凉的感觉，以及那些如同军乐一般的乐声……

7

不久后，初冬来临了，气温渐渐降低了，天空看上去灰蒙蒙的，像是被遮上了一层灰尘似的，周围的一切也全都变得寂静无比。伴随初冬的来临，这座城市的面貌也出现了变化，人们纷纷在窗台上安装了用来避寒的窗户。偶尔，透过窗台往里看，可以看到里屋早已生火了，时不时还能传出一股股热流。就这样，人们的穿着比以前看上去厚实了许多，家家户户也早已置办好用来过冬的物品。随着时间的推移，人们逐渐开始对这个冬天的生活充满了期许，有了这些物品，想必会度过一个舒适的冬天。其实，这种囤积物品用来过冬的习俗已经有千百年的历史了，它是我们的先辈们通过辛苦实践总结出来的，而我们这些后代也始终这样一年又一年地执行着。

"刚才在外边的时候，我看到了一群大雁……"罗斯托夫采夫一面进屋，一面激动地对大家说道。当时的他穿着一件非常厚实的呢子夹克，脑袋上顶着一个棉帽子，看上去非常暖和。就在他进屋的一瞬间，屋外的寒气也跟着他一起跑进来了。"就在我发现大雁的时候，正巧旁边有一个农民摆的菜摊——整整两车白菜，一个个看上去都非常鲜嫩，这不我就把它们全部买下来了。现在看看，那两车白菜大概快到了："柳波芙·安德列耶芙娜，快去门外瞧瞧，顺便帮忙卸白菜……"

在这个无比寒冷的冬天，大多数时候，我的心情是忧伤沮丧的，但是偶尔我也会遇到一些令人高兴的事。就在这时，我做出了一个决定，那就是正式学习思考，而不再去阅读我从学校图书馆里借来的那些图书，它们是王尔德[1]与司各特[2]的作品。为了能让自己重新审视这座城市，同时更用心地和它融为一体，我开始尝试梳理那些发生在我身边的事。就在距离这座城市不远的地方，有一间历史久远的寺庙。坊间流传着这样一个传言，据说在这间寺庙的任何一个房子里，如神像后边、柜子里，或在其他你所能想出的地方，多多少少都藏着一些肉制品和伏特加。同时，格列波奇卡还将他自己的一些奇思妙想告诉了我们："你们觉得这些和尚，他们里边到底穿没穿裤子啊……"事实上，在很早以前，我就曾有过出家当和尚的打算，正是因为这样，我从那时起就对寺庙产生了一种难以说明的敬慕之情，只要人们一提到寺庙，我就会立马感到异常的激动和开心。坦白讲，当我产生出家的念头时，我就已经要求自己开始吃素，并且进行祷告了。至于这个念头究竟是如何产生的，其实我本人也说不清楚，甚至于当我偶尔思考那些事情时，竟会产生一种美轮美奂的感觉，实在是难以用语言表达清楚，最终，我总算是找到了一种完美的形容方式，那就是诗歌……其实某些时候，当我回想起这座城市时，内心会莫名感到难受。这是因为我会想起很久以前，为了霸占这座城市，那些鞑靼人竟然对它进行了那么惨无人道的毁坏，让它悠久的历史在战火中走向毁灭和消亡，之后，当他们成功攻占了这座城市后，又开始着手重建。只要一想起这些过

---

[1]英国著名作家，代表作品有《道林·格雷的画像》。——译者注
[2]英国著名作家，代表作品有《艾凡赫》。——译者注

往，我的内心就会变得十分痛苦和难受。离开这间寺庙以后，顺着这条笔直的街道往前走，直至进入城市里时，会有一些小巷子出现在街道左侧，那里面时常传出臭烘烘的味道，偶尔还能看到一些不修边幅的人走来走去。沿着这些小巷子，不仅能看到山谷，而且还能看到河流，那里同样是臭烘烘的。这些小河之所以会这么臭，是因为在它四周分布着皮革厂，小河被皮革厂专门用来浸泡和腐蚀皮革。通过观察那些露出河面的污泥，就可以判断出这里早就被黑乎乎的污泥给霸占了。一旁的岸边同样发出阵阵难闻的气味，上面堆积着早已变形变色的东西。此外，岸边还堆放着些许架子，是专门用来制作皮革以及晾晒皮革的。在这种地方工作的人，一般都是非常粗鲁无礼的，只要是他们出没的地方，就会显得非常喧哗。这些人根本就不顾及自我形象，他们一个个看上去非常壮硕，经常会在公共场合抽烟，甚至还会说些黄色笑话……这个地方已存在了三四百年，而这些工人的粗鲁行为正是一代代传承下来的。虽然我曾打算开口谴责这个地方，又或者说我是想让这里给我留下一个不错的印象，但是最终我什么都没有说就离开了。于是，我的马车继续往前走着，不久我们跨过了河流，来到了河对岸的那个叫作契尔纳亚—斯洛波达的地方，阿尔加马察就位于它四周的山崖上。此时，当我站在陡峭的悬崖边，试着往下俯视时，发现悬崖下方流淌着一条气势磅礴的河流。数千年以来，这条河流始终这样流淌着，一直流到位于下游位置的南方地带，并最终和顿河融为一体。

听人们讲，这条河流曾做过一件无比崇高的事情，那就是它曾让一个鞑靼公爵命丧于此。对此，我竟忍不住想要写几首赞颂它的诗歌。据说，这条河流之所以会将那个鞑靼公爵淹死，其实是因为这个公爵触犯了一个神通广大的圣母圣像。直到现在，那座圣像还受到人们的供奉朝拜，并被摆放在河流旁边的一间教堂里——它正对着阿尔加马察。当地的人们非常看重这座圣像，常常会有许多人前来祭拜。也因此，这座圣像前的灯始终亮着。当我从这座圣像前走过时，一个穿着黑披肩的女人突然出现在我眼前。只见她无比虔诚地跪在那里，向那座圣像进行着最为真挚的祈祷，她的眼神里充满了坚定和肃穆，一直凝望着金光闪闪的圣像。透过圣像衣袍之间的缝隙，能够发现圣像的右胳膊摆放在胸口的位置，并且手里紧紧握着一个木板。略微再往上看一点，可以看到一个中世纪时期的神像，它的样子并不是很大，并且色彩显得略有些黯淡，它的头部斜靠在左肩，上面戴着一顶镶有钻石、珍珠以及红宝石的帽子，看上去璀璨无比。在这条河流的另一侧，是一片被山峦包围起来的地方，而扎列奇耶就坐落在那里，完美地独占了这座城市的大后方。从早上一直到晚上，这座城市始终马不停蹄地运转着，人们看到的是一幅生机勃勃、匆忙奔波的场面，四周不停地传来各种各样的响声，有机车发出的轰鸣声、铲车发出的汽笛声，还有火车与铁轨触碰出的响声，种种声音混杂在一起，完全填满了旅客们的耳朵，构成了一首气势宏伟的乐曲，听上去就像是慷慨激昂的交响乐，时而节奏紧张、抑扬顿挫，时而又显得十分苍凉孤寂，仿佛是在讲述存在于这个世界上的各种不公正和不公平。马车一直飞快地奔跑着，并沿着大雁飞行的方向前进。在这座城市的最中央停下来，四周的场景全部交汇在一起，组成一幅别有韵味的画面。此外，在这座城市的火车站站台里，挤满了各式各样的人，空气中混杂着煎包、茶饮以及咖啡的味道……甚至还融合了从各类火车和货车的烟囱里冒出来的气味，它们就这样直冲冲地朝你扑来，由此这座城市获得了另外一个称号，那就是"铁路王国"。可以说，这座城市算得上是俄罗斯的火车枢纽中心，从这里出发，几乎可以去到全国任何一个地方……

我记得这里的天空总是阴沉而暗淡，并且黑夜要比白天长很多，坦白讲，这种时候最惬意的方式应该是留在家里好好休息休息。然而，每当我闲着没事干时，就会忍不住再次担忧起来，我迫切地想要知道这个地方在很久以前是什么样子的。秋天本身就是比较闲散的一段时间，我又开始担忧在这个人迹罕至的地方，如何度过那自由自在的求学之旅。最终，对于这段自由的求学时光，我只有两个选择，要么是在教室里闲着，要么就是在罗斯托采夫家里消磨时间。柳波芙·安德列耶芙娜的房间里有一个柜子，上面放着一个闹钟和一块手工织出来的桌布，毫不夸张地说，玛尼娅和克秀莎几乎整天待在这里，不停地织着花布。每当这时，除了闹钟指针的走动声以及织花布的声响外，再也听不到任何的声音，整个世界就像是被消音了，分外安静。就这样，如此闲散的时光一天天过去了，然而，就在某一天，这份闲散却因为突发情况而终止了。那是一个枯燥到极点的安静的傍晚，门外猛地传来一阵响声。这个傍晚实在是太过安静了，一丝一毫的响声都会显得无比巨大，因此这时出现的开门与关门声几乎吸引了我们所有的注意力，而我也迫切地想要弄清楚到底是什么人进来了，于是开始拼命地往门外看。没想到出现在我眼前的，竟然是我的父亲——他的身影我是再熟悉不过的了。父亲穿着一件貂皮外套，脑袋上戴着一顶能够护住耳朵的帽子。看到父亲的那一刻，我整个人都愣住了，好半天才缓过神来，接着我就一下子扑到了他的怀中，使劲地抱紧他。为了确定这不是梦，而是真实发生的情况，我开始极力地搜索父亲那满是胡子的嘴巴,只有感受到温暖与疼痛后,我才相信这一切是真的,当然,由于长时间在外边行走,父亲的胡子上变得湿漉漉的,加上他嘴里不停地往外呼出热气,这一切刚好完美地证明了他真的来看我了。这实在是太突然了,我实在是太兴奋、太高兴了,简直有点儿不能自已的感觉。就在那个时候,我的父亲,成了我心中这个世界上最特别的人,也是我心中唯一的人。

8

我住的这条街道四通八达,横贯全市,可是我所在的位置非常荒凉,只零星地散布着几座像罗斯托夫采夫这种不太富裕的商人住的砖房。街道的中间是一个集市,那里总是热闹非凡,高中档的餐馆和商场随处可见。在街道的拐角处,更是有一家"贵族旅馆",价格高得令人咂舌,只有地主才敢住进去。平民百姓从这里路过的时候,只能闻一闻从落地窗里飘出的饭菜的香气,要是稍微走运一些,还可以看到一些戴着白色高帽的厨师。透过旅馆的正门,还可以看到铺着红地毯的宽敞的楼梯。

可以说,我读中学的四年,也是父亲的好日子的最后四年。父亲一拿到巴图林诺的继承权,就卖掉了卡缅卡,把巴图林诺好好地装修了一番之后,带着我们全家搬了过去。虽然此时父亲看起来非常有条理,但是在内心他又以一个阔佬自居了。他每次过来看我,都会在"贵族旅馆"落脚,而且非上等房不住。父亲还会把我从罗斯托夫采夫家接过去,跟他一起住上两三天。在这几天里,我过上了一种截然不同的生活,仿佛我还是一个小少爷。此时,旅馆前面的马车夫、看门人、服务员,甚至那个胡子剃得光光的、穿着燕尾服、戴着白领带的米海伊奇（他曾是谢列赛季耶夫斯基①的农奴）见了我，都会对我点头哈腰。这个米海伊奇一生坎坷，曾经到过巴黎、罗马、彼得堡、莫斯科等地方。此时，他成了一个荒僻城市旅馆的服务员，庸庸碌碌地度过余生。其实，在这个旅馆里，真正的阔佬也会装模作样一番。而其他的住客，正如米海伊奇所说，就是一些来自小县城的暴发户，却要摆很大的架子。他们在几杯伏特加下肚之后，就会摆出一副老爷的架势，大喊大叫，用词下流。

每次父亲刚一走出旅馆，立刻就会被门口的那些马车夫团团围住，他们都想博得父亲的关注。"您好，亚历山大·谢尔盖伊奇，您今晚是不是要去马戏团，让我为您服务好吗？"

父亲并不会像一个暴发户一样，举止粗俗，不过，他非常满意马车夫们的这种态度。于是，他总是会掏钱订下一辆马车。其实"贵族旅馆"附近有很多马车，随叫随到，根本不需要预订，所以父亲花这笔钱完全就是浪费。

旅馆里面温暖又明亮，灯光也十分炫目，将里面所有奢华的摆设都照耀得闪闪发亮。所有的高级旅馆为了吸引顾客，都会放上这样奢华的摆设。在我们走向一楼的餐厅的时候，总是能够听到过道上传来的各种声音："米海伊奇，要是你遇见了那位公爵，请你转告他，我们在等他。"我们正朝着楼梯下面走的时候，迎面走来了一个既像农民又像古代侯爵的彪形大汉，他身上穿着一件里外两面可以穿的皮袄，这给我留下了深刻的印象。他一看到我们就停下脚步，原地跳了起来，看起来十分兴奋，眼睛瞪得圆圆的。这样，他那张不苟言笑的脸看起来就更加凶狠了。他做完这副高兴的表情之后，就迅速冲到我们身边，殷勤地亲了我母亲的手一下。我父亲见

---

① 谢列赛季耶夫斯基，莫斯科附近的一个地名。——译者注

状，立刻拿出一副贵族的腔调，握着对方的手，热情地说："堂吉诃德公爵，久仰大名，今天终于见到您了。"

突然，从远处传来了一阵快跑声。这声音急促而又稳健，一听就是一个身体强壮的小伙子在奔跑。他穿着一件收腰夹克，里面穿着一件领子不对称的麻纱衬衫，淡白色头发梳得油光锃亮，淡蓝色的眼睛里似乎弥漫着大雾，透出一丝狡猾。他一看到我们，就热情地冲过来，似乎见到了久别重逢的亲人，但事实上我们根本没有任何血缘关系。

"亲爱的叔叔，您来了，我们可是有些日子没见面了。刚才我听到有人在喊您的名字，我还有些难以置信，以为是自己听错了，没想到您真的来了，见到您，我真是太高兴了。婶婶，您也来了……"他一见到我们，就不停地说话，热情地招呼我们每一个人。他还像亲人一样亲吻了我母亲的手，算是打招呼，而我的母亲不得不窘迫地用同样的方式回礼。"哇，亚历山大，你也来了！"他也热情地跟我打招呼，可是他每次都记错我的名字。"你已经长成一个大小伙子了！叔叔，我听说您要来，五天之前就来等着您了。在来这里之前，我都在银行等着那个该死的克里契夫斯基还钱，这件事只有莫尔达哈伊知道。好了，先不说我的事了，你们最近怎么样？吃过午饭了吗？我们边走边说吧，今天有人在楼下的宴会厅聚会。"

虽然父亲也用亲吻的方式和他打了招呼，但是他很奇怪，这个人为什么会主动跑到我们这里来吃午饭。到了餐厅之后，他就把米海伊奇叫过来，点了冷盘、小炒、伏特加、葡萄酒等一大堆吃的喝的。其实，我们跟他非亲非故，他却兴致勃勃地点了这么多吃的，还吃得兴高采烈，真是让我大开眼界。他一边吃饭，还一边讲笑话，时不时还发出笑声，整个餐厅都回荡着他的笑声和叫声，这种感觉实在是太丢人了。更过分的是，他非常自大：

"叔叔，您也知道我向来都很善良，对不对？"

晚上，我们全家来到了特鲁茨兄弟马戏团的一个冰冷的大包厢里，这里处处都散发着马戏团特有的气息，闻起来真是神清气爽。这里面有几个穿着肥大的裤子、脸上涂满白色颜料、戴着红色或者黄色的假发套的小丑，在舞台上搞怪，看起来非常好笑。当人们兴致勃勃地看着他们表演的时候，他们会突然飞出舞台，发出鹦鹉一样的怪叫声。同时表演的时候，他们总是故意装出一副笨拙的样子。有时候，他们会用尽全力，把自己跌到沙堆里。一匹白色的老马跟在他们身后跑了出来，它的脊梁凹下去，上面坐着一个穿得花里胡哨的女人。她的下身穿着一条红色紧身裤和一条芭蕾舞裙，在紧身裤的映衬下，那粗壮的大腿看起来更加粗壮了。在这整个过程中，乐队都在不停地演奏着"柳絮柳絮满天飞"。在剧场的中间，有一个蓄着黑色胡须、长相十分帅气的经理。他穿着一件燕尾服和一双军用马靴，戴着一顶绅士帽，在舞台中间不停地旋转着，和马儿做着游戏。他均匀地挥舞着马鞭，让马儿绕着剧场不停地奔跑，坐在马儿身上的女人就像坐在了弹簧上，东倒西歪的，她在等待一个时机，从马上跳下来。我们都坐在台下，默默地关注着她。突然，她大喊一声"叱"，从马背上跳了起来。这时，一个穿着制服的管马员拿起一张纸，默默地撕成了碎片，扔在了沙堆上。她从马上飞下来之后，也落到了沙堆上，不但头脑清醒，还能以优美的动作谢幕。于是，台下的观众爆发出雷鸣般的掌声。在人们的掌声中，她露出天真的微笑，跑进了幕后，此时音乐也突然停住了。而小丑却留在台上，不停地做出各种笨拙的动作，还大叫着："还有喀马林舞曲没有完呢！”这时候，整个大厅都陷入了一片寂静，大家都在等待着下一场表演。过了一会儿，几个管马员飞快地跑上了舞台，身后拖着一个大铁笼，而幕后传来了一阵凶猛的吼叫，似乎还夹杂着呕吐声。突然，里面出现一股威力巨大的呼气，把帐篷都给掀翻了。

9

父母一走，我的生活就发生了极大的变化，每天都像大斋节①，无聊透顶。

我不知道他们为什么选在星期六这天离开，可能是因为我都会在这个晚上通宵做祈祷吧。

小教堂低矮的穹顶之下非常昏暗，这种宁静又忧伤的秋夜在我的内心深处留下了深刻的印象。虽然距离弥撒开始还有一段时间，但是学校已经按照惯例带着我们进了小教堂。教堂里非常安静，除了我们这些学生，就只有坐在角落里的几个老太太了。我们大家都安静地等待着，在这样的环境中，老太太们念经的声音和蜡烛燃烧的声音极为刺耳。时间就这样流逝着，很快我们就听到了神职人员走来的脚步声。他们穿的是厚厚的圣衣和深筒皮靴，可是很快脚步声就消失了。天越来越黑，黄昏的天空由红色变成了黄色，又变成了紫色。我听到祭台后面的圣幔后面传来了窸窸窣窣的声音，应该是教士们在做准备。终于，教堂的圣幔打开了，我们可以看到供桌和上面的香炉，以及香炉上袅袅上升的烟。每次我看到圣幔打开，

①大斋节：耶稣复活前四十天，在此期间要停止所有的娱乐活动，教徒也禁止结婚。——译者注

都会心惊胆战，唯恐发生意外。辅祭走上去，神情肃穆地大喊"起来吧"！我觉得他的声音十分威严。然后，祭台后面传来了一个声音："神圣的三位一体的神啊，你带来了所有的荣耀。"这个声音柔软而忧伤，似乎来自生命的起源。接下来，唱诗班唱起了"阿门"！祭台后面的声音就被盖住了。

此时我的激动无法用语言描述，虽然我年纪不大，可是已经做过很多次弥撒了。我生来就对这一切怀有感情，多年以来，我已经体验过很多次激动和震惊，这似乎成了我生命中不可或缺的一部分。我熟悉每一句祷词，也坚决拥护它。我觉得，我对它有一种与生俱来的悟性。在经历了漫长的等待、惊心动魄和"阿门"之后，我觉得"神圣的三位一体的神啊，你带来了所有的荣耀"这句话更让我感到亲切。它有一种非常奇怪的引力，让人不自觉地陷入其中。

"我们聚集在这里，对你顶礼膜拜。伟大的主啊，请你保佑我们！"唱诗班的歌声回响在整个教堂里。这时候，辅祭带着神父走向了祭台。神父一边朝着圣像鞠躬，一边摇炉撒香。看着这一切，泪水模糊了我的双眼，我觉得，这是世界上最能打动人心的了。格列波奇卡对我说，这个世界上并没有上帝，我知道他是从几个高年级的学生那里听来的。可是，就算他说的是真的，我还是坚信上帝。现在我听着赞美诗，觉得一切都无比纯净。那些古老的镏金墙壁，以及我身边的亚历山大·涅夫斯基的塑像虽然已经失去了光泽，可是我觉得它们身上的历史尘埃也极富力量。看着这一切，我觉得一切都是无比的美好。

神圣的仪式还在继续，圣幔开了又关。这代表着，天堂的门关了。可是，虽然天堂的门关了，我们还是可以看见天堂。在上帝的指引下，在神父的带领下，我们这些凡人是可以走向通往上帝的道路的。在烛光的照耀下，教堂里异常明亮，如同人间天堂。人们迫切地需要救世主来开解他们内心的迷茫。"叶克千尼亚①"普天同颂，坚决拥护上帝的恩泽。他代表我们凡人说出内心的诉求："希望主可以赐给我们无上荣光，让世界和平，为教堂赐福。"此时，我听到祭台那里传来了："我们要永远恭顺、赞美和敬仰圣父圣子圣灵……"这声音虽不大，却铿锵有力。

没错，我在这里关于哥特式大教堂和管风琴的言论其实都是虚构的。我对上帝并不是十分信仰，也没有在教堂里落过泪。送走父母之后，我就独自来到了小教堂，觉得自己仿佛置身于天父的居所。虽然这座教堂并不大，但是里面十分温馨，可以给人以力量。我穿着厚大衣站在那里，虽然觉得筋疲力尽，却还是强打着精神听着。有时候我会听到恭顺的"愿上帝能听到我的祈祷"，有时候我会听到悲悯的"慈爱之光归于天赋"。当我听到"日落西山，满目霞光"的时候，我的眼前出现了一幅壮丽的景象，这让我深陷其中无法自拔。很快，教堂就陷入了寂静，蜡烛点燃了又熄灭了。有那么一刹那，我感觉自己受到了某种神秘力量的驱使，想要跪在地上表达敬意。之后，天似乎突然亮了，我听到有人在说"天上有上帝的无尽荣耀，地上有人间的无尽和平，我们心中有主的无尽仁慈"。听到这里，我的心中五味杂陈，忍不住痛哭流涕，大声喊着："主啊，请你传授给我真理吧！"

10

在我的记忆中，这个冬天十分寒冷，在外面行走的时候，寒气

---

① 东正教的一种祷文名。——译者注

似乎直接透入了骨髓。整个冬天的天气都是阴沉沉的，经常大雪纷飞。这时候，俄罗斯县城的日常活动会让大家痛苦不堪，每个人都愁容满面，心烦气躁。看吧，俄罗斯人是多么服从原始生活的自然规律啊！对于这种寒冷的天气，他们早已习以为常，并把它看成了自己生活的一部分。他们并不会长久地为这种生活感到苦恼，而是会让自己不断地适应这里的生活和天气。

俄罗斯的冬天是从来不缺乏大雪的，有时候，一连几个星期都会有亚细亚的暴风雪肆虐，整个城市顿时被厚厚的冰雪覆盖，只有城里的几座钟楼隐约可见。尤其是耶稣受洗节前的酷寒，它会让人想到古代俄罗斯的土地，似乎在这种冷风的吹拂下，土地都裂开了一俄丈①长。只要一想起那种冷风，就感觉是在剥皮削骨。此时，整个城市都被白雪覆盖了。在暴风雪停息的晚上，蓝色的天空中挂着无数颗明亮的星星，一闪一闪的。第二天早上，太阳好不容易爬上天空，发出暗淡的光线，让人心里感觉十分寒冷。在这呼啸的寒风中，还会夹杂着寒风吹破冰块的"刺啦"声。太阳升起之后，阳光就不是那种红色了。在阳光的照耀下，远处的炊烟看起来就像烟丝一样，非常美丽。在有太阳升起的日子里，人们都会走出家门，步行或者乘坐雪橇到外面去，雪地里经常会发出"吱吱"的声音。在这样一个严冬的早晨，一个女乞丐在大教堂门前的台阶上冻僵了。她叫冬妮娅，五六十岁，在这个城市里到处流浪，有很多人认识她。可是，因为她是一个乞丐，所以大家都欺负她，叫她"白痴冬妮娅"。不但城市里的人们对她不友好，就连天气也对她不友好，竟夺去了她的生命，真是一件残忍的事情。

在这个寒冷的冬日，我突然想起了第一次参加舞会的情形，至

_____

① 1俄丈为2.134米。

今还记忆犹新。那天的舞会在女子中学举行，天气也非常寒冷，我和格列波奇卡约定，一放学就立刻回家。回家的时候，我们故意走到了女子中学附近，想提前知道那里的事情。从那里经过的时候，我们发现附近的雪都被整齐地堆在道路两边。为了迎接这次舞会和美化校园，雪堆上还插上了翠绿的枞树。此刻太阳已经西沉，一切都在落日的余晖下显得那么洁净和年轻，散发着青春的活力——雪后的街道和房屋，熠熠生辉的玻璃窗，就连空气中都有一股迷人的阳光的味道，让人心旷神怡。我们看到，女学生们成群结队地穿过过道。她们都穿着皮袄和长靴，有的戴着侍女帽，有的戴着皮帽，长长的睫毛被霜镀成了银白色，眼睛显得更亮了。要是遇到几位活泼的女生，她们还会主动热情地和路过的人打招呼："欢迎你们来到我们学校参加舞会。"听到她们的邀请，我的心里暖洋洋的，心里产生了一种异样的色彩。此后，每当我回忆起皮袄、长靴、侍女帽和皮帽、一些年轻热情的脸和结满冰霜的长睫毛，我的心中都会有一种特殊的感觉，这是我心底一块柔软的地方。

这次舞会给我留下了深刻的印象，我经常会回忆起它或者梦到它。我会回忆起一个年轻的、风度翩翩的男中学生，他穿着一身新做好的蓝色校服去参加舞会，戴着一双白色的手套，穿行在一群青春靓丽的女生当中。他切实地感受到了青春的快乐。他在大厅的走廊上和楼梯上走来走去，观察着在这里穿梭的人们。于是，他感受到了人性的冷漠。如果感到累了，他就去小贩那里喝一点冰凉的杏仁露。有时候他会去舞池中跳舞，有时候也会去大厅里闲逛。在乐队激情的演奏中，空气中弥漫着一股热烈的气息，让每个来参加舞会的学生都十分陶醉。一切都是那么吸引人，轻巧的鞋子，飘逸的白坎肩，绅士们的黑丝带，女生们辫子上的蝴蝶结，跳完舞之后的少女，以及她们高挺的胸脯……

11

　　中学三年级的时候，我对校长说了非常不礼貌的话，导致学校要开除我，后来经过游说，这件事才最终平息下来。我记得那是在上希腊语课的时候，老师正在讲台上兴致勃勃地讲着课，时不时还要在黑板上板书一番。不过我并没有听课，而是在偷偷地看着《奥德赛》，当时正看到了我最喜欢的故事——劳西嘉雅和女仆去海边洗纱。喜欢到各个班级巡视的校长正好在窥视，发现了我在看书。于是他怒气冲冲地来到我身边，抢走我手里的书，大吼道：

　　"到墙角去站到下课！"

　　当时正是我的羞耻心萌发的时候，于是我站起身来，傲慢地对校长说：

　　"你凭什么管我，我又不是你儿子！"

　　那时我已经不是孩子了，我的肉体和精神都在成长。我不但拥有感性，也拥有了理性。对于我遇到的一切，我已经有了评判的能力，并开始对那些我不喜欢的事物表现出轻微的蔑视。这些都是在我从小孩儿成长为少年的过程中体验到的，我很享受这个过程。之后，我和室友格列波奇卡一起散步的时候，我发现我的个头已经和周围的人差不多了。不过，我身形消瘦，体态挺拔，面目清秀，脸上也没有胡子，和那些路人还是有很大的不同。

　　在我升入中学四年级的那个9月，有一个跟我同窗三年的叫叶瓦吉姆·洛普辛的人突然想跟我做朋友。有一天课间休息的时候，他突然来到我身边，抓起我的胳膊，神情严肃地盯着我说：

"同学，你想不想加入我们小组？只有贵族子弟才能加入我们，所以里面根本不会有阿尔希波夫和扎乌赛洛夫那样的人，你明白吗？"

　　这个叶瓦吉姆·洛普辛年龄比我大，因为他每一个年级都会读两遍。在我们这群学生中，他的个头尤为突出。他体格魁梧，有一头金黄色的头发，眼睛明亮，还有两撇金黄的八字胡。不难看出，他什么都尝试过。其实，明眼人一眼就能发现，他身上有很多缺陷。可他却以此为傲，觉得这是自己有风度和成熟的标志。每到课间休息的时候，他就会穿梭在人群中，踏着他那有些弹跳的步伐，看起来十分悠闲。他不管前方站的是谁，总会横冲直撞，还用力地跺脚，发出很大的响声。偶尔他安静下来时，就会双手插兜儿，吹起口哨。他总是故作高傲，有点嘲笑地看着周围。他只会和他心目中那些有资格跟他交往的人聊天，就算遇到学监，他也只会傲慢地点点头，表示一下尊重。当时我已经有了一定的观察能力，开始观察别人的言行举止。我开始关注细节，并把人们归类为我喜欢的和我讨厌的，而这个洛普辛就被我归到了后一类。不过，我只把讨厌放在心里，表面上对他还是非常客气。于是，我一口就同意要加入他的那个小组。于是，他邀请我晚上跟他们一起去学校的公园进行讨论。

　　到了公园之后，他对我说："你跟我们之中的谁关系比较亲密？"还没等我回答，他又说："我先把拉·纳莉娅介绍给你认识，你们都是中学生，估计会有共同语言。但是我得把她的具体情况跟你说一说，她是一个非常傲慢的富家小姐，有着很浓重的小姐习气。由于她家境比较富裕，所以她见多识广，有很强的接受新事物的能力。她非常善于应酬，头脑灵活，而且酒量很不错，很容易就能喝下一瓶香槟。她像法国女人一样快乐，热情开朗。而且她的身材很棒，两条腿就像菲雅①的一样。刚才我说的这些，你都听到了吗？"他还和往常一样，一边严肃地看着我，一边在脑海里想着别的事情。

洛普辛的这次谈话真的对我产生了影响，我开始关注纳莉娅。我忍不住对他描述出来的那个纳莉娅产生了兴趣。这种兴趣不同于我对萨什卡的兴趣，也不同于我和小罗斯托夫采夫去游园会的时候邂逅那个美女时产生的那种微妙的好感。我坐立不安，期盼着晚上快点儿到来。我觉得，我好像突破了自我，有生以来，我还是第一次产生这种感觉。长久以来，我一直等待的那种东西终于到来了，虽然我也说不清楚它到底是什么，但是我就是觉得很微妙。此刻我好像是一个达到了小巅峰的情歌创作者，只有突破眼前的瓶颈，才能到达另一个巅峰。我现在就被这个瓶颈难住了，我想要突破它，到达下一个巅峰。所以我一直在等待着，我觉得这一切终会到来，也许就在今天晚上。在傍晚来临之前，我先去理发店理了个平头，还抹了一点发蜡。回家之后，我又拿出了将近一个小时的时间来梳洗打扮，出门之前还喷了一点儿香水。等我到达公园的时候，我感觉自己双手冰凉，耳朵发热。此刻，公园的乐队已经演奏起了音乐，喷泉随着音乐喷发出各种各样的水花。此时正是暮秋，蓝蓝的天空上有朵朵白云，从云缝里透出的阳光让所有的东西都变成了彩色，简直漂亮极了。公园里还有各种颜色的花，散发出迷人的芬芳。现在公园里的人不多，于是我壮着胆子走到那个"贵族小组"旁边，跟他们站在一起。自从我过来，他们开口闭口都要提到"贵族"这两个字，我听着他们海阔天空地吹牛，真想找个地缝钻进

①欧洲神话里的女神。——译者注

去。就在我想要逃离这里的时候，突然，我看到了从公园过道上走来了一个窈窕淑女。看到她，我就好像被什么击中了。她拿着一根侍女拐杖，穿着大方，欢快地走向我们。她有一双明亮的大眼睛，表情也十分亲切，来到我们身边之后，就热情地跟我们握手、打招呼，我看到她戴着一双黑色的手套。她微笑着，飞快地跟我们讲起了话。她在说话的时候，有两次好奇地看着我，让我忍不住心跳加速，身体也发生了一系列微妙的变化。她那柔软的嘴唇，娇滴滴的声音，圆溜溜的肩膀，纤细的小腰，细长的美腿，还有她的踝骨，都深深地吸引着我。

她跟我们打完招呼之后，洛普辛又单独向纳莉娅介绍了我，还让她多关照我。此时，纳莉娅才草草跟我打了个招呼，还放肆地盯着我看。看到她的眼神，我忍不住浑身颤抖，连牙齿都在打架，这种感觉实在是太可怕了。

这个"贵族小组"还没搞出什么名堂，纳莉娅家就出事了。她那位在我们省里担任副省长的叔叔去世了，她赶去奔丧了。接下来，我家里也出了一件大事：我哥哥格奥尔基被捕了。

12

不久之后发生的一件大事，让我那向来十分镇定的父亲都惊呆了。

在当时俄国人民的心目中，沙皇就是一种信仰，大家都对他有一种莫名其妙的尊敬。虽然有人不断抨击或者谋害亚历山大二世，但是他在人们心目中就是个救世主，人们不会对他有任何不敬。在"社会主义者"这个词刚出现的时候，大家都觉得莫名其妙，会认为它是暴动的代名词，因此对其感到恐惧和厌恶。当时人们都说，我们一家人、罗加乔夫兄弟和苏波金娜家的小姐都是"社会主义者"。我们全家都被吓坏了，如同当地出现了严重的传染病（如疟疾或麻风病）一样，吓得门都不敢出。当时，整个县城的人都过得非常不安宁。更可怕的是，阿尔菲罗夫的儿子突然失踪了。他本来在彼得堡的一个军医学院就读，还是三好学生，可是他却放弃了学业，跑到叶列茨附近的磨坊里做工人，穿着麻布衬衫和树皮鞋，还留起了胡子。因为这件事，他的前途被葬送了。后来我们才听说，他在"宣传"社会主义的时候被当场抓获，送去彼得罗巴甫洛夫城堡劳教了。我的父亲不是一个不通情达理的人，也不是一个胆小鬼。在我童年时，我就曾经多次听到他直呼尼古拉一世的名字，叫他尼古拉·巴尔金，还说他是一个粗鲁的家伙。可是这件事发生的第二天，父亲就完全变了口气，把他称为"尊敬的尼古拉·巴甫洛维奇陛下"。当他知道自己身边就有这种"社会主义者"的时候，他慌了神，变得更加小心了。

在谈到阿尔菲罗夫的时候，父亲感慨地说："可怜的费多尔·米海内奇，我想他儿子一定会被处死的。这小子做出这种事，是死有余辜，但是米海内奇就可怜了。他家出了这样的人，我们是不能去安慰他的，否则容易惹祸上身。要知道，法国革命就是这么来的。你们可要记住这个前车之鉴，不要跟那头蠢猪学习，给我们家丢脸。"对此，父亲有一番独到的见解，总是会滔滔不绝地说上半天。

现在，我家也出事了，哥哥被抓了。父亲曾经告诫过他，让他记住这个前车之鉴，可是他还是被抓了，难道我要把自己的哥哥称为"蠢猪"吗？看来，他的"罪行"比苏波金娜家小姐们的活动更加荒谬。那些小姐们没见过什么世面，经不住罗加乔夫兄弟的蒙骗，也是可以理解的。

当时，我并不知道哥哥的生活是怎样的。直到他被捕之后，我才知道他从中学时就已经开始了这场活动。（哥哥被抓的时候已经读大学了，而且是一个品学兼优的学生）这场活动的发起者是一个名叫杜勃罗霍托夫的师范生，他当时很受追捧。这个组织到底有怎样的魔力，才会让我哥哥这品学兼优的学生加入进去并为它卖命呢？难道是他看到书中的彼拉和塞索伊卡那悲惨的命运才受到了触动吗？每次哥哥看到这本书，都会十分难过，甚至有时候还会流泪。我们都被哥哥老实的外表欺骗了，以为他是一个乖孩子，却没想到他也和别人一样，拥有叛逆期。他生活在诺沃谢尔基和巴图林诺，并不会注意到彼拉和塞索伊卡，又怎么会一下子遇到这种事呢？其实，他和父亲有很多相似之处，每次父亲喝完几杯伏特加酒，就神采奕奕地说："太棒了，我就喜欢它带给我的满足感。"

其实，酒能带来满足感的说法是从酿酒厂传出来的，喝醉的人想用它来表达自己的年轻，让自己焕发出青春的活力，摆脱理性的束缚，逃离日常事务的约束。农民们在谈到伏特加的时候都会说："有酒就要使劲喝，一醉解千愁，在俄罗斯就要饮酒作乐。"这种说法由来已久，并不新鲜。难道那些故作疯癫的流浪汉和狂热的宗教分子做出的各种打砸抢烧的极端行为，以及在俄罗斯名著里那些惊人的描述，不是这种"乐趣"的产物吗？

13

哥哥在被捕之前，一直都四处躲藏，居无定所。后来，他觉得风头已经过了，就到巴图林诺跟我们会合，没想到第二天他就被宪兵抓走了。后来我们才知道，原来是邻居家的管家去告的密。

凑巧的是，宪兵来抓我哥哥的那天早上，告密的那个管家在花园里被树给砸死了，而且这棵树还是他要求砍掉的。我不清楚是不是因为幸灾乐祸，反正他出事的场景我到现在都还记得。那是他主人的一个古老的大花园，当时正是秋天，草木稀疏。在秋风和秋雨的肆虐下，树叶飘摇着落到了地上。慢慢地，地上的落叶越来越多，如同给大地铺上了一层厚厚的地毯。树上只留下了几片顽强的红叶，它们受尽风吹雨打也不肯掉落，和那黑色的树干和树枝做伴。这是一个秋天的早晨，躲在云彩后面的太阳把云彩都染红了，也给大地穿上了金花色的外衣。阳光倾泻到树干之间，把还在睡梦中的景致唤醒。清凉的空气和还没有完全消散的晨雾结合在一起，营造出一种宁静的氛围。在两条林荫道的十字路口，一棵百年的槭树枝繁叶茂，正把自己的树冠插向秋天的早晨。黑色的树枝如同花纹，有的地方还挂着几片黄色的叶子。在这个凉爽的早晨，花园里迎来了几个农民，他们穿着花衬衫，戴着斗笠，对着树干抡起了斧头。由于已经上了年头，这棵树的树干非常粗。农民们一边抡斧头一边唱歌，很快就在树干上砍出了很深的印迹。管家就站在一旁看着农民们砍树，似乎是在向这棵树做最后的告别，又似乎是在沉思，该怎么巧妙地除掉那些社会主义者。突然，树"哗啦"一声，飞快地朝着管家倒了过去。当时谁都没有想到会发生这样的事，管家更是没想到。

后来我又多次经过这个庄园。本来它属于我的母亲，后来我那个败家的父亲挥霍无度，母亲就把它卖掉了，但是得来的钱很快也被父亲挥霍光了。庄园的新主人去世之后，它又被拍卖了，最后，它落到了一个曾经获得过"叶卡捷琳娜勋章"的莫斯科贵妇手里，从此荒废了。随着时代的发展，土地被分给了农民，这个庄园就只能听天由命了。我走大道的时候，会走到距离这个庄园一俄里的位置，每次我都忍不住过去察看一番。庄园的走道两侧长满了橡树，走道的尽头是一个宽敞的庭院。我把马拴在马厩附近，自己一个人走进屋子里。在俄罗斯文学中，有很多热切地描写废弃的庄园的文字。对于俄罗斯人为什么会喜欢这种偏僻荒凉的地方，我实在是想不明白。每次来到这里，我都会到处走走，去房子里、花园里、马厩里、仆人房、谷仓、杂物房里转一转。这里已经很久没有人住了，显得十分空旷寂寥，一切都是那么刺眼。由于房子疏于维修，有很多地方都已经坍塌了。我看着曾经的家变成如今的这副模样，心里感到十分难过。菜园和打谷场里已经长满了杂草，还和后面的荒野中的杂草连成了一片。用薄板搭建的房子由于常年无人维护，已经破败不堪。这么多年过去，我对它更加迷恋了，它的格子窗是我最喜欢的。我喜欢窥探这个古老的、空无一人的房子，探察它的过去。我站在安静的大厅里，真想大喊大叫，好表达我的激动。花园里的树木已经被砍得所剩无几，只能看到一些古老的椴树、槭树、意大利白杨、白桦和橡树。在这个废弃的花园里，它们度过了永葆青春的晚年。在这孤寂和沉默中，它们悠然自得地生活着，看起来永远那么青春、挺拔。天空和古树会因为看对方的时间太长而感到厌烦吗？我一直坚信，每一棵树都拥有灵魂，有自己的表情、轮廓以及思想。我徘徊在每一棵树下，凝望着婀娜多姿的树干和树枝，仔细看着每一片树叶，想以此来分辨它们、记住它们。我来到花园的斜坡上，靠着一棵橡树坐下，用心地回忆每一棵树木的形态。这片斜坡上有很多娇小的花草，在它们的映衬下，这些国宝级的树干显得更加挺拔了。距离斜坡不远的地方，有一片空旷的田野，里面还有一些蓄着水的池塘。在池边花草的映衬下，池水显得越发清澈。我仿佛脱离了眼前的世界，思绪随风飘荡，仔细观看着这里的每一样东西。来到这个庄园，我就会想起被树压死的那个管家。我对他满怀怨恨，要不是他，我的哥哥也不会被宪兵抓走。我记得，一个忧郁的囚犯透过监狱的铁窗看着外面的天空，这让我深受触动。

哥哥被抓走的那天，父母都震惊不已，一直跟着囚车跑到了城里。父母都各怀心事，母亲没有哭泣，神情十分冷漠，父亲只是不停地抽烟，还嘟囔着：

"这只是鸡毛蒜皮的小事，吓唬我们而已，很快就会真相大白。"

当天晚上，哥哥就被送去了哈尔科夫，他曾经因为在那里参加地下活动而被逮捕过。我们没办法，只好去火车站送他。让我们震惊的是，我们必须走到三等乘客的候车室。在那里，哥哥也处于宪兵的严密监视之下，根本没有自由可言。他不能和别的乘客聊天，也不能喝茶或者吃零食。候车室里有形形色色的人，十分嘈杂。我到现在都还清楚地记得哥哥当时的样子，我也能理解，他作为一个失去人权的犯人，有多么的自卑。他一个人坐在靠近月台的大门的角落里，脸上带着尴尬的微笑。他虽然依然英俊，可是他那纤瘦的身体，单薄的夹克，以及穿的父亲的那件貉皮袄，让他看起来十分可怜。有很多妇女、农民和小贩把他团团围住，想要看热闹，但是被宪兵赶走了。他们对于出现在身边的这个社会主义者表现出了浓厚的兴趣。给我留下深刻印象的是一个老头儿，他是一个农民，戴着皮帽子，穿着长筒靴，他死死地盯着哥哥，时不时还要向宪兵们发问，居然让宪兵们无言以对。宪兵们死死地盯着哥哥，防止他半途逃跑。突然，一个感觉有些过意不去的宪兵温和地对我母亲说：

"太太，您不要担心，上帝会让一切都好起来的！您过来和格奥尔基坐一会儿吧！开车之前，你们可以聊一会儿。少尉要去打开水，您可以拜托他买一些路上要用的东西。太太，您要记得给他穿皮袄，晚上在车厢里会冷的。"

于是，母亲坐到了哥哥的椅子旁边，放声痛哭起来，为了不打扰身边的乘客，她还用手帕捂住了嘴巴。父亲听完宪兵的话后，就皱着眉头冲向了小卖部。他这一生都是顺风顺水的，从来没有遭遇过挫折。所以，一旦遇到问题，他就下意识地想要逃避。就算此刻面临的是生离死别的大事，他还是想要逃避。每当遇到事情的时候，他就会皱紧眉头，自言自语地说："我最讨厌离别，总是哭哭啼啼的。"听到他的这番话的人总会非常讨厌他，觉得他不识趣。这一次，他一言不发，冲到小卖部喝了几杯伏特加之后，就找到了宪兵上校，想征得他同意让哥哥坐头等车厢。

14

哥哥被抓走的那天晚上，我除了茫然失措，并没有别的感觉。

哥哥被抓走的第二天一早，我的父母也走了。那一天天气晴朗，和普通的10月份的早晨没有什么不同，都是一样的阳光灿烂。城里的北风肆虐，吹在身上就像刀割一样。在北风的吹拂下，所有的东西看起来都十分洁净，街道也空旷了许多。不管是大街小巷还是郊外，空气都特别清新。北风吹散了连日以来的阴霾，蓝蓝的天空中飘着朵朵白云，如同给蓝天披上了一层薄纱，白云之间还时不时透出一阵金光。在这么一个美好的早晨，我把父母送到了寺院和城堡前面，那里有一条公路通往田野。路面上结着厚厚的冰，像石头一样硬。田野的另一边，则是一幅萧索的景象。偶尔会有一片云彩飘过，显得五彩缤纷。等我们把一切都收拾好，准备启程的时候，太阳已经升得很高了。它时不时从云彩背后探出头来，把阳光洒在大地上，但是我们并没有温暖的感觉。等我们坐着马车来到田野上，肆虐的北风吹得我们十分难受。不过，最难受的要数马车夫了，他不得不弯着腰，好让自己舒服一点儿。父亲身穿皮袄，头戴皮帽，长长的胡须被吹得满脸都是，有的还进了眼睛，害得他眼泪都出来了。母亲看着我，落下了泪。她搂着我，把头埋进我的脖子，灰色的帽檐贴着我的脸，让我觉得有点儿难受。父亲呢，却只是虔诚地在我身上画十字，最后把冻僵的手放在了我的嘴唇上。突然，他把脸靠在马车夫的后背上，大喊一声：

"走吧！"

车篷发出了很大的声响，栗色的辕马也抬起了前蹄，摇响了脖子上的铃铛。拉边套的那两匹枣红色的马也迅速翘起了屁股，大步地往前跑。辕马用黑色的马蹄在公路上飞快地跑着，拉边套的那两匹马也在车子两侧轻快地奔跑着。我站在田野边的公路上，看着马车渐行渐远，心中突然产生了一种孤独感。此时我只穿着一件薄风衣，面对这凛冽的寒风，我只好蜷缩起来减少点热量的散失。这时候我想的是昨天晚上父亲在高级旅馆喝黑啤酒时发出的感慨：

"真是世风日下，因为这么点儿小事就抓人，就让他们抓好了，用不着害怕。我听说，现在被抓的人都会被送往西伯利亚。你们说，托博尔斯克比叶列茨和沃龙涅日差在哪里？简直是胡来。希望就像古洪·扎顿斯基说的那样，所有的事情都会过去的。"

听完父亲的话，我不但没有觉得心安，反而更加痛苦了。我之前以为是笑话的那些东西，此刻全都出现在我的生命里，让我觉得十分无力。它们都不再是笑话，而是成了现实。父亲觉得这些只是鸡毛蒜皮的小事，所有的事情都会过去。可是现实是，哥哥被抓走了，此刻我觉得我的信仰全部被颠覆了，一切都变得毫无意义，我似乎被世俗和社会给抛弃了，唯留我孤零零的一个人。其实我非常热爱生活，总是想和他们在一起。我深爱着我的哥哥，他是那么帅气。可是，现在他却变成了一个"社会主义者"，被宪兵给抓走了。他被抓的时候，只穿着一件薄薄的灰色夹克以及一件貉皮袄。他按照宪兵的命令坐在候车室的角落里，等着别人把他带走。他被别人剥夺了人权和自由，被迫和我们，和生活诀别，不复有昔日的幸福，这怎么能叫鸡毛蒜皮的小事呢？大家都还和往常一样，只有哥哥一个人失去了自由，此刻自由已经变成了他的渴求。我家那只温顺的红色小狗正在寒风中奔跑着，追着那辆马车不放，可是，哥哥并不在这条公路上。此刻，哥哥也许正在被送往一个陌生的地方，那里有一望无际的原野，他的一举一动都被宪兵监视着，毫无隐私可言。此刻，他正坐在一列前往哈尔科夫的火车的一个专门的车厢里，被宪兵严密地监视着，车厢门紧锁着。在夕阳的照耀下，这座黄色的监狱平静地对着公路边上的寺庙。这座监狱就像一直在哈尔科夫等着囚犯的那座监狱，样子非常奇怪，让人觉得非常可怕。昨天哥哥还被关在这个监狱里，今天他就被押到了别的地方，只留给我一个孤单的背影。在寺庙的后面，教堂的穹顶在阳光下熠熠生辉。在树枝下面，有一座黑乎乎的古墓，看起来十分吓人。但是，我的哥哥根本就看不到这一切。在寺院紧闭的大门上，画着两个又高又瘦的神像，他们面无血色，表情狰狞。他们披着披肩，手里拿着一本古代手写经书，一直拖到地上。谁都不知道他们已经这样站了多久，也不知道他们是何时离世的。而此刻我们正在经历的这一切都将过去，都会变成历史。总有一天，我，我的父母，我的哥哥，都会离开这个世界。可是到那个时候，这两个神像还会保持着现在的表情和姿势，在这里站立着。我含着眼泪，在胸前画十字，向这两个神像祈祷。此刻，我觉得我非常同情哥哥，也就是说，我对家人的爱越来越深沉，所以我才会向上帝祈祷，希望他可以帮助我。虽然在这个世界上，并不是所有事情都会称心如意，但是也不乏美好的事物。我是一个容易满足的人，对这个社会充满了爱，所以我很容易就能得到幸福。

走在回家的路上，我经常会回过头来，朝着父母离去的方向遥望。风好像越来越大，越来越冷，吹得我十分难受。但是这时候太阳已经升得很高了，在地上洒下万丈光芒，让人感觉到生机和活力。蓝蓝的天上飘着几朵洁白的云彩，如同一个个笑脸，飘过谢普纳广场、寺庙、墓地、教堂和草原。在绿油油的草原的北方，有一条公路，蜿蜒伸向远方，似乎没有尽头。在阳光的照耀下，一切都显得五彩斑斓。白云的影子落在草地上，分分合合，如同画卷一样美丽。我停下来凝望了一会儿，又继续往前走，这一天，我走过了很多地方。

我走遍了全市。我在契尔纳亚—斯洛波达附近漫步，穿过谢普纳广场，走到了皮革厂。我走过了一座很早就已经坍塌了一半的石拱桥，它横跨在一条臭水沟上。这条臭水沟里什么都有，还能看到腐烂的兽皮。穿过石拱桥之后，我就来到了女修道院，它的墙壁洁白无瑕，在阳光的照耀下熠熠生辉。一个年轻的修女从篱笆门后走出来，她面容清秀，身材很好，穿着一身粗布黑衣和粗布鞋，有一种淡淡的美丽，如同古代俄罗斯的圣女一样。我看着她，呆住了。我站在城里大教堂后边的悬崖上，俯视着沿河两岸的丘陵，上面有很多平房，房顶是已经腐朽的木板。我看着里面十分肮脏的蓬门荜户，想象着人间的生活，一切都要消逝却又在反复上演。我想，在三百年前，这里就已经有了这些黑乎乎的木板房顶，就有了在荒野和土丘上堆积如山的垃圾。后来，我在冥想中看见了父母，他们正乘坐着一驾马车，奔跑在一望无际的原野上。我还看见了巴图林诺，那里曾经是那么的安静祥和，此刻却变得十分忧郁，但是它还有一种难以言说的可爱，让人觉得心情愉快。我还看见了哥哥尼古拉和10岁的奥丽娅，看见了我跟她都挂念的那棵长在大厅窗前的罗汉松，看见寂寥的花园、凛冽的寒风和夕阳。我不停地畅想着，可是总也忘不了哥哥。我看见河水带着粼粼波光冲向峭壁，然后流向南方，渐渐从我的视野中消失了。我想，从贝琴涅戈人在这里居住的时候开始，这条河就已经在这里静静地流淌了。但是我尽量不去看扎列专耶和它附近的火车站，因为昨天傍晚，我哥哥就是在那里被宪兵带走的。我不去听火车发出的哀号声，虽然它总穿越凛冽的寒风传到我的耳边。这一天，我看到了很多，经历了很多，尤其是我看到那个美丽的修女从修道院的篱笆门后走出的场景，居然和哥哥的事情搅在一起，这让我觉得无比难受。

为了救哥哥，母亲向上帝许愿，这一生都会吃斋。后来，母亲直到离世的时候，都没有破戒。母亲许下这个愿望的一年之后，哥哥就被释放了，回到了巴图林诺，但是要经常去警察局报到。对此，母亲感到十分欣慰。

15

　　就在我还差一年就能中学毕业的时候，我放弃了学业，回到了父母身边。之后，我就度过了我此生最特别的一段时光。

　　此时我已经进入了少年时期。别人的少年时期都很美好，但是由于我的性格问题，我的少年时期就非常奇妙。我可以轻易地指出天空中的普利叶的七星①，还能在宁静的夜晚，听到土拨鼠发出的声音。我深深地沉迷于兰花香和书香之中。

　　这时候，我的身体已经出现了第二特征，心智也开始慢慢成熟。对于此时发生的转变，我非常高兴，人也变得自信和开朗起来。

　　在春天里，所有的花草树木都充满了勃勃生机。如果春天的生活十分和睦，那不就是我期盼已久的幸福生活吗？此时在我眼中，所有的事情都是神奇的。一觉醒来，发现树上和地面上长出了无数的嫩芽，我会觉得惊奇不已。过了一段时间，嫩芽们像是听到了进攻的号角，竞相开放在枝头，告诉人们春天已经来了。突然，无数朵乌云汇集到这里，布满了整个天空，然后，第一声春雷就震响了，第一场春雨来临了。于是奇迹再一次出现，树梢上挂满了绿叶，在阳光的照耀下散发着生命的活力，简直让人难以相信自己的眼睛。而在这段时期，我的身上也出现了与此类似的变化。我的年龄在增长，自信心也在增长。

　　　　春色铺满幽谷，

　　　　鸿鹄在空中长鸣，

---

①普利叶是古希腊神话中巨人阿特拉斯的七个女儿的总称，她们变成鸽子飞到了天空中，变成了七颗星。——译者注

在寂静的闪烁的湖边，

我的缪斯出现了。

　　不管是政法学院的花园，还是湖泊和天鹅，都跟我无缘。但是在我眼中，新生活充满了未知，让我感觉十分新奇。我如同来到了一个幽谷，湖边上荡漾着波纹，而我遇到了生命中的那个缪斯。普希金说："我生活在一个花蕾绽放的地方，虽然比不上皇家公园，却也是我的挚爱。"这样的描绘让我倍感亲切，心里感到十分温暖。有时候，我会把全部心思都放在从空中传来的天鹅的叫声上面。普希金的诗句非常精致，他总是可以言简意赅地表达出自己心中所想。在他的嘴里，一件十分平凡的东西都能变成一件珍品。他是怎么获得这种能力的呢？为什么我就做不到呢？人和人的区别真是太大了！

16

　　每个人都像一颗流星，在宇宙间孤独地旅行，很可能会因为一件小事而偏离既定的轨道。我青年时代的命运就是如此，它对我这一生都产生了巨大的影响。有一首诗是这么说的：

游罢归来回故乡，

四野茫茫草亦长。

家园与人皆如故，

心间欢乐殊未央。

但是我并不是功成名就，荣归故里，我是一个失败者，从中学退学，回到了家乡。可是，当我历经坎坷，想起当初这段经历，忍不住问自己：要是当时没有发生这些事，我的青年时代会不会平淡无奇，我这一生是不是都无波无澜了？

后来我的父亲经常对我说，我突然退学是非常荒唐的。我知道，这个打击太过突然，让他无法接受。他说，只有性格顽劣的纨绔子弟才会做出这样的事情。他还埋怨自己，说是因为自己对我太过纵容，才让我变成了这番模样。但是有时候他又会说——他就是这么一个自相矛盾的人——他早就想到我会退学，因为我天性如此。他总是像一个贵族一样，说出"合乎逻辑"这个词。

"我的儿子不想当官，也不想当兵，也不想继承家业，只对写诗有兴趣。而且，我们家已经破败到了这个地步，也没有什么可经营的。也许他选择写诗这条路是对的，有一天他会成为第二个普希金或者莱蒙托夫也说不定呢？"

为什么我会对刻板的学习生活深恶痛绝呢？我想原因有如下几个：第一，任性，这是从古代俄罗斯时就有的东西，并不是贵族的特性；第二，我继承了父亲的性格；第三，当时，我一门心思都在研究"心灵和生活的诗篇"这一伟大的事业；第四，一个偶然事件，我的哥哥没有被遣送到西伯利亚，而是回到了巴图林诺。

在中学的最后一年，我突然迅速变得成熟起来。以前我觉得自己身上更多的是有母亲的基因，现在父亲的特性却迅速发展起来：我的父亲精明能干，有着旺盛的生命力，不以物喜，不以己悲，能够控制自己的情感，为人固执，果敢决绝。我完美地继承了父亲的这些性格。当时我哥哥的事情其实并不严重，可是我们一家却非常害怕。我当时也非常害怕，后来才慢慢平静下来。经过这件事，我也成熟了许多。我觉得父亲说的话很有道理，人要积极向上，生活是美好的。虽然他是在喝醉的情况下说出这番话的，但是我深受鼓舞，看到了希望——文学创作。我决定，五年级一毕业，就告别中学。我的目标是成为第二个普希金或者莱蒙托夫，或者可以成为茹科夫斯基[①]、巴拉丁斯基[②]那样的诗人。我觉得，这些大诗人就像我的祖先一样，在召唤着我。从我看到他们的那一刻起，就把他们当成了和我有血缘关系的人。

在最后一个冬天，我总是不停地勉励自己。我对自己说，冬天来了，春天也不会远了，等到春天一到，我的痛苦就结束了。冬天过完之后，我的身上发生了非常明显的变化。

我的身体突然开始发育，我知道，少年的成熟就意味着脸上长出胡须，手脚变粗。但是我是一个手脚纤细的人，所以并没有哪个部位变粗。我的脸颊线条开始定型，好像涂上了一层薄薄的、晒黑的颜色，看起来更加立体。我原本细腻光滑的皮肤不见了，长出了一层金黄的毛发，眼睛也变成了蓝色。我能从镜子里看到，自己的身材十分壮实。对于考试，我也不再像以前那么反感。我每天都刻苦学习，把时间安排得满满的，并享受这种忙碌。想到考试的时候，我的心情也十分愉快，我会想到一个充满青春活力的大男孩到教堂里去做礼拜和忏悔，去做斋戒。我每天要熬到凌晨三四点才睡觉，黎明的时候就从床上一跃而起。洗漱之后，我就穿上干净的衣服，开始进行虔诚的祈祷。我相信上帝一定能够听到我的心声，让我顺利通过所有的考试，就算是让我头疼不已的古斯拉夫语动词简单过去完成时，我也可以轻松通过。从家里出发的时候，我的心情

---

① 瓦西里·安德烈耶维奇·茹科夫斯基，俄国浪漫主义诗人。——译者注
② 叶甫盖尼·阿勃拉莫维奇·巴拉丁斯基，俄国诗人。——译者注

十分平静，我告诉自己，我已经把所有的知识都学得十分扎实，不会惧怕任何考试。我要做的，就是把脑子里的东西全部搬到试卷上。等我完美地完成答卷，就可以回到那个让我魂牵梦绕的家。只要一想到这些，我的心情就无比激动。出乎我预料的是，父母并没有来接我，而是像对待一个成年人一样，让车夫驾着四轮马车来接我回去。车夫是一个年轻人，非常活泼，在回巴图林诺村的路上，我们有说有笑，成了好朋友。巴图林诺是一个富裕的村庄，一共有三座华丽的地主庄园，都藏在葱翠的果园里。此外，还有几片大的池塘和广阔的牧场。当我站在远处，看见碧绿的牧场上零星散布的几朵野花，我突然感觉自己明白了什么是幸福。这碧绿的草地和清澈的池塘如同人间天堂一样，让我沉迷其中无法自拔。夜莺的歌唱和青蛙的鸣叫，就像是顽皮的孩子发出来的一样，听起来十分好笑。

我哥哥尼古拉和我们的性格非常不一样，他不太爱说话，总是形单影只。夏天的时候，他因为感觉太过无聊，就结婚了。我的嫂子是一个日耳曼姑娘，她的父亲在瓦西里耶夫村的国有庄园里做管家。我觉得，这桩婚事让我们全家都兴奋起来，每个人都变得十分喜庆。这位新进门的嫂子，让正在成长发育中的我明白了什么是成年。

6月的一个傍晚，我的另一个哥哥格奥尔基回到了巴图林诺。当时适值夕阳西下，乡村的场院上弥漫着一股凉凉的青草香气。我家那座被灰色的木柱撑起的高高的房顶，在夕阳的照射下沉默不语，这一派景象看起来真像世外桃源，就像古代文学作品中经常描绘的那样。当时，我们全家坐在阳台上喝茶，放眼望去，就是一片挂满果实的果园。我大步地穿过场院，走到马厩，想要骑马去大路上游玩。突然，我感觉村口非常热闹，似乎发生了什么不平常的事情，我仔细一看，原来是一辆来自城市的马车。我的哥哥从马车上下来，于是，我就看到了他那张既熟悉又陌生的脸，上面带有一种囚犯一样的苍白，我惊讶极了。我觉得，这是我家最幸福的一个夜晚，也是我家和平和安宁的开端。但是，在这个黄昏降临之后的三年，我的家就破碎了。

17

那年春天，我怀着少年的感情回到了生我养我的地方——巴图林诺。整个夏天我都无事可做，每天跟着我的哥哥尼古拉一起，坐着马车到瓦西里耶夫村看望他的未婚妻，跟他们一起欣赏美景。我们驾着三辆马车，纵横驰骋在乡村的小路上，放眼望去，即将成熟的黑麦正在茁壮成长，到处都长满了茂盛的花草。凝神谛听，还能听到白桦林里传出的布谷鸟的歌声。太阳快要落山的时候，西边的天空都变成了金黄色，晚霞也变幻着各种形状。傍晚时分，房屋、场院、果园、酿酒厂和所有的小溪都被晚霞笼罩着。管家的家里升起袅袅炊烟，里面还夹杂着饭菜的香味。管家的小女儿打开八音盒，里面就流淌出了动人的乐曲。他家的墙上挂着几幅主题为威斯特法伦地区的风景的图画，桌子上放着花瓶，里面插着新鲜的紫色芍药花。看到这一切，我们油然而生了一种亲切感。管家一家人热情地招待了我们，尤其是我未来的嫂子，对我们更是殷勤招待，很快我们便熟络起来。她的身材很苗条，虽然长得不是十分出众，却非常可爱。她很快就会跟我哥哥结婚，所以就用"你"来称呼我，并不使用敬语。

以我当时的年纪，还不够格当伴郎，可是当花童的话年纪又太大了，所以显得十分尴尬。那一天，我穿上了一身新校服，戴上雪白的手套，还在头上抹了油。按照当地的习俗，我给嫂子穿上了白色的缎子鞋，和她一起坐进了一辆有两匹强健的灰马拉着的马车，朝着兹纳敏尼耶进发。当天大雨滂沱，马蹄踩得泥浆飞溅。路边那些快要成熟的麦穗由于吸收了太多的雨水，都沉甸甸的，倒向一边。在夕阳的照射下，细雨仿佛被镶上了金边，这可是结婚的吉兆。雨水噼噼啪啪地打在马车的玻璃上，像是撒下了一把钻石发出耀眼的光芒。我和新娘一起坐在狭窄的马车内，看着她那洁白的婚纱，闻着她身上散发出的淡淡的香水味，我感觉高兴极了。我手里捧着一尊穿着黄金衣衫的圣像，这是用来给她美好祝福的。我凝望着她那泪汪汪的大眼睛，感觉十分美妙。整场婚礼都十分具有乡村特色：教堂里挂着的那盏寒酸的花枝形吊灯上挂满了蜡烛，由村民们组成的唱诗班放声高歌，在教堂大门外，还有一些羞涩的婆娘和少女满含羡慕地观看婚礼。此时，我们每个人都觉得幸福极了，而我的哥哥格奥尔基的突然出现，更将这种喜庆的氛围推向了高潮。此时我们一家人团聚了，过着幸福的生活，要是此时让我回到学校，真是太荒唐了。

到了秋天，我又回到了学校，可是我总是心不在焉，而且经常不回答老师的问题。虽然老师非常生气，却又极力克制自己，一方面假装相信我的信口胡诌，一方面又找机会给我个零分。为了打发时间，我经常跑到市区和郊外，甚至还会跑到河东的火车站，看着那些火车进站出站，任凭来来往往的旅客推搡着我。我满怀羡慕地看着那些人带着各种行李，急急忙忙地爬上火车。对于那个身材魁梧的车站看门人，我也非常羡慕。每当他穿着制服站在候车大厅，用洪亮的嗓音宣布开往某地的某列火车即将启程，我顿时羡慕不已。他的嗓音低沉雄厚，声调威严，却又充满了悲伤。终于到了我日思夜想的圣诞节，我飞快地跑回宿舍，只用了五分钟的时间收拾，然后匆忙地告别了我的同学小罗斯托夫采夫和格列波奇卡。格列波奇卡还在等着家里派来的马车，而我却还要奔到车站，准备先去瓦西里耶夫村，从那里回家。我拎着行李一路狂奔，跑到街上的时候，我看到了一辆被冰雪覆盖的雪橇，但是此刻我也顾不上那么多，直接跳了上去。此刻我的脑海里只回响着一句话：永别了，学校！马儿飞奔着，拖着雪橇一路前行，走过光滑的路面。寒风从我的衣领直接钻进我的身体，还把锐利的雪花扔到我的脸上。在暮色之中，我顶风冒雪，乘着雪橇奔向车站。可是，大雪造成了火车晚点，我不得不在车站等了两个小时。高高的雪堆像谷仓一样高，看起来洁白无瑕，寂静的俄罗斯，黑夜，暴风雪和车站。我看着这一切，心情无比激动。被雪花覆盖的火车就像穿着白色战袍的将军，穿梭在暴风雪之夜。可是在火车里面，噼啪作响的炉火让车厢里变得暖洋洋的。窗外如此寒冷，窗内却如此温暖。突然，我看见昏黄的灯光亮起，还听到了铃声和人的说话声。我看向窗外，虽然此刻正是大雪纷飞，但我还是能看出，火车进入了一个车站。不一会儿，刺耳的汽笛声再次响起，火车鸣叫着，又穿过黑暗，冲向雪夜。突然，火车晃动了一下，就像是不小心摔了一跤，但是很快又继续前行。窗户上已经结冰，出现了钻石一样的花纹，我就趴在窗边，借着雪光凝视窗外。现在，我们距离月台越来越远，那里的亮光也渐渐变淡，最后完全消失了。穿过树林的时候，通风器里的狂风呼啸，听起来十分吓人。可是我却舒适地坐在温暖的车厢里，坐在天鹅绒床褥上，看着黯淡的灯光照在蓝色的窗帘上，十分惬意。

在这个暴风雪之夜，火车飞快地前行着，床铺还会经常抖动，这种感觉比童年时的摇篮还要舒服。一阵睡意袭来，我快要睡着了，但是我迷迷糊糊地感觉到，衣架上的皮袄快要被晃下来了。

瓦西里耶夫村距离城里大概只有十多俄里，可是我到站的时候已经是半夜了。暴风雪还在肆虐着，我只能孤独地待在车站里，等着太阳升起。车站里弥漫着一股煤油灯的味道，让人作呕。列车员被雪打扮得像圣诞老人一样，只见他们提着红色提灯，穿梭在火车站里。雪花非常调皮，一有机会就想钻进候车厅，结果撞在门上发出了噼里啪啦的响声，在宁静的夜里格外刺耳。我感觉，这一切都特别悦耳。我跑到妇幼候车室，蜷缩到一张沙发上，进入了梦乡。但是由于我心情焦躁地等待的黎明，再加上暴风雪的怒吼和人们的说话声，我一连醒了好几次。人声越来越大，已经超过了机车发出的喧闹声。终于，清晨到来了，我迅速清醒过来，从沙发上一跃而起，感觉自己精力十足。

一个小时后，我就到了瓦西里耶夫村，坐在我的新亲戚维甘德家，喝上了热乎乎的咖啡。

当维甘德的侄女安亨来给我倒咖啡的时候，我既紧张又羞涩，根本不敢抬头看这个来自列维尔的少女。

18

巴图林诺庄园的风景十分优美，特别是在这个冬天。场院里堆满了雪，雪橇在上面留下了很多深浅不一的痕迹。门口的石柱也被雪花层层包裹，如同玉石一般。阳光洒在雪地上，发出耀眼的白光。此时的宁静，却被早餐所散发出的甜丝丝的香味给打破了。在厨房、正屋、侧室、马厩和杂物房之间，遍布着杂乱的脚印，看着这些脚印，心里就会感觉十分踏实。乡村的早晨十分宁静，屋顶上铺着厚厚的雪花，地面也像盖上了一层雪毯，如同钻石一样熠熠发光。从窗外看去，远处的果树也被雪花包裹着，黑压压的树枝被压弯了腰。炊烟从烟囱里冒出来，直冲云霄。在我家正屋的斜坡后面，有一株百岁高龄的老杉树，它枝繁叶茂，此刻被雪覆盖之后像一座山一样耸立着。在阳光的照射下，门廊的山墙变得暖烘烘的，还吸引了几只乌鸦在此停留。它们安静地站在这里，享受着日光浴。在阳光和雪光的作用下，装饰有细格子的窗户也似乎睁不开眼睛了，只好眯着眼睛看着外面的世界。靴子被冻得硬邦邦的，踩在积雪上吱呀作响。沿着右边的门廊走过屋檐，就能走到一扇古老的橡木门边，因为它的历史已经非常久远了，看起来黑漆漆的，非常难看。推开这扇橡木门，看到的是一条漆黑的走廊……在堆放杂物的厢房里，放着几只笨重的大木箱，看起来阴森恐怖。由于我家所有的窗户都朝北，阳光根本照不进来，所以房间里总是非常幽暗。屋里生着炉子，火焰在燃烧的时候经常噼啪作响，炉子的桶盖也经常像个老头一样颤动。

　　房间的右边也是一条幽暗的走廊，一直通到卧室。在卧室的对面是一个大厅，厅门是两扇黑色的橡木门。虽然客厅的面积还算大，但是没有生炉子，所以寒气逼人，就连墙上的两幅肖像画都似乎结了冰。这两幅画中有一幅是我的祖父，头上戴着卷曲的假发，他面孔黝黑，表情木讷。另外一幅是保罗皇帝[①]，他穿着一件红翻领制服，鼻子很翘。原本的厨房配菜间，如今已经沦落成了杂物室，里面堆放着很多肖像和烛台，全都被冻僵了。小时候，我曾经对这

①1796年至1801年在位。——译者注

扇镶着玻璃的门充满了好奇心，从这里往外窥探到了很多新鲜事。大厅里的一切都沐浴在阳光中，看起来十分明亮。阳光透过玻璃窗洒落进来，在拼接的长条形地板上形成了很多深红或者紫色的光斑，如同一簇簇火花在燃烧。窗外的那棵菩提树枝繁叶茂，高高耸立着，已经快要靠到北面的窗户了。我站在这扇充满阳光的窗户的后面，遥望着被白雪覆盖的果园。在这排窗户的中间，就是那棵有着百年历史的杉树。此刻，站在两根烟囱之间的它被白雪覆盖着，如同穿了一件水晶衣衫，把阳光都给遮住了。

这棵老树是如此美丽，让人几乎想不到用什么语言来形容它。再加上月光和白雪的映衬，真是美不胜收。大厅里空荡荡的，一个人都没有，像是笼罩着一层薄薄的云烟，让月亮显得更加皎洁。老杉树傲然地站在屋外，全身都被白雪覆盖着，如同穿了一件丧服。它高耸的枝丫直冲天际，像是要和星星一比高下。在宁静的夜空里，猎户座泛着银光，下面，在明亮的辽阔的天边，天狼星像宝石一样闪闪发光——这是我母亲最喜欢的一颗星。在这皎洁的月光下，我曾无数次伴着格子窗户的投影徘徊，任凭自己心中闪现出无数个想法，我也曾无数次吟诵杰尔查文①那大气磅礴的诗句：

> 在青色的夜空中，
>
> 金色的明月高悬着，
>
> 它透过窗户，照亮我的房屋，
>
> 在我漆过的地板上，
>
> 投射下玻璃窗的影子。

---

①加弗利拉·罗曼诺维奇·杰尔查文，俄国诗人。——译者注

退学之后，我在这所大宅子里度过了第一个冬天，对它产生了新的感情。整个冬天，我都是和哥哥格奥尔基一起散步，一起谈话，这种谈话让我增加了很多见识。由于我在巴图林诺的家里并没有书，所以有时候我会坐车去瓦西里耶夫村，我堂姐家在那里有一个庄园，那里有很多杰尔查文和普希金时代诗人的诗歌。

我堂姐的家坐落在山坡上，正对着维甘德工作的国有庄园，这个庄园里还设有一家酿酒厂。我堂姐夫名叫皮萨列夫，性情温和，但是他的父亲是一个非常厉害的老头儿，跟我的父亲不和，所以我们两家已经多年不来往了。今年，老头儿去世了，我们两家的关系也恢复了。于是，我就可以堂堂正正地去看老头儿收藏了一辈子的书了。看到这些书的时候，我感到十分惊喜，因为里面有很多经典名著，有苏马罗科夫①、安娜·蒲宁娜②、杰尔查文、巴丘什科夫③、茹科夫斯基、韦涅维季诺夫、雅泽科夫、科兹洛夫、巴拉丁斯基……它们都有精致的烫金皮革封面，书脊上烫着金星。

这些书都十分精美，里面的插图也十分浪漫，有竖琴、古罗马瓮、骑士的头盔和女子的花冠，这些都深深地吸引了我。而且，里面的字体十分考究，纸张也是淡蓝色的毛边纸，内容十分优雅，让我如痴如醉。这些诗卷激发出了我对文学创作的兴趣，让我有了想要创作的欲望，我想要写下同样动人的诗篇，给自己的想象力插上翅膀。这种想象有奇妙的效果，比如当我读到"年轻的诗人飞向战场"，或者"飞流直下三千尺的激流，从山顶上呼啸而下，飞奔吧"，或者"波涛狂热地亲吻着塔夫里达海岸，晨光微曦时，我看

---

①亚历山大·彼得罗维奇·苏马罗科夫，俄国剧作家。——译者注
②安娜·彼得罗芙娜·蒲宁娜，俄国女诗人。——译者注
③康斯坦丁·尼古拉耶维奇·巴丘什科夫，俄国诗人。——译者注

见了涅瑞伊得斯"。读着这些诗句，我似乎看到了诗人、激流、波涛、晨曦和赤裸裸的涅瑞伊得斯。

我就像疯了一样，又哭又笑，手舞足蹈，现在再回过头来看我当时的作品，竟然是如此幼稚。

就是在这个冬天，我开始了自己的初恋。我钟情的安亨只是一个朴素的年轻姑娘，那她到底是怎么吸引我的呢？我想应该是她的快乐和温柔。有一次，她真诚地对我说："阿廖申卡，您不知道我有多么爱您，您的感情炽烈而纯洁，我非常喜欢您。"她的这番话让我心中的热情熊熊燃烧起来。其实，在此之前，我的情感就曾经有过一次爆发。那天早晨，我正就着朝霞，在维甘德家吃早饭。她穿着一件精致的石榴裙，满面容光地走了进来，体现着少女特有的风姿。她轻快地走到我身边，为我倒了一杯咖啡。对于我这个刚刚结束了旅程、快要冻僵的人来说，她就是女神。这是我第一次见到她，但是我一眼就爱上了她。我握住了她那干净而冰凉的手，感觉心跳加速，我心想，这就是我的爱。后来，我带着满身的幸福回到了巴图林诺，因为维甘德答应我，他会在圣诞节的第二天携全家来我家拜访。到了那一天，他们真的来了，我们一家都很高兴，整个家里洋溢着一股幸福的气氛。屋里堆满了防寒用的衣物和客人送来的礼物，走廊里放满了客人们香喷喷的皮大衣和靴子。晚上，又来了一些别的客人，于是我们这些晚辈就打扮得奇奇怪怪的，跑到公园去游玩了。我们随着自己的心情化装，随便装扮成什么人都可以，但是大部分人都装扮成了农夫和农妇。他们把我的头发高高卷起，在我的脸上涂脂抹粉，还用木炭给我画了两撇小胡子，这是我们这边圣诞节游玩的风俗。大家都装扮好之后，我们就坐着门口的雪橇出发了。有的雪橇没有座位，大家只能站着，可是大家并不在意，笑着闹着上了雪橇，冲出了大门。那一瞬间，只能听到铃儿响叮当，雪橇飞快地穿过院子里的雪堆往前飞奔。幸运的是，我和安亨坐在同一辆雪橇上，这真是让我毕生难忘。这个雪夜里动听的铃铛声，这片被皑皑白雪覆盖的荒原，这个美妙的夜晚，这个冬夜里耸立在天地之间的混沌……这一切我都永远忘不了。我看到，眼前闪烁着点点星光，如同怪物的眼睛。我还记得，这雪夜里的诱人气息，以及寒气从我的靴子和浣熊皮大衣穿进去，肆无忌惮地蹂躏我的身体。我更忘不掉，我那炽热的双手握住了安亨从皮手套里伸出的温暖的手。她没有说话，但是我能看出，她那双少女的眼睛里在黑夜之中闪烁着爱的光芒。

19

很快，春天就到来了，在我的生命中，这是一个极不平凡的春天。

我永远都忘不了那个充满勃勃生机的3月。下午5点，我正在和奥丽娅在她的房间里聊天，我的父亲来了。虽然此时我的父亲已经须发皆白，但是看他抬头挺胸的劲头，倒像一个小伙子。他一边用手扣着短皮大衣的扣子，一边说："刚刚有人送信来，瓦西里耶夫村的皮萨列夫中风了，我现在要赶过去，你要不要跟我一起去？"

我的心里别提多高兴了，要去瓦西里耶夫村，那我不就可以见到安亨了吗？我一跃而起，跟着父亲一起坐着马车出发了。可是，皮萨列夫并没有中风，活得好着呢！他也很惊讶，不知道中风的传言是因何而起。第二天我们临走的时候，父亲在门厅里对他说：

"你少喝点酒吧！"皮萨列夫毫不在意地笑着说："没事！"他一边笑着，一边给我父亲披上了皮大衣。他的身体十分强健，肤色黝黑，还有一把浓密的黑色胡须，看起来非常气派。他穿着一件红色的丝绸竖领衬衫，衣襟露在外面，下身是一件丝绸薄灯笼裤，脚上是一双有银色条纹的红色平底鞋。直到现在，我都清晰地记得他的模样。当时，我们父子俩都觉得他很健康。我们回家之后，没过几天就暴发了春汛，河水让我们村和瓦西里耶夫村断了联系。直到两周之后的复活节前夕，春汛才结束，此时柳条已经吐出了嫩芽，碧草如茵。我们一家刚准备乘着马车去看望皮萨列夫，就看到一匹马从远处疾驰而来，来者是我的堂兄彼得·彼得罗维奇·阿尔谢尼耶夫。

"基督复活！"他平静地说，"你们是不是要去瓦西里耶夫村？那时间正好。今天早上皮萨列夫死了，他走到他妻子的房间里，就突然倒在椅子上死了。"

等我们全家赶到的时候，皮萨列夫已经被收拾停当，换好了葬服。他静静地躺在灵床上，和所有刚刚过世的人一样。看到这一幕，我们都在感叹世事无常。两个星期之前的那个黄昏，他还站在门厅里，跟大家告别，眼睛还由于烟卷的刺激而半眯着。可现在，他已经躺在了灵床上。我记得，他的双眼皮是青黑色的，眼睛有点儿外凸。此刻他还像个活人一样，只是没有了呼吸。他的头梳得油光水滑，胡子也非常整齐。他穿着一件崭新的衣服，斜襟外套里的衬衫都洗得非常仔细，毫无褶皱。他系着一条黑色的领带，腰间盖着一张床单。在床单下面，他的腿伸得笔直，脚被扎了起来。我安静地看着他，还摸了摸他的脑门和手，感觉还有点儿温度。直到傍晚，他的身体变得完全僵硬了，我才相信他真的死了。我茫然若失地跟着大家来到大厅，参加第一次追悼会。我在无意间发现，此刻窗外的原野正被春天特有的红霞笼罩着，正有一丝薄雾，从幽深的河谷、潮湿的田野、冰凉的旷野中袅袅升起。

大厅里燃着香，发出的烟雾让光线显得更加昏暗。很多人都聚拢到这里，每个人都手捧着发出黄光的蜡烛。在灵床周围布置教堂的大蜡烛，让大厅变得烟雾缭绕。教堂的几个神职人员站在蜡烛后面，声调凄楚地为死者招魂。奇怪的是，有时还会念上几句"基督复活"！我像丢了魂一样，时不时看看躺在烟雾和暮色里的皮萨列夫。他的脸看起来十分吓人，虽然他刚死了一天，脸已变得乌黑了，肌肉也耷拉了下来。有时候，我也会满怀热情地在人群中寻找安亨，看到她静静地站在那里，我心里就会有一丝安慰。

夜里，我做了无数个噩梦，好像我的眼前出现了无数个人影，一会儿清晰，一会儿模糊。他们似乎受到了死去的皮萨列夫的支配，在房间里走来走去，嘴里还不停地嘀咕着，像是在商量什么，还会搬动屋子里的桌椅和柜子，吓得我魂不附体。

终于，黎明到来了，我带着沉甸甸的脑袋来到门廊。这是一个宁静祥和的早晨，阳光照耀着门廊、场院和果园，一切都是那么美好。此时还是早春，果树还没有发芽，但是枝头已经从冬天的乌黑变成了浅灰，一些绿芽也快要冒头了。我东张西望了一会儿，赫然发现为皮萨列夫做的紫色的棺材板盖就在我旁边的那堵墙上靠着。看到这一幕，我拔腿就跑，冲进了果园。我穿过被阳光照亮的林荫道，坐在了合欢林中的长椅上。

林中的鸟儿欢快地唱着歌，金合欢树也即将吐露鹅黄色的嫩芽，空气中弥漫着土地和青草的清香，这让我那惊恐万分的心渐渐平静了下来。我看向远处，此时柳树尚未发芽，枝头笼罩着一层橄榄色的薄雾。在低洼处和老白桦树上，停着几只白嘴乌鸦，呱呱地大叫着，果园里比较安静，它们的叫声显得是那么刺耳。

谁能知道，死神就埋伏在这静谧美好的生活中。突然，我想起了最近非常喜欢的诗人席勒写的《威廉·退尔》。在剧本的一开始，他就描绘出了这样的景象：远处的山峰，寂静的湖水，在湖面上一边摇船一边歌唱的渔人……想到这里，我突然觉得非常高兴，似乎听到了一首欢快的歌，它歌唱的正是美丽的人间天堂。

接下来的一整天，我都是迷迷糊糊的，如同一个醉汉，我只记得大家在祈祷，有很多人来回走动，不知道从哪里冒出了小孩子，负责看孩子的保姆都默默地流泪，顾不上去阻止顽劣的孩子们。

傍晚时分，所有人都聚集到大厅，开始第二次追悼会。他们都在小声地交头接耳，神职人员到来之后，大厅里才安静下来。人们默默地看着神职人员点上蜡烛，穿上圣衣，为追悼会做准备。之后，神职人员就挥舞起带着长链子的香炉，嘴里念念有词，开始招魂。过了今晚，我们就再也看不到死者了，所以我突然觉得这个仪式意义重大。我盯着那些神职人员，不去看两张桌子搭成的灵床，也不去看灵床上用天鹅绒包裹的棺材，以及华丽的金黄色裹尸布，死者胸前的黄新圣像，白得瘆人的新枕头。我也不看死者那一大把胡子、乌青的眼皮和耷拉下去的脸孔。在室内弥漫着的烟雾和烛光的作用下，他的脸上闪烁着一种奇怪的金属光泽，可他从今往后就要长眠于棺材中，无法再次醒来了。在接下来的葬礼中，他会被埋入泥土。晚上，我和哥哥一起去了皮萨列夫的书房里。停放灵床的大厅里满是烟雾，神职人员还在就着即将熄灭的蜡烛，小声地念着经文。所有的门都关着，大厅里寂静无声，好像里面一个人都没有。

哥哥把蜡烛吹灭之后，就进入了梦乡。可是此时的我连脱衣服的力气都没有，于是和衣躺下，沉沉睡去。但是我好像看到自己又进了大厅，一下就被吓醒了。我从噩梦中醒来，心脏怦怦直跳，眼睛四处巡视，耳朵也捕捉着任何声响。周围实在是寂静极了，只能听到神职人员低沉的念经声。我悄悄地爬下床，轻轻地打开门，穿过黑漆漆的门廊，把耳朵凑到大厅的门上用心聆听。我能听到神职人员那不带感情色彩的声音："上帝保佑，上帝保佑，上帝是万能的，一切荣耀都归属于您。"

我听着听着，眼泪都快流下来了，只感觉周身热乎乎的。我穿过漆黑的走廊，从后门走出去，绕着宅子转了一圈，来到了场院的中央。今天晚上和每个晚上一样寂静，但是似乎又有些不同，因为春风拂面，感觉十分清新。泥土还没有结冰，硬邦邦的。天地之间，只有一层薄雾。寂静的山谷中，传来河水翻腾的声音。我遥望着远处的暗影，看到对面山头上有一丝灯光，那是维甘德的家。

"她还没睡觉。"我想着，内心不住地颤抖，那一丝灯光似乎也跟着摇晃起来。我哭了，因为爱情和希望，因为那充满柔情的等待。

第三部

1

　　瓦西里耶夫村的夜晚虽然恐怖，却给人留下了深刻的印象，这主要是因为葬礼之前的那一夜。

　　在黑暗之中，大宅子就像一张血淋淋的大嘴，旁边的墙上还靠着一张棺材盖，这让我非常害怕，不敢回房间。于是，我走向了田野。直到天亮之后，金鸡开始报晓，我才从后门溜回房间，埋头睡了起来。突然，我从噩梦中惊醒，感觉葬礼就要开始了，急忙翻身下床，才发现我只睡了三个小时。此刻，这座大宅子里有着十分明显的阴阳界限。大厅里放着死者的棺材，这是死亡的象征。其他的房间却门窗紧闭，这是活人的象征。大家都在等待丧事进入尾声。我从噩梦中醒来之后，发现哥哥坐在沙发上，没有穿外套，手里拿着一支烟，吸得非常投入，连床单掉在地上都不管。人们在走廊上来回穿梭，匆忙地打着招呼。这时候，女管家玛利亚·彼得罗芙娜端来一个托盘，放在桌上之后就走了。我急忙把衣服穿好，仔细观察了一下这个书房。墙壁上贴着旧式的黄色壁纸，房间内的家具也很简单。此刻，房间里弥漫着哥哥香烟的味道，我想平常人家的男主人起床时也是这幅景象。哥哥盯着皮萨列夫的便鞋发呆，那是一双高加索式的软底鞋。两个星期前，它的主人还满面笑容，行事洒脱，如今它却孤零零地躺在书桌下面了。我盯着它，心想：物是人非，它在这里放上一百年，也不会有人想起它。死去的皮萨列夫去了哪里？在世界末日来临之前，他的灵魂又会去哪里？他是不是真的去了天堂，见那些已经故去的祖先了？天堂里的他是什么样子？是不是就是现在这副躺在棺材里的样子？棺材还没有封盖，周围的蜡烛即将熄灭，微弱的光照在死者的脸上，蜡油滴在棺材边放置的纸上。两天之前，他还在清早的时候梳洗打扮，把头发梳得锃光瓦亮，然后去了妻子位于隔壁的卧室。仅仅半个小时之后，他就变成了一具尸体，虽然还有余温，却动弹不得，任人摆布，给他换上葬服。可是不管他变成什么样，他还是皮萨列夫。现在即将举行的是最后一场葬礼仪式，这还是他今生第一次和这种仪式相联系，也是我第一次见到这种仪式。我曾经在学校背过宗教教义，如今我亲身体验到了："基督徒死后第三天，移尸教堂。亲朋好友围在棺材周围，为他焚香祷告，祈求死者能够获得安宁，在死者复活的时候……"现在，皮萨列夫就是这个基督徒，我忍不住浑身颤抖，要等待多少个夜晚，死者才能复活？就算他复活了，也只能过着毫无趣味的日子。

2

目睹整个入殓的过程，我心跳加速。最后，皮萨列夫就被一张棺材盖盖住，和他曾经生活过的这个世界分离了。终于，最后的仪式到来了，几个吃得肚子圆滚滚的壮汉走上前来，用白布兜住棺材，抬下了灵床。他们都十分害怕，不敢直视棺材。我突然觉得，此刻正在装饰着银把手和紫色天鹅绒的棺材中沉睡的皮萨列夫，既是一个充满了七情六欲的凡人，又像是一件圣物。他的双手露出袖口，交叉在胸前，此时已经变得僵硬。随着壮汉们的动作，他的头也左摇右晃，就像一个拨浪鼓一样。壮汉们抬起棺材，伴随着围观的人群、圣衣、焚香和诵经声走出了大门，如同一条在地板上游动的鱼。他再也不会回来了。他被壮汉抬出了走廊和门廊，到达了被春天的阳光照耀着的场院。那里有几个人正抬着十字架等候着。两个壮汉抬起棺材盖，抬棺材的人也把托着棺材的白布放下了，他们觉得自己的脖子都快被勒断了。神职人员大声唱道："死者的灵魂即将升入天堂，依偎在基督的宝座旁，赞颂着圣父圣子圣灵的功德。"

在屋子后面正对门廊的地方，是一座钟楼，原本舒缓的钟声突然加快了节奏，吓得院子里鸡鸣狗吠。正在披麻戴孝的堂姐听到这阵钟声，也被吓得哆嗦了一下。她放声痛哭，所有来参加葬礼的人也都跟着她哭了起来。此刻，就连我那帮着扶棺材的父亲也难掩悲伤。

皮萨列夫被抬进教堂之后，放到了圣幔对面，他的头顶上面是拱顶，画着阴丹士林色云朵。在云朵间的三角形苍穹里，上帝正用他那睿智的眼睛俯瞰苍生。做完弥撒之后，我感觉皮萨列夫的鼻子变得更僵了，胡子却变得稀少了，嘴巴也变得扁平了。此刻，他的脑门上系着一条五彩棉布绦带，看起来非常吓人。我暗想，此刻他和古代的大公十分相像，而且，他已经成了家族的祖先。

大家唱道："你的生命如此洁白，像玉一样，希望你可以早日跟着主登上天堂。"我虽然很难过,可是想到自己没有死,又暗自觉得庆幸。我想:接下来要做的,就是在他的手里塞"超度牒"。此时,他的指甲又黑又硬。接下来,人们要在他的脸和四肢上擦上橄榄油,再用尘土在他身上做出一个十字架,然后给他盖上薄纱和棺材板,从教堂里抬出去,埋到地下。然后,亲朋好友们就会各自回家,以后再也不会想起他。从今以后,我将走向那未知的光明,而他却只能躺在这黑漆漆的教堂的墓地里,坟头杂草丛生。荒草丛里还躺着一棵小白桦树,这是要插在他的坟头上的。小树长大之后,它的绿叶会在夏天的阳光照耀下发出光芒,随着风舞蹈……终于,来到了"吻别"环节。我低下头,亲吻了他的绦带,只感觉一股尸臭味扑面而来。在绦带下面,他的脸色蜡黄,和外面温暖的春风、和煦的春光形成了强烈的对比,让我感慨万千。

在教堂后面,还有很多准将和少校的墓地。在他们之间,就是皮萨列夫的坟。这是一个新挖出来的坑,非常狭窄,但是很深,坑的周围发着幽幽的光。壮汉们毫不留情地把棺材放进坑里,然后飞快地扬起土把棺材盖住,很快,天鹅绒的棺材和白色的十字架就都被土盖住了。我迫使自己不去想这些,而是想教堂拱顶上那双上帝的眼睛。过不了一个星期,地下的棺材就会模样大变。我还想到,早晚有一天我也会经历这些,但是我不愿意就此认命。慢慢地,坑被填平了。安亨穿着细麻纱裙,站在坑边。神职人员唱起了赞美诗,宣布葬礼进入尾声。看到这一切,我的悲伤一扫而空,我又变得快乐起来。也许一个人离开世界之后,可以让这个世界变得更加美好。

3

在回家的路上，我的堂姐步履蹒跚，不停地用手绢拭泪。我的父亲一边搀扶着她，一边安慰她：

"亲爱的孩子，你让我怎么安慰你呢？虽然用处不大，但我还是要告诉你，你不要过度悲伤。你并不是孤零零的一个人，你有爱你的亲人和需要你的孩子。你还这么年轻，一定会有很好的前途。"

走在我父亲身边的，是一个拿着贵族礼帽的老地主，他五短身材，胖乎乎的，皮肤黝黑，有着棕色的眼珠和淡赭色的眼白。最让我感到好奇的，是他那眼白上像烟丝一样的斑点。他的外套和衬衫十分不协调，再加上情绪激动，他热得气喘吁吁的，边走边对我堂姐说出了一番类似于我父亲的话："维拉·彼得罗芙娜。你听我说，自从老皮萨列夫过世，我就把皮萨列夫当成我的亲生儿子一样看待，为他施洗礼，劳神他的教育问题。在你们结婚时，我还送上了殷切的祝福，你应该知道我此刻心里有多么难过。你也知道，我是个鳏夫，没有人可以长生不老。庄稼汉们总是说，'死神就像太阳一样，你不要直视它'。你不要直视它，否则日子就没法过了。皮萨列夫先走了，但是你不需要心怀愧疚，我们也不愿意看着他去世的。"

我一抬头，就看到了他花白的头发和肥大的后脑勺，以及他黑乎乎的胖手指上那枚看起来有些年头的婚戒。大家好不容易忙完这场持续了三天三夜的葬礼，累得快要虚脱了。此刻，他们既有对死者的愧疚，又有对自己还活着的庆幸。

我走在春天绵软的草地上，任由火辣辣的太阳炙烤着我光秃秃的头顶，我听着白嘴乌鸦哇哇大叫，我感受着果园里的勃勃生机，心情一下子好了起来。我像看待恋人一样看着我的堂姐，看着她穿着孝服，看着她悲伤又美丽的面庞。这一切都让我想起了在果园的洼地里等着我的安亨。哦，我都快喘不过气儿来了！

这家的男主人走后，宅院里反而生机勃勃了，一切都是那么洁净，富有朝气。可是我进入大厅之后，立刻就闻到了一股令人作呕的尸臭味，这让我根本无暇关注早就摆好的谢客宴。整个早上，我都是闻着尸臭味度过的，可是此刻，我似乎没有那么厌恶它。这种味道和擦过的木地板上发出的湿气以及从窗外进来的新鲜空气交织在一起，让我觉得兴奋不已。谢客宴是为活着的人设置的，所以桌布和餐具上都闪烁着让人兴奋的光芒。

谢客宴十分丰盛，教堂的神职人员和所有的仆人都喝醉了，时不时地会含混不清地念出几句经文，似乎在哀悼已经入土为安的皮萨列夫。吃饭的时候，父亲别有深意地对我说："亲爱的儿子，我知道你此刻是什么心情。我们都已经过了知天命的年纪，很快就会离世。虽然我不像你这么年轻，但是我能明白你此刻的心情。"

4

葬礼结束之后，我又在瓦西里耶夫村住了两个星期。亲眼看着一个人离世，我心里有一种说不出的难受。

之后，我又迎来了更大的痛苦，我心爱的姑娘安亨就要离开了。（不过，我也从这件事上获得了令人伤心的安慰）

我的父亲和彼得·彼得罗维奇在瓦西里耶夫村多住了一段日子，帮我堂姐打理一下家事，我也跟着住了下来。不过，虽然我越来越迷恋安亨，但是我这次停留不光是为了她，还为了《浮士德》。自从我把它从皮萨列夫的书房里翻出来，就被它深深地吸引了：

> 我要投入生命的河流，进入事业的鼎盛期，
> 我随波逐流，
> 来去自由。
> 降生和死亡纵横交错，
> 生活的浪涛啊，
> 我依偎着时间的织机，
> 为神织造生命的华服。

在瓦西里耶夫村生活的日子里，虽然我依然觉得哀伤，但是我很快就恢复了常态。此刻已是百花盛开，绿意盎然，我沉醉在大自然的神奇变化当中。所有人都觉得，此时应该放弃悲伤，努力迎接未来生活的挑战。堂姐把家里收拾得干干净净的，还改变了房屋的规划和家具的布置，把很多家具搬到了阁楼上，还有一些家具派上了别的用场。堂姐把卧室搬到了儿童房的隔壁，小会客室后面那个主卧室原本是皮萨列夫住的，此时被改成了大客厅，重新布置了一番。他原来用过的物品也都被收起来了，我在后门廊的时候，看到仆人们将他所有的制服和帽子收拾出来，放进了一个旧木箱。现在，我的父亲和彼得·彼得罗维奇接管了农庄的管理工作，所有的仆人都打起精神，就像在农庄更换主人的时候，所有人都会尽心竭力，希望建立一种新的秩序。这些变化都给我留下了非常深刻的印象，更让我高兴的是，堂姐已经恢复了正常，接受了这个残酷的现实。在吃饭的时候，要是孩子们向她提出一些可笑的问题，她还会

发笑。虽然我的父亲和彼得·彼得罗维奇十分严肃，但是对堂姐都是体贴入微的。

这种既悲痛又幸福的日子飞快地流逝着，每天晚上我都会和安亨约会到深夜，才依依不舍地告别。我沉醉于这种甜蜜中，可是一想到她要离开，我就心如刀绞。每天晚上结束约会之后，我就回到书房里，带着对下次约会的憧憬，沉沉睡去。第二天一早，我就拿着书来到花园里，一边阅读，一边期待着晚上和安亨在河边的约会。当时，维甘德的几个女儿总是喜欢围着姐姐安亨团团转，但是她们总是跑来跑去的，并不会对我们的恋爱造成太大的影响。中午的时候，我就回去吃饭，吃完饭后，我就一边阅读《浮士德》，一边等待着约会时间的到来。傍晚时，我就会来到果园的洼地，和安亨幽会。我坐在月光下，听着夜莺婉转的歌声，让安亨坐在我的膝头。我们拥抱在一起，我能听到她的心脏在剧烈地跳动。有生以来，我还是第一次享受到女性的躯体带给我的滋味。

我们分开的那天，我像一个疯子一样痛哭流涕，为这个世界、这种生活和我心爱的姑娘而哭。也许连安亨自己都不知道，她给我带来了女性的柔美和悲伤的情感，给我打开了爱情的大门。直到傍晚的时候，我的眼泪哭干了，才稍微平静了一些。然后，我像往常一样朝着河边走去。在路上，我遇到了送安亨去火车站的那个车夫，他送完安亨，已经回来了。见到我，他停了下来，递给我一期彼得堡的杂志。我突然想起，我在一个月之前向它投出了我的第一份诗稿。我打开杂志，居然看到上面有我的名字！这种感觉就像触了电一样。

第二天一早，我徒步回了巴图林诺。我先是沿着一条村中小路往前走，在路的两边，都是弥漫着薄雾的耕地。后来，我又沿着皮萨列夫家的树林往前走，阳光从树叶中倾泻下来，鸟儿动听地鸣唱着，地上不但有腐烂的树叶，还有盛开的铃兰……看到我消瘦无神的模样，母亲被吓坏了。我亲吻了她一下，把杂志递给她，就回到了自己的房间。最近我实在是太累了，走起路来跟踉跄跄的，差点儿连自己的家都没有认出来。看到它居然这么小，这么破，我感到十分惊讶。

5

那年春天，我才16岁，可是在我回到巴图林诺的时候，我却觉得自己变成了一个大人，跟别人享有同样的权利。

去年冬天的时候，我就觉得自己已经知道了许多成年人知道的事情，比如宇宙的构造、冰河期和石器时代的原始人、一些历史悠久的民族的生活、野蛮人入侵罗马、基辅罗斯、发现美洲新大陆、法国大革命和拜伦主义，以及生活在19世纪40年代的热利亚波夫①和波别多诺斯采夫②，还有一些在我心中留下深刻烙印的人物和小说的主人公，他们的感情和命运会让我终生都十分激动。其中，哈姆雷特、唐·卡洛斯、恰尔德·哈罗尔德、奥涅金、毕乔林、罗亭、巴扎罗夫等人，似乎是每一个成年人都耳熟能详的。我觉得，此时我已经有了丰富的阅历。虽然我回到巴图林诺的时候已经疲惫不堪，但我还是决定，要开启一种完全充实的生活。这到底是一种怎样的生活呢？我觉得，就是在生活中尽情地体验诗意葱茏的乐趣，而且我也觉得，自己完全有权享受这种乐趣。我记得有一首诗写道：

①安·伊·热利亚波夫，俄国革命家。——译者注
②康·彼·波别多诺斯采夫，俄国反动国务活动家。——译者注

"我怀着美好的愿望踏入尘世。" 我也是怀着美好的愿望踏入尘世的，可是我的依据在哪里呢？

当时，我觉得自己的前途一片光明，浑身充满活力，不管是肉体还是精神都十分健康，长得一表人才，举止恰当，头脑灵活，单看我骑马的姿势就能看出这些。当时我就意识到，我拥有青年人的正直和单纯，鄙视所有卑劣的行为。不管是天生的，还是读了那些诗人的诗句之后，总之我的精神已经十分崇高。诗人们总是反复提起诗人的神圣职责，说一些"诗歌就是表达人间幻想的神""艺术是通往最美好的世界的阶梯"之类的诗。于是，就算我在承受情欲带来的痛苦时，也可以让自己振奋精神。此时，我总是朗诵莱蒙托夫和海涅的嘲讽诗句，或者浮士德在弥留之际望着明月发出的控诉，或者是摩非斯特那些自信心爆棚的格言。可是我居然没有意识到，此刻我的翅膀还不够丰满，无法展翅飞翔，它们还需要继续成长。

我和其他刚刚涉猎文学写作的年轻人一样，在初次看到自己的作品在报纸杂志上发表时，产生了一种特殊的感情。当然我也知道，一花独放不是春。父亲生气的时候，就会叫我"败家子"，但我总是安慰自己，"又不是只有我一个人学而不精"，我很明白，这也只是我的一种自我安慰罢了。虽然我通过读书和与哥哥格奥尔基的交流，学到了很多新思想，但在我内心深处，我还是为阿尔谢尼耶夫家族感到骄傲。当然，我也不能假装看不到这个家族已经越来越贫穷，而且我们对于这种情况的漠视，让我们的境况更加难堪。我已经长大成人，相信在我的哥哥们，尤其是格奥尔基哥哥的良好熏陶之下，我一定可以继承所有美好的优点。虽然父亲身上有很多缺点，但是在我看来，他和别人不一样。但是现在父亲已经和往日不同，他终日无所事事，借酒浇愁，每天喝得酩酊大醉。看着他乱蓬蓬的头发，经常发怒的面孔，破烂的衣服，我心如刀绞。再想到日渐年迈的母亲和日渐长大的奥丽娅，我心里难受极了。有时候，我也会觉得自己非常可怜，尤其是只用一盘冷餐草草填饱肚子就回去看书的时候。这时候，我就拿出自己唯一的一件财产反复端详。这是一个用桦木做成的精美的小盒子，是祖上留下来的。里面放着几张写有诗歌的灰色纸，是我从乡村小店买回来的，还隐约带有一股薄荷烟的味道。

有时候，我也会回想起父亲年轻的时候，跟我现在相比，简直是天壤之别。年轻时的父亲不错，荣耀、地位和享受，一样都不差。他身为阿尔谢尼耶夫家的人，出手阔绰，生活奢华。而我呢，我所有的财产，就只有一个用桦木做成的小盒子、一把古老的双筒枪、一匹瘦弱的老马和一架磨损了的马鞍。我也想打扮得光鲜靓丽，去参加各种社交活动，可实际上，每当我出去做客的时候，我只能穿着格奥尔基哥哥入狱时穿的那件破上衣，这让我羞愧无比。虽然我不名一文，但是我对财富和奢华却充满了想象。我幻想着长途旅行，幻想着美女，幻想着知音。可实际上，我从来没有踏出我们这座小小的县城。放眼望去，只有一片荒山野岭。我的社交圈子只包括附近的几个小庄园和瓦西里耶夫村。而我终日幻想的地方，就是位于角落里的一个破房间，上面安着破旧的窗框和彩色的玻璃，正对着花园。这一切难道我都没有意识到吗？

6

花园旧貌变新颜，鸟儿终日在那里鸣唱，我房间的窗户也每天打开着。这是两扇古色古香的小窗户，配上上了年头的橡木屋顶，以及几张舒适的橡木座椅和一张大橡木床，让我觉得十分亲切。一开始，我只是拿着书躺在床上，一边听着鸟儿的鸣唱，一边畅想未来。有时候，我也会沉沉睡去，虽然只是小睡一会儿，感觉无比香甜，醒来之后感觉自己精力十足，身边的一切似乎都变得清新起来。这时候，我就会跑到餐厅去——其实它只是一个废弃的小屋，与客厅只隔了一扇玻璃门，或者跑去厨房，拿一些果子酱或者黑面包吃。一般来说，白天的时候只有列昂季一个人躺在厨房那个又热又脏的灶台上。列昂季的个子很高，身材精瘦，满脸都是黄色的胡子，因为年纪太大，肌肉都已经松弛了。他原本是我外祖母的厨师，没想到这么长寿，多年以来就这么孤独地生活着……我对幸福的生活充满了渴望，似乎马上就能过上这样的生活。其实，幸福触手可及，只要稍微休息一会儿，去吃一块黑面包，或者喝上一杯茶，并想象自己应该骑着马奔驰在夕阳下的大道上就可以了。

我经常会在半夜时分醒来，此时周遭一片寂静，于是我想起了皮萨列夫，顿时觉得十分恐惧。一个高大的影子出现在门边，但是又瞬间消失，只能看到一层朦胧的暗光。此刻，月光洒在花园里，这一切对我都充满了诱惑。我从床上爬起来，悄悄地走进客厅，看到墙上那张外祖母戴着包发帽的画像，她正在黑夜中默默地注视着我。我注视着整个大厅，想起以前自己在这里度过的快乐生活。现在，客厅因为没有月光，显得更吓人了。我走到阳台上，为这美丽的夜色感到错愕和感伤。我不知道这种感情从何而来，也不知道该怎样处理。当我初次见到这种夜色，初次闻到露水的味道时，我产生的是什么感觉呢？那棵高耸的罗汉松一侧沐浴在月光里，傲然耸立着，想要把顶端的枝丫伸入宁静的夜空。几颗稀稀落落的星星挂在天空中一闪一闪的，就像上帝的眼睛一样，让人忍不住心怀敬畏。门前的那块空地也反射出奇异的光辉。一轮圆月挂在花园的右上方，照亮了苍穹，虽然它的脸色十分苍白，但是依然能看出它那深色的地表轮廓。现在我们已经彼此熟悉了，却相顾无言，互相等待着，等待着我们各自都非常缺乏的东西……

之后，我在影子的陪伴下，走到了林中草地上，草尖上的露珠晶莹剔透，发出绚丽的光芒。我走上一条通往池塘的林荫小道，月光从树枝间洒落下来，留下了很多光斑。月亮顺从地跟着我，我一边走，一边回头望着它，它那张圆圆的脸庞在树枝之间若隐若现。我站在池塘边那块露水盈盈的斜坡上。右边，金黄色的水面轻轻摇曳，倒映着夜晚的苍穹。有几只野鸭把脑袋藏在翅膀下，睡得十分香甜，它们的倒影也出现在了水面上。左边是一片庄园，它属于地主乌瓦罗夫，格列波奇卡就是他的私生子。在池塘的对面，是一片直接沐浴在月光下的斜坡，它由一大片黏土堆积而成。从坡地过去，是一片被月光照耀的乡间牧场。在牧场后面，是一片黑漆漆的小木屋。多么沉静啊，这种沉静是有生命的东西独有的！那些野鸭忽然扇动起翅膀，让池水荡起了碧波。随后，它们就不安地叫了起来，叫声划破了这片宁静。我沿着池塘的右边继续往前走，月亮还是在我身后默默相随，穿行在黑压压的树梢上。看到这美丽的月色，连树木都陶醉了……

我穿行在林间，一边散步一边思考，我想的是神秘而又令人苦恼的爱情，想的是未来的美好生活，当然想得最多的就是安亨。外祖母除了给我们留下了客厅墙上的那幅画像，还留下了什么？皮萨列夫也是如此，当我回忆起他的时候，只能想起他在瓦西里耶夫村家里的那幅画像，那还是他结婚的时候画的，也许他当时想的是自己会长命百岁吧。我经常会想：这个人现在在哪里？他出了什么事？什么是永生？不过，我不会再为这些找不到答案的问题感到困扰，甚至还获得了某些安慰。只有上帝才知道他现在在哪里，虽然我并不理解上帝，但是我应该相信上帝，而且为了过上幸福的生活，我更应该相信上帝了。

安亨让我越来越痛苦，甚至在白天，我的所见所感，所读所想，都会与她产生剪不断理还乱的联系。我深深地爱着她，却无法倾诉对她的感情，这对我来说是一个巨大的折磨。可是现在，我已经被这个月夜征服了。日子一天天过去，我对安亨的美貌也渐渐淡忘。我甚至无法想象，她曾经和我在一起，如今正在某个地方生活着。现在，只有在我想入非非，或者想到恋爱和美女的时候，我才会想起她。

7

初夏的时候，我在《周报》上面看到了一则消息：纳德松①的诗集即将出版发行。当时，纳德松是一个声名卓著的诗人，我也曾拜读过他的作品，可是我根本无法与他产生共鸣。"让无情的猜忌的毒汁在饱经折磨的内心凝结"——我觉得这句话毫无意义。还有"青苔长在池塘上""绿色的枝叶在它上头弯腰"，这些我都欣赏不来。可是，这个怀着忧郁的目光的纳德松，已经"在南方蔚蓝色的大海边，在青松和玫瑰花之间离世"，冬天的时候，我知道了他的死讯，听说他的金属棺材"埋没在鲜花当中"，而且为了举办一场隆重的葬礼，被送到了"寒冷而又多雾的彼得堡"。当时，我的

①谢苗·雅可夫列维奇·纳德松，俄国诗人。——译者注

心情十分激动，出来吃饭的时候面色苍白，这让父亲十分担心。直到我向他解释了我为什么会这么痛苦，他才放下心来。

当得知我是因为纳德松的死而难过的时候，他惊讶地问我："就因为这？"然后他哭笑不得地说：

"你总是有一些愚蠢的想法！"

这时候《周报》又刊登了一条消息，让我十分吃惊。经过这一个冬天，纳德松越来越名声煊赫。于是，我突然也对名声产生了一种强烈的渴望。我决定，要立刻采取行动，立刻就到城里去找找纳德松的诗集，对他有一个深入的了解，弄明白他为什么能够让整个俄罗斯的人都如此钦佩。因为卡巴尔金卡病了，而其他的马匹都瘦弱不堪，于是，我只好步行上路。第二天一大早我就出发了，步行了30俄里来到了位于商业区的市图书馆。在一个装满书的小屋子里，我看到了一个姑娘，她拥有一头卷曲的长发，独自坐在一堆书里，有的书已经破损了。她看起来对我非常好奇，不住地打量着风尘仆仆的我。

她毫不在意地说："现在借阅纳德松的书需要排队，您大概得等到一个月之后……"

我不知道该怎么办，只能站在那里发呆，我这不是白白跑了30俄里吗？不过，她也许只是想拿我开玩笑呢！

她立刻又笑着说："您也是个诗人，对不对？我第一次见您的时候，您还在读中学……我把我自己的那本借给您吧！"

我连连道谢，因为有些不好意思，也因为自豪，我的脸都红了。拿到书之后，我高兴地在街上蹦蹦跳跳，差点儿撞倒一个瘦弱的姑娘。她大概有15岁，穿着一件灰色的连衣裙，刚从一辆四轮马车上下来。这辆马车非常奇怪，由三匹同样矮小的花斑马拉着，车夫是一个红头发的高加索人。虽然他个头不高，身材瘦削，但非常结实；衣衫破烂，却十分讲究。他头上戴着一顶褐色的帽子，帽檐是歪的，弓着背坐在驾车的座位上。车里还坐着一位夫人，她样貌清秀，仪态万方，穿着一件宽松的绸缎大衣，用严厉而吃惊的表情瞅了我一眼。小姑娘被我吓坏了，急忙躲到一边，她那双肺痨患者特有的黑眼睛，清秀的青涩脸蛋，羸弱的嘴唇，都透露着惊恐。我不知道该怎么办，只好不停地向她道歉，然后我就直奔市场而去，想要坐到餐馆里喝杯茶，赶紧看看书上的内容。不过，上天注定我们这次相遇不会如此草率地收场。

这一天我的运气还不错。有几个巴图林诺的农民正坐在餐馆里，他们一看到我进来，就兴奋地大叫：

"小少爷，您要是不嫌弃的话，过来跟我们一起坐吧！"

我坐在他们旁边，心里暗自高兴，想要跟他们一起回家。果然，他们很快提议要顺路把我带回去。他们这次到城里来的目的是运砖，现在，他们的马车就停在城外别格拉雅—斯洛波达附近的砖厂里。他们要用很长的时间，才能把所有的砖装到车上。我就坐在砖厂里，一边等着他们，一边望着暮色中的旷野。城里已经响起了晚祷的钟声，太阳也落山了，他们还没有装完。可是我因为长达几个小时的等待，早就疲惫不堪了。这时候，一个农民一边往车上装砖，一边和路过的一辆马车打了个招呼，然后略带讽刺地说：

"那是比比科娃夫人，她要去我们村的乌瓦罗夫家做客。我前天就听说，乌瓦罗夫还准备杀一头羊来招待她。"

"是的，车夫就是那个吸血鬼……" 另一个农民说。

我仔细一看，发现拉车的就是我前不久才在图书馆附近看到的那几匹花斑马。现在我才意识到，就是那个瘦弱的女孩，让我今天一直心神不安。我一听说她要去巴图林诺，心里别提多高兴了，就向农民们打听她。原来她的父亲已经去世了，母亲就是比比科娃夫人。现在她就读于沃龙涅什的一所学校，当地的农民都称之为"贵族学校"。她们的家位于顿河左岸的庄园里，日子过得捉襟见肘。她们和乌瓦罗夫是亲戚。此外，她们还有一个名叫马尔科夫的亲戚，住得离她们不远，这几匹花斑马就是他馈赠给她们的。可以说，这几匹马在全省都有名，而那个像吸血鬼一样的高加索车夫也非常出名。他原本是马尔科夫的驯马员，但是由于一次可怕的突发事件，他和马尔科夫成了好朋友。事情是这样的：有一次，一个来自茨冈的小偷想要盗走马尔科夫最好的那匹母马，结果却被这个高加索人用马鞭活活打死了。

太阳落山之后，我们才踏上归途。由于车上拉的砖太重，马车只能缓慢前行。于是，我们就这么走了一整夜。这是多么恐怖的一个夜晚啊！我们刚走上公路的时候，大风裹挟着乌云，朝我们汹涌而来，刹那间天昏地暗，然后是轰隆隆的雷声和红色的闪电。仅仅过了半个小时，天地间就一片漆黑。在黑暗之中，狂风猛地扑向我们，时而燥热，时而清凉。在旷野之中，电光像火蛇一样，让人头晕眼花。雷声越来越响，让人心惊胆战。很快，倾盆大雨就落了下来，狠狠地砸在我们身上。闪电和火焰从天而降，这和《启示录》中的记载如出一辙。像地狱一样黑暗的天空如同被撕开了一个口子，把天底深处的颜色都露了出来，隐约可以看到泛黄光的云山，它们就像那神秘而又悠久的喜马拉雅山。我趴在冰冷的砖头上，盖着一切能盖的东西，但是很快就被雨水打湿了。不过，我根本不在意这种来自外界的侵袭，此刻，我已经沦陷在新的爱情里了。

8

对于当时的我来说，普希金在我的生活中占据着不可替代的地位。

我从幼年时期开始，就对普希金十分痴迷。他就像我身边的人一样亲切，他的作品也让我有亲切的感觉。比如，在他的诗中，他是这样描写暴风雪的："雪花在空中盘旋。"天空中布满了乌云，就像在卡缅卡庄园附近，冬夜里肆意凌虐的暴风雪。在我小的时候，母亲会带着一丝可爱的、慵懒的微笑，板板正正地为我朗诵普希金的诗句："昨天，我和一个骠骑兵共饮。"这时候我就会问："妈妈，您是和哪个骠骑兵共饮？是我那个已经离世的叔叔吗？"当母亲念到"我在书里发现了一朵小花，它夹在里面，早已干枯"时，我仿佛看到这朵小花就夹在她还是少女时候写下的日记里……

> 在我的少年时代，我就接触到了莱蒙托夫。
> 草原上一片宁静，
> 高加索就像银环一样，把它牢牢地箍住。
> 它濒临海滨，皱着眉头陷入沉睡，
> 它像一个巨人一样，俯身在盾牌上面，
> 聆听着翻滚的波涛发出的预言，
> 而黑海却一直在喧哗，没有平静的时候。

这些诗句十分契合我那颗年轻的心，与我对远行的遐想和幸福的期许十分吻合，与我心底的声音遥相呼应，不断地激励着我。我最喜欢普希金，还把他当成我的精神支柱。

冬天，我在阳光下醒来，心里十分高兴，因为普希金也在和我一起高声赞颂："冰霜和阳光，这是多么美好的一天！"此外，他还为我描绘出了一个非常神奇的形象：

> 美丽的人啊，你还沉睡不醒。

在风雪交加的时候，我从睡梦中醒来，想起今天要带着猎狗去打猎，于是我又像普希金描述的那样，开始了这新的一天：

> 我问：今天天气暖和吗？暴风雪停歇了吗？
> 地上有没有积雪？能否骑着马出去打猎？
> 还是躺在床上，翻看邻居家的旧杂志，
> 等待着午饭来临？

春天的黄昏，我推开窗户，看着天上闪耀的金星，和普希金一起表达了我内心的愿望：

> 美丽的姑娘，快点儿过来，
> 看啊，爱情的金星，
> 已经升上了天空！

夜幕降临之后，花园中所有欢快的节奏都戛然而止：

> 你有没有听到，丛林深处那晚的情歌

正在深情地唱出你的哀愁？

我躺在床上，"床边燃着一支忧伤的蜡烛"，蜡烛上挂满了泪水，它是一支真正的蜡烛，而不是一盏电灯。那颗年轻的、对爱情充满期许的心，到底是属于普希金，还是属于我？

梦神啊，请让我享受快乐，
用快乐来安慰我那让人苦恼的爱情，直到黎明！

那边"树林脱下红色的外衣，冬麦地又遭受了疯狂的游戏"，对于这种游戏，我也是痴迷不已：

我骑着刚换了蹄铁的骏马，
奔驰在辽阔的原野上，
它的蹄子敲打着冻结的土地，
发出清脆的声响。

晚上，当朦胧的月亮静静地爬上天空，我的脑海中又浮现出几句动人的诗句：

在丛林深处，那朦胧的月亮就像幽灵一样，
从东方冉冉升起。

我的脑海中总是充斥着一些难以言喻的幻想，在这夜深人静的时候，幻想着那些未知的、对我极富吸引力的东西，正在某个遥远的角落里徘徊：

> 走向惊涛拍打的岸边……

9

我之所以对丽莎·比比科娃心生爱慕，一方面是因为我的幼稚，另一方面是因为我对我们这种生活方式的热爱。有一段时间，举国上下的诗歌都和这种生活方式密切相关。

我对丽莎的感情十分契合这种传统诗歌的精神，就像我钟情于同一阶层的另一个人一样。

我想，我们这个阶层已经浪漫主义化了，可是它却从我眼前消失得无影无踪，这反而让我觉得好一些。

我看着我们的生活日渐贫困，居然莫名产生了一种愉快的感觉，我想，我觉得普希金亲切的原因也在于此。根据雅泽科夫的描述，普希金也并非出身富裕之家：

> 墙壁上随意地贴着一些老壁纸，
> 地板上了年头，也没有修理，
> 只有两扇窗户，
> 中间有一道玻璃门，屋角放着一尊圣像，
> 以及一张沙发，两把椅子……

不过，丽莎来巴图林诺小住的这段时间，我们窘迫的生活恰好被6月的繁花似锦掩盖了。这时候，花园里充满了勃勃生机，弥漫着

玫瑰和月季的混合香味。池塘里可以游泳，池塘边长着茂密的大树和凉爽的青草，柳枝垂到水面上，柳叶散发着清香，味道却略显苦涩。在我的心里，丽莎和6月的风景、茉莉、玫瑰、垂柳以及湖水变成了一个整体，成了一幅永不褪色的画卷。

　　这个夏天，我并没有去乌瓦罗夫家，因为格列波奇卡成绩太差，转到了农业学校就读，一整个夏天都没有回来。而且，当时我们两家由于一些小事而产生了矛盾，这在乡村是司空见惯的。不过最终，乌瓦罗娃还是来请求我的父亲，希望我们可以允许她们到池塘戏水。之后的日子，她几乎每天都会带着比比科娃一家到池塘边来，而我也会在那里和她们偶遇。见到她们的时候，我总会礼貌地和她们打招呼，而傲慢的比比科娃夫人总会略带嘲讽地向我还礼，我想，她一定是对我在图书馆那番狼狈的模样耿耿于怀。一开始，丽莎总是略带羞涩地向我还礼，过了一段时间，她就对我十分亲切了。她穿着一件蓝白相间的水手上衣，一条很短的蓝裙子，从来不戴遮阳帽，微微卷曲的黑发上戴着一个白色的大蝴蝶结。在阳光的作用下，她的皮肤已经有些发黑了，明亮的大眼睛炯炯有神。她不到池塘里游泳，只是坐在岸边看着她的母亲和乌瓦罗娃在茂密的柳丛下洗澡。有时候她也会脱下鞋子，赤着脚到场地上走一走，让她那洁白的脚丫感受一下青草的清凉。就这样，我有好几次看到了她的赤脚。

　　接下来的每个晚上都是皓月当空。于是我决定，白天睡觉，晚上就坐在房间里阅读和写作。然后，我就会去花园里走一走，隔着池塘的拦坝远眺乌瓦罗夫家的庄园。

　　每天白天，都会有一些农妇到池塘的拦坝上来洗衣服。她们会在水边选择一块圆润的大石头，弯下身子，把裤腿卷起来，露出红润的、健康的、带有女性柔美的膝盖。她们一边浆洗着湿漉漉的灰衣服，一边大声说笑。有时候她们也会站直身体，用袖子拭去脸上的汗水。要是我此时从她们身边经过，她们就会大胆地跟我开玩笑："小少爷，您是在找东西吗？"说完，她们就哈哈大笑，然后继续敲打手里的衣服。我只好快速逃离她们，因为我已经无法忍受她们弯下的腰身和赤裸的膝盖了。

我们还有一个叫阿尔菲罗夫的邻居，是个老头儿，住在隔着我们一条街的地方。他的儿子被流放了。最近，有几个住在彼得堡的女孩子到他家来做客，她们都是他的远房亲戚。其中有一个女孩儿叫阿霞，年纪并不大，但是长得十分美丽。她个头很高，动作灵活，性格开朗，举止得当，喜欢门球、照相和骑马。我经常去庄园做客，和阿霞也建立起了一种友谊。基于这种友谊，她会像对待一个孩子一样给我洗澡，而且她也很乐意跟我这样的一个孩子做朋友。她经常给我照相，还会拿出几个小时的时间跟我一起玩门球。只可惜，我的水平太差，所以经常要终止游戏，这让她十分扫兴。这时候，她就会亲切地对我说："你这个小笨蛋，怎么会这么笨！"我们最喜欢做的，就是在夕阳西下的时候骑着马出去闲逛。我们俩并驾齐驱，我能听到她欢快的叫声，看着她脸上的红晕和散乱的头发，以及她娇弱的身躯在随风起舞的裙裾下若隐若现的大长腿，不由得心动了。

可是，到了晚上，我就一门心思地写诗了。

一天傍晚，暮色四合，我和阿霞一起从村庄穿过去，漫步回家。我先送她回了阿尔菲罗夫的庄园，然后自己回家了。进门之后，我就把大汗淋漓的卡巴尔金卡托付给马夫，自己跑进屋里吃晚饭去了。饭桌上，哥哥和嫂子都开我的玩笑。饭后，我们一起出去散步。我们从池塘后面的牧场穿过去，走到了大道上。田野里和风徐徐，一轮红色的月亮冉冉升起。散完步之后，我终于独自待着了。此刻，四周一片寂静。我坐在窗口，开始看书和写作。窗户敞开着，微风吹进来，吹得烛火轻轻摇曳。一些小飞虫看到这摇曳的火光，就成群结队地飞过来，绕着我的书桌飞舞。要是一不小心碰到烛火，它们就噼啪作响，还会发出一种奇怪的味道。很快，书桌上就落满了小虫的尸体。一阵睡意袭来，我感觉眼睛都睁不开了，但是我还在努力坚持着。到了半夜，我又和往常一样，感到十分清醒。于是，我站起身来，来到了花园。在这个季节，月亮总是运行得很低，它藏在屋后，形成了巨大的阴影。我就站在这片阴影里，遥望着在天上闪烁的北斗星。偶尔，我还能听到远处传来的鹌鹑打架的声音，这让我十分沉醉。在金黄色的月光下，那棵百年老树正在开花，吐露着芬芳。东边露出了鱼肚白，看来黎明将至。和之前的每一个拂晓一样，此刻从池塘的那边吹来了一阵暖风。我迎着这阵风，走到了池塘边。站在这里，一眼就能望见乌瓦罗夫家的庄园，我想，此刻丽莎就睡在格列波奇卡那个正对着花园的房间。我想象着，丽莎正在这个房间里做着美梦，有树叶的沙沙声相伴，窗外的雨水慢慢落下，田野里的暖风轻轻地吹进了她的梦。看来，这个梦境是世界上最洁净的地方。我怀着这种感情眺望着她的窗户，可是我不知道，我该如何表达这种感情。

10

这种奇怪的生活几乎持续了整个夏天，可是突然之间，一切都变了。一天早上，我突然听说比比科娃一家已经离开了。这一天，我感觉非常难挨。好不容易到了晚上，我去探望阿霞，可是她告诉我的又是怎样的消息呢？

阿霞一看到我，就兴冲冲地说："我们明天会去克里米亚。"看起来，她想用这个消息让我高兴一点儿。

从那天开始，我感觉每天都过得非常无聊，于是我只好一个人骑着马去田间游荡。我来到田间地头，坐在田垄上，看着割麦子的农夫发呆。烈日当头，他们敞开上衣，整齐地朝着金黄色的麦子的海洋进发。麦穗沉甸甸的，随着沙沙声倒在地上，原地只留下了尖尖的麦茬。就这样，麦地很快就变了一副模样。

"少爷，您怎么坐在这里呢？"一个个头高大、皮肤黝黑的帅气的农民友好地对我说，"我这里还有一把镰刀，您要不要跟我们一起割麦子？"

于是，我就跟着他割起了麦子。

一开始，我割麦子的动作非常笨拙，这大大加重了工作的难度，于是我每天割完麦子都精疲力竭，回家的时候连抬腿的力气都没有了，汗水把头发粘成了一团，脸上的皮肤也被晒伤了，双手全部磨起了血泡，腰酸背痛，根本直不起腰来，嘴里一股艾蒿的味道。可是后来，我就习惯了这种工作，而且发自内心地喜欢起来。

"明天再去收割！"

相比割麦子，把麦子装上车的工作就更加辛苦了。你需要把叉子插进一大捆有弹性的麦秆里，把麦秆高高地举起，扔到马车上，此时胳膊和腿都要使出很大的力气，甚至有疼痛的感觉。在这个过程中，尖尖的麦粒还会掉在你身上，扎得你十分难受。马车上的麦子越堆越高，四边都露出了麦穗……然后，还要用结实的绳索把堆得像小山一样的麦子捆绑好，牢牢地固定在马车上。在这个过程中，麦穗会不停地扎你，同时发出一股温热的麦香。然后，就要运着麦子上路了。车上的麦子摇摇晃晃的，你跟着车子，行走在坎坷的土路上。车轮带起了很多尘土，落得你满头满脸都是。拉车的马十分瘦弱，让你忍不住想要和它一起用力。马车也吱呀作响，让人心惊胆战的，担心它会散架。这可不是在开玩笑，而且，现在没有任何可以遮阳的东西，人完全暴露在毒辣的阳光下，全身大汗淋漓，从麦堆上掉下来的灰尘都沾在身上，刺得人浑身难受，双腿累得直哆嗦，满嘴艾草味。

　　直到9月份，我还在打谷场上忙活着，每天的生活都很无趣。在干草棚中，脱粒机不停地轰鸣着，吐出麦粒。农妇们围在脱粒机旁边，热火朝天地工作着。她们有的用沾满尘土的头巾盖住眼睛，拿着耙子把麦粒耙到一起；有的哼着歌儿摇着风车。我就在她们的歌声的伴奏下，高兴地帮着她们做些力所能及的事情，不是摇风车，就是装麦子。于是，我跟这些农妇之间的关系越来越亲密。有一个看起来开朗大方，内心却十分犹豫的红发姑娘跟我说，她不害怕第二次婚姻。我想，如果我的生活中没有发生新的事件，我也说不好这件事的走向会如何。当时我并不知道，我的文章在彼得堡发行量最大的一份月刊上发表了，我的名字已经和一些著名的作家放在一起了。而且，我还收到了汇款通知单，足足有50卢布。这一切都让我激动不已，我跟自己说，我该告别这些麦子，重新开始创作了。于是，我马上备好了马，去城里把稿费取了回来。虽然取回来时天色已晚，田野里空荡荡的，让人觉得十分凄凉，可是我却满怀热情地驰骋在大道上。

11

　　四野阴沉，冷风扑面而来。可是，我却陶醉在这种深秋的凉气里，心情十分舒畅。我用鞭子抽打着卡巴尔金卡，好让它跑得快一点儿。对于我的马儿，我总是无情地鞭打它。此刻，它正在大路上疾驰。我也不知道自己是否曾经认真地思考过什么。其实，当一个人在生活中遭遇非常重要的事，需要立刻决断的时候，他会更乐意听从内心的安排。我记得，虽然我一路上都没有停止思考，但我也不知道自己到底思考了些什么。我想，可能是希望生活有所变化，渴望自由，向往未来吧。

　　我还记得，到达斯坦诺夫站的时候，我停留了一会儿。当时天色已经完全黑了，四周看起来更加阴沉和压抑。看来，不但这条路上，就算在周围几百俄里内也不会有人影。幽静、偏僻、荒凉……于是，我思考了一会儿，放下了缰绳。卡巴尔金卡停下了脚步，剧烈地抖动了一下，就再也不动了。此刻，我的腿已经冻僵了，我好不容易爬下了马鞍，机警地环顾四周。突然，斯坦诺夫站那些有关强盗的传说从我的脑海里跳了出来。我想，也许我今晚就会遇到其中一个，和他发生激烈的搏斗。我勒紧卡巴尔金卡的肚带，紧了紧外衣上的皮带，又把放在腰间的匕首挂好。凛冽的寒风肆意地吹在我的身上，掠过我的耳边，吹得旷野上那些枯萎的杂草作响，似乎有人在步履匆匆地走路。卡巴尔金卡全副武装，警惕性十足地站着，就好像它也听说过这里的坏名声。由于出汗，它的身体看起来黑乎乎的，胸部和腹部都瘦了，可是以我对它的了解，虽然它年纪大了，却很有耐力，稍事休息就可以重新上路。它对我一片赤诚，至死不渝。我伸出温暖的胳膊抱住它的脖子，在它汗涔涔的鼻头上亲了一下，然后又爬上马鞍，以更快的速度往前冲。

黑夜到来了，这是一个昏暗的、漆黑的、真正的秋夜。我能感到这里的漆黑、寒风和马蹄声。之后，我看到了远处的城市和郊区的灯火，那灯光离我越来越近，越来越清晰。很快，大道两旁就出现了木屋，里面透出了温暖的灯光，这对我来说诱惑力十足。透过窗户，我可以看到人们正坐在明亮的室内用餐。在那些明显能嗅到城市气息的地方，到处都能看到闪烁的灯光和明亮的窗户。这时候，卡巴尔金卡的蹄子已经踏上了城市的道路。城市里十分静谧，也非常暖和，比起旷野，这里的黑夜似乎来得更晚一些。我终于走进了纳扎罗夫客栈，从马鞍上跳下来后我就直接去吃饭了。

那一整个晚上，我心潮澎湃。并不是说，因为我的文章发表在了知名杂志上，我成了一个著名的作家，我就会这么激动，感觉自己走了大运。我只是觉得，这一切都是我应得的。虽然我真的很高兴，但是我还是能够平复自己的心情，让自己保持镇静的。我觉得，最让我快乐的就是这个秋天傍晚的城市，以及我走到纳扎罗夫客栈的大门口的情景。我刚一走到门前，就伸出手握住了门洞里那个生锈的铁环，用力地拉起来，随后院子里的铃铛就响了起来。然后，我就听到了跛脚的守门人走路的声音，他走在石板路上，那种脚步声非常奇特。很快，他就给我打开了大门。进入院子之后，我看到了很多马车，马儿们都在吃草，发出沙沙的咀嚼声，地上还有很多粪便。在前屋黑暗的角落里，藏着一座臭气熏天的厕所。我的脚已经冻麻了，所以我步履沉重地踏上已经腐朽了的木板台阶，走进了穿堂。然后，我的眼前赫然出现了一个明亮温暖的厨房，里面坐满了人，整个屋子都飘着一种腌牛肉的气味。几个农民正坐在这里大快朵颐。厨房的后面，有半间干净的屋子，里面悬挂着一盏明亮的灯，地上放着一张大圆桌。桌边围坐着各种各样的人，为首的是一个身材丰腴的老板娘，她长了一脸麻子，嘴唇细长；老板是个老头子，神情肃穆，看起来很不高兴，一副小市民做派，且他的骨骼粗大，有一头褐色的头发和一只尖尖的鼻子。此外，还有很多饱经沧桑的体力劳动者坐在那里，跟他们一起吃饭。他们都喝伏特加，还喝一个公用的大碗里的肉汤。汤的表面浮着一层油，还有月桂叶。唉，这样的生活真是惬意！在这个阴冷的夜晚，我独自穿越旷野，来到这个温暖的城市，看着眼前正在大吃大喝的人们，我联想到了古老落后的俄罗斯，她的粗野、力量和善于持家；我还想到了彼得堡、莫斯科以及别的作家笔下描绘出的童话世界。而且，我也有了一种喝伏特加、品尝城里美食的欲望，这一切真是惬意无比。

的确，我的肚子已经填得满满的了。人们吃饱喝足之后，就离开了圆桌，到客栈里随便找一个角落，倒头就睡，这里就成了夜间活动的小动物的田地。而我却一个人坐在台阶上，光着脑袋，想让这清凉的风把我凌乱的思绪清理一下。此刻夜已经深了，四周十分寂静，偶尔会从远处传来敲击声，或者从院子里传来马儿们咀嚼和打斗的声音。我一边聆听着这些，一边高兴地思索着什么。

这一晚上，我第一次想到，总有一天我会离开巴图林诺。

12

只有老板们可以睡在自己的卧室里，卧室里放着神龛，像极了一个小礼拜堂。神龛上方则燃着一盏深红色的神灯，让那里有一种坟墓的即视感。我和另外五个客人就住在吃饭的那个房间。有三个人垫着地板上的毛毡，席地而睡，而我和其他两个人就睡在那硬邦邦的沙发上。每当我点燃火柴的时候，就会吸引来很多臭虫。于是，这一夜它们都在不停地咬我。这里非常温暖，但是弥漫着一股臭气。在这片黑暗中，鼾声如雷，让人觉得白天似乎永远都不会光顾这里。而且，外面总是不间断地传来敲击声，就好像是从窗边发出的。老板那个卧室的门开着，那盏深红色的神灯直直地照着我，灯架的倒影犹如一只怪物。后来，我听到了主人起床的声音，我也一骨碌爬了起来。睡在地板上的人也哈欠连天地醒来，穿好鞋子。厨娘拎着一只煮开了的茶炊从他们的脚边经过，一不小心茶炊撞到了桌子上，散发出一股强烈的煤气味。由于茶炊不断地喷出蒸气，窗户都变成了白色。

一个小时之后，我就赶到邮局，站在了柜台前，拿到了我眼中那本世界上最美好的书，以及它带给我的稿费，这是我有生以来的第一笔稿费。这本书有着淡黄色的封面，装帧美观，页码也很多。我写下的那首诗，整齐地印在上面。乍一看，这首诗仿佛并不是我写的，而是一个真正的诗人写的。我拿到稿费之后，就按照父亲的吩咐，去见了一个粮食收购商，他叫伊万·安德烈耶维奇·巴拉文。我的任务就是把打出的粮食样品给他看，再跟他议定价钱，如果有可能，就跟他订立合同。在我从邮局前往巴拉文那里的路上，人们都怪异地看着我这个青年：戴着蓝色的帽子，穿着束腰上衣和皮靴，步履缓慢，有时候甚至止步不前，入迷地看着自己手里那本打开的书。

一开始，巴拉文对我的态度十分冷淡，不过，这种无缘无故的冷漠在俄国商人中非常常见。他存放粮食的仓库的大门正对着马路，是一个伙计领着我进入仓库的。走到一扇挂着红木的玻璃门前的时候，他胆怯地敲了敲门。

有人在门内不高兴地说："进来！"

我进门之后，一个看不出多大年纪的人接待了我。他穿着一身西服，长相帅气，细嫩的皮肤有些偏黄，白发都梳到后面，看起来十分整洁。他的两撇八字胡是淡黄色的，一双浅绿色的大眼睛目光灼灼。

他用很快的语速冷淡地问了一句："什么事？"

我把自己的姓名和来意都告诉他，并迅速拿出两袋小麦样品，放在了他面前的桌子上。

他随口说了一句"请坐"，连头都没抬就直接坐在了桌边，然后拿起一袋我放上去的样品，拿出一把麦种用手指头搓了搓，又闻了闻，用同样的方式又检查了另一袋。

他随意地问："一共有多少？"

"您问的是多少石？"我问。

"我当然不是问多少车皮。"他讥笑地说。

我的脸上迅速泛起了红晕，可是我还没来得及回答，他就说道：

"不过，这并不是最重要的。你应该也知道，现在的价格很低……"

他开出价格之后，跟我说明天就可以把粮食送过来。

我面红耳赤地说："我同意这个价钱，但是，您可以先付一点定金给我吗？"

他默默地掏出裤袋里的钱包，拿出一张100卢布的纸币递给我，然后又用熟练而精准的动作，把钱包放回了原处。

"您要不要收据？"我红着脸问，此时的我既兴奋又害羞。

"谢天谢地，亚历山大·谢尔盖耶维奇·阿尔谢尼耶夫德高望重。"他冷笑着说，然后告诉我，这笔生意就谈到这里。然后，他拿起桌上的一个银质烟盒，递到我面前。

"谢谢您，我不会抽烟。"我说。

他点燃了一支烟，又随口问我：

"您是不是在写诗？"

我惊异地看着他，但是他并没有等我回答。

"别奇怪，我也很喜欢写诗。"他冷笑着说，"毫不客气地说，我也是个诗人，还曾经出版过一本诗集。不过，现在我已经放弃了，我没有那么多时间，也没什么天赋。也许您已经听说了，我现在只写通讯，但是我对文学依然十分热爱，还订阅了许多报纸杂志。我想，那本知名杂志上刊登的是您的首部作品吧？祝您成功，而且我要建议您，千万不要轻视自己。"

这个意外转变的话题让我吃惊不已，我急忙问："您这话是什么意思？"

"我的意思是，您需要好好考虑一下未来。从事文学工作不但要有生活的本钱，还要有良好的文化修养，您是否具备这些呢？毫不客气地说，我以前也算聪明，而且视野也很开阔，可是我写的都是些什么东西？现在想起来我都惭愧不已。

> 我出生在一片偏僻的草原，
> 住着一间简陋的木板房，
> 没有漂亮的家具，
> 只有东倒西歪的高板床。

您知道我写的是什么东西吗？首先，这是虚构的，我并没有出生在草原上，而是出生在一个大城市里。其次，用高板床和漂亮的家具做对比是非常愚蠢的。最后，高板床不会摇晃。我对这一切心知肚明，可是我只能这样胡说八道，因为当时家里很穷，没钱供我读书，这也是没办法的事。"说完，他突然走到我身边，握着我的手，凝视着我的眼睛，"我就算是您的反面教材了，没有眼界，不会观察生活，随意地看些什么写些什么，并不会给您带来光明的前途。我觉得您满腹才华，能给人带来快乐……"

他又恢复了原本冷漠的神情。

"再见。"他随意地说道。这就等于给我下了逐客令。然后他坐回桌子前面说道："代我问候您的父亲……"

这更加坚定了我离开巴图林诺的决心。

13

不过，我这个计划并没有马上付诸行动。

我的生活还和往常一样平淡无奇。时光一天一天流逝，我看起来已经变成了一个地地道道的农村青年，习惯了这种毫无趣味的生活。每天，我都会在茶炊前和沙发上打发大把时光。不过后来，一件早晚都要发生的事情发生了。

我的邻居阿尔菲罗夫离世了，他无儿无女，庄园就废弃了，尼古拉哥哥就租了下来。那年冬天，他就离开我们，搬进了这个庄园。在他的女仆中，有一个叫冬妮卡的，她和一个马具匠结婚不久，但是由于生活贫困，她就离开了丈夫，又来服侍我的哥哥。

冬妮卡年方二十，平日里不怎么说话，大家给她起了一个"野寒鸦"的绰号。从外表看起来，她像个印度姑娘，皮肤黝黑，有一双褐色的小眼睛和一头整齐茂密的黑发。她身材矮小，但是非常强壮，四肢虽然不大，但是很有力气，而且非常灵活。总之，我在她身上发现了一种特殊的美。为了看到她，我几乎每天都要去哥哥家。看着她轻快的步子和无意间的一瞥，我的心里别提多高兴了，她的一切都在我心中激起了涟漪。一天，我在走道上和她偶遇了，就开玩笑地抓住她，把她按在墙上……她默默地转过了身，这件事就到此为止了，我们之间并没有任何恋爱的尝试。

冬天的一个黄昏，我闲来无事，在村子里逛来逛去，漫不经心地来到了阿尔菲罗夫的庄园。庄园的院子里还有很多积雪，我迈过雪堆，踏上台阶，走进了屋子里。在黑咕隆咚的前室里，炉火烧得正旺，冬妮卡正对着炉火坐着。她披头散发的，也没有穿鞋。在炉火的照耀下，我看到她优美的小腿油亮亮的，她似乎已经很困了。她拿着一个火钩，正在料理炭火。我敲了敲门走进去，她甚至没有转身。

"这里好黑啊，只有你一个人在吗？"我问。

她并不看我，只是懒洋洋地露出一个羞涩的笑容。

"看来您不知道。"她的笑容里带有一丝讽刺。

"我不知道什么？"

"得了，得了。"

"什么？"

"您不可能不知道，他们在哪里，什么时候去找您。"

"我出去散步了，没有遇到他们。"

"我们都知道您喜欢去哪儿。"

我低下头，看了看她赤裸的双脚和乌黑的头发，心脏怦怦地跳，却佯装是在欣赏炉火。突然，我抱住她，把她摁倒在地，寻觅着她那四处躲闪的嘴唇，感受那片火热……火锅咣当一声掉在地上，炉子里火星四溅。

我像个逃犯一样冲出房间，喘了一口气，四处张望，生怕有人回来，可是四周一片寂静，根本没有人。农村里的黑夜，总是伸手不见五指，好像从来没有发生过什么事，静得出奇。我环顾四周，又听了听动静，撒腿就跑，好像不知道自己的脚下还有土地。我心里有两种相互矛盾的情绪，一种是因为自己犯下了无可挽回的错误而觉得恐惧，另一种是因为自己获得了重大的胜利而欣喜若狂。

整晚我都心神不宁，被一种罪恶感折磨着，难以成眠。"一切都完蛋了，可是现在做什么都无法弥补。"

早上一觉醒来，我却开始用一种全新的眼光来看待这件事。我一睁开眼睛，脑海里就浮现出昨晚发生的事，可是那种罪恶感早已烟消云散，我又产生了去阿尔菲罗夫庄园的念头。"我该怎么办？应该不会有事，反正不会有第三个人知道。" 我觉得一切都恰如从前，似乎还更加美了。外面有我喜欢的白雪，炉子早就生好了，屋子里暖烘烘的。那件事也没什么值得大惊小怪的，我都17岁了，我体会到了作为男人的胜利感。我昨天居然会感到恐惧和罪恶，真是好笑。一切都是那么妙不可言，也许同样的事情今天还会上演。我是如此爱她，将来也会爱她。

14

从那天开始，我就陷入了噩梦。

我觉得自己患了癫狂症，灵魂和肉体都深受折磨。我的生活里只有对激情的渴望和无限的忌妒。特别是冬妮卡的丈夫来到庄园，带着她出去过夜的时候，我更是忌妒得发狂。

她爱我吗？我想一开始是的。虽然她没有明说，但是她表现得十分明显。就算在哥哥嫂子面前，她也总会不停地偷瞄我。后来，她对我的爱出现了转变，不但对我冷若冰霜，还非常仇恨我。有时候我也会心生恨意，可是我一想到她那软糯的嘴唇、瓜子脸和诱人的小眼睛，我就恨不起来了。我屈服了。只要她对我一如从前，对我温柔以待，我就会欣喜若狂，甘愿听她差遣。

我想尽一切办法恢复之前的那种生活，可是我如今已经变成了一具行尸走肉。

不经意间，冬已去春又来，可是我并没有察觉到，只是埋头苦学英语。

上帝突然拯救了我。

一个阳光明媚的春天，我拿着一本英语书，坐在自己房间的窗户旁。在隔壁的阳台上，母亲和嫂子正在说话。我一边呆呆地看着书，一边心不在焉地听她们说话，满脑子想的都是冬妮卡。我想，哥哥嫂子来到了这里，那现在就冬妮卡一个人在家。想到这里，我恨不得立刻冲到阿尔菲罗夫的庄园，哪怕只能待一小会儿也是好的。可是当我意识到自己已经堕落到这种田地，我又觉得十分难过，开始顾影自怜，一时间竟觉得死才是最大的幸福。窗外阳光明媚，彩蝶纷飞，偶尔会飘过一朵白云，把太阳遮住。慢慢地，天色变得暗沉起来，天空变得越来越高，越来越远，还响起了轰隆隆的雷声。我听到这越来越响的雷声，感觉十分愉快。我拿起笔，一边想着死亡，一边在书上写下了：

在苍穹之上，
在云彩和蓊郁的树木之间，
天空苍茫遥远，十分可爱，
一片淡蓝，宛如美丽的天堂。

云朵越来越亮，

积雪隐藏在森林后面，宛如层峦叠嶂，

蜜蜂在花蕊上发呆，

春天之神击打出庄严的雷声，

将来的我又会去往何方？

这时候，尼古拉哥哥来到我的窗口，用和往日不同的极为严厉的口吻说："你在家？过来一下，我有话要跟你说。"

我感觉自己的脸色煞白，但是还是站起来，跳出了窗户。

"什么事？"虽然我的心怦怦直跳，但我还是强装镇定。

他干巴巴地说："陪我出去走一走。"说完，他就率先朝着池塘走去，"但是，听完我的话，你要保持冷静……"

然后他就停了下来，转过身来对着我：

"你要知道，有些事情是瞒不住的。"

"什么事？"我吃力地问。

"你应该知道是什么事。我得告诉你，我今天早上把她解雇了，否则这件事最后可能以杀人案收场。昨天他来跟我说：'我早就知道了一切，现在就让冬妮卡走吧，否则一定会出大事的。'当时他脸色苍白，连话都说不利落了。我劝你还是早一点儿清醒过来，别再想着去见她了。这对你没什么好处，而且他们已经走了，去了里夫内。"

我一言不发，来到了池塘边，在草地上坐下，看着新发出的柳枝垂在像明镜一样的湖面上。又是一阵雷声，大颗的雨水落在草地上，发出沙沙的响声，随之升起了一股青草的香味。雨滴如同水晶一样，在云层下面一闪一闪的。白云慵懒地从我的头顶飘过，雨水击打着水面，泛起阵阵波纹。

第四部

1

我在巴图林诺的生活包括我曾经的家庭生活，全部终结了。

我们大家都心知肚明，原本的一切即将终结。父亲对母亲说："亲爱的，我们的家就快支离破碎了。"事实上，尼古拉早已离开了家，格奥尔基被"监控"的期限已满，他也有离家的打算。现在只剩下我一个，但是接下来就该轮到我了。

2

又一个春天到来了。不过，这对我来说是一个焕然一新的春天，很多事情的开端都和我见过的截然不同。

每一次病后复原，都会迎来一个非常特别的早晨。当你从睡梦中醒来，感觉一切都和往常一样，虽然会和患病之前有些许不同，可是你却有了经验，长了智慧。有一天清晨，我就是这样从睡梦中醒来，感觉自己浑身上下充满了活力。阳光穿过窗户上的玻璃，被折射成了五光十色的光斑，铺满了地板。我从床上下来，打开窗户，感觉夏天的气息扑面而来。花园中不但有清新的空气，还有花草的香气和昆虫的鸣叫。我梳洗干净，穿好衣服，对着屋里的神像祷告。这些神像历史悠久，是祖上传下来的。它们总是给我希望，让我对世俗俯首帖耳。这时候，我听到阳台上传来了尼古拉哥哥的说话声：

"这还考虑什么？他得去工作，我觉得格奥尔基安顿下来之后，也会给他寻一个去处的。"

时间过得真快啊！每当我追忆起和他们之间的感情，就觉得十分亲切。我经常会怀着这样的感情来记录下他们，并莫名其妙地想要把一个遥远的年轻形象再现出来。他就像我虚拟出来的一个弟弟，追随着我一起从那个遥远的时代消失。

我们经常会遇到这样的情况：在别人家看到一本影集，那些在褪了色的相片上凝视你的人，会让你产生一些奇怪的、复杂的感觉。一开始，你会感觉自己距离他们很遥远，因为不同时期的人之间总会有一种陌生感。然后从这种感情中，你又会对他们和他们所处的时代产生一种新的情绪。这些都是什么人？这些都是曾经于某个时代在某个地方生活过的人，各人有各人的命运。在照片上，每个人都有自己的特点：服装、饰品都各不相同。瞧，这里有一位赫尔岑时代的贵族，他的头发微微卷曲，蓄着络腮胡，他穿着一件宽大的礼服，手中拿着一顶礼帽。还有一位漂亮的女士，她满面愁容，梳着高高的发髻，戴着一顶非常奇特的帽子。她的耳环长长的，衣服是绸缎的，紧绷着她的胸脯和蜂腰……还有一位17岁的年轻人，眼神里透出慵懒和神秘。他长着一张鹅蛋脸，上面布满了汗毛；他的头发很长，全是波纹；他个子很高，身材瘦削，穿着一件整洁的衬衫，衣领敞开着……这些人物和他们的生活与年代，都算得上是奇谈。

如今我追忆往事，也觉得时光飞逝，当时的一切就好像一个故事，甚至对它的真实性产生了怀疑，当然，那些都是真实发生的。年轻的威廉二世、大将军布朗热和曾经执掌俄罗斯的亚历山大三世，都活生生地存在过。虽然如今俄罗斯已经老气横秋，但是它也曾经富有朝气。而曾经也真的有一个面色绯红、有一双淡蓝色眼眸的人对英语产生了莫名的兴趣，对未来充满了向往。

3

夏初的一天，我在村里游荡，遇到了冬妮卡的嫂子。她停下脚步，对我说：

"有一个人问候您……"

听到这句话，我欣喜若狂，立刻回到家里，牵出卡巴尔金卡，骑着它到处闲逛。我记得，我当时去了马林诺沃，还去了李文斯克大道。此时正是初夏的傍晚，景色迷人。我站在路边思索了一会儿：我还可以去哪儿呢？然后我就跨过大道，继续往前走。然后，我就来到了一片树林，这里草木茂盛，空气新鲜，远处还有一只布谷鸟在鸣叫着，声音十分从容，却十分顽强，似乎在倾诉自己的孤独和无家可归。我伴着它的叫声前行，感觉这叫声忽近忽远，有时悲伤有时古怪，回荡在这昏黄的树林中。这是在预言我的未来吗？我还有多少东西无法理解？生活、爱情、分别、回忆，都是些什么？布谷鸟不停地鸣叫着，似乎在给我预言千百年之后的事情。可是在这千百年里，又蕴藏着什么？我感觉神秘、漠然和恐怖将我团团包围。我看着卡巴尔金卡，看着它高昂的马头，看着它脖子上的鬃毛随着它前行的节拍不停地摇晃着。在过去的那段像童话一样的岁月里，它还曾经发出了很有预见性的鸣叫声。可是，它终生只能与沉默相伴，就像我一样。我是个活人，有思想、有情感，却也只能与沉默相伴。还有更可怕的，就是那难以预料的可能性：它会突然打破这种沉默……布谷鸟还在不停地鸣叫着，似乎不知道疲倦为何物。它就像在念咒语，想要寻找一个窝巢，却最终徒劳无功。

夏天我进了城，去季赫文斯克去赶集，又遇到了巴拉文。他正和一个投机商并排走着。他打扮得十分体面，拿着亮闪闪的手杖。而那个投机商却破衣烂衫，一边在他身后亦步亦趋，一边不停地说话，时不时还用诧异的眼神看一看他。可是巴拉文神情冷漠，根本就不看他，也不听他说话，只顾着大步向前。最后，他甩下了一句"全是废话"就不再理他，来到了我身边。他握着我的手，提议我们"一起去喝杯茶，聊聊天"，好像我们并不是两年前见的面，而是昨天刚刚见过。到了茶室之后，他笑着对我说："您最近怎么样？有什么成就？"然后，他又说起了我家的窘况——我也不知道他从什么渠道打听到的，似乎比我都清楚。然后，他又分析了我的未来。跟他分开之后，我心里十分烦闷，只想迅速回到家里。但是天色已晚，集市上也没有人了。急着回家的马车一路疾驰，激起了团团烟雾。我也乘坐马车赶往车站，准备乘坐晚班车回家。在路上，我的耳边总是萦绕着巴拉文的话，感觉十分悲观。他说："我也不知道你会有什么出路。一般来说，您的祖先遇到这种情况，就会去高加索参军，或者到外事机构报名，寻个一官半职。可是您呢？您能去什么地方，或者报什么名呢？我觉得，您去参军的可能性不大，因为您志不在此。正如卦书所说，您志向高远。在我看来，巴图林诺只有一条出路，就是在别人把它拍卖之前，抢先卖出去。这样，您的父亲好赖还能落下几个钱。可是您的话，就得好好想一想了。""可是我能想出什么来呢？"我扪心自问，"难道让我去求他？"

　　之前我一直在翻译《哈姆雷特》，这次见了巴拉文之后，我热情大减，翻译工作也停滞不前。我是为了自己，才想要把它翻译成散文的。其实我并不是特别喜欢，只不过是我当时想要开始工作，就顺手把它拿了过来。我着手翻译之后，很快就被它吸引了，它的难度让我兴趣大增。当时，我就梦想能够成为一个翻译家，因为做这份工作不但可以给我带来艺术享受，还可以给我带来钱财，让我安身立命。现在我才明白，这些梦想并不可靠。而且我还明白，随着时光的流逝，巴拉文在我身上激起的那些"幻想"，如今依然停留在"幻想"阶段。虽然我并不是很在意我家目前的窘境，但是我很在意我的"幻想"。说到底，我的"幻想"是什么呢？比如，巴拉文说我的祖先们都去高加索参军了，我由此想到，如果我可以得到祖先们那样的地位，我甘愿献出我这一生……在集市上，我让一个茨冈女人为我算命。其实她们玩的都是一些老把戏，可是当她用黑黢黢的手用力地握住我的手的时候，我却产生了很多感慨，并在日后多次想起她。她穿着一身破衣，头发十分油腻，双腿不停地抖动着，满嘴胡诌。看到这一切，我十分苦恼，但是让我更加苦恼的是她身上散发的如同古董一般的味道，以及她提到的我的祖先。我想，他们一定也曾找过茨冈女人算过命。也许，这就是我和他们之间那种暗藏的联系。因为，如果我们面前的这个世界是焕然一新的，和过去没有任何联系，我们对它的爱还会这么深吗？

4

　　那段时间，我过得十分焦躁，十分迷茫，我总是问自己：在我眼前这个神秘莫测的大千世界中，我在巴图林诺过的是怎样的一种生活？我看到，每个人的生活都是日与夜、工作和休息、相见与闲谈，或快乐或烦恼。就算偶尔发生的一些大事件，也只是不同的相貌、景物和记忆的胡乱堆积，最终给我们留下的印象微乎其微。我们的生活只是一些不连贯的思想和感情的流淌，片刻都不停歇，让我们根本不得安宁。我们的生活中只有对昔日的杂乱回忆和对未来的隐约推测。此外，还有一些无法看到和触摸到，也无法表达出来的东西，在向我们揭露生活的真正含义。因此，生活只是一种永恒的等待，一种对十全十美的幸福的等待，更是对生活真谛的等待。"正如卦书所说，您志向高远。"是的，我之所以对生活充满向往，也许就是为了追求这个真正的含义。

5

　　在一个阳光明媚、寒冷的十月天，我的哥哥格奥尔基去了哈尔科夫。当年他被押送到监狱的时候，也是这样一个日子。在送他去往车站的路上，我们满怀热情地谈起了未来，以驱散别离的伤感和对时光的无奈。这是在每一个离别的场景中都会出现的谈话，作为对昔日生活的终结。"上帝保佑，一切都会好的。"哥哥说，他不愿意让自己伤心，不愿意放弃对美好未来的憧憬。"我先去熟悉一下环境，等我赚到钱，就会立刻给你写信，把你叫过去。至于情况如何，到时候再看吧。你要不要来支烟？"他一边说，一边兴致勃勃地看着我笨拙地点燃了此生的第一支香烟。

　　在我独自回家的路上，我的心情十分沮丧。我们一直以来都暗中担忧的事情真的发生了，我简直难以相信，此刻哥哥已经走了，只剩下我一个人。然而，等待我的还有更大的不幸。那天我回家的时候，太阳已经落山了。我一路疾驰，没有让卡巴尔金卡休息，回家后也没有好好照顾它。它浑身汗淋淋的，没有穿马衣，在寒风中站了一夜。第二天一早，它就倒地身亡了。中午的时候，我来到了花园后面的草坪上，卡巴尔金卡的尸体已经被人拖到了那里。四周空旷寂静，如同一座坟墓一般。此时的卡巴尔金卡已经成了一具尸体，姿势非常难看。饥肠辘辘的野狗一拥而上，扯破它的肚皮，一大群贪婪的乌鸦也在旁边等待着时机……吃完早饭后，我坐在房间的沙发上。窗外，秋天的天空一片蔚蓝，老树的叶子落光了，变得光秃秃的。这时候，我听到了一阵匆忙的脚步声——是父亲来了，他手里拿着的是他极为珍重的比利时双管枪。我知道，家里就只有这么一件值钱的东西了。

　　他毅然决然地把枪放在了我身边，对我说："我已经把能送给你的都给你了，你不要嫌它不好。我想，它也许可以给你带来一丝安慰。"

　　我从沙发上站起来，握住了他的手，可我还没来得及在他手上落下一个吻，他就缩回了手，还笨拙地弯下腰，在我的额角落下了一个吻。

　　他竭力像往常一样提起精神说话："你也不要太伤心，我说的不是马，而是你。我也考虑过你，为你操了最多的心。我对不住你们，让你们兄弟几个都要自力更生。可是不管怎么说，他们都有点儿什么。尼古拉有一些产业，格奥尔基一些文化。可你除了一颗好心，还有什么呢？可是他们也不怎么样，尼古拉就是个再平凡不过的人，格奥尔基总也无法从大学毕业。而你……更糟糕的是，你跟我们在一起的日子也不会太长了，也许只有上帝才知道你的前路如何。可是你要记住我的话：悲伤才是最可怜的。"

6

那年秋天，我家里一直都是十分冷清的模样。此前，我从来没有感到对父母有这样的温情。而且，我还在这时候跟妹妹奥丽娅建立起了一种新的关系，有了她，我的孤独感就减轻了很多。我们一起散步，一起聊天，一起畅想未来。我发现，她比我想象中要成熟多了。慢慢地，我们的关系也亲密起来，这让我惊喜地回想起我们小时候的亲密无间。

在谈到我的时候，父亲说："也许只有上帝才知道你的前路如何。"我的妹妹相貌出众，又这么年轻，那她的前路又会如何？

不过，当时我考虑最多的还是我自己。

7

我放弃了工作，醉心于去别人家串门和打猎。有时候我会和尼古拉哥哥一起去打猎，有时候我会独自前往。现在，卡巴尔金卡这匹快马已经死了，我们只剩下了两条猎狗。此时，围猎在县城的某些地方还存在着，于是，我们就会到距离庄园很远的猎场，长时间地追逐狼和狐狸。不过，我们最喜欢打的还是野兔。可以说，就是为了追捕灰兔，我们才会在秋天的田野和空气里东奔西跑。

11月末的一个早晨，我草草地吃了几个热乎乎的马铃薯填饱肚子后就骑着一匹老骟马，背上猎枪，带着两条狗朝着叶菲列莫夫附近出发了。由于哥哥忙着处理庄园里的事务，我只好一个人去。那天天气不错，非常温暖，但是并不是个打猎的好天气。因为当时已经是深秋，田野里一片死寂，目之所及，都是一些残留下来的东西。而且由于刚刚下过大雨，所以到处都十分泥泞，寸步难行。我没有办法，只好带着猎狗艰难地行走在田埂上，很快我就放弃了打猎的想法，可是我那两条狗却非常固执，一个劲地往前跑。它们很明白，在这样的田野里是不可能捕获猎物的。只有当我们走进满是落叶的小树林，或红叶纷飞的橡树林，或经过山谷和山丘的时候，才会提起精神。虽然这里阳光明媚，却毫无生机，有的只有荒凉和寂静。那田间的小路，火一样的灌木丛，以及远方那桦树和杨树混合生长的灰色的树林，都是那样低矮，一目了然。

　　走到洛巴诺沃的时候，我就掉头返回，经过施坡沃，来到克罗普托卡，这里是莱蒙托夫祖上传下来的遗产的所在地。我到了一个熟悉的农民家，和他一起坐到他家的台阶前，一边休息一边喝克瓦斯。我们的眼前是一个牧场，牧场后面是一个庄园，早已荒无人烟。这个庄园里的那些小小的房屋早已破败不堪，后来还有一些黑压压的树枝，唯一能看得过眼的，也就是那个庄园里的花园了。我坐在那里边看边想："莱蒙托夫就是在这座庄园里度过了童年，他的父亲就是在这座庄园里度过了一生吗？"

　　"我听说，这座庄园已经被拍卖了，买主是叶尔菲莫夫的卡缅涅夫。"农夫眯缝着眼看着眼前的庄园，说出了这番话。

　　然后，他把眼睛眯得更小，对我说：

　　"您那里怎么样？还没有拍卖吗？"

"这些事都归我父亲打理。"我搪塞道。

农夫匆忙说："当然。我是说，如今很多庄园都免不了被拍卖的命运。老爷们的日子不好过。农夫们是越来越懒了，只干自己家的活，农忙时更是会要高得离谱的工钱，还要求预付。可是老爷们拿什么付呢？自己的日子还捉襟见肘呢！"

从克罗普托卡离开之后，我就打算去瓦西里耶夫村，到皮萨列夫家过夜。但是我一边走，一边想着我们这时有多么穷。目光所及之处，全都是衰败和荒凉。我走上了一条大道，看到它如今的凄凉，我忍不住大吃一惊。我走过一些乡间小道，经过一些庄园和农田，只看到处处都十分肮脏和萧条。我无法理解，人们去了哪里？他们是怎么打发这无聊的秋天的？莫非就待在那家徒四壁的家里？然后我又想到了自己过的毫无意义的生活。我又想起了莱蒙托夫，他曾经生活的那座位于克罗普托卡的庄园早就被人们忘得一干二净了。我看着它，总是生出很多愁绪。他的童年就是在这里度过的，一开始，他也跟我一样满怀不安，而他最开始的诗作，也和我的诗作一样苍白无力……后来，他创作出了一系列力作，如《恶魔》《童僧》《塔曼》《帆》《一片橡叶从本枝上落下……》，但是它们跟克罗普托卡毫无关联。我在思索：莱蒙托夫究竟是怎样的一个人？一开始，我只读了他的两本诗集，看了他的肖像，看到他透出坚毅的亮闪闪的黑眼睛，他那张青涩的面孔很有个性。后来我又读了他的很多诗，并从中窥探到了他的生活：卡兹别克的雪峰，达里雅尔的峡谷，还有那个我不知道名字的阳光明媚的格鲁吉亚山谷。在那里，"阿拉瓜和库拉河的波浪汹涌澎湃，如同姐妹两个紧紧抱在一起"。我还看到了塔曼那阴云密布的夜晚和茅草屋；我还看到烟雾缭绕的大海上有一艘小小的船，它泛着白光；我还看到像童话一样的黑海之滨，一棵幼小的绿色植物正在努力地生长着……这是怎样的生活，怎样的命运？虽然他生命的乐章只演奏到27岁就戛然而止，可是他的人生却十分美妙，丰富多彩。这种生活一直延续到那个黄昏，在马舒克山麓下的一条人迹罕至的大道上，他被马尔泰诺夫的旧手枪击中，轰然倒地。当我想象完这一切，我那颗敏感的心觉得兴奋无比，我大声对自己说："巴图林诺，我已经受够你了！"

8

我回家之后的第二天，心思还是被这件事情牢牢占据着。

晚上，我一个人坐在房间里，一边想，一边重新看起了《战争与和平》。这一天天气突然起了变化，夜里突然刮起了大风，感觉冷极了。当时已是夜深人静，光线也不明亮。于是我生起了炉子，很快火焰就熊熊燃烧起来。花园里，狂风肆虐，连房屋和窗户都被撞得发出声响。风越来越大，火越来越旺。我手里拿着书，脑子里却是在想自己的心事。今夜如此寒冷，我却如此忧郁，只有炉火和暴风相伴。不一会儿，我就站起来穿好衣服，走出了房间，来到了门口那已经被冻结的草坪上，不停地走来走去。此刻，月亮发出的惨淡的光辉笼罩在大地上，让人忍不住想起那令人难受的奥西昂之夜①。寒风呼啸着在树木之间乱窜，北方的乌云也赶来凑热闹。这种乌云不同于我们这里的乌云，倒像是大海上那种预兆着凶险的云彩。我还在来回踱步，有时顺着风走，有时逆着风走，感受它带来的清新和力量。我也没有停止思考，我的思想总是非常天真，非常

①见莱蒙托夫《奥西昂的坟墓》一诗。——译者注

混乱。当时，我是这么想的：

"这是我有生以来读过的最好的作品。可是托尔斯泰的《哥萨克》呢？普希金的《阿尔捷鲁姆之游》呢？托尔斯泰、普希金、莱蒙托夫，他们是多么幸福的人啊！

"听说昨天有个人和托尔斯泰的家人一起路过我们这里，去旷野里打猎。这是多么奇妙的事情，我居然成了和托尔斯泰同一时代的人，还成了他的邻居！可是，这也没有什么。就算我和普希金成了同时代的人，跟他比邻而居，又能怎么样？这一切都是他的。不管是罗斯托夫、皮耶尔、奥斯特里茨战场，还是那行将就木的安德烈公爵①所说的，'生活里只有我理解的东西和虽然我不理解但是十分重要的伟大的东西'。或者像皮耶尔在梦中听到别人说的，'生活就是爱，爱生活就是爱上帝'。我也时常听到与此类似的话，所以我要热爱生活，甚至要热爱如此疯狂的一个夜晚。我要有更开阔的见识，我要热爱这世界上的一切。无论如何，我都要离开这里。"

惨白的月亮和天空变得越来越模糊，看起来很不吉利。远道而来的乌云吞没了一切，从北方到来的狂风夹带着大雪，而我还是在踱着步，思考着：

"是的，我要告别这样的生活。就算我拥有更多的巴图林诺，我也要告别这样的生活。托尔斯泰年轻时，一门心思追求自身的财富和美好的生活，后来他开始'为人民服务''偿还自己欠人民的'，但是，我从来不欠人民，也不会认为自己欠人民的。面对人民，我问心无愧，也不会为了人民的利益牺牲自己，我不愿意为人民服务，更不会像父亲说的那样，参与到任何党争里。无论如何，

---

①罗斯托夫、皮耶尔和安德烈公爵都是《战争与和平》里的人物。——译者注

我必须拿定主意了。"

我想了半天，都没有想好自己究竟要拿定什么主意，于是我回到屋里，开始胡思乱想。当时炉火已经熄灭了，灯油也烧干了，屋子里一股煤油味，光线十分暗淡。我坐到写字台前，就着这微弱的灯光给格奥尔基哥哥写信，跟他说我最近就会去奥勒尔的《呼声报》谋求职位。

9

这封信决定了我的命运。

当然，我真的去了，但是并没有马上出发，因为我需要先准备一些路费，不过结果是一样的，我去了。

那一天，天寒地冻，大雪纷飞，我在家里吃完了最后一顿早餐。然后，我听到窗外传来了沙哑的铃铛声，这是拉雪橇的马发出的。嘀，我居然选在这样一个日子启程。我披上父亲的貂皮大衣，在全家人的注视下坐上了雪橇。这样的场景如此古老，对我来说又是如此新鲜。这场洁白的雪也给我带来了很大的震撼。

之后，我就像在做梦一样：在一个洁白的冰雪王国中，前方有一条漫长的、寂静无言的道路，一乘雪橇顶风冒雪地前行。在这个冰雪王国中，没有天，没有地，只有纷飞的雪花，以及冬季旅程中独特的气息：马的臭味、潮湿的貂毛味以及抽烟时硫黄火柴和烟叶混合的味道……走着走着，这个世界里突然出现了电线杆和防雪栅栏，看来，我们已经离开了草原生活，来到了让俄国人兴奋无比的铁路。

火车到站之后，我就把父亲的貂皮大衣脱下来，交给了仆人，让他把大衣和我的问候一起带给家人。然后，我就进入了一节人满为患的三等车厢，此刻，我的感觉是不知何时才能再回来。我惊讶地发现，车厢里的气氛十分冷漠。有的乘客在漠然地吃东西、喝茶，有的已经沉沉睡去，还有的为了打发时间，不停地往燃烧得很旺的铁炉里加柴火，让本来就已经很热的车厢更加燥热。我一动不动地坐着，闻着白桦木和生铁的味道，任凭热浪侵袭。窗外，鹅毛大雪还在不停地飞舞着，让人有种已经到了黄昏的错觉。

我步入车厢时的心情是对的：后来，我确实迎来了很多不平凡的旅程。我四处漂泊，没着没落，要么极度幸福，要么极度痛苦，但是都非常适合我。

10

刚离开家的时候，我对家里的一切都非常眷恋，充满了离愁别绪。我好像看到了那个已经没有了我的家，我的房间，我用过的物品，它们寂寥地躺在那里，保留着那个再也无法回来的东西——以前的我。可是，这种离愁别绪中还暗含着喜悦，因为曾经停留在我幻想中的自由如今已经变成了现实。我已经确定了前进的方向，并迈出了第一步（而且未来充满了不确定性，这对我更有诱惑力）。这种喜悦随着我到达一个又一个的站点而增长。在我还没有完全告别过去，就要去往远方（一个可爱的、未知的地方）的时候，在我面前出现了一个越来越有趣却还没有确定下来的东西的时候，原本的感情就变淡了。这时候，我已经融入了车厢里的旅客中，试图了解他们，揣测他们，还能分出阿斯莫洛夫烟叶和马合烟叶的气味，分出一个女人抱着的包袱和一个军人手边的箱子的不同，这个箱子就放在我对面，上面有橡树花纹。现在我发觉，车厢里弥漫着的各种烟叶的气味不但不刺鼻，反而让人感觉非常温暖。窗外的电线起起伏伏，宛如波浪。突然，我有了一种去外面感受一下风雪的冲动，于是，我晃晃悠悠地来到了车门前。寒冷的风雪已经侵袭了过道。此刻，大地被厚厚的冰雪覆盖着，根本看不出田野在哪里。慢慢地，雪小了，天也明亮了。火车即将驶入一个车站，并做短暂的停留。这个小站十分僻静，入耳的只有机车的咝咝声。可是这一切——火车、站台、铁轨，以及到铁轨上寻找食物的母鸡，都有一种难以言说的美。谁也不知道这只母鸡为何要在这里度过一生，它对你来自哪里，去往何处，有什么想法和感情，全都不感兴趣，纵然你的想法和感情十分伟大，含有崇高的快乐，或者和一些微末的事情有关……

临近黄昏的时候，火车即将驶入第一个大站。在过道待的时间长了，我感觉浑身上下都很冷。直到那让人不快的黄昏来临，我才看到前方无数的建筑上的灯火和人头攒动的站台。不难想象，我是怎么冲到那明亮的、香气扑鼻的小饭店大快朵颐的。

事情的发展有些出乎我的意料：填饱肚子之后，我就回到了车厢，坐在窗边抽烟。火车继续前行，角落里的一只路灯正在发光发热。我坐在这个暗淡的、烟雾腾腾的车厢里，思考着。不管有多么奇怪，很快我就会抵达目的地，但是我根本不知道奥勒尔是怎样的。我从地图上看到，它是一个非常大的中转站，向北可以到达莫斯科和彼得堡，向南可以到达库尔斯克和哈尔科夫，而且从这里可以直接到达我的父亲曾经度过青年时代的塞瓦斯托波尔。我忽然对自己说，我是否真的要去《呼声报》谋求职位？没错，那里的编辑部和印刷厂对我有很大的吸引力，那库尔斯克、哈尔科夫、塞瓦斯托波尔呢……"不，都是胡扯！"我对自己说，"我只是顺便到奥勒尔来了解一下，得到大家的建议之后，我就跟他们说，我要考虑一下，跟哥哥见一见，我只是路过这里，我还要去哈尔科夫。"

但实际上，我根本没有路过这。事情比我预想的稍微好一些：我到达奥勒尔的时候，火车晚点了，这时候开往哈尔科夫的火车也轰隆隆地驶入了车站。这是一趟快车，非常豪华，只有两种车厢：头等和二等。所有的车厢都挂着毛呢窗帘，灯上套着丝绸灯罩，发出恰到好处的光线。车厢里温暖舒适，非常豪华。我想，能在这个车厢里过夜（还是在去往南方的路上），真是幸福极了。

11

在哈尔科夫，我遇到了一个不同于以往的、全新的世界。

和我的家乡相比，这里的光线更充足，空气更柔和。要知道，我有一个特点，就是对于光和空气，哪怕是一点儿细枝末节的区别，都十分敏感。从车站出来之后，我就坐上了一种专门载客的小雪橇，它由双套马拉着，还挂着铃铛。车夫们都温文尔雅，以"您"称呼对方。我抬头四顾，发现这里的一切都和我的家乡截然不同，这里的一切都像春天一样柔和，虽然雪也是白的，但是又不同于我们那里的白。虽然耀眼，但是不刺眼，让人很舒服，想永远留在这里。虽然此时没有太阳，但是光线充足，比正常的12月该有的光线充足多了。而且，似乎有一种温暖自云间洒落到人们身上，就算闭上眼睛，也能抱有希望。在这样的阳光和空气下，马车夫的一举一动，双套马车的铃铛声，都让人从心里觉得舒服。而且，从车站传出的煤炭气味，广场上叫卖面包和瓜子的声音，以及卖油脂的妇女的叫卖声，都显得那么柔和。广场外矗立着一排白杨树，虽然叶子都落光了，却也是南方的小俄罗斯的模样。街道上的积雪已经开始消融，看来，春天已经不远了。

这一切比起我日后的所见所闻，似乎不值一提，但我还是把它当成一段宝贵的经历。有生以来，我还是第一次在一天之内产生这么多新奇的感受，认识这么多新鲜的事物。通常你到达一个新地方的第一天，就会有这种感受。你会有很多奇遇，产生很多感想。当天的我就是如此。

哥哥见我来了，显得又惊又喜。我们就这么默默地打量着对方。我发现，他来到哈尔科夫之后，和在巴图林诺的时候好像变了一个人，完全不同了。虽然我们见面都很高兴，但是我感觉他对我不如以前亲切了。看起来，他在哈尔科夫的生活非常奇怪。虽然在父亲嘴里，他"总也无法从大学毕业"，可说到底他还是姓阿尔谢尼耶夫。我是在哪里找到他的呢？在一条直通山脚的狭窄的小街上，有一个用石头堆砌的院子，它脏兮兮的，里面满是煤炭，还弥漫着一股犹太人的饭菜味。在一间狭小的斗室里，住着大裁缝布留姆金一家。说真的，虽然眼前的一切对我来说都十分新奇，但我还是难掩惊讶。

哥哥先是热烈地亲吻了我一番，然后对我说："太棒了，你居然能在周日来见我。不过，你来做什么呢？"我很熟悉他的这种口气，他在家里的时候就经常用，含有一丝嘲弄，虽然他此刻有些刻意。

我结结巴巴地说："其实我也不知道为什么……"其实，我之所以这样犹豫不决，就是想最后和他好好商量一下，我到底该怎么办。但是我还没有想好该怎么说，哥哥就不耐烦地开口了："我们得好好考虑。"然后，他就催我洗漱更衣，说要带我去一个叫李索夫斯基的波兰人开的餐馆吃饭。他告诉我，平日里他在地方自治会统计科的同事们就经常去那里吃饭。然后，我们就一起穿过大街小巷，有一搭没一搭地闲聊着。同时，穿上城市衣装的我深感不安，眼睛四处乱转，看着这些在我看来豪华无比的街道，看着我周围的情景：午后的阳光明媚，积雪开始融化，苏姆斯基大街的白杨高耸入云，天上的白云十分圆润，如同狡猾的鱼儿一样游弋在蓝天中，天幕好像一缕轻烟……

　　李索夫斯基先生的小餐馆位于地下，看起来非常有趣。柜台上放着一些可口的冷盘，价格非常便宜。店里还有一种酥皮肉包子，像炭火一样烫手，非常辣，只卖两戈比一个，口感非常棒。于是，我迅速喜欢上了这个地方。我和哥哥坐在一张单独的大桌子上，不一会儿就有一些人聚拢过来，跟我们坐在一起。我贪婪地看着他们，觉得他们非常奇怪，因为早在巴图林诺的时候，哥哥就曾经向我提起过他们。哥哥急忙把我介绍给他们，我发现他很高兴，还有点儿自豪。可是过了没多久，我就觉得晕乎乎的，首先是因为我并不习惯这种交际场合，其次是因为这个小餐馆里的客人实在是太多了。它的窗户只有一半露出街面，像春天一样的阳光从上面倾泻而下，还能看到匆匆路过的人的脚。看到这各种各样的脚，让人忍不住会去想象它的主人的样子、从事的职业。另外，让我头晕的另一个原因就是那碗冒着热气的红菜汤和我们在桌上的谈话。我并不知道他们在谈什么，只觉得他们兴味十足。他们一谈到那个著名的统计员安年斯基，就纷纷竖起大拇指。他们还谈到了伏尔加河的省长，说他残忍地鞭笞饥饿的农民，好让他们不向别人宣扬自己有多么饥饿。他们还谈到了即将在俄罗斯召开的皮罗果夫代表大会[1]，认

────────────

①全俄性的医师代表大会。——译者注

为它意义重大。无疑，我和在这个餐馆里吃饭的人们存在很大的不同。我正值大好年华，富有朝气，像农村人一样，皮肤晒得黝黑。我身体强健，性格敦厚，听人讲话和看东西都是认认真真的。我总是对那些新奇的事物感兴趣，似乎还有些傻乎乎。我还发现，哥哥和这些人也不太一样，相比其他人，他更加年轻，更加天真。他容貌清秀，就连说的话都和他们不一样。

后来我发现，这些人在外表和其他方面都非常典型。不过，我对某些人的某些方面是持否定态度的。有一个人个子瘦高，但是窄胸，近视程度很深，驼背，经常将一只手插在裤兜里，还总是摇晃他那架势奇特的二郎腿。另一个人的头发和脸都是黄色的，脸上没有多少肉。他讲起话来非常热烈，具有鼓动力，但是我对他没什么好感。他不看纸烟，只用那瘦得皮包骨头的食指弹烟灰。还有一个人的脸上总是带着讥讽的微笑，他总是把一个已经弄脏了的白包子放在桌布上，用两个手指滚着玩，这让我非常难受。其他人都非常可爱。比如波兰人甘斯基，他的眼睛十分深邃，总是流露出一丝忧郁，嘴唇干裂。他烟不离手，抽得很用力，还经常哆哆嗦嗦地去点燃已经燃着的烟。还有一个叫克拉斯诺波尔斯基的，个子很高，头发是蓬松的，非常漂亮，有点儿像圣徒约翰。还有一个大胡子列昂托维奇，年纪比别人都大，是在座的统计员中名声最大的。他对人和气，性格温和，还明白事理。他讲话时操着一口纯正的乌克兰口音，悦耳动听，这些都让我对他十分着迷。还有一个戴眼镜的小个子，有着尖尖的鼻子，似乎对一切都毫不在意，却又对某些事情十分狂热，甚至义愤填膺。他非常单纯，如同孩童一般，因此相比列昂托维奇，我更喜欢他。还有一个人也是我非常喜欢的，他是一名统计员，名叫瓦金。他酷爱自己的工作，好像眼里再也容不下统计学之外的东西。他长得高大结实,有一口雪白的牙齿。他是农民出身,是个十足的庄稼人,看起来非常快活。他总是会发出非常爽朗的笑声,感染得身边的人也想跟着他一起笑。他的嗓门很大,分不清啊、喔的音……

12

我在哈尔科夫度过了这个冬天,当时的我并没有想到,此后我会和这些人度过更多个冬天。

这些人无疑是非常独特的。他们还是学生的时候,就已经经受了很多考验,有的成为学校社团的一员,有的自己创办了小组,还有的做了很多工作。虽然他们有的坐过牢,有的被驱逐过,经历各不相同,但是他们的共同之处就是有着坚定的信仰,坚信自己是在为了自由和荣誉而奋斗。对于俄罗斯的现状和历史,他们概不认同,坚定地认为只有未来才是美好的。他们甘愿为了这份美好,光荣地牺牲掉自己。他们全心全意地爱着人民,也会横眉冷对敌人。他们觉得,像政府官员、商人、学者之类的有正经工作的人,全都是无所作为的、可耻的,和他们待在一起就如同犯罪。对于利益、道德、亲人、朋友,他们也有自己的标准。可是我得承认,他们的信条是非常简单的:凡是符合大多数人民的利益的东西,就是好的,值得用生命去呵护;凡是对人民的利益不利的东西,就是坏的,需要改革。

我到哈尔科夫之后,就加入了他们这个群体。虽然我也发现有很多地方无法融入他们,可是除了他们,我还能加入什么群体呢?我在很多地方无法与这个群体相融,不过我去了别的群体,想必也无法避免这种情况出现。再说了，我和商人、政客就能相容吗？虽然我没有去找过他们，可我也知道，即便我加入到他们中间，也不会有多好的感觉。很快我和他们的关系就十分亲密，我喜欢他们这个群体，也喜欢大学生的意气风发。我们每天都会共进早餐，喝着茶讨论国家大事。我们是一群充满青春活力和理想的年轻人，仿佛是这个世界的主人。不管我们想做什么，都没有什么可以阻挡我们。到了周末，我们也会聚在一起，或者聊天，或者举办舞会。在那个冬天，我们经常会聚集到甘斯基家，他家境富裕，我们玩起来也很放得开。偶尔我们也会去什克列维奇家，她的家境也不错，但是丈夫去世了。她是个美人儿，出手非常阔绰，喜欢交朋友，和很多明星都有来往。我们经常能听到《自由的哥萨克》，以及《战斗吧，社团》——又被称为《小俄罗斯的马赛曲》从她家里传出来。

等我对他们的了解加深了，我就有些看不起他们了。我看不惯很多东西，不管是人还是事情，只要我看不惯，我就会坦白地说出来。我做事非常冲动，可是他们都很喜欢我，非但不觉得我是在胡闹，反而觉得我很可爱。以前我对所有的圈子都不屑一顾，可实际上，我所在的圈子与其他的圈子也没什么不同。他们总是让孩子们读政治经济学，自己非柯罗连科和兹拉托夫拉茨基的书不读。因为契诃夫没有在作品里反映政治问题，所以他们对他嗤之以鼻；因为他们觉得托尔斯泰只会在富丽堂皇的椅子上谈论上帝，他主张的不抗恶会阻碍这个时代的进步。他口口声声说自己对农民亚斯纳亚·波利亚纳满怀爱意，可是这个农民却饿得骨瘦如柴。所以他们对他也没什么好感。不过，这些人觉得这一切都不可靠。但我对他们这种做法也没什么好感，这个不让看，那个不让看，自己没什么文化，却对别人的自由和权利横加干涉。于是，我心生恐惧：如果在文学上都不能自由，那还能从何处觅得自由？难道我们只能以贫穷的老百姓为题材来创作故事吗？世界上除了这种生活就没有别的了吗？这太不公平了，这不是生活。虽然他们鼓吹，为了自由和人民的幸福，他们甘愿放弃包括生命在内的一切。有一本叫《祖国纪事》的杂志，里面是这么写的："也许现在不是最黑暗、最难过的时代，但一定是最卑鄙、最可耻的时代。"我觉得写得很对。在这个世界上，总有很多人刚愎自用，妄图用自己的偏见去改变别人的命运。他们说，当前的俄罗斯政局是十分呆滞的，这将会引发一场巨大的灾难。谁敢质疑他们的言论，谁就是叛徒。他们肆无忌惮地嘲笑那些谨慎的人。要问他们会称赞什么，我觉得是瓦金的妻子举办的那次朗诵会。她在台上大声朗诵《火山爆发》的时候，一群胡子乱糟糟的猥琐的人也在大声说："此时，敌人的旋风正在我们头上肆虐。"依我看，肆虐的明明是他们的嘴。这些人盲目自大，坚持的信仰和追求的理想都虚伪透顶，让我都替他们害臊。可能是我表现得太明显了，鲍格丹诺夫的妻子对我说："亲爱的，你为什么翘着嘴？"

鲍格丹诺夫可以把腿盘成螺丝状，我初次看到的时候很是惊奇，他的妻子为人十分刻薄。但是她年轻的时候也是一个实打实的美人儿，在城里小有名气，现在也依然有众多追求者。她脑瓜十分灵活，得理不饶人。今天她打扮得美丽动人，还重新烫了头发，不管走到哪里都会吸引很多人的目光。不过我有一点觉得很奇怪：鲍格丹诺夫非常看不起她做的这种出风头的事情。举办这次舞会的初衷是欢迎一个老战士，虽然他现在大腹便便，满脸胡子，年轻的时候可是个风云人物。他多次入狱，还曾经越狱过。他坚守着自己的信仰和理想，失败了也不气馁。他挺着大肚子走上讲台，干巴巴地念了念发言稿，不过也赢得了一些掌声。可能是我在这里显得非常扎眼，鲍格丹诺夫夫人总是不停地提醒我，让我烦不胜烦。等到名人演讲完毕，大家也都吃饱了，角落里的一个人突然放声歌唱起来。于是大家纷纷响应，跟着引吭高歌。女主人不知何时看出了我无法融入这里，显得非常气愤。我从她的表情看出端倪，却因为我嘴笨，不知道该怎么向她解释。突然，女主人也唱起了歌，很多人纷纷响应。听到她唱的歌词，我心惊胆战：什么叫"流血的牺牲"。一帮精力充沛的大学生也唱起了进行曲，虽然我觉得他们确实充满生机和活力，但是我很看不惯他们这种世界尽在他们掌控的神气。在这一片喧闹中，我看到了美丽的勃朗洛芙斯卡娅，她为人热情，不爱说话。我发现她正在挑衅地看着我，于是毫不客气地回敬给她同样的目光，然后我们都笑了。

虽然我的革命精神非常肤浅，但却切实存在。可是每当我听到他们对我说"就算你无法成为诗人，也要做个公民"，我就非常反感。为什么我要给那些农民和木匠服务？我的眼神从来没有落在他们身上过，就算在路上迎面遇到一个可怜巴巴的人，问我需不需要磨刀，我也会有一种很强的陌生感。但是世界原本就是如此，错不在我。世界的真相就是这样，不知道我们为什么非要去粉饰它。对于有人说"愿意将包括生命在内的一切献给人民"，我更是无法理解。就在演讲之前，他们还骑在马上，丝毫看不出他们想要贴近农民。就算乞丐说着一些可怜的话向你乞讨，你也会觉得他很可怜，施舍给他一笔钱。但是，做人不能口是心非。

家家户户的门前都有别林斯基的画像，他瘦得皮包骨头，满怀惊恐地看着宪兵经过窗前。这个圈子里除了贝科夫们，也有梅列尼克们……但是我压根儿就不觉得，他们是会牺牲自己来为别人争取利益的人。还有一个满脸胡子的人来到了哈尔科夫，他的化名叫马克思，是个罗圈腿，每天四处奔波。对于他的来处和去处，以及他做的这一切有何意义，我根本不得而知。

13

每天早上哥哥去上班之后，我就会去公共图书馆，待上一小会儿，然后到大街上闲逛，一边想着自己读过的东西，一边看着从我身边经过的人们。我想，他们每个人都应该有自己的幸福和安宁。每个人都应该有一份虽然算不上喜欢，但是可以安身立命的工作。而我自己却被那个模糊的、虚无缥缈的愿望困扰着，我也不知道该不该写一些东西，我既没有勇气做决定，也没有能力付诸行动，所以我只好把这件事无限期拖延，拖到不知道哪一天。我还有一个小愿望，就是要买一个漂亮的笔记本，可是我连这个小小的愿望都无法实现。我觉得，这个笔记本可以决定很多事情，可我却求之而不得，真是不幸。要是我能得到它，我的生活会变得更加富有生机，因为我可以把一切都记录在里面。要是我有了一个漂亮的笔记本，我就能把我所有的想法和经历都写在里面。那时候春天已经到了，我刚读完德拉戈曼诺夫编的乌克兰《民歌》选集，对于《伊戈尔远征记》十分着迷。虽然我读这本书纯属无意，但我从中获得了一种难以言说的美，难以忘怀。于是，我的思绪随着作者的文字离开了哈尔科夫，飞到了这个伊戈尔的歌手歌颂的那个遥远的顿涅茨。我到了年轻的公爵夫人叶市罗西尼娅停留过的那道黑色的城墙；到了哥萨克时代的黑海，那里有一块"白色的岩石"，有一只奇怪的"白眼鹰"正在上面驻足；我还到了塞瓦斯托波尔，似乎回到了父亲年轻的时候。

每个早晨我都会这样打发时间，然后我就去李索夫斯基先生那里——回归现实，回到我早已习以为常的饭间谈话和争论。然后我就和哥哥一起在斗室里休息、聊天。到了午饭时间，我们就能闻到从门缝里钻进来的浓郁的犹太饭菜味。之后我们就会找点事干，我会学习哥哥从机关带回的统计工作，或者跟他一起去朋友家做客。

我非常喜欢去甘斯基家，他是一名杰出的音乐家，要是他心情舒畅，会一连几个黄昏演奏乐曲给我们听。在他的带领下，我进入了一个之前从未见过的、奇妙的世界。我觉得这是一个崇高的世界，既甜蜜又苦恼。听到这伟大的音乐，我就会满怀激动和喜悦进入这个世界，获得它带来的快感和幻觉。在幻觉里，他们会成为通晓一切、无比幸福的人，可以做到任何事情。这种幻觉只有音乐和诗歌的灵感才能带来，它会给人们打开一扇神秘的大门，让所有进入大门的人都感到幸福。甘斯基本人也十分惊人，他有着非常极端的革命精神，这一点和别人有着很大的不同。通常他都会老成持重，可是一旦坐在钢琴前，开始演奏音乐，他就会变得热烈又紧张，连嘴唇都因为激动而变成了黑色。乐曲十分婉转，有韵律地流淌在房间里，时而优雅响亮，时而神秘欢快，时而惊悚恐怖。我总是会不由自主地想到一个非常可怕的情景：甘斯基独自蹲在一个狭小的房间里，披着一件灰色长袍，嘴唇烧得发红，双目无神。我觉得，要是没有了音乐，他会疯掉。

甘斯基对我们说，他小时候就曾去过莫扎特位于萨尔斯堡的家，看到过他的旧式小钢琴，钢琴里面有一个玻璃罩，存放的是莫扎特的颅骨。我吃惊地想："他幼年时就有如此见识，而我呢？"我痛苦不堪，根本坐不住，想要立刻回家，写一部长诗或者小说，让它为我带来声誉，跻身知名作家行列。那样我也能去萨尔斯堡，看看莫扎特的旧式小钢琴和颅骨。

这和我的很多别的幻想一样，深深扎根在我心里，但是它的根是最深的。多年之后，我终于得偿所愿，看到了萨尔斯堡、小钢琴和颅骨。不过小钢琴的颜色和颅骨的颜色非常接近，这让我有点儿失望。可是，我非常想向它们致以敬意，并留下一个吻，靠近它们。只可惜，颅骨不太像真的，因为它小得像孩子的颅骨。

14

早春时节，我来到了克里米亚。

我顶替了别人的名字，冒充铁路员工，才得以坐免票的火车前往。唉，我的青年时代过得真是寒碜。

我乘坐的是一辆长得吓人的夜间邮政车。有生以来，我从来没有坐过这么狭窄和肮脏的火车，这对我来说简直就是一场噩梦。原本这辆列车已经超载了，可是抵达哈尔科夫站台时，又被一群刚刚到站的老百姓团团围住。他们都要去南方找工作，带着满满当当的袋子和背包，背包上捆着树皮鞋和裹脚布，以及茶壶和很多气味难闻的食物，我看到的就有赤褐色的石斑鱼和烤熟的鸡蛋。此时天色已晚，我感觉无奈极了，今晚我注定无法入眠，明天也会十分难挨，明天晚上我还是无法睡觉。可是我必须要去那个遥远的地方，去寻找我父亲的青年时代。

在我还是个孩子的时候，我就有了这个青年时代的幻想。那是很久之前的一个阳光明媚的秋天，这一天发生了很多事，既有让人伤心的，也有让人信服的。在我看来，这应该是和对克里米亚战争时代的模糊概念有一定关联：多棱碉堡、突袭猛攻、农奴制时代的士兵，以及尼古拉·谢尔盖耶维奇叔叔在马拉霍夫古墓上为国捐躯。我还记得，尼古拉叔叔是一个上校，相貌英俊，还有很多钱，是一个优秀的人。他一直是我们家里的一个传奇。可是在我这一天的想象中，最多的还是靠海的那个山冈，上面十分荒芜。山冈上有很多明晃晃的石头，其中散布着一些像雪花一样的白色小花。我能够想象出这些白色小花的原因，是在我小时候的某个冬天，曾经听我父亲说：

"在克里米亚，我们只会穿着制服去采小白花。"

可是我亲自到了那里之后，又看到了什么呢？

我还记得，当我在第一个黎明，从狭窄的角落睁开眼睛，站起来伸了个懒腰，看到火车此时已经行驶到了草原上距离哈尔科夫很远的第一个车站。此时太阳还未升起，但角落里的蜡烛快要熄灭了。红光照耀着车厢里的人们，这个场景让我非常震撼，我急忙打开了窗户。外面的景色真是引人入胜！朝霞如同一片粉红色的火光，在东方熊熊燃烧着，天气晴朗，空气新鲜。我感觉自己的心头萦绕着一首动人的曲调，这不正是早春黎明的草原上特有的景色吗？四周寂静无声，只有云雀欢快甜蜜的歌声传来。它们远在云端，并不在我的视线范围内，但是它们那种喜迎春天的心情我是可以感受到的。我的左右两边，是列车岿然不动的板壁。我感觉，在距离我们两步远的地方，在这片辽阔的、像打谷场一样平滑的大草原上，有一座古墓在沉默地看着我。直到现在我都没有弄明白，为什么它会让我如此吃惊。它那明确和柔和的轮廓，以及在这个轮廓背后隐藏的东西，都是那么的与众不同。它的面积很大，世所罕见，在如今的活人看来，它古朴而又亲切，给人一种自家祖坟的感觉。

"你瞧，古人就是这么安葬的。"坐在角落里的一个老头儿对我说，他没有睡觉，而是弯着身子，通过大口抽烟来打发时间。我看到，他戴着一顶牛皮帽，下面露出了一双浮肿的、满是血丝的眼睛，炯炯有神。他满脸皱纹，脸色红润，有一撮脏兮兮的白胡子，看起来非常健康。"古人之所以这么安葬自己，是为了让后人悼念他们。"他语气肯定地说，"都是有钱人。"

他不说话了。过了一会儿，他又说：

"也有可能是鞑靼人把他们这样埋起来的。亲爱的，你要知道，这世界上既有好人又有坏人，但是好人和坏人的定义非常复杂，人人痛恨的坏人也可能有善良的一面。一般来说，人们对好坏的定义非常简单，只根据自己的利益来判断。"

第二天黎明给我带来了更多的惊喜。一觉醒来，我发现火车又停靠在了一个站台，这里如同仙境一般。这里已经进入了夏天，我看到了花团锦簇、露珠晶莹的美丽景象。这个白色的小车站被玫瑰花簇拥着，每个人都沉浸在花香里。火车重新出发的时候也不同于以往，它的叫声非常明亮，听起来有些欢乐，又有些惊慌。火车一路疾驰，很快就冲到了一个十分辽阔的地方，那里有一座山冈，那一抹绿色就好像从天而降的一样。山冈后面有一片大草原，一眼都望不到边。前方弥漫着一片深蓝的、几近黑色的烟雾，迷迷茫茫，湿气沉沉，如同刚刚逃离一个潮湿的深渊。我感到一种难言的喜悦，似乎重新认识了这个地方。我想起来了，没错，就是它！

我觉得塞瓦斯托波尔应该算一个热带城市，车站十分豪华，连空气都是那么温暖，那么柔和。车站前的铁轨都是灼热的，闪耀着光辉。天空有些灰暗，热得发白，似乎在向来此的旅客昭示这里有多么富足。这里是南方，十分富饶。这一路上，我们随身带着的乡下人的那些大小包裹已经消灭了个七七八八。现在，我应该是这趟车上最后一个旅客了，于是，我又恢复了自己的本名。我又累又饿，踉跄着走进了头等候车室。现在已经是中午，却没有什么人，餐厅里也异常安静整洁，这里有雪白的餐桌，餐桌上还有美丽的花瓶和明亮的烛台。这可真是那些动不动就要乘坐特快列车的有钱人的世界啊！此刻我突然觉得，我不可以再跟在路上的时候那样，像个乞丐一样节俭了。我点了咖啡和面包，服务员给我拿来的时候，还斜着眼瞅了瞅我，也许是觉得我的样子实在寒酸吧！不过我并不在意，无论他们的态度如何，我还是我。我欣赏着从窗外吹进来的寂静的风，突然，有一个五彩斑斓的东西进入了餐厅，让我大为吃惊。从这以后，每当我想到南方的车站，总是会想起这个五彩斑斓的东西。

可是，我前来找寻的东西在哪里？塞瓦斯托波尔没有毁于炮火的房屋，也没有荒芜的地方。父亲和尼古拉·谢尔盖耶维奇生活在这里的日子，他们的勤务兵，他们的食品箱，以及公家提供的宅邸，根本没有留下任何痕迹。我在这里没有看到父亲给我描述过的任何有意义的东西。很久之前它们就被改建了，如今根本无处可寻。新建的大房子有着雪白的墙壁，满街都是疾驰的、白篷的四轮马车，卡拉伊姆人和希腊人随处可见。街道两旁栽着南方的金合欢，烟草店装修得十分豪华，里面人头攒动。广场上有一座有些驼背的纳希莫夫的塑像，附近有一条石阶，沿着它走到尽头就是伯爵码头，阶梯直入碧绿的海水。海面上停泊着一些装甲舰，在海水的另一边，有一些北方阵亡将士公墓——这才是唯一和父亲的描述有关的东西。看着这些，我感到了一丝忧伤。昔日的美早已逝去，被如今这和平的、永恒的美取代，再也无人记起，连我都未能免俗。

我继续往前走，在郊区一个非常便宜的旅馆里住了一夜，次日一早就离开了塞瓦斯托波尔。中午时分，我到了巴拉克拉瓦。在我看来，这个山峦起伏的地方着实古怪，一条白色的公路向着远方无限延展，远近的那些灰色的山谷，如同一个个大面包堆叠在一起，看起来非常诱人。那些山顶堆叠在一起，呈淡紫色和浅灰色，一个个看上去都无精打采，似乎是在做着自己炎热的、神秘的梦。我走到一个遍布石子的山谷的时候，停下来小憩了一番。距离我很远的地方，有一个手持长钩子的鞑靼牧童，正默默地站立在像灰色的鹅卵石一样的羊群旁边。牧童正在吃东西，我走到他身边，看到他吃的是面包和干奶酪。我拿出20戈比，他默默地看着我，嘴里也没有停止咀嚼的动作。然后他摇了摇头，拿下挎在肩膀上的口袋递给我，微笑着注视着我接下口袋。他的笑容非常温和，感染力十足。他笑的时候，那双乌黑的眼睛瞬间明亮起来，连面孔都生动起来，藏在圆圆的帽子下面的那双耳朵也往后移动着，看起来可爱极了。白色的马路上驶过了一辆三乘马车，慢慢地从我们身旁经过，我能听到马蹄声和叮当作响的铃铛声。车夫是鞑靼人，马车里坐着一个戴着亚麻布便帽的黑眉毛老头，他的身边坐着一个裹得严严实实的姑娘，非常瘦弱，肤色发黄，眼睛很是可怕。只是我当时并没有想到，多年以后，我会经常在雅尔达山上的大理石十字架上看到她。这个十字架和别的十字架摆在一起，周围环绕着翠绿的松柏和盛开的玫瑰，默默地接受着南国海风的抚摩。

我抵达了拜达尔门旁边一个驿站门口的台阶上，看守人得知我没有雇马的打算，坚决不让我进去，没办法，我只好在台阶上将就了一晚。城门外的大海里波涛澎湃，如同一个从地狱里逃脱出来的怪兽，吓得人直冒冷汗。有时候我也会走到城门下，这里是陆地的边缘，伸手不见五指，海浪伴随着凉气扑面而来，还裹挟着浓雾和芳香。喧嚣声时大时小，宛如荒野里的树林。在无边的夜色中，有一个盲目的、不安分的东西，痛苦而又贪婪地活着。他毫无理性，对所有人都满怀敌意。

15

当你远游归来，总会忍不住想知道在自己离家期间，家里发生过什么事，来过什么人，有没有特别的信件和消息。结果只有一个：没有。没有发生过任何事，也没有任何特别的信件。实际上，你并不像你想的那么重要。但是我这次归来的情况却有些不一样，我发现哥哥来接我的时候显得非常不安。首先，父亲已经把巴图林诺出售了，给我们寄了些钱过来，并满怀后悔和伤心地给我们写了一封信。但我听到这个消息的时候非但不觉得伤心，反而有一些高兴，因为这样就说明我又可以去外面了。但是这种高兴很快就转化为痛苦，因为这宣告着我们过去生活的终结。虽然我们兄弟俩在这里生活得无忧无虑，可是父亲、母亲和妹妹过得并不好。这里有春天、城市和人们，他们却生活在无边的寂寞之中。过去他们只会思念我们，如今却要担心生活问题了。这让我觉得非常难过，不管因为什么，我都无法接受让父亲出来谋生，更无法若无其事地看着他陷入悲伤。以前他在我面前提到这些，我总会冲到他身边，亲吻他的手，对他表示感谢。可是现在我从塞瓦斯托波尔听到这样的消息，一时有些难以接受。我费了很大的力气才克制住自己，没有在哥哥面前哭出来。好在父亲卖掉的只是土地，并不包括庄园。

第二个消息更出乎我的意料，哥哥在跟我说的时候感到十分尴尬，脸都红了。他说："请原谅，我隐瞒了这件事，因为我过去和现在都不想让家人知道这件事。我已经结婚了，但是没有经过宗教仪式。她顾及孩子，现在还跟丈夫一起生活着。你应该会明白我的苦衷。今天她还在哈尔科夫，明天就会离开。你换一件衣服，我带你去见见她。她听说过你，而且早就对你很有好感。"

他匆忙地给我讲述了自己的故事。她出身名门望族，却没有别的贵族少女的那种因循守旧。在自由和民粹主义的驱使下，她很早就嫁人了。当时她觉得，自己这样做，是为了和自己的爱人一起为了人民和人民的生活而斗争。可是她的爱人在靠她变成有钱人后，就把自己的理想抛诸脑后了。但是她却十分重视这些志向，她觉得别人都这么不幸，自己却这么幸福，这是一种罪恶。她为此苦恼不已，甚至为自己漂亮的外表而羞愧。因此，她试图毁容，还想用硫酸烧坏自己那双时常被别人夸赞的手。在南方，她遇到了我哥哥——当时他正东躲西藏地过日子。当她察觉自己爱上了他时，异常绝望，就跳进了大海，多亏被几个渔夫救了。

我一边换衣服，一边惊奇地听着哥哥的讲述。我的内心十分激动，只好看着别的地方来掩饰。我无缘无故地替哥哥感到难堪，甚至十分讨厌他口中的这位女英雄，因为这一切显得太过浪漫。但是更让我惊奇的是，当我迈入她那间位于豪华饭店的房间时，她就迅速站起身来，热情地迎接我，给了我一个娇柔而热烈的拥抱。她讲话的声音非常婉转，悦耳动听。我看着她，为她那美妙的微笑而着迷。从她待人接物的和蔼态度，就能看出她出身名门，还受过良好的教育。更为重要的是，她心地善良。她有一种腼腆的、忠厚的、大方的美。她的动作轻柔稳重，声音优雅有魔力，正像她那双清澈的灰眼珠，有一种难以言说的诱惑力，让人不由自主地沦陷其中。

她长着黑色的长睫毛，虽然总是微笑，却也透露出一种忧郁。

这种意外的结识和突然的发现给了我很大的打击，因为哥哥瞒着我们，悄悄地拥有了自己的生活。如今我们已经不再是他生活的重心，我好像又成了孤家寡人。虽然此时我风华正茂，周围都是春天的气息，可我还是感到很痛苦，很失望。但是无论如何，我还得继续生活。于是我告诉自己："这对我来说未必不是好事，如今我完全自由了。要是我想去我刚刚发现的那个地方游玩，随时都可以动身。"如今我梦想的这个地方就是俄罗斯原野，那里绿草如茵，一望无际，我对那里从古到今的所有事物都迷恋不已，充满了幻想。如今那里十分富饶，田地、草原、山冈、乡村应有尽有，第聂伯河从基辅市横穿而过，生活在这片土地上的人们坚强而又勇敢。这一切都是那么美好，令人神往。从他们的生活细节就可以看出，他们非常整洁，非常爱美。他们堪称是斯拉夫人、多瑙河人、喀尔巴阡人当之无愧的继承者。古时候，这片土地上曾经生活着斯维雅托波尔克人、伊戈尔人、贝琴涅格人和波洛威茨人。一想到他们，我就心驰神往，是他们缔造了俄罗斯文明。后来，哥萨克、土耳其人和波兰人也在这片土地上生活过。这里也曾有过长达几个世纪的征战，赫尔松有着低洼地带和河汊……我之所以知道这一切，都是因为拜读了《伊戈尔远征记》这本书。可以说，这本书让我十分痴迷，这片土地也让我神魂颠倒。

俄罗斯人，我希望和你们一起，在波洛威茨草原的边境折断自己的长矛……这片原野上没有暴风雨和苍鹰的侵袭，也没有奔向大顿河的寒鸦……苏拉河对岸的马儿嘶吼着，基辅也收到了捷报，诺夫哥罗德的号声嘹亮，普季夫尔的战旗随风飘扬……此刻，伊戈尔公路上金橙，旷野里走来了浩浩荡荡的游行队伍。黑暗挡住了前路，狂风暴雨轰鸣着，满目凄凉，让人不忍直视，就连鸟儿都被从睡梦中惊醒了。枭妖在树上，不断地呼唤着未知的土地——伏尔加、波莫列、波苏列和苏罗什。

在午夜里，他们的大车响个不停，如同从睡梦中惊醒的天鹅。伊戈尔率领着战士们，直奔顿河而去。山鹰尖声呼唤着野兽们来衔取骨骸，狐狸狂吠着红色的盾牌……啊，俄罗斯的国土已经落到了山冈的另一边。

第二天一早，如血的朝霞宣告黎明即将降临。海上升出乌云，云中跳跃着骇人的蓝色闪电，冷声轰鸣，大雨如同乱箭一样，从顿河的对岸呼啸而来。

后来是：

黎明前，是什么声音在我耳旁轰鸣？是什么人在我耳边叫嚣？

斯维雅托斯拉夫在基辅的山岭做了一个有些迷离的梦。他说，"今晚有人在紫杉木的床板上给我盖上了黑色的被子，还有人给我在蓝色的酒杯里斟满愁苦……"

午夜时分，大海不断地翻腾，上帝给伊戈尔公指出了波洛威茨的土地上那条通往俄罗斯国土的、父亲的黄金宝座的道路。虽然晚霞已经逝去，伊戈尔却还是沉睡不醒，但是他依然警觉着。此刻他心里想的是，该怎么从大顿河到小顿涅茨河的田野……

很快我又思绪纷飞，来到了顿涅茨河岸——伊戈尔当年刚刚从俘虏营帐逃脱的时候，就路过这里。当时，他"像芦苇丛中的银鼠，水上的白鹤"一样迅捷。后来，我又到了他曾经"凿穿石山通过波洛威茨原野"的第聂伯河。后来，我又坐着小船，经过了一些春意正浓的村庄，这些村庄位于第聂伯河边那一望无际的蓝色的岸边，连成了一串。往上走一段，就到了基辅。此时，我已不知道该如何表达对伊戈尔和春天的赞颂了。

太阳高悬在天空上，伟大的伊戈尔重新踏上了俄罗斯的国土。少女们在多瑙河上，为伊戈尔——她们心目中的英雄放声歌唱，他是所有少女中意的对象。她们嘹亮的歌声回荡在空中，漂洋过海，传到了基辅……

我离开了基辅，下一个目的地是库尔斯克、普季夫尔。"兄弟们，快些备好战马，此刻我的马已经在库尔斯克附近整装待发。"当时我对这里的感情并不深，多年之后，我才对柯斯特罗马、苏兹达尔、乌格里奇、大罗斯托夫产生了感情。因为我当时尚且年少，还无法体会。在过去，"库尔斯克"只是一个乏味的省城，可是相比之下，尘土飞扬的普季夫尔更加乏味，不过这并不打紧。在插满木桩的土墙上，清早就传来"雅罗斯拉芙娜的声音"，那片草原不也是尘土飞扬、满目荒凉吗？

清晨，雅罗斯拉芙娜站在普季夫尔的城垒上哭泣："我愿意像一只杜鹃一样飞过多瑙河，把海狸的袖子放在卡雅河里蘸湿，给王公擦洗他那强壮的身体，抚摸他的创伤……"

16

我已经对当前这种游牧生活失去了热情，想要从这一条路回家。我归心似箭，想要立刻回到家里，开始休息和工作。而且我知道，此刻有一个醉人的夏天在巴图林诺等我。我有很多美好的计划和梦想，对自己的命运踌躇满志。但是，正如大家都知道的，对于相信自己的命运会非常危险，这个道理我也心知肚明。

我顺路还去了奥勒尔一趟。

踏上这片距离巴图林诺只有几个小时的路程的土地，我就知道自己的旅行即将进入尾声。我打算在这个城市里逛逛，看看列斯科夫①和屠格涅夫在作品中提到的这个地方，再去打听一下印刷厂和编辑部的运作模式。

经过这次旅行，我黑了，也瘦了，像一个到处奔波的茨冈生意人，但是我的精神得到了满足，感觉十分清爽。总之，我觉得这一趟没有白跑。我走了很多路，看了很多风景，体会到了不同于我的家乡的风土人情。因为我回程时主要是乘船沿着第聂伯河前行的，而且总是待在甲板上，所以我觉得非常炎热。这种热既有在厨房里的热，机器产生的闷热，又有从轮船的烟囱里冒出的热气，以及波光粼粼的河面上升腾出的蒸汽，让我觉得难受极了。我迫切地需要冰凉，哪怕只有一点点。于是刚一抵达奥勒尔，我就让车夫带着我去最好的旅馆。等我一觉醒来的时候，太阳已经落山，漫天飞舞着紫色的烟尘。灯火渐次亮起，河对岸的城市花园里传来了悠扬的小提琴声。当你一个人来到一个陌生的城市，就可以体会到一种模糊的、令你激动和愉悦的心情。我怀着这样的心情，在我入住旅馆的那个硕大而又空旷的餐厅里享用了晚餐。这是一家有一定年头的省办旅馆，很有声望，环境也让我十分满意。晚上，我就坐在我房间的阳台上，望着树下的路灯。阳台是铁制的，所以从阳台透过来的

—————————
① 尼古拉·谢苗诺维奇·列斯科夫，俄国作家。——译者注

树木的影子也蒙上了金属的色泽。我看到楼下有很多散步的人，他们一边谈笑，一边抽着烟，内心难免有些失落。这正应了那句话：热闹属于他们，我什么都没有。我能从对面房间那个敞开的窗户，看到里面的人在做什么。通常我都会这样观察别人的生活，这对我非常有吸引力。在我后来无止境地漂泊的过程中，我才知道这种短暂的安逸多么珍贵。此时，我独自冷眼旁观着别人的生活，我从这种观察中得到了心酸和聪明才智。在奥勒尔度过的这个温柔的夜晚，在我的记忆中留下了深深的烙印。在河岸对面演奏的军乐，在我听来也那么婉转，让我根本无暇顾及什么聪明才智。

跟别人相比，我睡觉的方式非常独特，不管是那晚舒适的大床，还是安静黑暗的房间，都给我带来一种非常奇怪的感觉。我还保持着旅途中的习惯，早早就起了床，不过看起来我这种习惯并不适合奥勒尔。这里的人习惯晚起，如果我这么早就去《呼声报》编辑部，似乎是对别人的不尊重。

早上的奥勒尔气温就已经很高了，大街上空荡荡的，没有人也没有树木，毫无生气。我想在奥勒尔到处转一转，好打发时间。我沿着街走了一段距离，过了一道桥，就来到了一条繁华的大街。这里有各种各样的商铺，既有旧仓库集市，也有卖化学杂货的，还有卖舶来品的。在俄罗斯，这种街道几乎遍布每个城市，成为俄罗斯经济沉重的负累。阳光似乎是为了与这种看似繁荣的经济相呼应，也变得强烈起来。突然，我听到四面八方传来了教堂的钟声，原来是该做弥撒了。这钟声庄严肃穆，听起来非常舒服。我伴随着钟声继续前行，过了一道桥，爬了一座山，还看到了政府机关所在的尼古拉和亚历山大时代的建筑。在这座楼房前面，有一个面积很大的长方形广场，它的左右两边都是树，算是在这座城市比较特殊的，因为我走在这里的时候心情十分舒畅。虽然我知道《呼声报》编辑部在哪条街道上，但是我不知道距离它还有多远，于是我向一个路人打听道。

"就在那边，已经不远了。"听到他的话，我的心怦怦直跳，因为我很快就要到编辑部了。

到了编辑部我才发现，它并不像我想象的那么豪华，甚至可以说土里土气。广场后面连接着很多花园，在这样的一条街道上，有一座长方形的灰房子，编辑部就在这里。我走上前去，看到一扇半开的门，就伸手去握门铃的把手，远处应声响起了门铃声，可是好像并没有什么效果。这座房子似乎荒废了多年，寂静无声。阳光洒落在这个寂静的花园，啊，草原城市的清晨是如此美丽！我想了想，又拉了一下门铃，门终于开了。长长的过道一直延伸到很远的地方，尽头是一个低矮、肮脏的大厅，里面摆满了印刷机，地面也被油污的碎纸覆盖了。所有的印刷机都在工作，竹刷子有节奏地上上下下，黑色的铅板在大小滚筒下面一前一后地移动着，无数张大纸就这样堆积起来。虽然纸的下面还是白的，但上面早已印好了密密麻麻的黑字。印刷工和排字工之间的叫喊声，以及机器的轰鸣声，对我来说都非常新奇。我还闻到，窗外飘进来的风里也夹杂着墨香和黄蜡味儿，这种特别的气味给我留下了深刻的印象。

"您要找编辑部吗？"在这阵轰鸣声中，有人大声对我说，"这是印刷厂，喂，来个人带他去编辑部。"

他的话音刚落，就凭空出现了一个小家伙，他有着圆圆的脑袋和蓬松的头发，活像一只刺猬。

"跟我来吧！"他说。

我激动地跟在他身后，不一会儿就到了编辑部的接待室。接待我的编辑是一位美丽的年轻妇女，名叫阿维洛娃，个头娇小。然后我就接受她的邀请，和她一起在那个像家庭餐室一样的地方喝起了咖啡。大家都对我非常好奇，围着我问这问那。他们听说我在首都某份月刊上发表了一首诗，感到十分惊讶，毫不吝啬地赞美我。有生以来，我还是第一次听到这么热烈的赞美，不由得面红耳赤。然后他们就向我提出邀请，让我为《呼声报》撰稿。我含羞一笑，好不容易才让自己没有站起来大喊。我颤抖着拿起了几块饼干，它们很快就在我嘴里甜蜜地融化了……然后，阿维洛娃听到了门外的说话声，就停住了。

她笑着说："爱睡懒觉的美人们来了，等一会儿我介绍给你。我保证，上帝在创造她们的时候绝对没有打瞌睡。她们是我的表妹丽卡，还有她的好朋友沙申卡·奥波连斯卡娅……"

她的话还没说完，就有两个年轻姑娘走进了餐室。她们都穿着绣花的俄罗斯服饰，戴着五光十色的项链，还有宽敞的袖子。她们的手又细又白，就像蛇一样，隐隐露出来。

17

每次喜从天降的时候，我总是持有一种迷糊和狂热的态度。一开始，我觉得幸福至极，一切都是那么美好，可是后来，这种态度却给我带来了无尽的痛苦，让我的肉体和精神都饱受折磨。

我不想说为什么要选择丽卡，其实奥波连斯卡娅比起她来毫不逊色。不过，丽卡进门时更加友善，更加关注我，说话也更加坦率，这些都深深地吸引了我。我不是一个能够迅速对别人产生情愫的人，但是对丽卡是个例外。当然，我爱很多事情：我爱置身于很多年轻的女性之间，我爱女主人的便鞋，我爱姑娘们绣着花的衣服，我爱她们五光十色的项链。我甚至爱这个城市的房间和窗户，爱那个被保姆带进餐室的满头大汗、拥有蓝宝石一样眼睛的男孩儿。当他的母亲亲吻着他为他脱下上衣的时候，他目不转睛地看着我。此时已经到了他们的早餐时间，于是我起身告辞。但是女主人热情地挽留我，认为我不应该这么快就离开，就像我不应该离开奥勒尔一样。于是，丽卡摘下了我的帽子，自己坐到钢琴前面，演奏起了《华尔兹舞曲》。等我离开编辑部的时候，已经是下午三点，但是我当时并没有意识到时间已经这么晚了。当时我并不知道，时光的飞逝代表着你已经开始恋爱了。虽然恋爱毫无意义，但是我要说，它让人如痴如醉。

第五部

1

　　那年春天，我开始四处漂泊，年少时的那种隐居生活就此告一段落。

　　到奥勒尔的第一天，我刚从睡梦中醒来，就觉得现在的自己和在旅途中的时候没什么区别，依然是无依无傍，无牵无挂，自得其乐。对于这个旅馆来说，我是个生客；对于这座城市来说，我是个外人。我并不像这个城里的人那样喜欢晚起，而是早早就起来了。但是第二天，我就入乡随俗，也起得晚了。我对着镜子整理好衣服，突然想起了自己昨天在编辑部里的样子，脸红不已。昨天我风尘仆仆，皮肤黑乎乎的，活像一个茨冈人，头发也乱糟糟的。我本应该在出门之前好好地打理一番的。好在昨天我的境遇突然有了好转，她们不但邀请我撰稿，还主动提出要预付给我稿酬，于是我略显羞涩地同意了。路过大街上的一家烟铺的时候，我进去买了一包香烟，然后又走进了一家理发店。出来的时候，我的脑袋香喷喷的，且整个脑袋也小了一圈。我想，所有的男人从理发店走出来之后应该都会有这样的感觉。此时我只有一个念头，就是快点儿回到编辑部，把昨天的快乐延续下去，这是命运对我的慷慨赐予。但是我现在又不能马上去，时间太早了，大家一定会对我指指点点："看，他又是这么早就来了！"于是我只能和昨天一样，在街上闲逛。我先去了波尔霍夫大街，又去了又长又繁华的莫斯科大街，它直通车站。我顺着大街走到凯旋门，看到的是一派荒凉的景象。我又走到了更加寒碜的普什卡尔区，并从那里折返回了莫斯科大街。奥尔利克河那座桥已经有些年头了，每当有马车经过，桥就会吱呀作响。我从桥上走过去，走到了政府机关所在地。此刻，教堂的钟一起鸣响，主教大人乘着马车，沿着林荫道朝着我所在的方向疾驰而来。那两匹乌黑的高头大马非常气派，踩出了和钟声非常不协调的马蹄声。同时，主教大人伸出了一只手，为两旁的路人祈福。

此刻编辑部里已经坐满了人。娇小的阿维洛娃坐在自己的大办公桌前，精神抖擞地投入了工作。她看到我来了，就粲然一笑，又投入了紧张的工作中。我用了很长的一段时间来吃早餐，心里是难掩的喜悦。吃完饭后，我先是听丽卡演奏了一段音乐，然后跟她和奥波连斯卡娅一起去花园里荡秋千。用过茶后，阿维洛娃带着我把所有的房间都参观了一遍。在卧室的墙上，我看到了一幅肖像画，画上的男人毛发蓬密、戴着眼镜，两肩又宽又瘦，用阴沉的目光看着窗外，看起来有点吓人。"这是我死去的丈夫。"阿维洛娃随口说道。我听到这句话，却怔住了，忍不住想到："这个活泼可爱的女子，为什么会嫁给这个身患痨病的男人呢？这对夫妻实是一对奇怪的组合。"丽卡打扮了一阵，就对我们说："孩子们，我要溜走啦！"我注意到她说话总是那么与众不同，很是替她害羞。这时候奥波连斯卡娅要去办事，我就和她一起走了。她说要去卡拉切夫大街找一位女裁缝，问我愿不愿意陪她去，我欣然同意了。这种心照不宣的请求迅速拉近了我们之间的关系。我高兴地陪着她在大街上游荡，听她说话。到了裁缝店，我又耐心地在门口等着她和女裁缝交涉。等我们重新回到卡拉切夫大街的时候，已是夜幕降临。她问我："您喜不喜欢屠格涅夫？"我觉得这个问题很难回答，因为我生在乡下，长在乡下，所以大家都认定我会喜欢屠格涅夫。可是我还没来得及开口，她又说，"得啦，反正都一样。对您来说，这是一件有趣的事。前面有一座与《贵族之家》中描绘的庄园一模一样的庄园，您要不要去看看？"于是，我们就走到了近郊的一条十分僻静的小路上。这里是奥尔利克河的一段陡岸，有一座荒废已久的宅院，它那半倒塌的烟囱已经变成了寒鸦的家。这座宅院在四周那些泛着新绿的旧式花园的映衬下，显得更加衰败。我们站在陡岸上，目光从低矮的院墙穿过去，越过花园里零星的枝叶，落在旧式花园上，看到月光从枝叶穿透过去，在地上洒下斑驳的影子。我有一种自己进入了另一个世界的错觉，我看到了丽莎、拉夫列茨基、列姆……我想，我需要一段爱情。

晚上，我跟随编辑部的人一起来到了位于市立公园的露天剧院。这里很受推崇，总是人满为患。我挨着丽卡坐，借着黑暗的掩护，我悄悄地凑近她，和她一起欣赏舞台上演出的嘈杂的戏剧。虽然我不是很喜欢，但是丽卡看起来兴致勃勃，我也高兴起来。广场上有灯光照向地面，人们都兴奋不已，美丽的女士们和帅气的皇家官兵一起跺脚，玩得开心极了。这种情绪也感染了那些没有跳舞的人，他们频频隔空举杯。演出结束之后，我们就在公园里享用夜宵。我跟女士们一起坐着，面前的桌上放着一瓶冰镇葡萄酒。不时有熟人过来跟她们打招呼，我也得以结识了这些人。大家的态度都非常友善，唯有一个军官例外。他身材魁梧，黑黢黢的脸是长方形的，一双眼睛直勾勾的，还满脸胡子。他那合身的礼服盖过膝盖，裤腿上还缝着套带。后来，这个人无意中给我的心灵带来了极大的痛苦。丽卡谈笑风生，总是露出贝齿，她知道，大家的目光都集中在她身上。此时我知道，我不能再假装事不关己了。军官跟我们告别的时候，我发现他长时间握着丽卡的手，这让我心里酸溜溜的。

在第一声春雷响起的时候，我从奥勒尔离开了。那震耳欲聋的雷声，那送我和阿维洛娃去火车站的轻便马车，以及因为有阿维洛娃做伴油然而生的自豪感，都在我心中挥之不去。对于我们的第一次分别，我内心有种难以言说的滋味，我想，可能是因为我幻想自己和她产生了爱情。我突然产生了一种别样的收获感，似乎我真的在奥勒尔获得了什么。在月台上，我看到那些西装革履的人都是膘肥体壮，就连僧侣也不例外，虽然他们穿得金光闪闪，却遮不住他们的猥琐。看到这一切，我感到十分惊奇。突然，亲王的马车带着强大的冲力闯进了车站。车上跳下一个红发大汉，他的红色骠骑兵短上衣看得人头晕。刹那间，一切都乱套了。至于之后发生了什么，我不得而知，只记得祭祷仪式阴森森的，让人害怕。之后，插满丧旗的火车头烟囱喷出了浓重的烟雾，这个油腻的钢铁巨怪发出轰鸣，向着远方疾驰而去。活塞杆像一条白带子一样一伸一缩，那绘有金鹰的车厢就像鱼儿一样往前游去。看到车轮上的泥土时，我激动得几乎流下了泪——这是来自我的家乡克里米亚的迷人的泥土。火车轰鸣着向前飞奔，继续接受着它那隆重的路祭。目送着它离开，我觉得自己好像坐在了火车上，跟着它一同穿过俄罗斯，冲向克里米亚。啊，迷人的克里米亚，这是传奇人物普希金曾经度过美好时光的地方。

此刻正在等待我的是一辆简陋的短途列车，与运送亲王的列车有天壤之别，可是一想到上车之后就可以静静地独自休息，我的心情就十分舒畅。阿维洛娃应该是明白我的所思所想，所以在不停地向我吐露心声。火车即将开动的时候，她对我说，希望不久就能在奥勒尔跟我重逢。第三遍铃响了，她在我脸上落下了一个吻，我则亲吻她的手做回应，然后迅速跳进了车厢，车缓缓地开动了。我从车厢伸出头，看到她在站台上向我挥手。火车载着我越走越远，她在我的视线里渐渐模糊起来。

我在车上经历的一切，不管是火车的艰难前行，还是突然加速，还是经过那些荒无人烟的大站和小站，还是列车发出的刺耳的轰鸣声，都让我激动不已，因为我离我的家乡越来越近了。我看到了那熟悉的一切：高低起伏的田野，光秃秃的等待着春天的白桦林，一片荒凉的远景……

2

我是满怀着希望离开奥勒尔的：要把在这里还未完成的事业继续下去。可是我离家乡越近，这个希望就越淡。我眼前的这一切——窗外的田野，迟迟不愿西斜的太阳，和在奥勒尔时有着很大的不同，所以我觉得，我几乎已经遗忘了在奥勒尔发生的事情。可是，黄昏真的降临到了车厢里，以及窗外的橡树上。这片位于列车左侧的橡树林稀稀落落的，树干上全都是节疤，光秃秃的。地上铺满了像是刚从积雪下面露出来的去年的红色落叶，看起来还比较完整。我情难自已，就拎着包站了起来：现在已经到了苏博京森林，距离皮萨列沃车站不远了。突然，我听到列车发出了一声长啸，宣告即将进站。于是，我迅速冲到了车厢乘降台，来不及等到车停稳就跳了下去。天空落下了雨滴，空气如同原始时代那样新鲜、潮湿。我看到，一节火车车皮就像被遗弃的孩子一样孤独地停在那里。我飞快地跑出站台，跑过车站大厅。来到了大门外时我发现外面一片漆黑。车站外面是一个圆形的、脏兮兮的场子，花圃里面一片萧索。在这漆黑的夜色中，我好像看到了一个驾着马车的乡下人。可能他在这里蹲守几个星期才能接到一个客人，所以他一看到我，就迅速冲到我身边。不管我提出什么要求，他都会高兴地答应下来，还说无论我出多少钱，他都会拉我，就算拉到天涯海角也愿意。"我觉得您一定不会亏待我。"下一秒，我已经坐在了他那辆窄小的马车上，一路颠簸前行。我们先是经过一个荒凉的村庄，后来到了一片幽静、荒芜的田野，又走进了如同黑色海洋一样的大地。黑暗中的大地就像一只怪兽，只有在听到西北面几朵乌云的呜咽时，才会张开绿色的大嘴。4月的风夹带着雨丝，软绵绵地吹着我，让我的心情十分舒畅。远处传来了一只鹌鹑拍打翅膀的声音，我能听出它好像在随着风改变位置。我抬头仰望，俄罗斯的夜幕低垂，只零散地分布着几颗星星。又是一年春来到，我想起了自己那充满大地和鹌鹑的童年，这段时光是我此生过得最为拮据的。走在野地里，这个俄罗斯人一言不发，他的身上还散发着破羊皮大衣和小木屋的味道，让我感到十分难受。一开始，我请求他加快速度，但是他对我不理不睬，所以我以为他这一路都会沉默下去。走到一个陡坡的时候，他迅速跳下马车，用双手握住缰绳。他的侧脸让我的内心平静下来，那匹有气无力的老马似乎也变得听话了。我们抵达瓦西里耶夫村的时候，已经是深夜了，看不到一丝灯火。我的眼睛习惯了这片黑暗之后，就辨别出了进村的那条大道，大道边的小木屋和木屋前面光秃秃的藤蔓。我看到车子此时正在下坡，进了一片潮湿的洼地。我的左边是一座通往对岸的桥，右边是一条上坡路，它的尽头就是那个冷漠的庄园。我又回想起了春季乡村的黑暗、冷漠和贫穷，我就这样度过了少年时代。对这一切，我是那么熟悉，却又感觉到一丝陌生。上坡的时候，这个俄罗斯人拖着脚步，好像陷入了昏迷。突然，从窗户里面，透过小花园的松树，射出了一束灯光。谢天谢地，大家还没有休息。走到台阶旁边的时候，马车停下了。我从车上下来，高兴地推开门走进房间。大家都笑着打量我，我像一个小孩儿一样害起了羞。

第二天一早，我就冒着大雨骑马离开了瓦西里耶夫村。农民们刚刚翻过土地，正在播种。有一个农民挽着裤脚，光着脚踩在犁上，摇摇晃晃地往前走，他那两只洁白的脚丫交替出现在松软的泥土里。牛拱起脊背，用力在田里犁出了一条沟。在牛的后面，跟着一只青色的白嘴鸦，正忙着从沟里啄食蚯蚓。在白嘴鸦身后，跟着一个挎着篮子、戴着帽子的老头儿，正在辛勤地播种。他的步伐很均匀，气定神闲，用右臂在地里画着规则的半圆，把种子撒下去。

在巴图林诺，家人们欢天喜地迎接我的归来，让我很是高兴。不过，最让我惊讶的却是妹妹流露出的兴奋。她从窗户看到我回来了，就兴奋地冲到我身边，看起来十分高兴，真是出乎我的意料。而且，她还特意换上了新连衣裙来迎接我，这让她显得楚楚动人。老家的房屋显得古朴、大气，让我深深沉醉其中。我的房间还是我离开的时候的样子，似乎我从未离开过。一切都保持着原样，就连去年冬天我离家的时候放在铁烛台上的蜡烛都还在那里。我走进房间仔细看了看，发现黑色的圣像还在原地，窗户上那紫色和石榴色的玻璃也在，透过窗户能看到外面的树木和天空。蓝色的天空淅淅沥沥地飘着雨，新绿的枝丫都被打湿了。房间里十分晦暗，木质天花板和圆木叠成的四壁都是又黑又光滑的，橡木床的圆柱也是沉重而光滑的……

3

我要去银行交利钱，所以有了去奥勒尔的正当理由。可是，我带去的钱只有一部分交给了银行，剩下的被我花了个一干二净。这种行为说明，我身上发生了一些我没有留意到的变化。我向来做事都不假思索，全凭心意。去奥勒尔的时候，我没有赶上客车，于是改乘了货车的机车。我通过高高的铁踏板爬进了一个脏兮兮的地方，看到了两个司机，他们的衣服和脸上全都是油污。他们的眼白有点类似黑色的，眼圈也像上过妆。年轻的那个猛地拿起一把铁锹，用力地铲着地上的煤。然后，他就哐当一声打开炉门，用力把煤送进了炉子，里面的火熊熊燃烧着冲出了炉门。年长的那个手里拿着一块脏兮兮的抹布，正在擦拭手指，放下抹布之后，他一阵到处乱摸。突然，我听到了一声刺耳的哨声，之后就不知道从哪里喷出了一团蒸汽，弥漫在四周，把我的视线挡住了。然后，我又听到了一声更加刺耳的哨声，列车缓缓启动了。然后，它就像一头猛兽一样，嘶吼着飞快地疾驰着。这轰鸣声是多么粗犷。一切都在不停地颤抖着，我们的力量也在不断壮大。时间仿佛静止了，我紧张得仿佛凝固了似的。只见一条火龙匀速穿梭于各个山冈之间。每一段行程，它都能毫不费力地轻松跑完。每当它跑完一段路停下来喘息时，我就体会到了夜晚的宁静，闻到了草木的芬芳，听到了夜莺的歌声……在奥勒尔，我厚着脸皮买了很多衣服：精致好看的长筒靴、讲究的腰部带褶皱的黑色上衣、红色斜领针织衫、带有红色帽圈的贵族遮檐帽以及一副昂贵的骑兵马鞍。它的皮子香喷喷的，还会吱吱作响，非常可爱。晚上回家之后，我因为这些心爱的宝贝而激动得难以成眠。我还去了皮萨列沃的马市一趟，以便买一匹好马。在马市上，我结识了几个同龄人，他们也同样穿着腰部带褶皱的短上衣，戴着贵族遮檐帽。他们是这个马市的老主顾，帮我摆脱了一个茨冈人的纠缠——他让我把他的马买下来，可惜是一匹老顿河马——还帮我买到了一匹进口的纯种牝马。然后，夏天来了，这对我来说是接连不断的节日。我每次在家里住都不会超过三天，而是轮次到我的新朋友家去做客。后来，丽卡来到了巴图林诺，我就留在了县城。她曾经给我写了一张便条，上面写的是："我已回，速来与我见面。"我激动不已，根本来不及想那张便条来自何处，也顾不上天色已晚，且一场雨即将来临，就飞快地跑去了车站。进了车厢之后，我对火车的一路疾驰非常满意。不一会儿，狂风暴雨就降临了，雷声、车厢的轰鸣声和雨水的噼啪声相互交织，列车的速度似乎更快了。蓝色的闪电照得整个车厢都明亮起来，雨水冲洗着玻璃，溅起泡沫，给车里送来新鲜空气。

与丽卡的相逢让我欣喜若狂，跟她在一起，世界上的一切似乎都不存在了。可是这个夏天，突然发生了一件事。库兹明和他的妹妹，以及他们上了年纪的父亲，住在伊斯塔河陡岸上的一座小庄园里，距离县城不远。他经常会来丽卡家做客。命名日那天，他设宴款待宾客，还亲自来接丽卡。丽卡和他一起坐着马车，我骑着马跟在他们后面。阳光洒落在旷野，像黄沙一样开阔的田野被麦垛堆着。我急于表现自己的勇气和冒险精神，就一会儿策马驰骋，一会儿勒住马，一会儿驾着它从麦垛上一跳而过，一会儿又飞快地往前跑，锋利的马掌把它的蹄子割伤了，流出了血。命名日的午宴是在陈旧的凉台上举行的，一直持续到了黄昏。夜幕降临之后，灯火、歌声、美酒和吉他声交织在一起。我走到丽卡身边，鼓起勇气，握住了她的手，她也没有把手抽回去。然后我们就像心有灵犀一样，一起来到了花园。她背靠着一棵树，向我张开了双臂。虽然我没有看清她的动作，却明白了她的意思。花园慢慢地变成了银白色，小公鸡孤独地、悠然地打起了鸣，很快整个花园都亮了。东方出现了曙光，给花园后面的田野披上了一道金光。我和丽卡站在悬崖边上俯瞰河谷，她已经不再理会我，只是陶醉地望着被烧得火红红的天边，唱起了柴可夫斯基的《清晨》。高音的地方她唱不上去，就不再唱了，而是羞涩地提着裙子跑回了屋子。我望着她那穿着山鹑色麻纱裙子的背影离我远去，惘然若失，站在那里发呆。于是，我走到了悬崖边，倒在一棵白桦树下面沉沉睡去了。太阳越来越高，越来越热，地上就像着了火一样，于是我被热醒了。这个早上和以往的每个夏天的早晨一样，清新而又闷热。我迅速起身，摇摇晃晃地去寻找一个阴凉之处。屋里的人还在沉睡，只有一个开着窗户的老人苏醒了，他的窗外长了一丛丁香草。我从他的咳嗽声判断出，他正在享受今天早晨的第一袋烟和第一杯浓茶。我的脚步声吓跑了丁香花丛里的一群叽叽喳喳的麻雀。老人听到了我的脚步声，就扯了扯自己穿的土耳其绣花睡袍，从窗口探出头来。他有两只肿眼泡，留有农民的胡子，这副形象把我吓了一跳。我略带歉意地笑了一下，就穿过阳台，走向了大门洞开的客厅。清晨的寂静、翩翩飞舞的蝴蝶，简直如在画中。客厅里有蓝色的古老壁纸，也有安乐椅和小沙发，这一切都让客厅显得非常幽雅。我躺在一个小沙发上，顾不上它给我带来的不适，迅速进入了梦乡。不久（也可能只是一会儿，因为我在睡梦中并不知道时间），有两个年轻人来到了我的面前——他们是兄妹俩，是这家的主人——跟我说话。他们长得都像鞑靼人一样漂亮，皮肤黝黑，目光锐利。他们的装扮都差不多，穿着黄色的斜领绸缎上衣。我迅速从沙发上坐起来，他们和气地告诉我，该吃早饭了，还说丽卡已经和库兹明一起走了，并递过来一张纸条。我一边接过纸条，一边想起了库兹明那双蜜蜂色的眼睛，里面透着机敏和复杂。我看着纸条上的内容，走向了古老的"女仆室"，那里有一个老妇人，她穿着一身黑衣服，态度十分恭敬，满是斑点的手里提着一瓦罐水。纸条上的内容是："不要再见我了。"于是，我就着那冰凉的水洗起了脸，感觉寒气刺骨。"要知道，我们这里吃的是从井里打上来的泉水。"她一边说，一边递给我一条毛巾。我飞快地走进前室拿起了马鞭和便帽，又快速地穿过院子，直奔马厩而去。一匹架着鞍子、站在空槽里的马向我发出了悲鸣，我看到它的肚子瘪得厉害，腹沟都露出来了。我费了很大的力气，才克制住自己的冲动。此刻我不想说什么，也不想做什么，只想找到她。让她把这个美妙的夜晚，这个早晨，她在干草丛里若有若无的脚步，以及她窸窸窣窣的裙边都还给我，否则，我愿意和她一起去死。我抓住缰绳，纵身跳到马上，飞奔出了院子。到了庄园后面，我就迅速转弯，冲进了田野，踩着麦茬一路疾驰。马儿张嘴咬住了麦穗，把几捆麦子拉到自己面前，弄得麦粒扑簌簌地往地上落，如同玻璃珠一样。在麦茬和麦捆里，有蛐蛐在纵情高歌，声音就像有成千上万只手表在走。阳光洒落在地上，朝着四周伸展。我就像疯了一样，冲向了县城。

4

丽卡的父亲是一个自由派医生,无所顾忌,也并不严格地限制她。于是,我和她终日待在她父亲位于县城的那间房子里,过了一天又一天。看到我骑着马飞奔到她身边,她非常惊慌,拿手捂住了胸口,从那一刻起,我就知道我们无法分离。谁的爱情更强烈,是我的还是她的,根本不重要,重要的是我们都爱着对方。这份爱情如此狂热,我们感觉心脏已经快到极限了。于是我们做了一个决定:暂时分手,好让我们都歇一口气。其实,我们这么做还有别的原因:我为了陪她,一直赊账住在"贵族旅馆",如今已经负债累累,而且雨季也快到了。虽然我对她依然爱得深沉,可是我不能再等了,一切在现实面前都显得那么苍白无力。我心一横,冒着倾盆大雨回了家。到家之后,我总是呼呼大睡,要是实在睡不着,我就在各个房间里来回踱步。我也不知道自己这是怎么了,只好一声不吭,什么都不去做,不去想。有一天,尼古拉哥哥来了,他走进我的房间,来不及摘下帽子就开口了:

"我的朋友,我已经对你的罗曼史有所耳闻,看来你是个大人了。你还是相信'狐狸带我离开,穿越密林,翻越高山,至于高山后面是什么,根本无人知晓①'。你不需要瞒着我,我听到的已经够多了,听不到的也能猜到。爱情就是如此,女人也是一样。我知道,你现在根本没有心情听这些,那你想过以后吗?"

我半开玩笑地说:

"每个人都跟着一只狐狸跑,不知道会被带往何处,只顾着往前跑。就连《圣经》里都说,'年轻人,你只在年幼时欢乐,

①出自俄罗斯童话《猫、狐狸和公鸡》,比喻上当受骗。——译者注

因为那时你的父母为你承担一切，你不需要思考，还总会心想事成……'"

哥哥瞧着地板，一言不发，只能听到雨打树叶的声音。然后，他忧郁地说：

"算了，你去吧。"

我问自己："我该怎么办？"其实答案已经一目了然了，但我还是无法下定决心。最后，当我决定要给她写一封绝交信的时候，心里却总是回想起她俊俏的模样。她的一颦一笑，她的鬈发，她的裙子，都在我心头挥之不去。几天后，一名信使骑马赶来，给我带来了一封信。信上只有寥寥数语，我却激动不已，迫不及待地想要见到她，听她说话。她也是一样。信上写的是："我无法忍受没有你的日子，请快点儿来见我。"

于是，这个秋天我就是这样度过的：在家里住一阵，再去县城住一阵。但我不再像以前那么奢华，我再也没有去过"贵族旅馆"，也把马鞍和马卖掉了。县城也不复昔日的辉煌，变得十分萧条。如今我总是住在谢普纳亚广场附近的一个客栈，名叫尼古琳娜客栈。当我偶尔从乌斯宾斯基大街的花园和中学经过的时候，我才会觉得自己是在故地重游。不过，我依然保持着去理发店和爱抽烟的习惯。在我很小的时候，我乖乖地坐着，等理发师给我理发。理发师挥舞着手中的剪刀，发出咔嚓咔嚓的声音，我就斜着眼睛偷看我的头发接连不断地掉到地上。每一天，我都和丽卡在一起，坐在她家的沙发上。有过恋爱经历的人都知道，在恋爱中根本就意识不到时间的流逝。她父亲经常不在家，弟弟还要去上中学，于是家里就只有我们两个人。有一天，我看到她弟弟在逗弄小黄狗陀螺，陀螺佯装生气，不停地大叫着，在楼梯上上上下下。我不知道丽卡是因为觉得弟弟太吵了，还是对我心生厌倦，反正她不再整天和我腻在一起，而是开始出去拜访朋友。我只好一个人坐在沙发上，看着她弟弟逗弄小黄狗，看着天空，不停地抽烟。后来不知道为什么，她又回到了家里，对我依然那么体贴。有一天，她捧着我的脸对我说："亲爱的，看来这一生我都无法逃离你了。"说完她就悲伤地哭了起来。我不知道该怎么安慰她，只好轻轻地拍着她的肩膀。她又说，"我只是担心我父亲，他辛苦地养育我们，在这个世界上，他对我来说是最宝贵的。"我并不知道她为什么会对父亲有这么深的感情。这时候，她弟弟跑过来，神情不太自然地对我说，他父亲请我过去一下。我发现，丽卡的脸色陡然变白。作为安慰，我给了她一个吻，然后迈着坚定的步子去了她父亲那里。我感觉，我要为我的我幸福勇敢战斗。

他抽着烟对我说："年轻人，我早就有些话想跟您说，我想您应该知道我要对您说什么。要知道，我对您没有任何偏见，但是身为一个父亲，我看重的是女儿的幸福。就让我们像男子汉一样，开诚布公地谈一谈。其实我并不了解您，您现在能不能告诉我，您觉得自己是一个什么样的人？"说完，他笑了。

我感到非常紧张，又有一丝羞涩，只好用力抽着烟。我是一个什么样的人？彼时我刚刚拜读了爱克曼①的作品，原本我打算学习歌德，自豪地说："其实我对自己也不怎么了解，上帝呀，我并不想了解自己。" 可是我面前是丽卡的父亲，于是我只好谦虚地说：

"目前我正在写作，将来也会坚持写作，我还要自修……"

我忍不住又补充了一句：

"我还准备读大学。"

—————————

① 约翰·彼得·爱克曼，歌德的朋友，编纂了《歌德谈话录》。——译者注

医生说："虽然我觉得读大学很不错，但也不是闹着玩的。那您有没有想过读完大学之后要做什么？是公务员还是社会活动家？"

我的脑海中浮现出了歌德的一句诗："我一生经历了两个世界，对尘世厌恶至极，我觉得，政治和诗歌毫无瓜葛。"

"从事社会活动可不是诗人该做的事。"我说。

他惊讶地看了看我，说道：

"那您是不是觉得，涅克拉索夫不算是诗人？但我觉得您起码应该先关注一下时事，您应该知道，每一个正直的、有教养的俄罗斯人面对这种局势都是非常不安的。"

我想了想我所知道的当前的局势：大家都在谈论反动的局势和地方长官，说"伟大的改革时代的所有创举都毁于一旦"，说托尔斯泰号召"去松下的禅室修行"。现在，我们正生活在契诃夫在《黑暗》中描写的那个时代。我还记得，托尔斯泰学说的信徒们分发的马克·奥勒留①的名言集里是这么说的："弗隆顿教导我，为富不仁。"我还想起了一个忧郁的、不知什么教派的乌克兰老人，我曾经在春天时和他一起乘船行走在第聂伯河上。他用自己的意思把圣徒保罗的话向我重复了无数遍："上帝让基督坐在自己的右边，其权力比所有的执政者、掌权派和有能力的人都要大。不仅今生如此，来世也是如此。就像现在，我们不会诅咒自己的亲人，只会诅咒掌权者和这个黑暗时代的统治者。"我感觉到了自己早年痴迷不已的托尔斯泰学说的巨大魅力。他不向任何社会屈服，又对这个"黑暗时代的统治者"满怀仇恨。于是，我也开始极力吹捧托尔斯泰的学说。

医生夸张地装出了一副无所谓的态度："您是说，您摆脱苦难

①罗马皇帝，思想家，哲学家，著有《沉思录》。——译者注

和邪恶的唯一办法就是要跟无为和恶魔对抗？"

这可是对我天大的误会。虽然我和托尔斯泰学说存在冲突，不过我依然认为它十分独特。我从彼尔·别祖霍夫和阿纳托里·库拉金[1]，《霍斯托密尔》[2]中的谢尔普霍夫斯基公爵和伊万·伊里奇[3]，《那么我们怎么办》和《人是否需要许多土地》[4]那里获得了一种强烈的感情，受到它的驱使，我才会支持有为和斗争。我曾经从《哥萨克》中获得了浪漫的幻想：人们和大自然相处得非常融洽，可是看到莫斯科的统计调查里描绘的那番可怕的情景，之前的幻想就一扫而空。既然我身为俄罗斯人，就无法摆脱这种不合理的生活留给我的印记。我经常会想，要是可以摆脱这种生活，去草原农庄、去岸边的土屋里生活，该是一件多么美好的事。但是我不敢把这些想法向医生和盘托出，否则他会耻笑我的。他貌似认真地听着，但是我知道，他并不在意我的话。很快我就听到了他发出的呼噜声，他双眼紧闭，已经睡着了。但是他迅速克制住自己，没有打哈欠，让它从鼻孔里溜走，然后对我说：

"我明白您的意思了，您不想跟凡人一样，追求'今世'的幸福。但是您要知道，幸福并不是个人的。以我为例，我非常懂人民，所以根本不会赞赏人民。我并不相信所谓的'智慧来源于人民'，可我依然会和人民一起，把陆地架在三条鲸鱼之上。[5]但是，难道这样就可以说我们就对人民没有义务和责任了吗？在这一方

①这两个人都是托尔斯泰《战争与和平》里的人物。——译者注
②这是托尔斯泰写的一篇小说的名字，全名是《霍斯托密尔——一匹马的故事》。——译者注
③小说《伊万·伊里奇之死》的主人公，作者是托尔斯泰。——译者注
④这是托尔斯泰的两部作品。——译者注
⑤古代传说，地球是架在三条鲸鱼之上的。——译者注

面，我不敢对您妄下断言，但是我很高兴和您交谈。现在我们再说回原来的话题，无论你们俩现在是什么感情，这种感情到了什么地步，我都不会同意你们在一起。没错，她有充分的自由，可以选择是否要跟您在一起，但是，我绝对不会祝福你们的。虽然我对您的印象不错，但是我只能对您说祝您顺利。说得庸俗些，虽然恋爱里充满了浪漫，可是过日子是现实的，我不愿意你们俩困苦一生。您好好想一想，你们俩有什么共同点。诚然，丽卡很好，可是我得承认，她总是一会儿喜欢这，一会儿喜欢那，朝三暮四。她不会喜欢托尔斯泰松下的禅室，对于我们这里来说，她的穿戴也非常怪异。虽然难以启齿，我还得说，她学坏了。所以我觉得，你们两个不合适。"

她正站在楼梯间，静静地等我。一看到我下来，就用探寻的目光看着我。她羸弱的身躯抑制不住地在颤抖，她一直在刻意控制着，准备听到可怕的消息。我把医生的最后几句话转告给她，她低下了头。

"我绝对不会违背他的心意。"她说。

5

下榻在尼古琳娜客栈时，我总是会去谢普纳亚广场闲逛，再去寺庙后面的空地上，那里有一片围着古墙的坟墓，荒草遍地，满目凄凉，很少有人前来。无人问津的十字架和墓碑在这里默默地沉睡着，随风飘过的薄雾营造出一种虚幻的、朦胧的鸣响。这里有一种恐怖的神秘主义，还有远古时代的、身上的白色裹尸布早已变成了绿色的老翁，还有在平原上翱翔的巨大的天使。她的袍子被风吹起，露出少女般的腿，让我生出许多遐想。这里的墓碑倾颓，墓穴龟裂，里面的白骨都露出来了，但是画有辽阔草原的大门顶还是好的。客栈里空荡荡的，满是县城秋天的宁静。我刚走进客栈的院子，就遇到了厨娘，她穿着男式长筒靴，抱着一只公鸡。一看到我，她满怀歉意地笑着说："我刚去棚子下把它抱出来，现在准备抱它回屋。它老糊涂了，只能和我住在一起。" 我踏上石阶，穿过漆黑的过道和暖和的厨房，再拐一个弯就进了正房。其中有一间是女店主的卧室，另一间里面有两张大沙发，供客人居住。平日里有人来投宿，都会住在这里，但是如今我一个人占据了这么大的空间。房间里十分安静，女店主房间里的闹钟在嘀嘀嗒嗒地走着，时间就这么缓缓流逝着……女店主魅力十足，尤其是她刚刚沐浴完毕的时候，头发湿淋淋的，眼神十分迷离，穿着白色睡衣，安静地躺在安乐椅上，真是美极了。每天早上她从卧室里走出来，都会客气地冲我笑一下，她的嗓音十分迷人。我甚至经常遐想：我和她一起生活在这里，养着一只猫，管理着这个客栈，还有一个厨娘……我们依偎在一起，岁月静好，现世安稳。阳光从橱窗透进来，洒在她身上，她喜欢的那只猫也打着呼噜，我们笑着看一眼对方，分别拿起一杯茶，看着一本书，度过了一个美好的下午。那只猫趴在她身上撒娇，让我羡慕不已。特别是我看到它眯缝的双眼，听到它的呼噜声，更是十分忌妒。这时候，几声砰砰声让我回到了现实，原来是厨娘在关百叶窗。我竭力控制住自己不再胡思乱想，我原本是为了丽卡才会在这里投宿的啊！门上那个锁链的造型非常奇特，让人忍不住联想到古代，仿佛一件艺术品一般。我继续喝着茶，屋子里似乎越发宁静。她的房间里有两张沙发，其中一张沙发上面挂着一幅画，画上有青翠的树林，林间有一座小屋，小屋旁边有一个老人，正在温柔地抚摸一头小熊。小熊不但不反感老人的抚摸，反而眯起双眼，沉醉其中。另一张沙发上挂着一张照片，上面是一个穿着黑色衣服、躺在棺材里的老人，他脸色苍白，神情倨傲。他就是女店主那已故的丈夫。可是我觉得，任何看到这张照片的人都会跟我一样，觉得荒诞不经。厨房外面传来了打零工的姑娘们的歌声，她们都住在附近的农庄里，农闲的时候才会过来。"马车在教堂门口停下，隆重的婚礼即将开始……"这美妙的歌声被风吹到无边的夜色中，融进了秋天。我听着她们的歌，觉得做一个普通人，一边劳动一边听歌，似乎也很快活。我感觉，在这种生活中，甚至在那个死者的画像上，都弥漫着一种甜蜜的哀愁。

<h1 style="text-align:center">6</h1>

11月，我动身回家了。临别之前，我和丽卡约好，她在12月1日到奥勒尔等我，为了避免别人嚼舌根，我会故意晚几天过去。要是一切顺利，我们可以在奥勒尔独处两周。可是到了12月1日，我就产生了一种与我在巴图林诺和瓦西里耶夫村之间的雪原上快速前行的时候类似的感觉。于是，我坐着马车，直奔皮萨列沃而去。在这个夜晚，我回想起了和丽卡的爱情。两套马车急速前行，马的臀部非常有节奏地一起一伏，带着我的思绪也不断起伏。我发现，有一匹速度很快的马总是关注自己的轭，它的蹄子总是带起一大团血块……景色快速地退到我身后，如同有人在跟我赛跑，我们时而相对静止，时而快速移动。雪上布满了冰凌，如同鱼鳞一般闪着清冷的银光。低矮的月亮静静地挂在天上，周围笼罩着一层朦胧的红晕，看起来非常孤寂。我坐在飞快地前行的马车上，一动不动。我

又回想起了几年前我去瓦西里耶夫村的情景，当时我那么年轻，那么天真，沉迷于从瓦西里耶夫村带回来的旧书里，根本不关注我身边的这个世界。那段日子真的是无忧无虑。我还记得那些四行诗、叙事诗、哀歌……

> 骏马奔腾，四周寂静无声，
> 眼前是一望无际的草原……

"如今这一切都去了哪里？"我坐在那里，不停地胡思乱想。我合着马儿的节拍，暗自吟诵："骏马奔腾，四周寂静无声……"我感觉此时的自己化身成为勇敢的骑士，策马奔腾在辽阔的草原上。我戴着高筒军帽，穿着熊皮大氅，感觉世界尽在我的掌控之中。可是那个穿着短皮袄和呢子大衣、披着一身雪花的雇工，以及我冻僵了的脚周围的麦秆，却击碎了我的幻想。一切都在告诉我："看看你现在的这副模样，不要胡思乱想了！"跑到瓦西里耶夫村的时候，马车滑进了一个大坑，辕马跌倒，折断了车辕。雇工下车去绑车辕，我在车上焦急地等待着，生怕会误了火车。刚到车站，我就买了一张头等车厢的票，因为我知道丽卡向来都是坐头等车厢的。在我跑向站台的时候，清冷的月光洒在地上，如同给人们披上了一层薄纱。路灯给我打上了追光，此刻，我就是勇敢地追逐爱情的英雄。火车渐渐靠近车站，我眺望远方，看着漫天雪花飞舞，它们似乎在告诉我，前路渺茫。我的心骤然感到冰凉，我似乎成了一个玻璃人。直到大钟敲响，我才回过神来。然后，我听到了一阵刺耳的开门声，从大厅里冲出了许多人，朝着站台飞奔。我也回过神来，拿起行李，步履匆匆地迎着车走过去。此时我只能看到机车的一个模糊的影子，它艰难地喘息着，如同一个衰老的老人。而且，它被大雪覆盖着，看起来非常寒酸。在暗红色的灯光的照射下，它看起来可怕极了。终于，火车驶进了站台，它吱呀作响，似乎在向人们诉苦。我跳到车厢的过道上，一推门就看到了丽卡。她是这节车厢里唯一的乘客，在樱桃色窗帘的衬托下，她看起来美艳动人。她安静地坐在那里注视着我，小小的身影十分落寞。

可能是车厢太老了，火车开动之后，它就吱呀作响，还不停地晃动，车门和侧壁都发出很大的响声……就这样，我们慢慢地离开了站台，一切都没有受到我们的理智的掌控，自然而然地发生了。丽卡面色绯红地站起来，神色迷茫。她理了理头发，就坐到角落里，双目微合，做出一副神圣不可侵犯的模样。

7

这一整个冬天，我们都是在奥勒尔度过的。

这种新奇的、令人不安的亲密关系让我们两个非常激动。那天早上，我们一起从车上下来，走到编辑部，那种感觉真是美妙得难以言说。

她还是借住在阿维洛娃家，我就住在一个小客栈里。通常，我们除了会在小客栈小聚一会儿，大部分时间都待在阿维洛娃家。我知道，这种得来不易的幸福让我们的肉体和精神都倍感疲惫。

一天晚上，她出去溜冰，我留在编辑部办公。当时我已经开始工作了，还能拿到工资。阿维洛娃去开会了，我就独自在办公室里熬过这个长夜，觉得十分凄苦。都是为了她，我才会来到这里，做着这些不值得我做的事，而她却抛下我去溜冰。在昏黄的路灯下，行人踏着雪来了又走,那吱吱呀呀的脚步声似乎偷走了我的什么东西,徒留下一串串脚印,似乎在讲一个悲伤的故事。我突然有了一种说不出的感觉,可能是忌妒,也可能是难过。我想,此刻她一定在冰封的人工湖上玩得痛快淋漓,在军乐悠扬中身边有无数个人穿梭着。这时候门铃响了,她穿着灰色的裙子,戴着一顶黑色的鼠皮帽子,带着一身活力和寒气走了进来。她的脸蛋红扑扑的,看得我都呆了,她可真美啊!"累死我了!"她扔下这句话就回到了自己的房间。我跟在她身后进了房间,看到她倒在沙发上,手里还提着冰鞋,笑容里满是困倦。我怀着痛苦和习以为常的心情,盯着她那系着很高的鞋带的脚背,盯着她藏在短裙下的穿着灰色袜子的腿,感觉连那厚厚的毛料都在折磨我。我怀着气愤又心疼的心情,开始数落她,因为我一整天都没有见到她了。可是,我看到她睡着了,于是我又充满了温存和怜惜。不久她就醒了,带着忧郁的语气温柔地说:"亲爱的,请你不要生气,我能听到你说的话。可是我很累,这一年我经历了太多的事情。"

8

她以学习音乐为借口,留在了奥勒尔,而我的借口则是要在《呼声报》工作。一开始,我还以为自己的生活走上了正轨,慢慢会安定下来,我有了工作,也过得十分充实,心里有一种说不出的高兴。但是过了没多久,我就对这一切心生厌倦。我正值大好年华,应该把整个世界踩在脚下,现在却在这里做着这种琐碎的工作。这个念头产生之后,不久就在我心里扎下了根,时时折磨着我。我总是告诉自己,这一切都是暂时的,一切都会往好的方向发展。可是，以后是不是真的会好呢？慢慢地，我觉得自己和丽卡在思想、价值观、兴趣方面都存在着很大的差距。换言之，我觉得她的忠贞并不可靠。理想很丰满，现实却很残酷。在这个大雪纷飞的冬天，我终于意识到这个世界上没有十全十美的爱情。对于这种全新的感受，我本能地感到抵触。

最让我讨厌的，就是和丽卡一起参加舞会。她是个美人儿，总会吸引全场的目光。我看到她和那些青年俊杰一起跳舞，她兴致高昂，随着音乐翩翩起舞，双腿飞快地闪动。浪漫的华尔兹狠狠地敲打着我的心，我忍不住落下泪来。最让我郁闷的，是她和那个个子很高的军官图尔恰尼诺夫一起跳舞。这个人深得大家的欣赏，而且大家都认为他们两个是天生一对。他有一张黝黑的面孔，眼神非常死板，还有半拉络腮胡子。丽卡的个头不算矮，但是也只能到他胸口的位置。他搂着她，从容地、长时间地转圈，霸气地看着她。她仰着头看着他，露出一种像是幸福又像是痛苦的表情。看到这种表情，我非常憎恨。我想，要是他可以吻她一下，就能证实我心里的猜想，虽然这会让我十分痛苦，却也会让所有的问题迎刃而解。

她说："你就是想让我跟你一样离群索居，过孤独的生活。你只顾着自己，根本不为我考虑，想要剥夺我所有的私生活和社交活动。"

我也知道有这么一种法则：在所有的爱，尤其是对女性的爱中，要怀有一种温柔的怜悯之情。但是我根本做不到（尤其是在人群中），我想用一座牢固的城堡把她困住，那她就专属于我一个人了。那样，她就不会在人群中那么出众，别人也无法体会到她的美，她只专属于我。当然这一切并不可能。我们出现在社交场合的时候，态度总是十分疏离，我努力把自己当成一个旁观者。但是，这样做的时候我心如刀绞，因为我是那么想亲近她。

我经常给她读诗。

"你听，这诗多么感人！"我说，"'请把我的灵魂带去歌声嘹亮的远方，那歌声里充满了忧郁，如同树林里凄冷的月光。'"

但是她并不觉得感人。

"写得很棒，"她躺在沙发上，用双手托住下巴，瞟着我淡淡地说，"可是为什么要写'如同树林里凄冷的月光'呢？这首诗的作者是费特吗？他总是喜欢过分描写大自然。"

她的态度和她的话都让我气愤不已。我告诉她，我们都生活在大自然中，就连最微小的空气流动都是我们的生命在运动。她笑着说：

"亲爱的，你说的这是蜘蛛的生活。"

我读道：

> 我伤心地走过林间小径，
> 时光从尘埃中悄然滑过，
> 风暴如同一条条长蛇，
> 从雪堆里逶迤爬过。

她问：

"蛇？"

我脸色苍白地给她解释，就是风搅着雪，如同一条条长蛇。然后我又读道：

> 寒夜睡眼惺忪
> 看着我的车篷底下……

山外林后云雾在缥缈

　　忽明忽暗的月亮如同幽灵一般……

　　她说："亲爱的，你说的这种情景我可一次都没有见到过。"

　　我一边继续读，一边暗自责备她：

　　穿透乌云的阳光高远又火热，

　　你在长凳上画上耀眼的黄沙。

　　她看起来很高兴，我想，她一定是联想到自己在太阳伞下画画了。

　　"这首诗很不错，"她说，"好了，别念了，来我身边吧，我觉得你似乎总是对我很不满意。"

　　每当我跟她讲起自己的父母和妹妹，讲起我度过了美好童年的小庄园，她的态度总是非常冷漠。我跟她说，有一段时间我们过得困苦不堪，只好取下圣像上的旧金银衣饰，卖给一个名叫梅谢里诺娃的老太太。她长着一副东方面孔：水泡眼、鹰钩鼻，还有小胡子，一个人住在城里。她非常有钱，穿着绸衣，披着好看的披肩，还戴着戒指。她的房间里堆满了各种稀有贵重的东西，却还是显得空荡荡的。她还有一只奇怪的鹦鹉，整天发出呆板的叫声。我一边讲述，一边渴望看到她悲伤、感动的表情，但是她根本无动于衷。

　　她十分随意地说："好可怕啊！"

　　我在城里待得越久，就越觉得自己不受欢迎。就连阿维洛娃对我的态度也越来越冷淡，我的生活烦闷又无聊，感觉大家都在等着看我的笑话。我很想和丽卡单独相处，跟她说说心里话。我待在客栈那个狭窄阴暗的房间里，看着我所有的财产——几本破书，几双烂皮鞋，气就不打一处来。夜晚如此寒冷，我是如此难过。我想尽办法也无法摆脱孤独，它就像恶魔一样，让我备受煎熬。我睁着眼睛盼天亮，抱怨钟声迟迟不敲响。她的房间位于走廊尽头，和我的同样狭窄，不过窗户正对着花园。她总是把房间收拾得干净整洁，让人觉得非常温暖。她每天傍晚都会换上好看的便鞋，点上火炉，缩进沙发里，表情非常高兴。于是，我开始念诗：

> 午夜风雪咆哮，
> 我们在荒郊野外，
> 席地对坐，
> 四周寂静无声，
> 只有火苗毕毕剥剥的声音。

可是，对于风雪、森林、人家、烟火这些赏心乐事，她提不起任何兴趣，总有一种陌生的感觉。

有那么一段时间，我觉得只要我坚持每天给她念诗，她就会有感觉。我念道："你知道吗？走在这铺满落叶的小路上，恍若秋天已经到来。金黄色的叶子在阳光下闪烁着耀眼的光芒，似乎讲述自己内心那甜美的哀愁。"听到这里，她十分兴奋，于是我趁机向她讲述了我的一件往事。深秋的一天，我家厨房的天花板突然掉落下来，砸伤了那个老厨子。要是一个年轻人受这么点儿伤，根本不算什么，可是他年纪大了，受伤之后只能躺在炉炕上静养。于是，我和哥哥格奥尔基就承担起了买桦木的任务。那一天，天空飘着细雨，洒落在树林上。我俩就冒着雨跑到树林里购买木材，以便把天花板的大梁支撑起来。我俩和几个农夫一起坐着大车，一路上经过了无数个大小水坑，终于来到了树林。很快，我们就发现了一棵挂满了枯叶的桦树，它似乎散发着一种衰落的美，我们就决定选它了。农夫们绕着它转了一圈，在手心吐了一口唾沫后就抡着斧子砍向了它。虽然他们身材笨拙，手艺却十分高超，我看看他们，再看看眼前这棵树，突然顿悟了。四周都是潮湿的，此处却亮闪闪的，这让我觉得非常奇怪，我甚至觉得自己可以以此为素材写一部小说。可是丽卡听了我的话，却不在意地耸耸肩说：

"亲爱的，不是有很多东西可以写吗？你为什么总是写天气？"

我对音乐有一种挚爱，每当我听到丽卡演奏音乐，我心里就十分矛盾，如果以后我跟她分手了，到哪里去听这么美妙的音乐呢？我听着她演奏音乐，就想把她拥入怀中，就算为她去死我都愿意。可是，我真的觉得这段感情让我身心俱疲，我想多活一段时间。可是，每当我听到自己不喜欢的东西，我总是会直抒己见，这让她非常生气。

"娜佳！"她的手松开琴键，转身大声对隔壁的阿维洛娃说，"娜佳！你听听他都胡说些什么呢！"

"我非说不可！"我大声说，"这几部奏鸣曲每一部都有四分之三的时间十分嘈杂，还能听到用铁锹挖坟墓的声音。时而像仙女在草地上翩翩起舞，时而像瀑布奔腾。你知不知道，我最讨厌'仙女'这个词，它比报纸上的'孕育着的'这几个字更讨厌！"

她对戏剧十分痴迷，我却对它厌恶至极。我坚信，这些演员都非常低俗，他们并不是艺术家，却要用庸俗的方式伪装成艺术家。他们总是戴着绿色的丝绸头巾，对季特·季特奇①们俯首帖耳。就算他们的声音甜得发腻，也无法改变他们低贱的地位。而季特·季特

---

①这个人是俄国剧作家奥斯特洛夫斯基的剧本《代人受过》中的人物。——译者注

奇们总是十分傲慢，左手时而捂住胸口，时而放在礼服的衣袋上。像笨猪一样的市长们，轻佻的赫列斯塔科夫们，用腹语嘶哑地说话的奥西普们[①]，让人恶心的列波季洛夫们，游戏人生的纨绔子弟恰茨基们，以及嘴唇很厚的法穆索夫们[②]……这一切都令人作呕。哈姆雷特们更是穿着如同送葬者般的大氅，腿上裹着黑丝绒，脚掌像贫民一样，戴着弯弯的帽子，活像好死之徒，看起来一点儿精气神都没有。天啊，这真的是那个丹麦的王子哈姆雷特吗？歌剧呢，里戈列托[③]的腰弯得过分，双腿更是违背自然法则。苏萨宁翻着白眼，声音低沉，冒着傻气地大叫："朝霞，升起来吧！"《水仙女》[④]中，磨坊主伸出枯枝一样的双手，虽然气得浑身哆嗦，却没有把手上的订婚戒指摘下来。他的衣服破破烂烂的，好像被疯狗咬过。我们在戏剧方面没有达成任何一致，也不愿意向对方低头。有一次，一位在省内非常知名的演员来奥勒尔上演《狂人日记》[⑤]，他长得女里女气，却胡子拉碴，他穿着病号服躺在床上，很长时间不说话，这段时间长得让人受不了。然后他的表情从又痴又喜逐渐变成了惊愕，他语速缓慢地吐出了几个奇怪的字符："今——天——"，然而大家居然对他的表演兴致勃勃。第二天，他演的是柳比姆·托尔佐夫[⑥]，演得更为精彩。第三天，他扮演了瓦灰色鼻子、满身油污的马尔美拉陀夫[⑦]。"阁下，我岂敢向您陈述？"这一句话就把这个角

---

①这是俄国作家果戈理的《钦差大臣》里的人物。——译者注
②这是俄国作家格里鲍耶陀夫的剧本《智慧的痛苦》里的人物。——译者注
③意大利作曲家威尔第的歌剧《弄臣》里的主角。——译者注
④捷克作曲家德沃夏克的歌剧。——译者注
⑤俄国作家果戈理的作品。——译者注
⑥奥斯特洛夫斯基的喜剧《贫非罪》中的人物。——译者注
⑦俄国作家陀思妥耶夫斯基的《罪与罚》中的人物。——译者注

色刻画得非常生动。还有一幕是一个女演员在舞台上表演写信，她突然想写下一句事关生死的话，就坐在舞台上，用一支笔往空的墨水瓶里蘸了一下，写下了很长的三行字。然后，她小心地把信装到信封里，拉铃把女仆叫了进来，然后硬邦邦地说："马上派人去送信！"我还记得女仆长得很好看，围裙是白色的。每次看完夜戏，我们就会大吵一架，甚至直到半夜三更，吵得阿维洛娃睡不着。我不但对果戈理、托尔佐夫和马尔美拉陀夫等人的作品满怀怨念，还诅咒果戈理、奥斯特洛夫斯基、陀思妥耶夫斯基……

"就算你是对的，"她呵斥我，"也用不着发这么大的脾气吧？而且你为什么总是火气这么大？娜佳，你问一问他！"此刻她脸色发白，眼睛发黑，尤为妩媚。

我大声说："我一听到演员把'芳香'误念成'帆香'，就有一种想要掐死他的欲望！"

我们之间的这种争吵总会在和奥勒尔社交界的聚会之后爆发，几乎每周一次。我竭力想要和她分享我在观察的过程中获得的快乐，想用我对身边人的态度来影响她，然而，现实却是我们之间很难产生共鸣。我发现，我们之间的差距越来越大。有一次我对她说：

"我有很多敌人。"

"什么敌人？在哪里？"她问。

"遍地都是啊，在旅馆里、商店里、大街上……"

"到底是什么敌人？"

"每个人都是我的敌人，你应该知道，小人无处不在。圣保罗都说过：'肉体各不相同，人有自己的想法，动物也有自己的准则……'有些人非常可怕，走起路来摇摇晃晃，身子都是歪斜的。我昨天在博尔霍夫大街上，就跟在一个警长身后走了很长一段距离。他身材魁梧，肩膀很宽。我目不转睛地看着他的大衣，里面有宽厚的脊背和包在锃光瓦亮的靴筒里的腿肚子。我看着这个身强体健、道貌岸然的中年男人，想看看他光鲜的外表之下隐藏的是怎样的坏心眼。"

她厌恶地说："你真是不知羞耻，我感觉我真的不了解你，你难道真的这么缺德，心里全都是离奇古怪的想法吗？"

9

每天早上我来到编辑部，看到她挂在衣架上的灰色皮大衣，就如同看到了她本人一样，心里感觉十分幸福。她神情妩媚，姿态动人，一想到这些，我就难以抑制想要见到她的欲望。一想到她，我就觉得非常开心。我坐在办公桌旁，翻阅修改小说和地方通讯，从首都报纸上寻找资料来编辑"本报讯"，还要改写地方上的文人投来的稿件，以此来开始新一天的工作。我一边工作，一边静静地等待着她的脚步声传来。终于，我听到了她的裙子发出的窸窸窣窣的声音。我看到她精神焕发地走过来了，看来昨晚睡得不错。啊，她是如此年轻和美丽，浑身上下散发着清爽的气息。她紧张地环顾四周之后，就给我一个吻。有时候，她也会带着冬天的寒气，到客栈里来看我。她的脸蛋冻得像苹果一样，我急忙亲吻她，再把她裹进我的大衣，享受着她柔软的身体带给我的折磨。她用力挣脱我，假装生气地说："松手，我是来办事的。"说完，她就按响铃，把侍者叫来打扫房间，她也亲自动手帮忙。

有一次，我无意中听到她和阿维洛娃在客厅里聊天，可能她们以为我去了印刷厂，于是谈起了我。阿维洛娃问她：

"丽卡，你今后有什么打算？你也知道，我对他并没有什么好感，虽然他有时候确实很可爱。我知道，你现在被他迷住了，可是你想过以后吗？"

听到她的话，我仿佛掉进了万丈深渊，原来她只是觉得我"很可爱"，而她只是暂时被"迷住了"。

她的回答更是让我寒心。

"我也不知道怎么办，前途渺茫。"

我感觉自己要疯了。我有一种冲动，想要冲出去对她大喊："你会有出路的，我会在一个小时内离开奥勒尔。"

这时候她又说："娜佳，难道你没有看出我是真心爱他吗？而且你并不了解他，其实他本人比外表好千百倍。"

没错，从外表看来我并不好。我没什么钱，忧心忡忡，在待人接物方面有所欠缺，骄傲自大，性格多变，还容易生气，一旦看到有什么威胁我跟她之间的关系的东西，我就会大发雷霆。可是，当我看到没有人觊觎她，我就会回归善良的天性，过得十分快乐。如果她让我陪同出席的那个宴会不会给我带来屈辱，我会在镜子前顾盼流连，高兴地去赴约。我感觉自己的眼睛神采奕奕，自己的白衬衫发出的声音那么动听。如果她在舞会上不和别的男人共舞，我也会非常快乐。可是每次舞会我都会十分难受，因为我要穿阿维洛娃死去的丈夫留下的燕尾服，虽然它看起来崭新，但是我心里并不舒服。不过，走出那道门之后，我的心情就好多了，如同所有烦心事都随风飘散。不过，每个舞会的入口都会用红色的天幕，还会雷打不动地有嚣张的警察……这些人非常热衷于这个光怪陆离的世界，迫不及待地想要登上这个打了追光的舞台展现自己。而那些警察也把自己当成了王者，大声指挥着客人们停放车辆。在雪地上，他们的长筒靴闪耀着光芒，落了雪的胡子也冻得翘起来。他们带着白色手套，却硬要把手放在口袋里，真是匪夷所思。到场的男士全都穿着制服（因为此时制服在俄国十分时髦），以此来表现自己的官职和社会地位，对此，他们十分自得。而且我发现，所有身居高位的人似乎都不在意自己的官职，这让我深受刺激。我是个不名一文的年轻人，在编辑部干着杂活，甚至穿着别人的衣服来参加舞会！于是，我敏锐地观察起他们。女士们刚一进门就会脱下大衣，交给门边的侍者。她们身材苗条，笑容动人，走在红毯上时，为整个大厅增色不少，把所有的男人都迷住了。大厅里突然生动了许多，耀眼的吊灯、光滑的木地板，以及各种混合在一起的香味……乐队吹出第一声鸣奏之后，第一队舞伴就飞快地在舞池里旋转起来。通常他们是最自信的，会引起全场的关注。

每逢有舞会的时候，我总是早早就到场，再观察后来的来宾入场。此时，我总会感觉自己头脑冷静，与众不同。随着入场的人越来越多，我才意识到自己不但与众不同，而且完全无法融入其中。于是，我只好郁闷地喝酒，喝醉之后，我就肆无忌惮地盯着别人看。我贴着别人的身边走过，一开始我碰到他们的衣服还会假意道歉，后来我就根本不在意了。我放肆地看着女人们柔美的曲线，也傲慢地看着男人们，对他们做的一切都十分鄙视。过了一会儿，她们来了，我从她们一进门就注意到了。我看到丽卡的笑容，心好像被揪住了，惊讶、局促……各种感觉一起涌上心头。这是她们，但是不太像，特别是丽卡，她青春动人，体态优美，紧身连衣裙很好地勾勒出了她的曲线。她的脸是如此美丽，手和肩膀都冻得发紫，但是并不妨碍我对她的爱。看她的表情，她似乎不太自信，可是她的头发梳得高高的，如同舞女一般，让我深受刺激。我觉得，她就像一只即将破茧而出的蝴蝶，随时准备摆脱我。不一会儿，就有人来邀请她共舞，她把扇子递给阿维洛娃，大方地把手放在对方的肩头，跟他一起旋转着进了舞池。她的动作看似随意，却又十分大方，这是我很喜欢的。我隐匿在人群中，怀着冷冷的敌意看着她，似乎在跟她诀别。

阿维洛娃也打扮得很有朝气，看起来心情不错。我突然意识到，她才26岁。我想，她对我的态度之所以会有如此大的转变，可能是因为她爱上了我，因爱生妒。

10

医生不期而至，让我们被迫分开了。

一个清冷的早晨，我和往常一样走进了编辑部的前厅，突然闻到了一股烟味儿。开始我还纳闷，是谁在抽烟。然后我就听到有人在谈笑风生，原来是医生来了。屋子里全是烟，他在高声谈笑着。我知道，这种笑是精力充沛、生活富足的老人所特有的。我突然慌了神：他的不期而至意味着什么？我努力让自己镇定下来，走进屋子的时候，我还努力装出了一副喜出望外的样子。善良的医生见状尴尬不已，急忙道歉，说自己只是来小住一个星期。我注意到，丽卡似乎很激动，阿维洛娃也是如此，可是我还是希望她们是因为医生的突然到来才会这样的。医生刚刚经历长途跋涉，从县城来到省城，坐在餐厅里喝着热茶，心情自然十分舒畅。可是，我还来不及松一口气，就遭遇了沉重的打击。医生说，他是和博戈莫洛夫一起来的。这个人是县城里的皮革商，腰缠万贯，而且早就对丽卡情有独钟。医生笑着说：

"丽卡,这个年轻人说他非常爱你,才会孤注一掷来到这里。现在他的命运就掌握在你手里,要是你愿意,那就是上天给他的恩赐;要是你不愿意,他这一辈子就完了。"

博戈莫洛夫不但非常有钱,长得也一表人才。他体形偏胖,第一眼看上去就像一只约克猪,但是他有一双蔚蓝色的眼睛,很容易让人沉醉其中。他的脸颊红红的,举止羞涩,神情可爱,十分讨人喜欢。他接受过大学教育,还出过国。他的衣服全是英国料子,袜子和领带也是丝织的。我瞥了丽卡一眼,发现她十分尴尬。突然间,屋子里的一切都让我觉得十分陌生,我觉得自己根本不该出现在这里。我身心俱疲,甚至有点儿恨她。

从那之后,我就很少有机会和丽卡单独相处了。她总是陪伴着她的父亲和博戈莫洛夫,阿维洛娃也总是得意地笑着,对博戈莫洛夫十分殷勤,像对待家人一样。每天他早早就来了,直到夜里才回去。此时,丽卡所在的戏剧爱好小组正在忙着筹备谢肉节的戏,博戈莫洛夫和医生都成了其中的配角。丽卡对我说,她之所以会同意让博戈莫洛夫对自己大献殷勤,都是为了父亲。我极力压下心中的愤怒,假装相信她说的这番话,还强迫自己去看排演。那出戏真的是糟糕透顶,我为她那种"演戏"的欲望感到十分羞愧。他们请来指导他们的是一个失业的演员,这个人非常自傲,一会儿扮演男角,一会儿扮演女角。他自视才华出众,要是别人不按照他的意思表演,他就粗鲁地吼叫,其实他表演得也很烂。导演都是这样,其他的演员就可想而知了。在这群人里,有一个骨瘦如柴、刚愎自用的团长夫人,我想这种人应该在每个省城里都有。还有一个非常美丽的姑娘,她似乎对自己缺乏信心,总是咬着嘴唇。另外,演员中还有一对在全城都十分闻名的姐妹,她们有着相似的外表和身形,却总是表情严肃，眉头紧皱，如同一对拉单辕车的黑马。还有一位年轻的省长特派员，他个头很高，头发却不多了。他总是高竖着衣领，似乎告诉身边的人，他是一个讲究的人。还有一位在地方上很有知名度的律师，他身材魁梧，双脚笨拙，穿上燕尾服之后就像一个服务员。还有一个艺术家，眼睛半闭半合，留着山羊胡子，娇嫩的嘴唇像女人一样鲜红，臀部也很像女人，看起来让人倍感难受。

终于要进行演出了，我在开幕之前钻到了后台，看到那里十分混乱，有人在穿衣，有人在大叫，有人在化装，有人在争吵。大家从更衣室里跑进跑出，经常会撞到一起，谁也认不出谁来。他们都打扮得非常奇怪，有一个人甚至穿着褐色的燕尾服和淡紫色的长裤，额头上还贴着粉红色的贴片，上了油彩的脸上没有任何表情。然后我看到了丽卡，她穿着一件非常华丽的老式连衣裙，头上戴着一顶淡黄色假发，脸蛋看起来像木版画上的美人，又有点儿像洋娃娃。博戈莫洛夫扮演的是一个守院子的人，还化了装。医生扮演的是一个退役的将军，整个故事就是从他这里开始的。只可惜，医生躺在别墅安乐椅上看报纸的时候，把台词给忘记了，虽然提示席上不停地传来呲呲声，但他还是只盯着报纸，想不起要说什么台词。于是丽卡就从后台冲到了台上，顽皮地捂住他的眼睛，大声说："你猜我是谁？"这时候他才说："松手，你这个死丫头，我怎么会不知道你是谁？"在灯光的照耀下，医生看起来年轻了许多，但是这并不符合原剧本。

大厅里忽明忽暗，舞台上的灯光却十分耀眼。我在第一排坐着，时而看着舞台上的人，时而看看身边的人。那位胖得呼吸困难、非常有钱的文官，就坐在我的左边。还有一些战功显赫的军人也坐在第一排。他们一直目不转睛地看着舞台，神情也会根据表演发生变化。我没有耐心地等待第一幕结束，此时，台上传来了"咚"的一声，我知道，快要落幕了。我顾不上台上的人演得正起劲，匆匆忙忙地离开了。走廊里的灯光非常明亮，一位对一切都习以为常的老侍者帮我穿好大衣。我听到从里面传出的演员们的声音，真是一分钟都待不下去了。我来到了空荡荡的大街，感觉连灯光都是凝滞的。我觉得一个人待在客栈里是非常可怕的一件事，于是我没有回客栈，而是朝着编辑部走去。我经过了机关区，来到了空无一人的广场。广场的中央有一座教堂，发出微弱的灯光。我走在积雪上，脚下传来的咯吱声让我感到非常害怕……温暖的屋子里非常安静，唯一的声音就是钟表的嘀嗒声。保姆睡得迷迷糊糊的，给我开了门，只打量了我一眼就走了。这时候，阿维洛娃的小儿子早已进入了梦乡。楼梯下面的这间房是我再熟悉不过的，我进入房间之后，并没有开灯，直接坐在了沙发上。我思考着它对我的独特意义，感到很快就有不好的事情发生。这个房间里到处都是她的气息，她的衣服，她的香水，以及别的感觉。我想起，她有一天晚上穿着宽服来到我身边，温柔地摸着我的手。这个夜晚寂静无声，只有星星挂在空中，花园里伸手不见五指。

斋戒的第一个星期，丽卡跟着父亲和博戈莫洛夫走了。她并没接受博戈莫洛夫，但是我们再也无法回到从前。她一边收拾东西，一边痛哭着，我知道，她是在等我开口挽留。

11

临近大斋节的时候，天气更加寒冷了。无所事事的车夫们都冲上街头，对着路过的军官画十字，怯生生地说："大人，您要不要坐速度更快的车子？"春天快到了，乌鸦发出聒噪的叫声，让人很不舒服。

我们分手的时候是在晚上，这更增加了我的恐惧感，如今我在这个城市里孑然一身，想起来就郁闷。这个城市这么大，这间客栈这么小，难道我就要在这个不起眼的编辑部里碌碌无为地度过余生吗？我活着的目的是什么？我觉得，整个城市就像一个怪物。此时，我只有一个朋友，就是阿维洛娃，但是我并不确定我们是不是真的朋友，我感觉我们之间的关系很假。

既然我爱的人已经离开了，我就不再像以前那样早早就去编辑部了。不过，阿维洛娃现在对我的态度大为改善。她从接待室看到我来了，就会笑容满面地看着我，她似乎又恢复了以往那温柔的样子。我相信，她深爱着我。我有很多个夜晚都是和她一起度过的。她坐在那里演奏钢琴，我就坐在沙发上凝神谛听。此时，爱情如同洪水猛兽，在我的心里猛烈地撞击着，似乎即将冲破牢笼，让我痛苦不堪。回忆和现实相互交织，我几乎要迷失了。泪水几次都要夺眶而出，我用力闭上眼，才没有落下来。每次我进入接待室，都要拿起她厚实的小手轻轻地吻一下，再回到编辑室。社论作家坐在那里吞云吐雾，他看起来有点儿呆愣，他喜欢沉思，他是被流放到奥勒尔来的。他留着和普通的老百姓一样的大胡子，穿着粗呢的原色大衣和擦了油的高筒皮靴，油的气味很浓重，但是不难闻。他的右手少了一截儿，所以现在变成了左撇子。他经常会在写字的时候，用剩下的半截手按住桌上的纸。他在思考问题的时候，就一个劲儿地抽烟。要是有了灵感，他就会迅速地抓过纸奋笔疾书。然后来了一个短腿老头儿，戴着一副怪异的眼镜，他是一个外籍评论员。通常他会走到前厅时把带有护耳的芬兰帽子摘下来，再脱下兔皮短上衣，只剩下一双高筒靴、一件法兰绒上衣和一条小灯笼裤。此时的他看起来个头很小，如同一个十几岁的少年。他有一头灰白色的头发，向四周乍开，他的眼睛也非常吓人。他总会提着两个盒子来上班，里面分别装着卷烟筒和烟丝。他总是一边工作，一边卷烟：眼睛看着手头的报纸，手里抓起一小撮淡黄色的烟丝放进黄铜管里，然后他从容地掏出纸筒，用短衫顶住卷烟器，再把铜管插进纸筒里。然后轻轻一按，就会有一支卷烟蹦出来。然后拼版工人和校对员也来了。拼版工人神态安详，看起来非常恭谨，穿着非常整洁。他身材纤瘦，有一头茨冈人那样的黑发，以及一副橄榄青的面孔。他的嘴唇是灰色的，看起来和死人一样。我去印刷厂的时候，偶尔也会跟他交谈，他常常会滔滔不绝地说话，用深色的、波澜不惊的目光看着我。他的嗓门不大，但是说话铿锵有力，诉说着世间不平之事，还认为所有的统治者都是一路货色。校对员来编辑部的次数比较多，他总是有各种各样的问题弄不明白，不是让作者给他解释，就是让作者给他修改。他总是弯着腰，用颤抖的手指指着不懂的地方，求人解释。他努力想要遮住自己呼吸里那浓重的酒味，却总是失败，很快屋子里就弥漫着一股酒味。我一边有一搭没一搭地改着稿子，一边看着他肥胖的身躯和因为酗酒过度而十分肥大的手掌，心想：我也得写点儿什么。

如今我又多了一个苦恼，它是一个几乎无法实现的愿望。我重新开始了写作，主要是写散文，一些已见诸报端。但是让我苦恼的是，我非常想写一部伟大的作品，但是现在我还力有未逮。我的阅历不够丰富，如果真的可以写出来，我会感觉非常幸福。但是我也知道这并不可能，于是它对我来说就变成了一种不可捉摸的幸福，我总是把它放在心里，时刻想念着。

我走进接待室，看到阿维洛娃正在办公桌旁努力工作，她的头发梳得纹丝不乱，我突然觉得她也有很多可爱之处。她的毛披肩闪烁着冬日的冷光，桌子下面的鲛草鞋也发出柔和的光。窗外飘着雪，我打开邮差中午送来的邮件，发现这是契诃夫最新的短篇小说。一看见小说的名字，我的心就怦怦直跳。我粗略地看了看开头，就如饥似渴地读了起来，感觉自己似乎进了天堂一样。接待室里的人络绎不绝，有要登广告的，有想当作家的。还有一个非常体面的老头儿，围着围巾，戴着手套，带来了很大一包廉价的稿纸，上面写的标题是"歌曲和民谣"，用的是鹅毛笔时代最规矩的字体。还有一个很容易害羞的年轻军官，他刚进门就要求编辑通读他的文章，并且发表的时候不能透露他的真实姓名，只用他姓氏的第一个字母。还有一位大汗淋漓的老神父，他写了一部《乡村见闻》，希望以Spectator的笔名发表。之后来了一名衣着整洁的县司法机关官员，他走进前厅，慢吞吞地脱下了新套鞋、新皮手套、新霍尔科夫大衣、新毛皮高筒帽，露出了本来面目，原来是一个身材瘦高、牙齿很大、喜欢洁净的人。他拿出一块洁白的手帕，用了半个小时的时间来擦拭胡须，我以敏锐的目光贪婪地注视着他的每一个动作。

"看，他的牙齿所剩无几，胡子倒是很多。他光秃秃的前额像苹果一样往外凸着，目光炯炯有神。他的颧骨散发出一种类似于肺病患者的红晕，脚掌和手掌又大又扁，指甲又大又圆，他这么注重仪表，干净整洁也是合情合理的。"

吃早餐之前，保姆带着孩子散步归来，阿维洛娃轻轻地给了他一个吻。她拿下孩子戴着的白色羊皮帽，解开他那白羊皮里子的蓝色外衣，但是孩子只是安静地站着。我突然觉得，孩子的天真，阿维洛娃身为母亲的幸福，保姆宁静的晚年，都让我十分羡慕。他们有事要做，满怀期待，而我却为了一件十分荒唐的事情——写小说而焦躁不安。他们生活得非常简单，做完今天的事情，就可以心安理得地迎接崭新的明天。

吃完早餐，我就去外面散步。此刻正是大斋节，空中雪花纷飞，格外柔软和洁白，让人误以为是春天来了。一位马车夫飞快地驾着车经过我身边，他看起来十分快活，似乎刚和好友把酒言欢，觉得很快就会有好运降到自己头上。他和我的擦肩而过，时间非常短暂，却让我很受刺激。我先是感到痛心，之后又迅速产生了一种激情，既想让这个印象迅速销声匿迹，又想把它牢牢抓住。这个马车夫带给我一种非常奇怪的感觉，好像我曾经在哪里见过他。我又往前走了一段距离，来到了一个有钱人家的大门前，门口停着一辆漆得油亮的轿式马车，透过大雪散发出黑色的光芒。高大的轮胎也被雪覆盖了，如同用奶油做的。轮子陷在积雪中，在原本的积雪上又覆盖了一层。我还看到了车夫的背影，他的肩膀很宽，坐在高高的驾台上，孩子般地将腰带系在腋下，戴着一顶酷似坐垫的厚帽子。我突然又在马车的门后看到了一只小狗，透过玻璃，我看到它好像要开口说话。它的耳朵很漂亮，就像蝴蝶结，然后我感受到了喜悦——原来那是一个真正的蝴蝶结。

我又走进了一座历史悠久的图书馆，里面的藏书非常丰富，可是没什么人。我从空无一人的前厅经过，踏着楼梯上了阴森的二楼。门口放着一块破烂的、绑着胶布的毡子，三个大厅到处都是破烂不堪的书籍。厅里放着一张长腿椅子和一张斜面桌子。女管理员的个子不高，对人非常冷淡。她衣着淡雅，枯瘦的手十分苍白，还沾了一点

273

儿墨水。这里还有一个少年供她使唤，他穿着黑色的工作服，无人照管，黑色柔软的头发就像鼠毛一样，看起来有很长时间没有修剪了。我朝着"读者之家"走去，这间屋子是圆形的，弥漫着煤气味，中间有一张圆桌，上面堆放着成捆的《教区公报》《俄罗斯朝圣者》……桌边坐着一个中学生，我虽然多次见到他，但是并不知道他叫什么。他低着头，小声地快速翻阅着一本厚厚的书，还不停地用一块手帕擦拭鼻子。这里除了我们两个，再没有别的读者。在这个城市里，我们两个古怪的人读着古怪的书。让我觉得比较奇怪的是，他只是一个中学生，却读《田赋》①。在我跟女管理员要《北方雄蜂报》《莫斯科信使报》《北极星》《北方的花》和普希金的《同时代人》时，她也是十分困惑地看着我。其实我也读过《名人传》之类的书，但是我的目的就是跟名人相比较，不屑地说一句"也不过如此"，好从中获得自信。"名人！"这个世界上有不计其数的诗人和小说家，可是又有几个流芳百世呢？荷马、贺拉斯、维吉尔、但丁、彼特拉克、莎士比亚、拜伦、雪莱、歌德、拉辛、莫里哀……总是这本《堂吉诃德》和那本《曼侬·莱斯戈》。我还记得，我就是在这个房间里，首次拜读了拉季谢夫的作品，那种崇拜至今没有退却。"茫然四顾，人类的苦难让我痛心不已！"

我从图书馆走出来的时候，已是华灯初上。我一边沿着街道前行，一边听着从四面八方传来的悠悠钟声，天色越来越暗。想起我的家，想起她，我无限感伤。我又来到了一座门可罗雀的教堂，这里燃着几盏灯火，空荡荡的大厅里只有几个老头儿和老太太。教堂的执事站在炉柜后面，态度十分虔诚，像一座雕塑一样动也不动。他梳着农民那样的中分发型，眼珠却像商人一样滴溜乱转。教

① 古俄罗斯时代的田赋。——译者注

堂司事似乎已经筋疲力尽了，脚步拖沓，走到这里扶起歪倒的蜡烛，走到那里吹灭即将燃尽的烛头，使得蜡油味和焦糊的味道满屋都是。他把手里捏着的很多烛头用力捏在一起。看起来，对于我们这些凡夫俗子的生活他早已十分厌倦。我想，每年都会重复的一整套圣礼、洗礼、婚礼、葬礼，也让他十分厌烦。身材瘦削的神父穿了一件窄腰肥袖的长袍，看着很别扭。他正对着圣坛门，深深地鞠了一躬，大声说道："上帝，我生命的主宰……"在这个凄凉的教堂里，他的声音久久回荡着……我走出教堂，路边的一个乞丐看到我，故作恭顺地垂下了脑袋，伸出了弯成小勺子一样的手掌。我在他手里放了5戈比，他就抬起头看着我。天啊，他有一双老酒鬼惯有的那种绿松石色的眼睛，还有一个像草莓一样的鼻子，上面有三个凸起和很多细孔。我似乎有点儿开心，又有点儿难过。

我沿着博尔霍夫大街继续往前走，天色渐渐暗沉下来，老屋的轮廓已经有些模糊不清了，这让我觉得有一种难以言说的美。对于这种美，我又有些苦恼，前人似乎没有写过老屋这个题材。远处的街灯亮了，天上的点点繁星暗了，街道上有很多移动的人影，城市变得柔和舒适起来……我就像侦探一样，仔细观察着跟我擦肩而过的人，看着他们的背影和衣服，猜测他们是什么人。没错，我要写一部接地气的作品，不写那些"反抗暴力和专制，让处于水深火热之中的人们得到解放，塑造鲜明的典型，描绘社会和时代变革的鸿篇巨制"。我加快速度，来到了奥尔利克河边。黑夜已经来临，桥上点着很多灯。有一个双手插兜儿的流浪汉来到我身边，浑身颤抖着，像狗一样看着我，叫了一声："大人。"他赤着脚，穿着一件破棉布衬衫和一条粉色的短裤，此时脚已经冻成了紫色。他的脸早已浮肿，上面长着很多粉刺，浑浊的眼睛上似乎蒙上了很厚的冰。

我迅速捕捉到他的这副形象，埋藏在心里，然后像做贼一样递给他10戈比。生活真的很可怕吗？并不是。上帝十分公平，赐予了每个人选择自己想要的生活的权利。那些说自己别无选择的人，只不过是在找借口。前几天，我拿出5戈比给了另一个流浪汉，对他说生活很可怕，他却对我嘶吼："根本不可怕，只是你太年轻。"我走过了桥，看到了一家猪肉店，里面灯火通明，挂满了不同类型的火腿和灌肠。这只是社会对比吗？我不是要故意讽刺什么人。到了莫斯科大街，我走进了一家车夫茶馆。桌子上的托盘已经生锈了，上面摆着两把拴着绳子的白茶壶。我是在观察生活吗？并不是，我观察的只是那个托盘和那根绳子。

12

偶尔我也会逛到火车站附近。凯旋门外十分荒凉，穷人家的生活困苦不堪，因此连夜里都是荒凉的。我的脑海里虚构出了一座我从未见过的小镇，可是我好像在那里度过了一生。街道雪白，破屋漆黑，灯火闪亮……没错，我就要这么写：积雪、破屋、神灯……不再写别的。田野里寒风呼啸，裹挟着哧哧的排气声、轰鸣的机车声，还带着甜丝丝的煤炭味，让我内心激荡，让我十分向往矗立在辽阔的天地间的感觉。迎面跑来了一辆满载着乘客的黑色马车，是莫斯科邮车回来了？小卖部的餐厅里人满为患，茶炊的味道在空气中飘荡，这和家里厨房的味道类似，让人忍不住想起了家。鞑靼侍者在人群里不停地穿梭着，他们那燕尾服的后襟也不停地摆动着。他们的共同特点是腿短脸黑，颧骨很宽，脑袋和炮弹一样圆，上面顶着一头青灰色的短发。一伙商人围坐在桌边，一边吃一边聊天。

我看到，他们都穿着狐皮大衣，吃着辣根拌冷鲟鱼。这群阉割派教徒都有着宽阔的额头、紧致的皮肤和细长的眼睛。车站的报刊亭对我有着极大的吸引力，我像饿狼一样在它旁边打转，弯腰去看苏沃林版本的黄色和灰色书脊上的字迹。我不得不承认，它还像当年一样吸引着我。这让我对旅行生出了无尽的渴望，可惜很快这些渴望就转变成了无尽的思念。我真想立刻回到编辑部，我迫切地思念着她，恨不得飞回她身边。对她的思念充满了丝丝甜意。我刚一到站，就迅速拦下了一辆雪橇，一路疾驰，朝城里奔去。此刻我真是幸福啊！我仰望着美丽的月亮，此刻，空中飘着黑魆魆的乌云。月亮十分苍白，就像一张美人的脸，时隐时现。她似乎正激动地等着心上人为她画眉。但是我又觉得月亮发着惨淡的光，如同一张死人的脸。回到编辑部之后，我在前厅里遇到了阿维洛娃。看到我回来，她喜出望外地请我陪她去听音乐会。我看到她穿着一件带有花纹的黑色衣服，非常美丽。她刚在理发店烫了发，柔软的秀发如同波浪一般冲击着我的心。我竭力克制自己，不去想她裸露在外的白皙手臂、散发着香气的鬓发和忽闪忽闪的大眼睛……它们离我是这么近。"贵族俱乐部"的大厅里灯火通明，有两位在全国都很有名气的明星站在舞台上：一个漂亮的女歌唱家和一个帅气的男歌唱家。男歌唱家气宇轩昂，歌声嘹亮，在大厅外都能听到他的声音。他身康体健，精力旺盛。他穿着一双锃亮的漆皮鞋，一身合体的燕尾服，白胸脯和白领带露在外面。他魅力无穷，让与他对唱的所有女歌手都十分羞涩。他唱歌非常豪爽刚毅，气势逼人。女歌唱家不是急忙回答他的问题，就是娇嗔地打断他的歌唱。

13

　　我经常在天不亮的时候就起床，抬起手表一看，才7点钟，我很想钻回暖和的被窝里睡个回笼觉，可是有一个声音对我说：不可以。是的，我得写作，不可以睡懒觉。岁月不待人，我必须努力。整个旅社还在沉睡，我推开窗户，灰白色的寒气迅速涌进了室内。在这一片寂静中，我听到了刷子碰到衣服扣子发出的叮叮声，这是茶房在刷洗衣服，他只在早上进行这份工作。我按响了铃铛，铃声在空无一人的走廊上经久不息。寂静的旅社，宁静的清晨，只在早上刷洗衣服的茶房，一个只能喷出冷水的白铁洗脸池……看到这简陋的一切，我感觉自己十分可怜。我这么瘦弱，却穿着一件肥大的睡衣，显得太过空旷。窗台上积了一层颗粒状的雪，上面站着一只瑟瑟发抖、缩成一团的鸽子。我突然觉得，我应该回巴图林诺，应该回家。这个突如其来的念头就像一道光一样，点燃了我的心。我匆匆喝完茶就回到房间，开始收拾我那寥寥无几的行李。隔壁住着一对母子，母亲的年纪不大，却很显老，似乎经历了沧桑。我开始思考，为写作准备一些素材，想要寻找内心那些比较确定的形象来写。可是我突然觉得，我好像失忆了，这让我无比焦虑，就好像我一直等待着这一刻，却得知一切都会被毁于一旦。为了缓解这种焦虑，我急急忙忙地回到了编辑部。此刻，我的脑海里有无数个奇怪的念头，可是我根本抓不住其中任何一个。虽然我一直在观察别人，可是真要写的时候又无从下手。我该怎么开头呢？是像《童年·少年》那样，还是用那个已经被用烂了的开头"我出生在某年某地"。不，上帝啊，这不是我想要的。虽然我说起来也感觉很惭愧，但是事实就是如此。在这个宇宙之间，我和无限的时间、无限的空间一起存在着。在无限的太阳系中,我渺小到不值一提。可是在这方面,我也只不过是知道一些空洞的术语而已。一开始,地球是一团发光的气体,亿万年之后,气体变成了液体,后来液体又变成了固体。又过了两亿年,就出现了单细胞生物,随后是无脊椎动物、两栖动物和巨大的爬虫,再之后是穴居的人类,火就是他们发明的。然后,迦勒底、亚述出现了,埃及文明开始发出夺目的光芒……还有下令攻打赫勒斯滂①的阿塔薛西斯②……伯里克利和阿斯帕西雅,温泉关大战,马拉松战役……在这一切到来之前,还有一个传奇时代,当时,亚伯拉罕带着自己的牲口去了福地……"亚伯拉罕因着信,蒙召的时候,就奉命前往将来可以得正果的地方。但是他出发之前,却不知道该去往哪里……"对,此刻我也是一样。"因着信,蒙召的时候"信什么?信上帝赐予的快乐和幸福……"他出发之前,却不知道该去往哪里……"其实他知道,他要寻找幸福,这种东西非常单纯,能给人带来快乐。有了它,才有了爱;有了它,生活才充满了希望;有了它,才能唤起快乐和幸福,因此我也要找到它。

　　旅馆的隔音效果很差,所以我在小桌子旁写作的时候,就能听到从门背后传来的那对母子的对话。洗脸池下面的踏板响了,水哗哗往外流,女人对孩子说:"科斯钦卡,吃面包吧!"我站起身来,在房间里走来走去。还是这个科斯钦卡……通常他的母亲喂他喝完茶就会外出,再回来的时候已经是中午。她匆忙就着煤炉做好午饭,把他喂饱就外出了。于是,他就成了房客们共有的孩子。他不停地在房间里乱窜,把头伸进不同房客的房间。他非常胆怯,想

---

①古希腊时期达达尼尔海峡的别称。——译者注
②古代波斯的阿契美尼德王朝的皇帝。——译者注

要博得别人的欢心，可是大家都不理睬他，对他说："小弟弟，别在这里碍事了，好吗？"有个房间里住着一个个头不高的老太太，她很讲体面，也很严肃，自以为高人一等。她从走廊经过的时候，既不会主动和别人打招呼，也不会正眼看人。看起来她身体欠佳，所以总要去厕所，在里面弄得水哗啦哗啦直响。她有一只特别肥大的哈巴狗。它有一双凸出的醋栗色眼睛，獠牙之间长着一个像蛤蟆式的舌头。跟它的主人一样，它总是扬着下巴，一副目中无人的样子。它每天只有一个表情，就是蛮横。要是听到科斯钦卡的号叫，我就知道它在吓唬他。

我坐回桌子边，由于生活太无聊，根本不知道写些什么，现在我打算写一写科斯钦卡和诸如此类的琐事。有一次，尼古琳娜客栈里来了一个上了年纪的女裁缝，住了一周左右。她把布头裁剪好，堆放在桌子上，再铺到缝纫机上。我有一个有趣的发现：她每次裁剪都会大张着嘴，直勾勾地看着剪刀。她一边喝茶，一边和尼古琳娜聊天。可是，她总是有意无意地去碰那个装着白面包的小篮子，偷窥那个装着果酱的菱形高脚杯。对此我只是淡淡一笑，难道她就不会收敛一些吗？前几天我去了卡拉切夫大街，还偶遇了一个挂着双拐的瘸腿姑娘。我一直以为，所有的瘸子在走路的时候都像挑战一样趾高气扬，可是这个姑娘却十分谦卑。当她一瘸一拐地迎面走向我的时候，我不由自主地让到了一边。对此，她回报了一个感激的微笑。那个微笑十分清澈，让我不知道该怎么形容。她的个子不高，像一个小丫头。但是我知道，她已经尝尽了人生的苦辣。虽然有的人十分不幸，却更懂生活，也更纯粹。

我痛苦地思索着：该从哪里开始写我的生活呢？就算不谈我生存的这个宇宙，也该说说我生活的这个国家，让读者知道俄罗斯，知道比起别人眼中的俄罗斯，我眼中的俄罗斯有什么特别的。可是，我在这方面又了解多少？斯拉夫人的民族生活、斯拉夫部族的战争……斯拉夫人身材高大，头发是亚麻色的，坚强勇敢，待人热情，对于一切超自然的力量都顶礼膜拜……可是除此之外还有什么？召唤外族人来当大公，帝城派来的使节驻扎在弗拉基米尔大公那里，他们把雷神像推倒在第聂伯河里，全国人民都悲痛不已……智者雅罗斯拉夫[①]，他的后代手足相残……还有弗谢沃洛德·大窝[②]……而且我也不知道俄罗斯如今是什么样子。破产的地主，饥肠辘辘的农民，官吏、警察和神父……身为一个合格的作者，我在描绘这一切的时候应该说负担很重。还有奥勒尔——这个俄罗斯最古老的城镇——我也几乎一无所知。我起码应该知道它的生活和居民，以及街道、出租马车、被碾压过的积雪，还有商店、招牌、美男子……还有那个驰名俄罗斯的怪人帕利津[③]，他是俄罗斯的栋梁和光荣。他出身世袭贵族，是阿克萨科夫和列斯科夫的好朋友，住宅美轮美奂，如同古罗马的宫殿。墙是大圆木做的，还挂着稀世罕见的圣像。他总是穿着一件对襟袍子，以各种样色的羊皮作为装饰。他总是把头发理成围圈垂发，有一双小眼睛，面无表情，博闻强识。对于帕利津，我的了解仅限于此。

对此，我恼怒不已，因为我给自己规定，必须对某一个人或某一件事了解得事无巨细。为什么我就不能写自己知道和能感觉到的东西呢？这种恼怒让我十分高兴，我仿佛找到了救星。在想象中，我看到了去年春天曾经去过的斯维雅托戈尔寺院。顿涅茨河岸上有

①曾为基辅大公。——译者注
②曾为弗拉基米尔和罗斯托夫·苏兹达尔的大公。——译者注
③费多尔·费多罗维奇·帕利津，俄国步兵上将，曾于1915年担任俄军驻巴黎代表。——译者注

一道院墙，香客们都在这附近野营。我纠缠着一个见习修士，想让他给我随便安排个什么地方过夜，但是他并没有同意。我记得他跑开的时候，头发和长袍的下摆都在随风飞舞，这让我印象深刻。他有一头漂亮的金黄色头发，每一根看起来都卷卷的、软软的。然后我又看到了那个春天，我似乎无休止地航行在第聂伯河上。后来，清晨降临到了草原上。我从车厢上爬起来，早晨的寒气和硬邦邦的卧铺让我浑身僵硬。玻璃上蒙着一片雾气，所以我根本无法看到窗外的景色，但是这种无知却让我格外沉醉。清晨的感觉是最敏锐的，于是我迅速爬起来打开窗户，把胳膊肘支在上面。我闭上双眼，闻到了春天早晨特有的味道。火车在飞快地前进着，潮湿的蒸汽打在我的脸上，我感觉无比惬意……

14

一天，我也不知道怎么就睡过头了。醒来之后，我躺在床上，感觉到一种少有的宁静，感觉周围的一切都是那么渺小、平常。我躺了很久，甚至产生了房间比我都小的错觉，我觉得它与我毫无关系了。我觉得不应该就这么睡下去了，于是起床洗漱穿衣，对着放在我床头的小圣像画了个十字。不用觉得惊讶，如今这尊圣像还在我的卧室里。这是我母亲家族的遗物，是母亲在我走上自己的人生道路时送给我的守护神。它是一块深橄榄色的光滑的木板，但是由于日久年深，木板已经硬化了。板上镶着粗糙的银质圣像衣饰，上面刻的是亚伯拉罕和坐在他身边的三位天使。他们望着外面，褐色的面孔像东方人一样粗犷。我也随着他们的视线望向窗外，对我来说，它具有非常特别的意义。它陪伴着我，一路从一个毛头小伙走向世界，当时看起来那些无知的时光，如今追忆起来也觉得十分珍贵。然后我就打算出门买点东西，要买的东西在我躺着的时候就想好了。路上，我回忆起了很多事情，就像在做梦。谢肉节那晚，我借住在罗斯托夫采夫家，跟父亲一起去看马戏。前方是一个圆形的台子，一下跳出了六匹黑色的波尼马，它们身上戴着配有铃铛的好看的小鞍子。它们的笼头上勒着黑色的缰绳，衬托得它们的脖子十分短粗。黑色的鬃毛十分整齐，根根直竖着，如同黑刷子一般。它们的额鬃上还翘着红色的饰缨，煞是好看。它们的毛色、个头、侧身的宽度和腿长都是一样的，上台之后，它们低着头动也不动。驯兽师的喉咙都快喊破了，它们还是无动于衷。直到驯兽师挥舞起手里的鞭子，它们才不情愿地跪在地上，向观众们点头致敬。突然响起来一阵欢快的音乐，好似万马奔腾，台上的马儿的情绪也被带动起来，仰天长啸，一匹接一匹地跑在圆形的竞技场上……我进了一家文具店，买了一个黑漆布面的笔记本，想要把自己生活的点滴记录下来。回家之后，我喝着茶，在上面写下了几个字：

阿列克谢·阿尔谢尼耶夫，笔记。

我想了半天，也不知道该写些什么，只好一个劲儿地抽烟，整个房间很快就弥漫起了烟雾。对此我并不觉得难受，只是略显忧郁，我提笔写下：

著名的托尔斯泰的信徒H公爵来到编辑部，他写了一份关于图拉省饥民救济捐款和支出情况的报告，想要发表出来。他穿着一双高加索式样的软靴，帽子和大衣领子都是卡拉库尔羊皮材质，虽然看起来有些破旧了，但我知道价值不菲。他的眼镜上还镶着金边，让他看起来非常温文尔雅。虽然他看起来很随和，但我却对他没什么好感。当然，我不是托尔斯泰的信徒，对这些信徒也不反感。我只希望人人都能生活得幸福和美，我憎恨那些阻碍爱和欢乐的东西。

前几天我沿着博尔霍夫大街走，看到了日暮西斜的景象。西边的天空开始变得清澈透明，气温也逐渐下降。在暮光的照耀下，整个城市都让人觉得忧伤。人行道上有一个老人，衣衫破烂，是一个流浪乐师。他拉着手风琴，从里面流淌出浪漫的曲调，可他自己的脸早已冻成了青紫色。在这个寒风刺骨的黄昏，我听着这来自异国的曲调，一种惆怅之情油然而生。我想起了家以及院中的那棵树。

我感到苦闷彷徨，两周之前发生的一件事情还历历在目。那也是一个黄昏，我走进了一座不大的教堂，看到了一个死去的婴儿。他孤零零地躺在一口前端粘着三根蜡烛的小棺材里，烛光微弱，让周围的气氛更加凄惨。在棺材的四周还散落了很多纸花。他有着黑色的皮肤和凸出的前额，可能是因为已经死去很久了，他的脸已经成了青灰色，小嘴也噘成了三角形。他在自己那个小天地里静静地躺着，陪伴他的是身边的宁静和孤独。

我已经发表了两篇小说，但是我并不高兴，因为它们都是我虚构的，没有达到我的要求。一篇讲的是饥肠辘辘的农夫，我没有亲眼见过他们，自然也不会对他们心生怜悯。另一篇的题材已经过时了——讲的是破产的地主，也是虚构的。我的本意是想写破产的地主房前那棵高大的白杨树，以及放在他书柜里的那个鸢鹰标本。这个标本有一双斑杂的褐色翅膀，还有一双亮晶晶的黄玻璃眼睛。即使要写破产，我也只想写它浪漫的一面，写令人伤感的东西：贫瘠的土地，衰败的庄园、花园、奴仆，还有把舒适的前房腾出来给子孙住，自己住到后房的老东家。当然，那些少东家游手好闲，为人骄纵，不知道自己早已家道中落，还自恃出身高贵，看不起别人。他们终日聚到一起吃喝玩乐，用装香槟酒的高脚杯喝伏特加，用枪射击蜡烛，把烛火扫灭。他们总是一副贵族打扮：贵族鞋帽、灯笼裤和长筒靴。他们早就忘了，这些荣耀是祖辈流传下来的，如今那种日子早就一去不复返。我还知道有一个少东家已经从自家的庄园搬了出去，搬进了情妇家的磨坊。他的情妇样貌丑陋，没有鼻子。他们有时会睡在屋里，有时候则到花园中那棵苹果树下。苹果树上还挂着一面破镜子，只要一抬头就能从里面看到天空。他闲来无事，就用石头打鸭子，那是附近的农夫放养的。听到鸭子们嘎嘎叫的声音，他就大笑不止。

瞎老头格拉西姆以前在我家做过仆人，他和别的瞎子一样，总是在走路的时候微微翘起脸，似乎在凝神谛听，凭着一根棍子本能地向前摸索。村口有一间小破屋，他就独居在那里，只有一只鹌鹑和他做伴。那只鹌鹑住在一个树皮编制的笼子里，总喜欢用头去撞笼子，所以变成了秃顶。格拉西姆虽然眼瞎，却喜欢在夏天的早晨跑到地里去捉鹌鹑。他说，鹌鹑走进网里的时候，就会大声叫，让他的心都揪起来了。他吹着暖风，听着鸟鸣，这种景象令人沉醉。我觉得，他才是一个名副其实的诗人。

15

今天我不愿意去编辑部吃早饭，就来到了莫斯科大街，找了一家小酒馆。我要了几杯伏特加和一条鲜鱼。我盯着盘子里切成薄片的鱼肉，觉得这件事很值得被记录一下。然后我吃了一道砂锅炖的酸菜焖鱼，味道非常不错。酒馆里人满为患，低矮的餐厅里弥漫着薄饼和煎鱼的味道。身穿白色衣服的跑堂仰着头穿过人群，如同在跳舞。老板是一个典型的俄罗斯商人，精力十足，在柜台后面监视着大家。他既笃信上帝又很严厉，对这个角色已经驾轻就熟。市民们围着桌子坐着，有几个身量较小的黑衣修女在他们身边来回走动。她们穿着粗笨的带提靴环的靴子，给市民们递上小黑书，还不停地鞠躬，宛如白嘴鸦。市民们皱着眉头，从钱包里拿出几个非常难看的戈比。这一切都像我做的梦，伏特加、酸菜焖鱼和童年的回忆让我微醺，我忍不住流下了热泪……回到客栈之后，我就一头倒在床上睡着了，醒来时已是黄昏。我居然这么蹉跎了一天，真是难过。我对着镜子梳理头发，发现头发已经很长了，很有些艺术家的派头，这让我很不喜欢，于是我就去了理发店。在理发店里，我坐到了一个肥头大耳的家伙身边，他围着一块白罩布，脑袋锃光瓦亮，还有一对很大的招风耳，看起来活像一只蝙蝠。理发师在他的上唇和两颊上涂上了一层很厚的肥皂泡沫，拿起剃刀灵巧地刮了几下，又涂上了一层，很快就刮干净了。然后，"蝙蝠"抬起腿，拉开罩布，弯着腰洗起脸来。

"要不要花露水？"理发师问。

"可以加一点儿。""蝙蝠"说。

于是，理发师拿起花露水喷了几下，又拿起一条毛巾在"蝙蝠"的两颊上蹭了一下。

"弄好了，先生。"理发师取下罩布大声说。"蝙蝠"站起身来，我就看到了他的正脸，这是多么可怕的一张脸啊：面孔又大又瘦，活像红羊皮，如同婴儿的脸一样闪着亮光。他的耳朵出奇的大，嘴像黑洞一样，看起来很是惊悚。他个矮腿短，肩膀却非常宽厚，像个鞑靼人。他塞给理发师一点儿小费，把那件好看的黑大衣套在身上，扣上礼帽，点着一支雪茄抽着走了。理发师见他走远了，才转过身来对我说：

"您知道他是谁吗？是头号富商叶尔玛科夫。您再看看他给我的小费，每次都是区区的2戈比！"他笑着摊开了手掌。

理完发，我又和往常一样到街上溜达。由于我每日只能和孤独、忧愁做伴，所以我养成了去教堂的习惯。刚看到教堂的庭院，我就大步迈了进去。诵经台周围摆放着一些非常高的烛台，上面的蜡烛发着灼热的光，衬得整个教堂都十分暖和，很有节日的气氛。台上放着一个镶有宝石的铜制十字架。教父走到台前，满怀怜悯地说："主啊，让我们都在您的十字架下长跪不起……"一个高个子老头儿伴着暮色走了进来，他穿着一件很厚的长大衣，就像一匹老马一样，身强体壮。他也跟着唱诗，但是语调十分严厉，好像在教训什么人。诵经台边站着一个香客，他身材干瘪，好像一个穴居人。在烛光的照耀下，他的表情十分严肃，但是他黑色的长发挡住了脸，无法看清他的模样。他拄着一根看起来用了很久的、磨光了的拐杖，背着一个黑皮囊，站在距离人群很远的地方。我看着他，心中难以抑制地升腾起了对古俄罗斯的缅怀。我觉得身后似乎有人，回头一看，是一个弓着身子的老太太，她套着肥大的外衣、披着大围巾。她说："这是敬十字架用的，老爷。"她的手冻僵了，显出紫色，我笨拙地从她手里接过蜡烛，放在其他蜡烛旁边。对于我这笨拙的动作，我感到无地自容，只想迅速逃离这里。我后退一步，鞠了个躬，就离开了教堂。前方是无尽的黑暗，身后是温暖和光明的教堂，我在冷风的吹拂下，走在这两者之间。然后我告诉自己："我要去斯摩棱斯克。"

我为什么想去斯摩棱斯克？对于勃良斯克的一切，勃良斯克森林，勃良斯克绿林好汉……我曾经十分向往。我走进一条小胡同，进了一个酒馆。里面坐着一个酒鬼，他正在借酒装疯，大声说："别管我，这都是我咎由自取。"这都是俄罗斯人拿手的把戏，所以我冷眼旁观。另一张桌子上坐着一个长着稀疏的八字胡、脖子很长的男人，很像一个小偷，也在嫌弃地看着这个酒鬼。柜台旁边坐着一个喝醉了的高个子女人，她的连衣裙都湿了，粘在大腿上。她的手指很干净，我猜是个洗衣工。此刻，她正在不断地向老板念叨着什么。她的面前放着一杯伏特加，但是她只会偶尔端起来用嘴唇沾一下，再继续喋喋不休地跟老板说话。我本来打算喝点儿酒，可是这里光线昏暗，还有刺鼻的酒味，让我不太舒服。

恰好阿维洛娃家来了几位客人，她隆重地把我介绍给了大家，我亲吻了她的手，又和客人们稍作寒暄。在阿维洛娃身边就座的是一位满脸皱纹的老先生，有着整齐的胡子和褐色的头发。在回敬我的时候，他非常谦恭，还有着与他的年龄非常不相称的灵活。我满怀羡慕地看着他穿的黑色长礼服，梦想着自己有朝一日也能拥有一件。他的身边是一个胖乎乎的老太太，脖子短粗。她的语速很快，还带些喘息。她伸出胖乎乎的手，我吻了一下，感觉像在亲吻一个肉包子，而且，她的手指上还有手套留下的压印。她腰间的束身束得非常紧，像圆圆的鹅卵石一样硬邦邦的。她的肩膀上搭着一块烟灰色的毛皮，身上散发着浓烈的香水味，熏得我都快窒息了。

10点钟，客人们都离开了。阿维洛娃送他们之后，笑着对我说：

"总算走了，去我的房间坐一会儿吧，把这里开窗透透气。亲爱的，你这是怎么了？"说着，她羞涩地向我伸出了手。

我握着她的手说：

"明天我就要走了。"

她疑惑地看着我：

"去哪里？"

"斯摩棱斯克。"

"为什么？"

"我不能就这么活一辈子。"

"就算你去了斯摩棱斯克，又能改变什么？坐下吧，我们好好谈一谈，你到底是怎么了？"

我们坐在了沙发上，上面套着斜纹布套。

我说："这斜纹布和火车上的完全一样。看到它，我就无法平复心情，它是催我快点儿走吧。"

她往里坐了一下，把双腿呈现在我眼前。

她疑惑地问："为什么要去斯摩棱斯克？"

"然后去维切布斯克……波洛茨克……"

"原因呢？"

"我也不知道，可能我对这几个地名情有独钟吧，斯摩棱斯克、维切布斯克、波洛茨克……"

"你没开玩笑吧？"

"没有，难道你不觉得这些地名很好听吗？古时候，斯摩棱斯克总是被围困。这里让我有一种亲切感，我的家族曾经有一批古老的文契，可是发生在那里的一场大火把它们付之一炬。因此，我们的一些重大的遗产权和世袭特权也就没有了。"

"事情在往更加不好的方向发展。你是不是很想念她？她没给你写信？"

"没有，但是这不重要。我觉得，我很难对奥勒尔的生活产生好感，'游荡的鹿知道哪里的草是最嫩的'。我在这里根本无法创作。我能够呆坐一上午，脑子里乱糟糟的，没有任何灵感。在我的老家巴图林诺有个小店主，他的女儿年纪很大了也没人要，所以她很尖酸刻薄，如今我和她差不多了。"

她像母亲一样慈爱地抚摸着我的头发："真像个孩子。"

"只有低级动物才会迅速发育，"我说，"何况每个人不都是孩子吗？有一次，我坐在开往奥勒尔的火车上，叶列茨区法院的一位法官跟我同座。他非常严肃，又让人尊敬，有点儿类似黑桃皇帝。有很长一段时间，他都在翻看手里的《新时代》。然后他起身离开车厢，很久都没有回来。我很不放心，就走到了过道上，看到他正站在升降台上，随着车轮的节奏跳舞，还会大胆地做一些危险动作。"

她看着我，别有深意地说：

"咱们一起去莫斯科，好吗？"

我浑身一震，红着脸拒绝了。每当我回忆此事，都会后悔当初没有答应她。

16

第二天晚上，我就独自上了火车，成了那个简陋的三等车厢里唯一的乘客，感觉有些害怕。微弱的灯光不停地摇曳着，把我的影子照在地板上，显得非常凄凉。我坐在窗边，被从窗缝里钻进来的冷空气刺得生疼。我把手放在脸上挡住光线，注视着外面的黑夜和被夜色笼罩的森林。那里似乎有上千只红蜂发出嗡嗡的叫声，眨眼之间又消失了。有时候，机车燃烧的木材味道也会随着冷空气一起涌进车厢……森林里的夜色如此恐惧，如此浓重。小道两旁的千年古树在地上投下了影子，明亮的车窗的方影斜着照射在雪堆上，一闪而过。窗外不时闪过一根电线杆，越来越高，越来越远，然后从我的视线里消失。

等我从睡梦中醒来的时候，火车已经抵达了斯摩棱斯克，我感觉神清气爽，就从车厢里跳出去，贪婪地呼吸了一口新鲜的空气。车站门口站着很大一群人，我非常好奇，也围过去看了看，原来是一头被猎人打死的大野猪，此刻已经冻得浑身僵硬。它的眼睛小小的，獠牙大大的。我想了想："我不可以待在这里，我要去维切布斯克。"

直到傍晚时分，我才抵达了维切布斯克。维切布斯克到处都被积雪覆盖着，看起来非常洁净，但是了无生气。似乎没有人开发过这里，所以非常荒凉。这里的一切和俄罗斯的其他地方都很不相同，我甚至并不把它视为俄罗斯的一部分。这里高大的房屋连成一片，有着尖尖的屋顶和半圆形的大门。在这里，老年犹太人随处可见，他们都穿着对襟长袍，苍白的脸上长着一双黑色的眼，眼神里满是忧郁。此刻，有一队由很多胖姑娘组成的游行队伍沿着人行道迎面走来，她们穿着犹太人的节日盛装，行进的速度十分缓慢。距离她们身后很远的地方，还跟着几个文雅的小伙子。他们都戴着圆顶礼帽，有着娇嫩的面孔，活像一群东方女人。我觉得这群人的一切都让我感到新奇，让我着迷。

天黑了，我来到了一个小广场上，这里耸立着一座有着两个小钟楼的天主教堂。我走进去，看到了很多长椅，再往前，是放着燃烧半截的蜡烛的祭坛。我听到了婉转悠扬的风琴声，后来声音逐渐变大，又变成了颤音，好像要竭力摆脱什么。突然，挣脱了，响起了洪亮的天堂赞美诗……一阵夹杂着鼻音的吟诵声从灯火阑珊处传来。粗大的上端隐藏着几根黑色的石柱，一些铁制甲兵如同暗夜幽灵。在祭坛的上方，有一扇绘彩的黑色大窗户，此刻已经被黑暗笼罩了。

17

我在维切布斯克车站等着开往波洛茨克的火车，却久等不到。突然，我觉得周围的一切十分陌生，而且我还觉得很奇怪：我在做什么？我做的一切有什么目的？突然，我闻到了从小卖部飘来的茶炊的香味，还看到了一个穿着燕尾服的老头儿，他睡眼惺忪，一边叹息自己年老体弱，一边颤抖着点亮壁灯……然后又经过了一个神气的士兵，脚下的马靴咔咔作响，长长的军大衣拖在地上，让我不由得联想起了牡马的尾巴。——这都是什么？出于什么目的和动机？我慢慢恢复了清醒，决定去彼得堡。

此时波洛茨克正下着绵绵细雨，我从列车之间的缝隙看到，外面的街道已经满是泥泞。我有点儿扫兴，又莫名地因为这扫兴而开心。于是，我写下了这么一段话："这里有无尽的白昼和无尽的林海雪原。车窗外堆满了积雪，车窗内乘客寥寥。列车时而钻进林海，时而在雪原飞驰。在黑魆魆的树林上方的天空中，挂着一朵浅灰色的云彩。车站是用木材建成的。我的心里一直响着一个声音：到北方了，到北方了！"

在我看来，彼得堡已经地处极北。这里有漫天风雪，天空布满阴霾。我坐在马车里，观看着路边异常整齐高大的房屋，直奔尼古拉耶夫车站而去。不过下午两点，车站的圆钟就已经开始发出亮光。到了运河流经的利戈夫卡，我就下了马车，车站已经近在咫尺。这里的环境脏、乱、差，小饭店、啤酒店、茶馆随处可见。在车夫的介绍下，我走进了一家旅馆。在房间坐了很久之后，我的思绪才回到了现实。我从六层楼高的地方，看着窗外纷飞的大雪，感觉十分忧伤。现在我已经来到了彼得堡，被四周的昏暗和旅途的劳累死死纠缠着。屋里非常闷热，弥漫着一股旧的毛料帷幔和廉价的地板打光的红色东西发出的难闻的气味，让我再也坐不下去了。我走出房间，顺着楼梯下了楼。刚踏上街头，我就被漫天风雪包围了。我想体验一下异国情调，就跑到了芬兰车站。很快我就喝醉了，于是突发奇想，给丽卡拍了一份电报：

我后天到。

我到达莫斯科的时候，当天正是个阳光明媚的好天气，冰雪融化，河里的冰也在慢慢消融。大街上人来人往。克里姆林宫的围墙、宫殿，还有其中金光闪闪的教堂圆顶，给人一种民间版画的感觉。我满怀惊奇地参观了瓦西里·勃拉仁[①]，又参观了克里姆林宫里的大教堂，还去了以野味出名的叶戈罗夫酒馆饱饱地吃了一顿早饭。这个酒馆非常特别，让我心生好感。一楼主要招待附近的居民，人声鼎沸，看起来十分庸俗。二楼的雅间宁静淡雅，还禁止吸烟，屋角放着一盏灯，正发出白色的火焰。一堵墙上画着一幅发乌的画，上面不但有飞檐和长廊，还涂上了清漆，派头十足。走廊上站着几个中国人，他们人高马大，穿着金色长袍，小帽就像一盏廉价的灯，此刻正在兴致勃勃地喝茶。当晚，我就离开了莫斯科。

我们的县城已经通了火车，在车站上方，亚速海的狂风不停地怒号着。丽卡选了一块没有积雪的地方，静静地站在那里等我。在

①瓦西里·勃拉仁大教堂，位于莫斯科红场。——译者注

狂风的吹拂下，帽子挡住了她的视线。我老远就看见了她，她在人群中是那么光彩夺目，惹人怜爱。我们就像分别多年的亲人一样，我看到她清瘦了，衣着也很朴素。我跳下车，她想要扯下面纱，却没成功，我们就隔着面纱亲吻了对方。她面无血色，在路上也不说话。她迎着风，侧着脸，语气十分冷淡：

"你瞧你对我做了什么！你瞧你对我做了什么！"

然后，她又严肃地把这句话重复了几遍。

"去不去'贵族旅馆'？我和你一起。"

我们一起走进了一个宽敞的房间，房间带有一个前厅。她坐在沙发上，看着服务生笨手笨脚地把我的箱子放在地毯上。放好之后，服务生问我是否还有吩咐。

"没有了，"她替我说，"你可以出去了。"

她摘下了帽子。

"你为什么不说话？"她激动得嘴唇发颤，却极力克制着自己。

我跪在地上，哭着吻了吻她。她捧着我的头，我从她的眼睛里看到，我们还像以前那么相爱。我亲吻着她那熟悉的、甜蜜的嘴唇，然后，我关上了门，用力拉住了被风吹得十分鼓胀的窗帘。窗外，春风用力地摇晃着大树，一只白嘴鸦如同醉汉一样大叫着……

后来，她呆呆地说："我父亲唯一的要求是，半年后结婚。你就等着吧，如今我只有你一个人，听凭你的摆布。"

镜台上放着几支没点过的蜡烛，白窗帘看起来非常暗淡，似乎很久没洗了。天花板上有一些奇形怪状的泥塑，正看着下面发呆。

18

格奥尔基哥哥已经搬离了哈尔科夫，到俄罗斯的一个小城定居了。我们打算去那里，到时候，我们可以一起去哥哥的统计局工作。我们在巴图林诺度过了一个圣诞节，母亲和妹妹很喜欢丽卡，父亲也很高兴地伸出手让丽卡亲吻，只有尼古拉哥哥还十分拘谨。丽卡跟着我去了我家的庄园，见过了我家亲戚，也去了我年少时住过的房间，非但没有嫌弃，反而觉得很可爱。她还高兴地翻阅我的书，对一切都充满了新鲜感，沉浸在一种幸福中……只可惜我们很快就离开了。

我们在夜间抵达了奥勒尔，并在第二天拂晓时分坐上了开往哈尔科夫的火车。

那天阳光不错，我们依偎着靠在车厢上，觉得这种日子真是幸福。

"我只去过奥勒尔和利彼茨克，是不是挺奇怪的？我们是不是很快就会到库尔斯克了？在我心目中，那就是南方。"

"我也是这么想的。"

"我们是不是要在库尔斯克吃早饭，要知道，我这辈子还从来没有在车站吃过早饭。"

从库尔斯克站出发之后，天气就越来越暖和，青草和野花遍地，随处可见纷飞的蝴蝶，这说明，夏天来了。

她高兴地说："那里的夏天很热吧？"

"哥哥在信上说，整个城市就像一个大花园。"

"对啊，小俄罗斯嘛！真是出人意料，你看那棵白杨树，那么高，那么绿。怎么这么多磨坊呀？"

"那是风车，不是磨坊，很快我们就能看到白垩山和别尔戈罗德了。"

"现在我才算理解你，以后我再也不想住在北方，那里的阳光不如这里充足。"

我放下窗子，微风送来了温暖和南方独有的气息，连机车吐出的煤烟也有南方的味道。她半闭着眼睛，看起来很是享受。我却觉得我的心正在被烈日灼烧着，痛苦而又甜蜜。

前往别尔戈罗德的河谷里有盛开的樱桃花和白色的小屋。在别尔戈罗德车站，到处都可以听到卖面包圈的小俄罗斯妇女急促而又温柔的语调。

她下车买了东西，还砍了价，然后为自己的勤俭持家和会说几句小俄罗斯语很是高兴了一番。

我们在傍晚时分到达了哈尔科夫，又换了一辆车。

黎明时分，我们才到达终点。

彼时她已经沉沉睡去，车厢里的蜡烛快要燃烧殆尽，外面的草原还被夜色笼罩着，远方的天边已经泛起了青色。这里和我的家乡不同，光秃秃的山丘紧密相连，途经的小站用石头垒成，荒凉又冷清。

此刻车厢里已经有了一丝光亮，只有地板下面是黑漆漆的，地板上面已经亮了。她还熟睡着，我拿起母亲送给她的一条丝巾，盖住了她的身体。真希望这一刻能够成为永恒。

19

车站位于远离市区的一个宽阔的山谷之中，占地面积不大，却让人感觉很舒适。侍者态度恭谨，脚夫非常和蔼，马车夫也老实忠厚。

整个城市都被葳蕤的花园掩盖着。盖特曼大教堂位于悬崖峭壁上，站在那里，城市东边和南边的景色尽收眼底。东边有一座孤独的险峻的小山，山上有一座上了年头的修道院，再过去就是一片苍翠。山峰逐渐变成了草原的斜坡，南边只有一片嫩绿的草地和炫目的阳光。

到处是花园，人行道两旁又栽满了杨树，使得街道尤为狭窄。一位挑着水的少女昂首挺胸地经过我们的面前，看起来非常骄傲。这里的杨树高大而粗壮，引得我们赞叹不已。时值5月，雷电和风雨经常造访，杨树的叶子就会绿得发光，空气中有一股树脂的芬芳。这里冬暖夏热，春天绚丽，秋高气爽，有湿润的风，还有挂在雪橇上的铃铛，看起来十分宜居。

我们在一条这样的街道上租下了一间房，房东名叫柯万尼科，是一个人高马大的老头儿，他有着黑黑的皮肤和花白的头发，是一个名副其实的庄园主，院子、厢房和后花园应有尽有。他自己住进厢房，把整个房租给我们。我不知道他具体是做什么工作的，只知道他下班之后就会小憩一会儿，然后穿好衣服，坐在敞开的窗户前，一边抽着烟袋，一边大声唱歌："唉，在山上割麦子的女人。"

院子里的房间不是很高，看起来很简朴，前室有一个盖着粗麻布的大木箱。我们的用人是一个年轻的哥萨克女人，她有一种诺盖人[①]的美。

哥哥对我越发亲切，而且也如我所愿，跟丽卡建立起了亲人和朋友的亲密关系。无论何时我们之间发生了争执，他们总会变成一伙。

①又称高加索突厥人。——译者注

在这里的同事和熟人的关系，非常类似于哥哥在哈尔科夫一样，所以我不费力地融进了他们的圈子。让我高兴的是，我遇到了从哈尔科夫搬迁过来的列昂托维奇和瓦金。与在哈尔科夫时相比，这个圈子里的人更加温和，让我觉得和这座城市安静祥和的氛围十分匹配。他们不但和来自别的城市的人和睦相处，跟警察的关系也很融洽。

我们聚会的地点通常是在一个参议员家里，他腰缠万贯，把家里装修得金碧辉煌，很有上流社会的派头，但他本人却穿得十分朴素。他在雅库茨克待过一段时间，为人谦逊，倒像是一个可怜的客人。

20

我们的院子里有一口用石头砌成的古井，常年沉默不语；厢房前面有两株白刺槐，在地上洒下斑驳的树影；还有一棵茂盛的栗树，默默地遮挡着玻璃走廊的右半边。早上7点，阳光就已经变得十分火辣，鸡舍传来母鸡的啼叫声，让人感觉十分聒噪，好在房间里的温度并不是很高。丽卡穿着鞑靼式便鞋走进卧室，把水倒在自己身上。她的脖子后面和头发上沾满了泡沫，胸脯因为寒冷而紧缩着，房间里弥漫着一股肥皂的香味。她一看到我进门，就羞涩地跺着脚说："快走开！"很快，我就闻到了烧茶的香味。哥萨克女用人没有穿袜子，裙子下隐隐露出了她那细细的脚踝，很有东方风情。她戴着亮闪闪的琥珀项链，有着一头乌黑的秀发和一双明亮的黑色眼睛，走起路来风情万种。

哥哥拿着烟卷出来喝茶，他的习气和笑容都和父亲极像，只不过身材没有父亲那么高大。如今他的言行举止都有一种老爷派头，他开始像上流社会的人一样，注重自己的穿着。曾经有一个时期，大家都认为他前途似锦，他自己也是这么想的。可是如今他却对在小俄罗斯担任的这个职务感到心满意足，这一点从他的眼神里就能看出来。他每天跟我们一同上下班，事情和在哈尔科夫的时候差别不大，不过他有一半的时间都在闲谈。等到丽卡收拾妥当，他就会兴高采烈地去吻她的手。

我们并行在人行道上，丽卡撑着一把圆顶凸出的漂亮的绸布伞，很是吸引眼球。人行道两旁的杨树闪着亮光，墙壁上热气腾腾。我们穿过广场，来到参议室的黄色大楼。看门人坐在楼下，抽着劣等烟草。楼上的干事们手拿公文，行走在二楼的楼梯上。他们身穿黑衣，看起来呆头呆脑，实际上精明极了。我看着丽卡到各个房间拿回报表，分别寄到每个县，心里总有一种奇怪的感觉。

中午时分，看守会用廉价的杯子和碟子给我们送一些茶和柠檬过来，让这种衙门生活显得有一丝乐趣。喝茶的时候，其他部门的朋友也会聚拢过来，有一搭没一搭地聊着。略微有些驼背的参议会秘书苏利马也是常客，他戴着金边眼镜，仪表堂堂。他温文尔雅，言谈举止间都有一种曲意逢迎的感觉。热心于美学的他来得非常频繁，每次都会目光灼灼地盯着丽卡，还会故意走到她身边问："您在发什么公文？"他笑容可掬，但是丽卡并不爱理他，只是挺直身子言简意赅地告诉他。这让我的一颗心完全落回了肚子里，不会对任何人心生妒忌。

我在这个机关的形象也和在《呼声报》编辑部时差不多，大家总对我有一丝嘲笑。但是，我对此已经习以为常了，还是从容地做着统计和报表。去年某县种植了多少烟草和白菜，采取了什么措施防治病害。我很少和别人闲聊，一有空闲就看书。我有独立的办公桌，还可以无限量地从办公室领取新的鹅毛笔、铅笔和上等纸张，这让我非常高兴。

下午两点是下班时间。此时哥哥会站起来说："回家吧！"于是大家迅速地去找到自己的帽子戴上，冲到广场上，握手作别之后就各自回家。此刻，只能看到花绸衬衫和手杖在阳光下闪烁的亮光。

21

烈日炙烤着花园，在五点前都不会有人到街上来。哥哥睡午觉，我和丽卡就悠闲地躺在她的大床上。太阳包围着房间，从卧室窥探我们，从镜子里，能看到院子里那碧绿的树叶。果戈理曾经在这个伟大的城市读过书，在郊区留下了自己的足迹，米尔戈罗德、亚诺夫希纳、希沙基、亚列锡基……我们经常笑着背诵："小俄罗斯的夏天绚丽多彩，让人沉醉其中。"

"可天气还是这么热。"她高兴地说，"而且苍蝇也很多！书里是怎么描写菜园的？"

"昆虫就像红的、绿的、黄的宝石一样散落在菜园里，看起来五光十色。"

"写得太迷人了，我得亲自去米尔戈罗德，看看他描述的这个菜园和别的地方。我们两个一起去怎么样？不过他这个人非常奇怪，就算年轻的时候也没有爱上过什么人。"

"是的，他年轻时唯一的一个怪异的行为就是去柳别克。"

"和你去彼得堡有异曲同工之妙。你告诉我，你怎么这么喜欢去外面呢？"

"那你告诉我，你为什么喜欢收到信？"

"现在我根本收不到信了啊。"

"可是你喜欢啊。人们总是期待着一些快乐的事情，幻想着某种好的变故。于是，人们就爱上了旅行，爱上了自由。新鲜的事物可以让单调的生活变得富有情趣，我们在所有强烈的感情中所追求的就是这一点。"

"你说得没错。"

"彼得堡给我留下的印象并不好，我刚到那里就明白，我是一个纯粹的南方人。要是我早知道这一点，可能就不会去了。果戈理曾经在《意大利通讯》中写道：'彼得堡、大雪、流氓、衙门——这一切都只出现在我的梦中，一觉醒来，我发现自己回到了家乡。'我也有他的这种感觉，对奇吉林、切尔卡塞、霍罗尔、卢布内、切尔托姆雷克、季科耶波列这些地名，感到十分陌生。可是我一看到短发的农夫，穿着红色长筒靴的农妇，还有乡村那矮小的农舍，我就会十分激动。他们放在扁担里的果实，以及用来装李子的树皮篮子，都让我觉得十分熟悉。'头上的鸥鸟不停地盘旋，似乎在寻找爱子；烈日炎炎，哥萨克草原上清风吹拂……'这出自谢甫琴科①之手，他是我很仰慕的一位伟大的诗人。小俄罗斯没有历史，也没有以往的生活记忆，只有浪漫和美好的歌谣和传说，所以堪称这个世界上最美的地方，让我由衷地赞叹。"

"你总是说赞叹。"

"生活就是让人赞叹的啊！"

日暮西斜，夕阳的余晖从窗户照射进来，洒在木地板上，镜子的反光在天花板上慢慢地移动。窗台上的阳光逐渐强烈起来。一只

①塔拉斯·格里戈利耶维奇·谢甫琴科，乌克兰伟大的诗人。——译者注

苍蝇高兴地嗡嗡叫，还经常飞到她的裸肩上寻找清凉。一只麻雀落到窗台上，机警地看了看天和人，很快又飞走了，消失在云端。在夕阳的照射下，花园显得晶莹透亮，树影也越发斑驳。

"好了，我们谈点儿别的。什么时候可以去克里米亚？你不知道我有多么想去。我觉得你可以写一篇中篇小说，以你的能力一定会写得很棒，到时候我们就有钱了。还有，我觉得你在写作方面很有天分，你为什么要放弃呢？"

"从前有一群哥萨克人，人们称之为'流浪汉'，这个词可能是从'游荡'演化来的。我想我也是个流浪汉。'有的人安居乐业，有的人离乡背井，都是上帝的安排。'我觉得，果戈理最出色的作品就是他的笔记。你听：'草原上，一只有着凤头的鸥鸟扑棱着翅膀飞了起来……这里有长满了蓟草的绿色界碑，界碑外面只有漫无边际的草原……伫立在篱笆和沟壑之上的向日葵，农舍有着涂了红边的小窗户……你说古罗斯的根基，这里的感情更真挚，景色更瑰丽。'"

她聚精会神地听着，突然问道：

"你为什么要把歌德离开弗雷德里卡的那一段念给我听，说他在幻觉中看到一个骑士策马奔腾，这个骑士穿着一件金丝灰坎肩。原话是什么？"

"我就是这个骑士，身上穿着之前从未穿过的金丝灰坎肩。"

"真奇妙。你说，每个人年轻时都幻想过一件金丝灰坎肩，可是他后来为何要弃它不顾？"

"他说他只听命于他的恶魔。"

"唉，我觉得你对我的爱已经没有以前那么深了。你说，你最大的愿望是什么？"

"我想当古代克里米亚的可汗，跟你一起住在巴赫契萨拉伊宫。这是一座坐落在峡谷中的宫殿，高山巍峨，气候炎热，可是宫殿里却非常清凉，还有喷泉和桑树。"

"说实话。"

"我说的就是实话啊，虽然我确实有点儿喜欢胡说八道，但你也知道，我是一个非常认真的人。你看这草原上的鸥鸟，就是草原和海洋的结合。以前尼古拉哥哥总说我是傻瓜，让我非常难过。笛卡尔也说，在他的精神生活中，合理的、明确的思想占的比重很小。"

"那又如何？你会不会在你的后宫里藏着各种美女？我说的也是实话，你曾经告诉我，你对尼古琳娜产生过好感，也喜欢过娜佳。有时候你真是什么话都对我说，就在不久之前，你也这么说过我们的哥萨克女用人。"

"我说的是，我看到她的时候，想去盐沼地的草原里住帐篷。"

"你承认了吧，就是想跟她一起住帐篷。"

"我什么时候说跟她一起了？"

"那你想跟谁一起？麻雀又来了，我好担心它们撞到镜子。"

她跳了起来，高兴地拍着手，动作非常笨拙。

22

夕阳西下，暑气也消散了很多。我们三个人就到窗边坐下，饮起了茶。如今她十分好学，总是缠着哥哥问很多问题，哥哥也乐于为她解答。很快天就黑了，四周寂静无声，只有燕子掠过我们的头顶，消失在远方。他们一边喝茶一边聊天，我就坐在旁边听："唉，在山上割麦子的女人。"这首民谣起初曲调忧郁，充满了离愁别恨，后来就变得十分豪放勇武。

> 高山下，
> 一对哥萨克，
> 策马奔腾而过……

这首歌曲让我十分感伤，它赞颂了哥萨克的队伍。在英雄多罗申科①的带领下，这支队伍翻山越岭。他在前面昂首阔步，萨盖达奇内②在后面亦步亦趋。

> 为了金银珠宝，
> 舍弃妻子，
> 你是个坏人……

到了这里，歌声转慢，似乎是在叹息世间还有这样怪的人，可是后面的一段曲子却十分欢快。

> 男子汉大丈夫不能耽于儿女私情，
> 哥萨克一上路，
> 只会追求金银财宝，
> 它是唯一不能舍弃的东西。

我听着听着，心里产生了痛苦的艳羡之情。

---

①米哈伊尔·多罗申科，乌克兰哥萨克的首领。——译者注
②彼得·克诺诺维奇—萨盖达奇内，同为乌克兰哥萨克的首领。——译者注

我们通常会在日落的时候出去散步，但是地点不固定，有时候去市区，有时候去郊区，还有时候去教堂背面的小公园。市区的街道上都铺着青石板，由于白天吸足了热气，所以此刻还是热的。街道上布满了犹太人的店铺，经营的商品种类多种多样。人们走到十字路口的时候，可以在那个卖汽水的售货亭小憩一会儿，这会让人联想到南方或者比南方更远的南方。我当时总会没来由地想到刻赤[①]，城郊的田野有着与乡下类似的景色，农舍、瓜地和樱桃园错落有致，还有一条直通米尔戈罗德的大道。大道的两边分别有一排电线杆，一个乌克兰人驾着一辆大车缓慢前行，最后和电线杆一样，浓缩成了黑点儿，直到再也看不见。这是通往亚诺夫希纳、亚列西基、希沙基的路。

　　有时候我们也会去市立公园看演唱会，以此来打发时间。在夜幕下，饭馆的阳台灯光闪耀，和远处剧院的舞台同样耀眼。哥哥会直接走进饭馆，我和丽卡有时候会去悬崖尽头的花园。在美丽的夜色中，人们都陶醉了。悬崖下黑魆魆的，只有零星的几点灯火闪耀。歌声一起一伏，像赞美诗一样和谐，但是我知道它们出自城郊的几个小伙子之口。火车像一条发光的链子，轰鸣着驶过来，衬得山谷非常幽静，但是很快火车就走远了，好像开到了地下。歌声再次传来，似乎连整个地平线都随之颤动。

　　丽卡高兴地挤到前面，可是因为我们刚刚脱离黑暗，还无法适应这里的灯光。我们走进饭馆的时候，哥哥已经喝得醉醺醺的，带着醉意向我们招手，显得情真意切。和他同桌的有瓦金、列昂托维奇和苏利马，一见我们进来就急忙让座，还跟老板要了酒杯、白酒和冰块。此时音乐已经停止，黑漆漆的公园里静悄悄的。莫名起

---

①乌克兰克里米亚自治共和国的港口城市。——译者注

了一阵风，吹得灯罩里的烛火飘摇不定，还迎来了很多昆虫趴在灯罩上。大家都说时间还早，不想回去。直到夜深人静，大家都觉得该回去了，才结伴回家，一路上欢声笑语不断。夜已经沉睡，我们踩得人行道上的木板咯吱咯吱响。月亮的光线柔和地照耀着大地，给地上的一切都笼上了一层轻纱，增添了神秘色彩。最后，我们三个人一起走进自家的院子，听到了蟋蟀的鸣叫声，看到了月光照在槐树上，在地上投下斑驳的树影。要说最曼妙的，还是临睡前的几分钟，蜡烛微光莹莹，窗外的风带来清新的凉气，让人倍感幸福。丽卡穿着睡衣坐在床沿上，盯着蜡烛发呆，手里还在编织着她的鞭子，此刻的她真像一个女神。

"你总是对我的变化大惊小怪，我觉得没有必要，你应该知道你自己的变化有多大。"她说，"你对我越来越不在意，也不会因为我和别的男人在一起而吃醋，这样的话，迟早有一天我们会渐行渐远。我为你变成了空气，你离开它就没法活，可是你对我却越来越不在意，就像不在意空气。你敢说我说的不是你现在的状态吗？你说这是最大的爱，但是我觉得，你的意思是我无法满足你。"

"不满足，"我笑着说，"没有任何东西可以让我满足。"

"我知道，你被什么东西吸引了，格奥尔基·亚历山德罗维奇跟我说了。你想跟统计员一起出差，在烈日下，在尘土中颠簸。然后走到闷不透风的乡公所里，拿着我的表格，无休止地询问乌克兰人。你跟我说，你到底被什么东西吸引了？"

我盯着她的眼睛，在夜色中，她的眼睛闪耀着光芒。

"可能是因为幸福吧，因为我真的觉得现在没有东西可以让我满足。"

她握住我的手："你真的幸福吗？"

23

　　瓦金要去什沙基出差，就带上了我。这是我第一次来到米尔戈罗德大道，这也是她心心念念想要跟我一起去的地方。

　　天气非常炎热，为了不受暑气蒸腾，我们早早就出发了。那天天色灰蒙蒙的，虽然丽卡因为无法与我同行而感到悲伤，却还是极力克制自己，给我煎好茶之后，才叫我起床。出门时，我看到丽卡神情悲伤地看着窗外，可能是担心会下雨，我的行程受到影响。很快，我就听到了马车的铃声，欢快地一跃而起，与丽卡吻别。丽卡当时的那种温情和忐忑，让我现在都记忆犹新。瓦金穿着一件又肥又长的帆布长袍，戴着一顶灰色遮阳帽，稳稳当当地坐在马车上。

　　马车行驶得非常平稳，但是由于天干物燥，车后还是扬起了很多尘土。窗外的景致十分乏味，很快我就没有兴趣观望窗外的地平线了，而是坐在马车里犯困。中午，我们经过了一片荒无人烟的庄稼地，还看到了一派游牧人生活的景象——漫无边际的科楚别伊羊圈。马车颠簸着前行，我拿出笔记本，写下了："现在是正午，我看到了一个面积很大的羊圈，热得发灰的天空，鹞鹰和蓝翅鸦飞舞着……"到了雅诺夫希纳，我记下了一家小酒店："雅诺夫希纳，这家酒店历史悠久，虽然光线不好，但很凉快。我们问犹太店主有没有啤酒，他的回答是只有紫罗兰饮料，没有啤酒。"店主骨瘦如柴，穿了一件长襟衣。饮料是一个胖乎乎的小伙子给我们端来的，他是店主的儿子。他穿着一件浅灰色的衣服，高高地扎着一条新皮带，像波斯人一样漂亮，最让我喜欢的还是他的眼睛。希沙基的景色完全符合果戈理在日记中的描述："平坦的道路上偶尔也会出现一些沟沟洼洼，还有陡峭的高坡，放眼望去，全是树林。近处是绿色的，远处是蓝色的，再远处是一片黄沙。在峭壁上，风车吱吱呀呀地抖动着翅膀。"普肖尔河从峭壁上奔涌而下，流向深谷，流经一个碧绿的大村庄。瓦金要找一个叫瓦西连科的人打听事情，于是我们在村里待了很久。好不容易找到他的家，他却外出了，我们就在他家门前的菩提树下等他。时间过得真慢啊，青蛙的叫声不绝于耳，柳丛的湿气也让我们痛苦不堪。我们等了整整一天，晚饭是在树下解决的，还喝了甜酒。突然，我听到寂静的夜里传来了栅栏门的声响，然后眼前就出现了一个盛装打扮的女郎。她说她是瓦西连科的朋友，是地方自治会的医生，听说他家来了客人，就过来看看。开始她还有些拘谨，但是几杯酒下肚之后，就放开了手脚，还说起了俏皮话。她有点儿神经质，长相一般，但是身材不错。她有着突出的锁骨，丰满的胸部，纤细的腰肢和坚挺的臀部。她的身材这么棒，连带着让我觉得她那石碳酸气味的手也很吸引人。夜深了，我送她回家。我们沿着干硬的车辙走过了一条小巷，走到一处篱笆旁边，停下了脚步。她转身把头靠在了我的胸口上，我感觉自己的心怦怦直跳，但我最后还是克制住了。

第二天，我和瓦金很晚才回家。丽卡正躺在床上悠然地看着书，见我回来了，就高兴地冲到我的怀里。我搂住她，给她讲述这次旅途的见闻。谈到那个女医生的时候，她不高兴地说：

"你为什么要跟我说这些？"

此刻她美丽的大眼睛里已经满是泪水。

"你对我真狠心！"她从枕头下面拿出一块手帕擦拭着泪水，"扔下我一个人在这里还不够吗？"之后有无数个孤寂的夜晚，我都会回想起她流泪的样子。20年后，当我身处亚比萨拉比的滨海别墅时，我又想到了她的眼泪。当天天气炎热，还刮着大风，我游完泳之后，就躺在书房里。树影摇曳，宛如打破平静的湖水。风越刮越强，越刮越近，把遮挡着书房的绿荫都给劈开了，书房里的光线瞬间好了很多。我抬头仰望天空，感觉白色的天花板都变成了紫色。然后，风就平息了，消失在花园深处，消失在滨海悬崖的尽头。我听着这一切，很多往事浮现在眼前。在我们刚刚一起生活的那一年，在俄罗斯极为偏远的地方，我也曾经历过这样的一个下午。当时我还没有睡醒，她去上班了。窗户正对着花园，有风吹过的时候，外面也是这么嘈杂。我懒洋洋地把手支在她的枕头上，闻到了一股紫罗兰的香味。我握着她的手帕，在她跟我和解后，她还久久地握着它。我突然想起来，她早就离开我了。如今我还活着，她却早就不在这世间了。我的脑袋发冷，从沙发上跳起来，走出房间，迷迷糊糊地走向悬崖。在小径的尽头，我看见碧绿的大海，下意识地后退了一步。此刻我的心里有一种奇怪的感觉，这片大海对我来说既可怕又有吸引力。

那天晚上我对她发誓，以后我再也不会去那儿，可是短短几天之后我就又去了。

24

我们在巴图林诺的时候，尼古拉哥哥跟我说过这么一句话：

"我真替你惋惜，你年纪轻轻，却前途渺茫。"

事实上我并不觉得自己前途渺茫。

我做这份公职只是权宜之计，而且我也不把自己当成已经成家的人。可是一想到生活中没有她，我又十分恐惧，我没法忍受没有她的日子，但是我觉得我们又不可能白头到老。我们真的可以和别人一样，成家立业，生儿育女，幸福地生活在一起吗？特别是生儿育女，我觉得这根本让我无法忍受。

"我们结婚之后，"她总是喜欢幻想未来，"我想嫁给你，我觉得结婚是最令人快乐的事，然后我们会生下孩子……你不想娶我吗？"

我的心被揪紧了，我感觉到一种快乐又甜蜜的感觉。我赶紧说了个笑话，把这件事敷衍过去。

"神创造万物，俗人只生自己的同类。"

"那我呢？"她说，"你觉得我是什么？等我们韶华已逝，爱情也消磨完了，你不再需要我，让我靠什么过日子呢？"

我听了这番话觉得很伤心，急忙反驳：

"不，不可能的，你是我最珍视的。"

现在，我（像她以前在奥勒尔那样）渴望着别人的爱，并且希望可以在保持自由的同时获得别人的爱。

我对她动情，是在一个晚上，她编好辫子来跟我说晚安，我就在那一瞬间爱上了她。我直视着她的眼睛，发现她不穿高跟鞋的时候其实并不是很高。

在她容忍我、迁就我的时候，我觉得她对我无比忠诚，为了爱我已经忘了自己，这时候我就最爱她。

我们经常会一起回忆在奥勒尔度过的那个冬天，我们两情相悦，却因为我要去维切布斯克而不得不分开。我说：

"波洛茨克到底有什么吸引着我，让我不顾一切地想要去呢？或许古时候波洛茨克又叫波洛季斯克，我在脑海里把这个地名与古代基辅大公弗谢斯拉夫的传说相联系。小时候我就读过这么一个传说：弗谢斯拉夫的王位被弟弟夺走了，他只好逃去了'波洛茨克人的蛮荒之地'，每日挨饿受冻，还要修行、祈祷，过得十分窘迫，后来在回忆中度过了一生。他每天晚上都难以成眠，天不亮又早早起来，起来之后发现枕头已经被泪水打湿了。想起昔日在基辅的快活日子，想想自己的王国，他再次落泪。晚祷的钟声不是在波洛茨克，而是在基辅圣索菲亚大教堂里敲响。自那以后，波洛茨克给我的印象就是古老野蛮、原始生动。一个寒冷的冬天，大圆木筑成的克里姆林宫，木材搭建而成的教堂和小屋。穿着羊皮和树皮鞋的行人在雪上艰难跋涉，留下成串的脚印……当我亲自踏上波洛茨克的土地，我才发现它跟我想象中的截然不同。不过这个真正的波洛茨克现在也很有诗意，城市里阴冷寂寥，车站上有一个非常温暖的大厅，还拥有非常大的半圆形窗户。外面已经黑了，大厅里的大吊灯开始大放光明。大厅里聚集着来自不同地方、有着不同身份的各色人等，正在急急忙忙地吃饭，在去彼得堡的列车进站之前，他们必须吃饱。他们推杯换盏，大厅里到处都是谈笑声和说话声，还夹杂着餐刀和盘子的碰撞声。侍者穿行于人群之中，把调料带到各处……"

在我讲述的时候，她总会全神贯注，听完之后也毫不怀疑。我总会抓住这个时机向她暗示：

"歌德说：'我们依从于自己的意识而活着。'有的感情是我无法控制的，它会让人痛苦，又会让人渴望。我渴望去我想去的地方，渴望得到那些难以言说的隐藏的东西，我想你可以理解。"

有一次，我和瓦金一起去了卡扎奇布罗德——波德涅普罗维耶一个古老的村庄，去参加送别乌苏里区移民的仪式。仪式结束的时候已经很晚了，所以我们第二天早晨才坐车回去。我到家的时候，她和哥哥早已去上班了，家里空无一人。虽然我的皮肤晒得黝黑，但是我的精力十分旺盛，而且十分激动，恨不得他们现在就回来，好让我把自己经历的一切都告诉他们。我目送着一大群人离开卡扎奇布罗德村，搬到一万俄里之外的地方，真是太神奇了！我绕着这个收拾得非常干净的屋子转了一圈，然后换了衣服，洗了脸。我心情复杂地看了看她的化妆品，还有她的小枕头——在我眼里，有些东西十分珍贵，却又非常孤单，我心里充满了对她的愧疚。可是当我看到床头那本打开的书的时候，我呆住了——这是托尔斯泰的《家庭幸福》，上面还有几行字上用笔做了记号："那时我知道我的思想和感情都不属于自己，我受到他的思想和感情的控制……"我又往后翻了几页，看到了几行做记号的字："今年夏天，我发现欲望已经无法折磨我了。我走进卧室时，只会为现在的幸福担忧……夏天就要过完了，我总是很孤独。他把我扔在家里，自己往外跑，似乎不担心我一个人在家，也不害怕……"

有那么几分钟，我都站在那里发呆，我从来没有想过她会有这种隐秘的感情，而且这已经是过去时了。"那时候我知道我的思想……我走进卧室时……"最让我出乎意料的是"夏天就要过完了，我总是很孤独"，也就是说，我从希沙基回来的那个晚上，看到她在流泪，这并不是偶然事件。

我来到机关，强颜欢笑地跟她和哥哥亲吻交谈，可是我的内心在流泪。等我们两个人单独在一起的时候，我对她说：

"你是不是在我离家期间看了《家庭幸福》？"

她迅速涨红了脸。

"是的，怎么了？"

"我看了你在书上做的记号，有点儿难过。"

"为什么？"

"因为这些记号让我觉得，你对跟我在一起感到痛苦、失望和孤独。"

"你总是这么夸张，"她说，"失望谈不上，我只是有点儿伤心，因为我发现了和主人公的一些共同之处。但是你要相信，这跟你想象的完全不一样。"

她让谁相信？我感觉她更想让自己相信。不过，我听到她的话，心情舒畅了很多，我愿意相信她。"草原上，一只有着凤头的鸥鸟扑棱着翅膀飞了起来……她跑着，腰间围着蓝色的毛布裙子。她光着脚，腿一直裸露到膝盖上，这彰显了她的青春和健康。"这里有无数种想象的东西，让我怎么拒绝呢？原本我一直以为她是可以和这些东西并存的。我告诉她："你为我活着，只能惦记我一个人。不要剥夺我的意志和我的自由，你也知道我爱你，并且会越来越爱你。为了你，我可以做任何事，也可以原谅一切。"

25

"你有了很大的改变，"她说，"变得更加坚强、勇敢，更加善良，如今你已经变成了一个乐天派。"

"没错，我也觉得自己有了很大的变化，可是尼古拉哥哥和你的父亲却总是说，我们不会有好结果的。"

"可能是因为尼古拉对我没什么好感，在巴图林诺的时候，他对我的态度就很冷淡。"

"正相反，他总会在我面前满怀温情地谈起你，他说：'我很可怜她，你想过你们以后的日子吗？几年后，你们过得和县里的消费税征收员有什么不一样？以前我曾经描绘过我们以后的日子，你还记得吗？住房三套间，工资50卢布。'"

"可能他只疼爱你。"

"不能这么说，他说他只有一个希望，就是我的碌碌无为可以挽救你和我。有朝一日，当我发现自己十分无能，而你干够了这舒适的统计工作之后，就知道跟着我只能过这样的生活，然后我们就会分手。"

"他的希望会落空的，我永远不会离开你，除非出现一种情况，就是我发现你已经不再需要我，我的存在会阻碍你获得你想要的……"

当一个人陷入不幸，他就会开始一种痛苦的、毫无意义的思索。这是从什么时候开始的呢？我当时怎么就忽视了呢？她说得很明白，会在一种情况下离开我。这类似于对我的警告，可我完全没有放在心上。

尼古拉哥哥说得对，我太过随心所欲，越来越滥用自己的自由。我在家里根本坐不住，总想去外面，哪怕只是到庭院里坐着。

"你怎么变得这么黑了？"哥哥一边吃饭一边问我，"你去哪里了？"

"河边，车站，还有修道院。"

她不满地说："他曾经答应我，无论去哪里都会带上我，现在却总是撇下我一个人去。要知道，我很想去修道院，自从来到这里，我只去过一次。那里有厚厚的墙，飞舞的燕子，还有修士，真是美不胜收。"

我惭愧地低下了头，不敢正视她，可是为了我的自由，我只好硬着心肠不答应她。我耸了耸肩说：

"修士有什么可看的？"

"那你去看什么？"

我急忙换了一个话题：

"我今天去了那里的墓地，看到了一件怪事：有个修士让人给他自己挖好了一个墓穴，还安好了十字架，连生平和'卒于'都写好了。那里干净整洁，遍地花草，凭空出现这么一个空墓穴，是不是挺奇怪？"

"喏，你看。"

"什么？"

"别装蒜了！屠格涅夫说得对……"

"你好像是为了发现你和我的共同点才看书的，可是话说回来，每个女人都是这么看书的。"

"那又如何？虽然我是个女人，可不自私……"

哥哥温柔地调解道：

"好了，都别说了！"

26

夏末，我在机关的地位有了很大的提高，以前我只能算是编外人员，如今我也有了编制，还得到了一个非常适合我的差事：在参议院的图书馆当管理员。我能得到这个差事，还多亏了马利苏。参议院的地下室里堆放着各种书刊，我需要将它们分类入库。在地下室里有一间有着穹顶的大房间，里面放着足够的书架和书柜，完全可以放下这些书。我还需要做管理图书的工作，给来借书的人进行登记，如果某个机关要集体使用某类书，我还要负责调配。但是，由于自治会只在秋天开会，所以我只会在秋天迎来借书的人。在我把书分类入库之后，就只剩下了管理这一项工作。这座地下室的墙壁很厚，隔音效果很好。我很喜欢这里的宁静，而且它还有一扇小窗户，可以让阳光照射进来。透过这扇窗户，我还能看到机关大楼后面那片空地上所有植物的根部。我每天都是一个人在这里，但是非常自由，如果我愿意，我可以一个星期都不出现。有时候我就会直接锁上门，去我想去的地方。

我也说不上为什么，反正我又去了尼古拉耶夫一趟，不过我只去城郊的一个村庄。那里有一对兄弟，都是托尔斯泰的信徒，之所以搬到这里，就是为了过简单的生活。我还曾经有一段时间会在每周日晚上去乌克兰人的大村庄，虽然我并没有什么事要办，却总是喜欢游荡到半夜再坐火车回家。

丽卡也不知道我为什么总是喜欢东奔西跑，但是她猜测我肯定有什么秘密。我跟她说的那件关于希沙基的女医生的事情，给她带来了比我想象的大得多的刺激。打那以后，她的心里就萌发了越来越强烈的忌妒，虽然她极力掩饰，但是有时候她掩饰得并不好。这次谈话后，大概过了两个星期，她就一反自己往日的温柔和少女习性，辞退了那个哥萨克女用人。

她不高兴地说："我知道，我把她辞退了，以后你就再也听不到那'小母马'在地板上发出的声音了。她的眼睛亮闪闪的，脚踝也很迷人，可是，我的忍耐也是有限度的！"

我故作坦率地说："你怎么能怀疑我呢？你看你的手，是上帝的完美的杰作。每当我看到你的手，就会默默地告诉自己，为了这只手，我不会要世界上的任何美人。但是你也知道，我是艺术家，是诗人，歌德不是说了吗，艺术都是感性的。"

27

8月的一个傍晚，我又来到了那对兄弟所在的村子。那是一个炎热的星期六，市内根本看不到人影。我从犹太人的商店路过的时候，发现他们都没有开门。钟声悠扬，花园和房屋细长的阴影洒落在地上，但是暑气还没有消散。南方城市的夏末通常都是这样，每天烈日当头，地上蒸腾着热气，所有的花草都无精打采的，到处都死气沉沉。

广场上有一个年轻的姑娘，她没有穿袜子，只穿了一双钉了掌的皮靴。她的个子很高，站在井边宛如仙女。她有着波兰妇女那般宽阔的额头，还有一双深棕色的眼睛。广场上有一条街道，蜿蜒到山谷，远远望去，能看到远处的草原、丘陵，以及太阳最后落山的地方。我沿着街道一直前行，走进了中产阶级们住的一条小胡同。从胡同走出来之后，我又翻过了一座山，山的那边就是草原。村头有几件浅蓝色的泥屋，打谷场上，有一些连枷飞舞着，这是一群年轻人在脱粒。晚上，他们就会一起去唱赞美诗。歌声粗犷而又动听，仿佛他们握住了整个世界。站在山上俯瞰，整个草原都是金黄色的。大路上有一层厚厚的土，走在上面就好像踩着很厚的一层绒。我环顾四周，左边山谷的悬崖上有一间小屋，墙灰已经脱落。那两个托尔斯泰信徒就住在这个庄子里。我离开大路，沿着麦田走到了庄子前，可是屋子里空无一人，整个庄子都空荡荡的。我从大门口向里窥探，发现墙壁上和天花板上停着无数只苍蝇，正发出刺耳的嗡嗡声。我又看了看开着门的牲口棚，只看到一块被夕阳的余晖染成红色的干粪。我从后墙绕过去，来到了瓜地，看到那个弟弟的妻子坐在田头。我走向她，也不知道她是没有看到我，还是假装没有看到我，总之她毫无反应，一直安静地坐在那里，显得十分娇小、孤单。她赤裸着双脚，一只手撑着地，另一只手拿着麦秸放进嘴里。

"晚上好呀，"我说，"你看起来好像不太高兴呢。"

"您好，请坐。"她扔掉麦秸，笑着对我说，还对我伸出了一只乌黑的手。

我坐下一看，她打扮得真像一个照看瓜园的小姑娘。她的头发有些褪色，穿着一件乡下人常穿的大领口衬衫，穿一条旧黑布裙子。她那两只赤裸的脚丫也晒得很黑，还满是泥土。我想，她毕竟是跟我同一阶层的人，怎么能光着脚？可是我总是控制不住自己，想要看她的脚。她发现之后，就把脚缩回去了。

"你家的人都跑哪儿去了？"

她落寞地笑了笑。

"各走各路。这一对圣徒兄弟，一个去了村头的寡妇那里，帮助她脱粒；另一个去了城里，帮师父送信。按照惯例，我们每周要报告自己犯下的所有罪过，我们遭受了怎样的诱惑，以及我们是如何克制欲望的，还包括我们受到了怎样的考验。比如在哈尔科夫，巴甫洛夫斯基兄弟被抓起来了，原因是散发传单反对兵役制。"

"你的心情似乎有点儿差。"

"你可真烦人！"她一边说一边向后仰着头，"我觉得我受不了了。"

"受不了什么？"

"什么都受不了。您能给我一支烟吗？"

"烟？"

我递给她一支烟，还为她点燃了火柴，她立刻接过去吸了起来。不过，她抽烟的动作并不熟练。她断断续续地抽烟，一言不发，只是偶尔会望望远处的山谷。太阳还没有完全落山，阳光洒落在我们的肩膀上。我们旁边有棵西瓜，瓜藤已经枯萎，如同蛇一样绕在西瓜上……她突然扔掉了手里的烟，靠在我的肩膀上号啕大哭。我搂住她的肩膀，不停地安慰她，还在她那散发着阳光气息的头发上落下了一个吻。我看着她赤裸的脚丫，突然顿悟了我来这对信徒兄弟家的原因。

那么，我又是因为什么原因才去尼古拉耶夫的呢？我在路上是这么写的：

　　直到华灯初上，我们才离开了克列缅楚格。走到车站的时候，周围的灯渐次亮起。小卖部旁边围着很多人，到处都是南方的闷热和南方的人满为患。多半都是小俄罗斯的年轻妇女，皮肤被太阳晒得乌黑。她们生性活泼，对干活也十分开心。她们的身体和乡下人的穿戴，散发出迷人的香味，让人心动不已。可是她们总是说个不停，还炫耀自己胡桃色的眼睛，又让人不太舒服。

　　阳光从窗户洒落进来，我看着第聂伯河上那座长长的桥，桥下和远处都是浑浊的黄水，蜿蜒流向远方。沙滩上有很多赤裸的女人，正在那里洗澡，神情十分悠闲。有一个年轻姑娘脱下衬衫就忙不迭地跑向河里，动作十分笨拙，还用两只脚丫拼命打水……

　　此时火车已经开到了距离第聂伯河很远的地方，景色也发生了很大的变化，地上只长着野草和庄稼。一切都被暮光照耀着，如同笼上了一层轻纱，美丽极了。我莫名想到了可恶的维雅托波尔克①。也是在这样的一个晚上，他带着队伍穿越了这个山谷。为什么他要在晚上出发？他要去哪里？这已经是几千年的事了，如今这里还是那么美丽。不，这或

────────────

①他为了争夺权力，杀死了自己的兄弟，因此说他是"可恶的"。——译者注

许不是维雅托波尔克，而是一个骑着马的粗鲁的农民。他身后坐着一个女人，双手捆绑，披头散发，凶狠地看着农民的后脑勺，而农民正警惕地四下张望……

窗外是肮脏泥泞的道路和坦荡的平原，这是一个湿润的月夜。在车厢里，旅客们早已沉沉睡去，只有一盏蜡烛发出暗淡的光。风儿带着泥土的清香吹进车厢，和车厢里的臭味混合在一起，十分难闻。几个俄罗斯小女人大张着手脚，头往后仰，睡得十分香甜。从她们的衬衫下面，隐约可见丰满的胸脯，被黑色裙子包裹的肥大的臀部显得更有诱惑力。突然，一个姑娘从睡梦中醒来，呆呆地看着我，好像发现了我注视她的目光。此时别的乘客都在梦乡之中，我感觉她正在用眼神邀请我……

在火车站附近有一个小村子，我每个星期天都要过去一趟。有一天，我到车站附近闲逛，下车时天已经黑了。在夜色之中，我突然看见了一座小白屋。远处有一个牧场，里面有一架破旧的风车，风车下面聚着很多人。有一个人在用小提琴演奏高昂的乐曲，其他人围着他载歌载舞……我站在他们身后，听着他们拉琴、跺脚、嘹亮地合唱，直到深夜。我走到一个漂亮的黄发姑娘身边，她的眼睛水灵灵的，胸脯高耸，极富青春气息。我们趁着大家你推我搡的时候，偷偷拉起了对方的手。我们尽量谁也不看谁，各怀心思，若无其事。我们都知道，如果别人发现一个城里的少爷为了这个目的频繁出现在这里，那我就得倒霉。第一次我们是偶然站在一起的，后来只要我靠近她，她就会立刻握住我的手。天越黑，她握得越紧。人群慢慢离去的时候，她就会溜到风车后面躲起来，我则一步一挪地走向车站，等风车下面的人都走光了，我再跑回去。我们很有默契，却不说话，愉快地折磨对方。一次她送我去车站，四周漆黑一片，连个人影都没有，只能听到蟋蟀的歌声，让人觉得十分欣慰。当我们牵着手从小路上经过的时候，我们的心激动不已。月亮从远处的园子里升上天空。支线上停着一辆火车，我忍不住用力地把她拉向车厢，这么做的时候，我很害怕，但是我也说不上原因。我爬进车厢，她也跟着进来了，还用力地搂住我的脖子。我们想看看车厢里放的是什么，就点燃了火柴，结果——里面是一口薄棺材，把我们吓了一跳。她吓得跳了出去，我也跟在她的身后……我们来到车厢底下，她哈哈大笑，躺在地板上几乎喘不过气来，还像疯了一样地吻我。此时我当然不会离开，但是之后我再也没有去过那个村子。

28

那个秋天，我们几乎每天都在过节。每年年终都会在城里召开全省地方自治会议员代表大会。冬天也像在过节，日子也快乐地流逝着。以赞科维茨卡娅和萨克萨冈斯基为首的小俄罗斯剧院来巡回演出，首都的著名音乐家契尔诺夫、亚科夫列夫和穆拉维娜来此举办演唱会，还有很多化装和不化装的舞会。而且，我在地方自治会代表会议结束之后，去了莫斯科一趟，拜访了托尔斯泰。回来之后，我就纵情于尘世间的罪恶诱惑，它们改变了我和丽卡。我们的关系急转直下，我几乎没有一个晚上是在家里待着的。

有一天，她对我说："如今你变化很大，可能是你已经成长为男子汉了，还蓄起了法式的胡子。"

"你不喜欢？"

"不啊，我怎么会不喜欢？我只是想说，所有的事物都会改变。"

"你也变了，变得更加像少妇，清瘦又美丽。"

"你又说些甜言蜜语，我很怕跟你说实话。"

"什么？"

"我需要一套衣服，不论贵贱，朴素点儿也无所谓，留着下次化装舞会用。我还要戴一个黑色的面具，穿一件黑色的、又长又轻的……"

"你准备化装成什么？"

"夜。"

"看来，我们又要变回在奥勒尔时的样子了。夜，真庸俗！"

"我并不觉得在奥勒尔的时候有什么庸俗。"她淡淡地、有主见地说。她这种冷淡的态度向我表明，以前的某种东西回来了，所以我觉得有一丝恐惧。

"你不过是在忌妒我。"她说。

"为什么这么说？"

"我只是这么感觉。"

"不，你知道，你已经疏远了我，准备博得别的男人的欢心。"

她坏坏地笑了一下，说：

"你没有资格说这番话，你一整个冬天都没有离开切尔卡索娃。"

我面红耳赤。

"我确实没有离开过。你也知道，不管我跟你去哪里，她总会如影随形，这难道怪我吗？最让我伤心的是，你跟我在一起的时候似乎很不自在，是不是有什么心事瞒着我？你告诉我吧。"

"我瞒着你的是悲伤，知道吗？我为我们昔日的爱情感到悲伤，它已经不复存在了。现在还说这些做什么呢？"

她安静了一会儿，又补充道：

"既然你不高兴，我就不去化装舞会了。但是你对我实在是很苛刻，还觉得我的愿望很庸俗。你自己什么都干，还要剥夺我的自由，我希望你可以反思一下。"

春天和夏天，我又出去玩了好几次，并在初秋的时候和切尔卡索娃重逢了，其实此前我跟她之间什么都没发生过。在聊天的过程中，她说她要搬去基辅。

"朋友，我们就要永别了，我的丈夫已经没有耐心等下去了。您是否愿意送我去克列缅楚格？当然我们要对此保密。我要在那等船，所以要住一夜。"

29

我多希望我永远都不知道回忆有多痛，可是现实十分残酷。这件事发生在11月，我至今都无法忘怀小俄罗斯那死气沉沉的、忧郁的生活。那里的街道非常冷清，人行道非常狭窄，长有白杨树的黑色花园用篱笆围着。夏天，餐厅的窗户被牢牢钉死。这个季节湿润的空气，烂树叶的味道，还有那些杂乱的回忆，都让我痛苦万分。我反复念着祈祷文，希望可以获得解脱。

在那不幸的一天，丽卡压抑已久的情绪终于一起喷发了出来。当天格奥尔基哥哥很晚才下班，我比他回得还晚。但是她知道我们在筹办地方自治会年会，会回来得晚一些。她闷闷不乐地待在家里，好几天都没有出门，但是她以前也有过这样的时候，所以也算正常。那一天，她神色如常，习惯性地缩在沙发上抽烟。其实我也不知道她是什么时候学会抽烟的，我反复劝她戒烟，可是她听不进去。也许她在临走之前，还眷恋着这里的什么。然后她站起身来，狠狠地抽了很多烟，拿出一张纸，写上想跟我说的话，就离开了。她似乎走得非常匆忙，很多东西都没有带走，乱糟糟的。很久之后，我才鼓起勇气去收拾她扔下的东西。那天晚上，她独自离开，回到了她父亲那里。我想我当时是对她十分愧疚，才没有去追她。我知道她如今已经很有主见，对我不再言听计从。我给她写了很多信，拍了很多电报，却只收到了两句话，是她父亲回复的："我女儿走了，谁也不知道她去了哪里。"

如果当时哥哥不在我身边，我会怎样？这一点我不敢想象。其实他也是束手无策，六神无主。他并没有立刻把她写的那张说明自己为何离开的纸条给我，可能是怕我无法承受。后来我看到了那张纸条，上面是她用黑笔写的字：

"我忍不了了，我受不了你和我渐行渐远，也受不了你侮辱我的爱情。在我心中，爱情是一朵娇艳的花，我不想看着它干枯。我受的屈辱你听到了，我所有的希望都已破灭。往事总是在嘲笑我，说我的小心思可笑至极。请你把我忘了吧，你根本不需要我。我们各自去追求自己的幸福吧！"

我快速地读完这些内容，感觉天崩地裂，心被揪紧了，手脚冰凉，几乎连站立的力气都没有了。可我却厚着脸皮说：

"无所谓，我早就料到是这样的结果，这种结果也是迟早的事。"

然后，我拼尽全力回到卧室，故意装出一副无情的样子，缩在沙发上一动不动。傍晚，哥哥偷偷地进来看我，我就假装睡着了，他就以为我是真的睡着了。在这一点上，他和我的父亲一样——经不起任何风浪。他们遇到问题后产生的第一个想法，就是逃避，根本不去想办法解决。可是我怎么有脸说他们，我自己不也是在逃避吗？哥哥穿上衣服，就去参加参议院会议了。我一个人留在家里，十分绝望地想着，最晚明天，我一定要自杀。那晚的月亮分外皎洁，我走进厨房，点起灯，一杯接一杯地喝着伏特加，然后走到了大街上。街上十分宁静，温暖又潮湿，一切都笼着一层白雾，这让我十分害怕。可是我又不想回家，家里太可怕了。只要我一点燃蜡烛，就能看到地上那乱糟糟的东西。地上扔着一件花睡衣，每天晚上她都是穿着这件睡衣，在我的怀抱里入睡。入睡之前，我会在她的脸上落下一个吻，感受着她的呼吸，闻着她的馨香，感觉无比安心。在她面前，我所有的痛苦和恐惧都消失了。可是如今她已不在。

第二天，我借着卧室里昏暗的烛光，躺着听外面的雨声。我看了看屋角，那里有一尊有些年头的圣像。以往她每晚睡觉前都会向圣像祷告。圣像真的很旧了，如同在一块木板上涂了一层朱砂。圣母的眼睛往外凸着，看起来非常吓人。然而此时我感受到的，却是她无边的悲伤。我又回想起和她度过的每一天，它和圣母的影像相互交织，圣洁无比，又让人不愿记起。

一个星期过去了，两个星期过去了，一个月过去了……日子悄悄地流逝着。此时的我不想在人前露面，所以辞职了。每个夜晚，我都会枕着回忆入睡。我就像一个背负着沉重的货物的斯拉夫农民在崎岖不平的林间小道上艰难前行。

30

不管在家里还是在城市里，她的身影似乎随处可见，有一个多月的时间，我都被这种幻觉折磨着。我受不了了！于是我告别了哥哥，准备去巴图林诺小住。我要在那里清空过去的回忆，习惯没有她的日子。

我匆匆地拥抱了哥哥一下，就走进了车厢，此时我有一种奇怪的感觉，心里似乎有一个声音在呐喊：看吧，你自由了！今夜没有下雪，车厢里的空气非常干燥。我提着箱子坐在角落里，想起了我曾经无数次在她面前说过的一句话："人为幸福而生，鸟为飞翔而活。"我扭头看着窗外，以免别人看到我泪流满面的样子。两年前，那辆火车从哈尔科夫开过来，那是春天的早晨，她在车厢里安静地睡着……我坐在昏暗的车厢里，一心期望黎明快点儿到来。因为车厢里人很拥挤，有点儿喘不过气，我迫切地想去车站喝上一杯热咖啡。可是如今，我却想回到两年前，坐在拥挤的车厢里，希望黎明永远不要到来。

火车开到了库尔斯克，我又想起了和丽卡在这里的经历。一个春天的中午，我们一起在车站吃饭，她高兴地对我说，她这辈子还从来没有在车站吃过早饭。如今天气干冷，黑夜即将到来，和那个温暖的中午对比悬殊。我坐在库尔斯克—哈尔科夫—亚速海铁路线上的三等车厢里，感觉非常难受。它庞大又笨重，活像一堵会移动的墙。我走出车厢的时候，天已经黑了，视线所及之处，只能看到那个漆黑的大火车头。一些人拿着茶壶跳下车，飞奔到车站食堂打水，表情令人厌恶。坐在我左边的是一个对一切都漠不关心的商人，他身材肥胖，精神不振；坐在我右边是一个精力充沛，过分热情的学生，总之我对他们俩都没有好感，也许他们对我也没什么好感，因为我不说话，他们无法探知我的身份和经历。不过，其中一个语速飞快地跟我说：

"这里有人卖非常便宜的烤鹅呢！"

我站住了，想去小卖部一趟，却又不能去，因为我们在那里也留下了回忆，坐过那里的一张桌子。虽然现在没有下雪，我却觉得寒风刺骨。在巴图林诺等我的是什么？是白发苍苍的父母，韶华已逝的妹妹，破烂不堪的庄园和房屋。寒风吹过倾圮的花园，冬日的狗叫声显得无比凄凉……列车的尾部长得望不到头。站台的外面有一排白杨树，树叶早已落光了，像光秃秃的扫帚。出租马车的师傅们停在俄罗斯便道上，等待着生意。村妇们用围巾严密地把自己包裹起来，正在售卖烤鹅。烤鹅的个头很大，还很肥，皮上好像长满了粉刺。那几个人打好了开水，又飞快地冲回车厢，还有几个在嬉笑着和村妇讨价还价……突然响起了突兀的机车声，让人觉得十分害怕。更让人害怕的是，前路漫漫，而我不知道她在哪里，如果我知道她的下落，不管付出什么代价，我都要把她追回来。她离开之后我才发现，我不能没有她，就像我不能没有氧气。命运的大手扼住了我的喉咙。我想，也许她是一时冲动才会这么做的，之所以没有回头，完全是因为她的自尊心。

时隔三年，我又回到了父亲的家。如今，我开始用成年人的目光来看待一切。我在路上已经设想过巴图林诺的样子，但是实际上它比我想象的还要差：村里的房子早已破败，长毛蓬松的狗蹲在村头，给人感觉进入了蛮荒时代。门槛和泥泞冻在了一起，比铁都要硬。我郁闷地想到，我回家的路上也满是这种泥泞。空荡荡的院子面对着阴沉的房屋，窗户也愁眉苦脸，这就是我的祖父、父亲和我生活的家。由于时间太过久远，木料都变成了瓦灰色。这里的一切都是那么破旧，似乎一阵风就能把它们吹倒。我发现，家里比三年前更加贫寒。裂了口的炉灶并没有修补，只抹上了一点儿泥，还把农夫的马衣铺在地板上取暖……父亲还是老样子，似乎要和岁月抗争。他清瘦了一些，头发也白了，但是他如今依然会把胡子刮得十分干净，头发梳得锃亮。这种不顾年事已高和贫穷硬要撑门面的做法让我十分难过。他为了我，强装出一副高兴、精神的样子。一天，他用颤抖的手拿着烟卷，忧郁又满怀柔情地看着我：

"我的朋友，任何事情都有其道理。年少时的无忧无虑，年轻时的焦虑彷徨，年迈时的幸福安宁……怎么说呢，"他眯起眼睛，"和平的快乐完全是胡说八道，我们住在这个远离尘世的茅草屋里，虽然非常自由，却完全不知道和平的快乐为何物。"

每当我想起父亲，总会悔恨不已。我对他的尊重不够，也不了解他的青年时代是怎么度过的。在我可以了解他的时候，我从来没有这样的念头，如今我竭尽全力，却再也无法弄明白他是一个怎样的人。无疑，他和他的一生都十分复杂，他非常随和，才思敏捷，多才多艺，也不知道为什么一事无成。他性格爽朗，通达事理，外在简朴，内在复杂，这都是让我无法理解的。那个冬天我才20岁，他却到了花甲之年。我正值大好年华，他的人生却即将谢幕。但是，他是最懂我的人。我的心里非常矛盾，往事如同一幅画卷，我却不知道该怎么办。有一天天气晴朗，我跟他一起在他的书房聊天。阳光从窗户透射进来，让整个房间都十分温暖。小时候，这里曾是我的乐土。我觉得，它的陈设跟父亲的爱好是分不开的。他仿佛在心底藏着什么秘密，不停地演奏着吉他，哼着他心爱的民谣。我看着他坚定的目光，想起他说的那番关于和平和快乐的话，心里有一种说不出的滋味。这把吉他里藏着他的青春。现在他年事已高，生命即将终结，也失去了最宝贵的东西，但是他没有什么要后悔的，也不会痛哭流涕。

刚回到巴图林诺不久，我就受不了了。有一天，我突然朝着城里奔去。我站在那扇大门前，满怀绝望地推开了门。这里有我们太多的回忆，刚刚相恋的时候，我们整天都腻在那个沙发上。很快门就开了，出乎我意料的是，开门的是他弟弟。他面无血色，一字一顿地说：

"你也知道，我父亲不想看到你。我姐姐不在家。"

在那个秋天，他的弟弟还是个带着小黄狗陀螺在楼梯上乱跑的中学生，如今却长成了一个表情阴郁、肤色黝黑的青年，时间过得真快啊！他穿着一件军官式样的衬衫和一双高筒皮靴，虽然上唇上的小胡子刚刚露头，但是他的黑眼睛里却散发着凶狠的光，提醒人们不要小瞧他。我不得又感叹了一次，时间过得真快啊！我还在原地踏步，大家却都发生了巨大的变化，而且，我还弄丢了她。

"你走吧。"他轻轻地说，我看到他在衬衫下面的心怦怦直跳，我担心他采取什么不理智的举动，就走了。

我白跑一趟，就好像丢了魂似的。一整个冬天，我都在苦苦等待她的来信，我坚信她不会这么狠心。

31

那年春天我才知道，她得了肺炎，回到家里一个星期就去世了。我还知道，她的遗愿就是不让我知道她去世的消息。

我翻开了一个咖啡色的羊皮笔记本，这是她送给我的，当时她刚拿到第一个月的工资，就把它买下来送给了我。也许，这是她这一生中最激动的一天。笔记本里有她写给我的赠言，由于太过激动，她还写错了两处。

不久前我梦见了她，自从她离开我，我只梦见过她这一次。在梦里，她还像跟我在一起时那么年轻。可是，她的脸上也留下了青春的痕迹。我只模模糊糊地看到了她，她清瘦了，身上穿着的好像是丧服。可是，我还是感到了一种难言的喜悦，感受了心灵和肉体的接近，这是我在别人身上从来没有体会到的感觉。

1927—1929，1933年于滨海的阿尔卑斯山

伊凡·亚历克塞维奇·蒲宁作品年表

1870 年　10 月 10 日在俄罗斯的沃罗涅日市出生。

1887 年　创作诗歌《献在曼德逊的墓前》。

1891 年　出版了第一部诗集《在露天下》。

1895 年　发表短篇小说《荒野》。

1900 年　发表短篇小说《安东诺夫卡苹果》。

1901 年　出版诗集《落叶》。

1903 年　翻译出版美国诗人朗费罗的长诗《海华沙之歌》。10 月 19
　　　　　日荣获由俄罗斯科学院授予的普希金奖。

1909 年　第二次获得普希金奖，当选俄罗斯科学院院士。

1910 年　第三次获得普希金奖，出版中篇小说《乡村》。

1912 年　出版中篇小说《干旱的溪谷》。

1912 年　发表短篇小说《最后一次幽会》。

1915 年　发表短篇小说《旧金山来的绅士》。

1925 年　出版中篇小说《米佳的爱情》。

$\frac{1927}{1933}$ 年　侨居法国后，在巴黎《俄罗斯报》上陆续发表了《阿尔谢尼耶夫的一生》。

1933年　获得诺贝尔文学奖。

1943年　出版短篇小说集《暗径》。

1950年　创作了《回忆与描写》。

1953年　11月8日在巴黎去世。